U0907552

桃夭
魅丽文化
桃夭工作室

星不会转

或扉 / 著

江苏凤凰文艺出版社
JIANGSU PHOENIX LITERATURE AND ART PUBLISHING

图书在版编目（CIP）数据

星不会转 / 或扉著．-- 南京：江苏凤凰文
艺出版社，2020.7
ISBN 978-7-5594-4877-4

Ⅰ．①星… Ⅱ．①或… Ⅲ．①长篇小说 - 中国 - 当代
Ⅳ．① I247.5

中国版本图书馆 CIP 数据核字 (2020) 第 080295 号

星不会转

或扉 著

责任编辑 张 倩
特约编辑 刘思月 戴 铮
装帧设计 TiTi
封面绘图 符 殊
出版发行 江苏凤凰文艺出版社
南京市中央路 165 号，邮编：210009
网 址 http://www.jswenyi.com
印 刷 湖南关山美印有限公司
开 本 880mm × 1230mm 1/32
印 张 11
字 数 280 千字
版 次 2020 年 7 月第 1 版
印 次 2020 年 7 月第 1 次印刷
书 号 ISBN 978-7-5594-4877-4
定 价 38.00 元

目录 CONTENTS

目录 CONTENTS

第一章 一夜

再次见到孟璟书，是在几年后的一个夜晚。

KTV 大厅金碧辉煌，门外的街灯却不甚明亮。

姜迎刚经历了一场糟糕的同行聚会，前男友带着小三上位的现任十分招摇。她恶心得想吐，但碍于面子，一腔怒火无法发泄。在门口跟同行们告别时，她笑得几乎咬牙切齿。

好不容易社交结束，大家各自找车回家。

她往路边看了一会儿，在想能不能叫到出租车。这一看，她却发现在停车场有限的几个停车位边上站着一个男人。他西装革履，高大挺拔。

不是姜迎敏感，而是他的外形气质实在出众，路过的人只要没醉得认不出爹妈，大概都会被他吸引住目光。

在少女心旺盛的时期，姜迎曾无数遍用眼睛在心里描绘他的身形、面容，三百六十度的。

因此，只不过两秒的凝视，他整个人便从她的记忆深处钻了出来。

姜迎乌云密布的心上再添一道惊雷。

他似是有些不悦，一只手扶着车门，眼睑微垂，看起来冷酷到了极点。大概是因为他看起来非常不好惹，所以即便他品相上佳，也没人敢上前搭讪。

姜迎瞥了一眼车标——长着翅膀的圆润大写“B”，再看他那英俊的侧脸，在暗淡的光线下依旧犹如宝石蓝的车漆一样高贵闪耀。

呵。

人模狗样的。

让人生气。

这个人，她前前后后围着他转了五六年，从高中同班到大学同校。可最后，他和她大学班里的死对头在一起了。

姜迎低下头，拒绝了男同事要送她的好意，心不在焉地滑动手机上的约车界面。

她在原地等了两分钟，余光悄悄打量着停车位那边。豪车边上的那个男人还没走，有些烦躁地看了一眼手机，似乎在等人。

同伴们渐渐散了，门口一侧只剩下姜迎和相距不远的胡若晨。

估计是来的时候门口没车位，陈天靖把车停得远了，让娇滴滴的女朋友等了好一会儿。

胡若晨可能是真的无聊透顶，也有可能是想炫耀，竟然走过来跟姜迎搭话。

“好久不见呢，姜迎，你最近还好吧？我看你今晚都没怎么说话，是心情不好吗？”

姜迎其实应该冷笑，可是她笑不出来，甚至也没有心情跟胡若晨唇枪舌剑。

她盯着胡若晨，冷静地说：“你想挨打吗？”

胡若晨瞪大眼睛，冤枉极了：“姜迎，你这人怎么这样！我什么都没说，只是来打个招呼，你怎么这么凶啊？！”

姜迎的脸色一点没变，高高举起方正硬挺的通勤包。

“我数到三，你若不走，我就砸过去。一、二……”

姜迎“二”字还没说完，陈天靖便匆匆赶来英雄救美。

“你这是干什么，姜迎！我说了，有气往我身上撒，都是我的错，不关小晨的事……”

胡若晨自是跑到陈天靖身后，委屈地“嘤嘤”哭着，真是我见犹怜。

姜迎气得太阳穴突突地疼，正深呼吸想要大骂一通，几米开外，一直漠然等待的男人却不知什么时候往他们这边走近了。

他眯了眯眼，不笑的时候十分冷厉。

“姜迎？”他低声喊她，声音里带了些醉酒的沙哑。

场上另外两个人一愣。

姜迎朝他看过去，双目幽深。

今天真是个好日子。

劈腿的前男友，背叛的白月光。

姜迎的脑子里狂风骤雨、闪电雷鸣。风雨飘摇中，理智岌岌可危。

她绽开诡异的甜笑，向着那个看起来非常不好惹的男人走去。在所有人反应过来之前，扯着他的领子，踮起脚吻了他薄薄的嘴唇。

“璟书，你来啦。”

……

酒店的电梯往上升的时候，姜迎还没回过神来。

刚才她恶从心起，亲了孟璟书，是出于一股强烈的破坏欲，只觉得胸腔燃着一把火，想报复，想惩罚，想让谁都别好过。

可她没想到孟璟书比她还疯，只皱了一下眉，便毫不犹豫地吻了回来。他不是幼稚地吧唧一口，而是真正地入侵与勾引。

姜迎就这么当着陈天靖和胡若晨的面，上演了法式深吻。

他们走的时候，她忙于应付唇齿纠缠，隐隐听到低声的咒骂，心中涌起发泄般的快意，忍不住轻笑一声。

都说女人翻脸如翻书，姜迎深有体会。她做了点坏事，恶心了讨厌的人，心情顿时舒畅了许多，甚至等孟璟书放开她，神色不悦地盯着她时，她还能气定神闲地跟他打招呼。

“Hi，好久不见啊。”

“利用我？”男人低沉的声音沙沙的。

“嗯。”姜迎神色自如，“谢谢，再见。”

被孟璟书拉住时，她发现自己竟然不觉得很意外。

“嗯？”她直视他冷峻的眼，表示疑惑。

“报酬。”他面无表情地吐出这两个字。

他的视线从她的双眼移至被吻花的红唇，意图明显。

三年了吧，从他们上一次见面算起。

他们已经不是不谙世事，或者可以假装不谙世事的年纪，在这种氛围里说这句话是什么意思，无须解释。

她还在看他，是在审视。

他却没耐心，晃了晃处于来电状态的手机，淡淡地催促道：“司机来了，走吧。”

姜迎没有太多想法，只是凭着一点冲动便上了车。

这样算不算是道德败坏？

姜迎盯着金色镜面里的自己，精心化好的妆略微晕开，但眉眼婉约，嫣红的嘴模糊了唇线，反倒像是刻意晕染的风情。

虽然深色的连衣裙过于板正，但好在她比较瘦，整体还是轻盈的。

其实，她长得也不赖嘛，比起付萱，也差不了太多嘛。

她正欣赏着自己的模样，冷不防撞上一道玩味的目光。

孟璟书也在打量她。

他们没有站在一起，不知道是有心还是无意，隔着几个人，一个站在左上角，一个站在最后面。

姜迎下意识地移开视线，顿了一秒，觉得该心虚的人不是自己，就又抬头看了回去。

男人和女人的视线无声地胶着，谁也不甘示弱。

她对孟璟书没有怯意，认识的时间很长了，知道他看起来冷酷、不驯，其实人并不难相处。只要不是讨厌的人，他都能说上两句话。

所以，她那五六年都没有真正死心。

要是再碰上合心意一点的，他也可以来者不拒，比如付萱。

这样想着，她的眼神也变了，心情晴转多云。

孟璟书无法理解女人变幻莫测的情绪，微微扬眉。

她却不肯再看他，转而盯着跳动的楼层数字，心里九曲十八弯，实际上也只是几十秒的事。

出了电梯，孟璟书就搂住了姜迎的腰，熟练又自然，不知已然做过多少次。

姜迎微微一颤，心里有点别扭，却没有推开他。

来都来了。

又不犯法。

房门“吧嗒”一声关闭了。

孟璟书手一搂，轻巧地把姜迎带到墙边，人也靠了过去。

姜迎一缩，条件反射地紧闭双眼。

男人带着酒味的湿热气息喷在耳边，他似笑非笑地说：“怕了？”

姜迎反应过来，轻轻吐了一口气，快速地瞪了他一眼。

“少废话。”

反正她单身青年一个，没什么好顾忌的。纤细的手沿着他的胸口往外拨，深灰色的西装外套半褪不褪。

孟璟书配合地动了一下手臂，外套落地。

姜迎双手停在他的肩臂上，正好是三角肌的位置。

白色的衬衣裹不住坚实、蓬勃的肌肉，也藏不住年轻男人喷薄的热量。她解了他几颗扣子，顺势拨开衣领。男人皮肤的热度和肌理的触感毫无障碍地传达到她的手上。在他的肩头，贴着锁骨末端的下方，有一行花体的英文文身。她知道这是他上高二时弄的，写的是：My World。

在体温的覆盖下，简单的字符变成了一道催情的咒语。

姜迎霎时热血沸腾，心跳也加快了。

饮食男女，人之大欲。

她攀着孟璟书的肩，凑上去，用力含住他的唇。

像他刚才在外面做的那样，她勾引着他，极尽挑逗之举。

她都点了火，孟璟书哪会客气，狠狠地攫住她的进攻。

呼吸越发加重，孟璟书的衬衫不知什么时候被扯得几乎敞开了。

孟璟书一笑，托着她抱起来，走向里间。

酒精使然，或是突破底线本身就足够刺激，他十分急躁，没有耐心做过多的铺垫，很快便进入了正题。

……

结束后，他们挨着缓过那一阵，很快分开，翻身，自己简单地清理了一下。

两个人各占床的一边，各自平息。

过了几分钟，姜迎恢复了一些气力，起身下床。

“要走？很晚了。”孟璟书偏头，懒懒地问她。

“去卫生间。”姜迎没看他。

实在是累得慌，姜迎卸妆的时候几乎睁不开眼，冲了个澡才感觉舒服了点。

她洗好后打开门，一阵烟味飘了过来。

客厅没开灯，孟璟书就靠坐在沙发扶手上，手指间亮着红光。

他穿着浴袍，松松垮垮的，胸膛在昏暗里呈现出明显的阴影——是锻炼得当的结果。

他这个人，每一处都正好切中姜迎的审美。

脖子也是刚刚好的长度，他微微低头时，会扯起一道颈筋，明暗错落。颈筋连至下颌角，形成一个利落的钝角，向下延伸的线条几乎是直线，到近下巴处才逐渐呈弧状，精巧地一勾。下巴、唇峰、鼻尖，三点一线。

他整个人犹如一幅性感美男图，令人垂涎三尺，如果他的手机没有煞风景地“嗡嗡”振动不停的话。

屏幕的光映着他的眉眼，满是讥讽与戾气。

姜迎本无意窥探隐私，只怪来电的人太不低调，高清自拍，白面红唇，在黑暗中格外扎眼，她想看不见都难。

手机振动了一会儿，没人接听，停了。孟璟书咬着烟，关了机。

姜迎原本走回卧室的脚步一拐，歪歪扭扭地朝旁边晃过去。

沙发扶手就在门边。

意料之中的，她被孟璟书扯到怀里。

姜迎此刻有点疯狂，有种类似于入室抢劫被发现，干脆把人也杀了的心理。

一次是坏，两次也是坏，当然要坏个够本了。

孟璟书低头瞧她，轻笑道：“累到腿软了？”

他的音量很低，但不是淳厚温情，而是轻佻，说句话都在勾引人的那种。现在这样被烟酒和欲望浸泡过，沙哑更甚，听起来特别撩人。

姜迎憋着一口气，将脸埋在他的胸膛。

“困的。”

湿软的气息在他的胸口挠。

筋疲力尽的一夜。

孟璟书醒来的时候，酒店的房间里只剩下他自己。

室外的日光被厚重的遮光窗帘阻隔，室内昏暗，不辨时间。

他的第一反应是去摸手机，没摸到，只能撑着手肘去看床头座机的显示屏——十一点十七分。

孟璟书再次倒回床上，两眼对着天花板放空。

他好久没睡这么长时间的觉了，身体有些懒散，回不过神来。

床褥的味道隐约钻入鼻腔，有他的酒气，也有女人留下的一股隐秘的香味。

身体比神志更早清醒。

他低骂一声。

他忍不住回想昨天晚上的情景。

几年没见，她跟以前不一样了。

起初他只是酒意上头，想逗逗她。谁知她还真来了，那么一个好学生、乖宝宝，竟然会和他做这种事。

那些或连续或断裂的画面在他的脑海中回放。城市的灯光透进落地窗，把她出了点汗的皮肤映得跟块玉似的。

……

房间里响起低哑的闷哼。

孟璟书喘了一会儿，慢慢醒了神。

昨夜他们没有拉窗帘，这是她今早走的时候才拉上的。

“哎呀，也不嫌晒。”朦胧的记忆里浮现这么一句吐槽，女孩的声音放得很低，是轻轻柔柔的气音。

那时是读高几来着？

他的位子靠窗。下午自习课时，他精神懒怠，趴在桌上睡得迷糊，被西斜的日光刺到眼睛，下意识地把头换了个方向继续睡。坐在他后面的女孩看在眼里，于是就这么小声地嘟囔着，倾过半个身子帮他把窗帘拉上了。

他兀自一笑。

说变也没变。

冲动是魔鬼。

姜迎从下床开始就在品尝恶果。

最直观的是，她的身上留下了很多痕迹，而她的裙子不能将它们完全遮住。

她在镜子前呆滞了几秒，决定就地取材。趁事主还没醒来，她把他的衬衫穿上，袖口折了又折，将衣摆打好结，仔细地整理了一番，终于能出门了。

姜迎没留字条，也没留联系方式，将这一夜彻头彻尾地变为恶作剧。

天亮了，一切也就结束了。

她怀着“事了拂衣去”的心情回到刚租的小公寓，终于放松地钻进被窝里。困顿中，她悄悄庆幸，还好她昨晚喝得少，今天醒得早，不用面对事后的尴尬局面。

她又想起孟璟书醒来发现自己的衣服没了，一定很蒙，然后眉间皱出褶子，可能还会骂她。

但是，骂她有用吗？

哈哈哈。

她在窃喜中睡了过去，再醒来时饥肠辘辘，已是傍晚时分。

房间里还是那个乱七八糟的样子，满地的箱子、盒子，像个仓库。

她周五下了班才搬进来，还没来得及整理，周六就跟几个同事一起去了聚会，晚上又……

总之，她本打算回来休息一下就收拾的，结果睡了一觉醒来，疯狂地打喷嚏。

昨晚空调的温度开得太低了。

这就是做坏事的代价吧。

大概是过程比较爽，所以，结果也比较坏。

在外卖高峰期，姜迎饿着肚子，擦着鼻涕，慢吞吞地摆放行李，打扫卫生，终于在一个多小时后吃上了今天的第一顿饭。

外卖软件给她发了个几块钱的迟到的红包。

她看一眼后关掉，习惯性地打开微博。

上次退出微博前，姜迎没切换账号，直接登录了小号。她的小号的作用很纯粹——视奸和抽奖，因此关注的人不多。

这一点开，她直接就看到了昨夜她在孟璟书的手机上看到的来电头像——大大的眼睛、饱满的红唇和小巧的V脸，是符合绝大多数人审美的亮眼美女。

只是，这位美女发的微博却没有头像那么明媚。

付萱Larissa V：这个世界是不是没有什么会永远不变？或许，有些东西就像这件衬衫一样消失了。

配图是一件白色的男式衬衫，左边的领口翻起来，有银色暗纹绣的一行字符——Larissa ♥ Leroy。

四十多平方米的单身公寓，姜迎侧身就能拿到被随手扔在小沙发上的衬衫。她拧着眉伸手一掀。

果然。

这究竟是谁恶心了谁？！

……

The One 二楼，乐声环绕，酒精味与香水味交织，楼下五光十色的摇头灯不时地透过玻璃隔层射上来，带来迥然不同的迷醉和热烈。

孟璟书今天显然情绪不佳，靠在沙发椅背上，话都懒得说。

魏展风去挑了酒回来，开着盖子，打趣他：“孟少爷，开心点，童老板专门来作陪，你给个面子。”

童浩嗤笑：“不用给我面子。”他指指桌面上的酒，“顾客进行高额消费，只要不砸场子，什么脸色我都受得住。”

这是玩笑话。魏展风是孟璟书的大学同学，后来在国外读硕士期间，两个人又是校友，一起结识了童浩，三个人交情颇深。

童浩给每人倒酒加冰块，孟璟书卡着杯口端过来，半只手掌那么大的杯口，里面的茶他全喝了。

“记在老魏账上，他选的酒。”

“呦——你这是狗咬吕洞宾啊。”魏展风表情夸张，“你摸着良心说，兄弟我及时打电话叫你出来，是不是救你于水火之中？不然付萱今天肯定闹个没完。”

孟璟书往杯子里倒上酒，喝了一小口，瞟他：“你怎么知道？”

“这能不知道？估计圈子里都知道了。童浩，你给他念念，那女的今天发几条微博了。”

童浩拿手机开了微博，丢给他：“自己看。”

这个世界是不是没有什么会永远不变？或许，有些东西就像这件衬衫一样消失了。

三年来，到底什么是真的？什么是假的？我还能相信什么？

我的心真的很乱，曾经的快乐都变成了冷漠。

……

付萱现在是个有名气的网红，最初是靠美妆、穿搭有了些粉丝。后来出国期间，她分享的奢侈品渐渐多了起来，还多了些参加高端场合的记录。加上她本身外形优越，以高学历、白富美人设吸粉无数。

平日里，她的微博分享的都是风景照、写真、美食，或者秀恩爱，不然就是一些推广，从来没有在一天时间里发过这么多的心情状态。很多粉丝都猜到是她的感情出了问题，纷纷在评论区安慰她，责骂男方。

孟璟书本来一直没什么表情，现在看着看着，突然笑了。他的眼是冷的，嘴角一扯，显得特别凉薄。

魏展风觉得见了鬼了："你还笑得出来，这姑娘可真会装。自己做的破事儿都让人知道了，还敢在这儿装可怜。要不你也弄个账号，把她的那些事儿都公布出来，让她的那些粉丝看看这女的是什么货色，看以后还有没有品牌商找她合作。"

魏展风对付萱的意见很大。

上大学那会儿，付萱和孟璟书刚在一起，魏展风心里还暗暗羡慕过孟璟书，身边有一个这么漂亮的女神，死心塌地地贴上来。

孟璟书除了花钱送礼毫不手软，实在算不上一个优秀的男友，也就是比较帅而已。

在男人的眼里，帅不是什么特别重要的条件，魏展风觉得自己的智力、能力、家世什么的，比起孟璟书也不差。而且自己性格好，也比他贴心多了，肯定会对女朋友关怀备至。不像那个家伙，该干吗干吗，都不知道女孩是需要多花时间陪的。大美女的眼光可真差。

到后来，因为孟璟书的关系，魏展风和付萱接触的次数多了，才觉得她可不是什么省油的灯。只不过因为是兄弟的女人，他也不好随意评价。

直到前几个月，童浩把意外的发现告知他们。

什么女神，呸！

孟璟书晃了晃酒杯，冰块撞击发出清脆的声响。

他说："我没有和她摊牌，她还不知道我已经知道了。"

话说得绕口，可他们心里都明白是什么意思。

连童浩都觉得稀奇："你倒是忍得住。"

魏展风不淡定了："老孟，你想什么呢在？快分了吧！那女的没有良心，但凡她念你一点好，能这样？！我看到她都觉得恶心！你知不知道，昨晚她联系不到你，往我这儿打了多少个电话。我差点忍不住就要骂她了。你不会还对她有留恋吧？！"

童浩表示："我也接到了电话。"

孟璟书轻笑道："我的脑子还没坏。我不告诉她，才是对她的折磨。至于电话，你们拉黑她不就行了。"

魏展风看着他脸上的笑容，心里吹起一阵寒风："你这是打算报复？"

孟璟书说："我没这么闲。"

童浩拿杯子跟他们的碰了一下，悠悠地道："我看付萱也没影响到你，那孟总今天一脸不爽又是怎么一回事呢？"他推了推眼镜，话锋一转，"昨晚干什么去了？整晚都联系不到人。"

童浩这个人一向很能抓重点。

魏展风被他说得突然回神："是啊，老孟！张总说你们昨晚十一点就散了，那女的去你家等了一夜没见到你，你搞什么去了？不会是……”

孟璟书闻言，脸色都变了，一言不发，又将一杯酒喝了下去。

被占便宜，被人睡，完了人家还把他的衣服偷走了，害他只能等助理送衣服过来，酒店的人还来提醒他房间超时了。

简直是奇耻大辱。

童浩见他的神色起了变化，微微一笑：“看来孟总终于开窍了。”

魏展风跟他一唱一和：“哟！真的假的？难道是因为太久没发泄了，过程不太愉快？跟哥说说，只要不是硬件不行，别的都不是问题。咱们这正值壮年，你可别憋坏了。”

魏展风知道，孟璟书这个人吧，挺傲的，挑剔得很。说他痴情，那肯定不是的，但说他风流也谈不上。他属于那种眼睛长在头顶上的，一群女的扑过来，只要没有入眼的，必定片叶不沾身。有女朋友的时候就不说了，即便单身，他也不可能随便乱搞女人。

魏展风最佩服他这一点，把持得住。不知该说他自律好，还是性冷淡好，比起身边的同龄人，他对那方面的事似乎没那么热衷。

就算当初孟璟书和付萱刚开始谈恋爱那会儿，他也完全没有热恋期，一个二十岁出头的血气方刚的年轻人，放着那么漂亮的女朋友不陪，竟然跟一帮单身男人一样天天睡在寝室里，很少在外面过夜。

所以，昨天晚上究竟发生了什么，魏展风都快好奇死了。

孟璟书神色郁郁，不再搭理他们。

碰巧这时童浩的另一群朋友过来 The One，他招呼着他们来二楼一块儿坐坐，个个忙着寒暄，没人再揪着刚才的事情问孟璟书。

这群朋友里有几个漂亮女孩，其中一个活泼又开朗，一来就盯着孟璟书。她觉得这个男人神情冷淡、话不多的样子，特别招人喜欢。

童浩和魏展风看在眼里，有意把孟璟书身边的位子让出去。

漂亮女孩贴着孟璟书坐下，跟他打招呼：“Hi，我叫 Sandy，就是《海绵宝宝》里面那个珊迪。”

孟璟书其实不了解这部动画片里还有哪些人物，但他觉得她笑起来挺像海绵宝宝的。

Sandy 特别热情，又爱笑，他也不反感，就和她聊了几句。

酒过三巡，大家都有点兴奋了。孟璟书喝了挺多的，饶是酒量再怎么好，这种喝法还是让他有了些许醉意。

相对于在座各位兴奋笑谈、桌上骰子乱飞的场景，他显得相当散漫。

Sandy 在他的耳边叽叽喳喳说个不停，他并不能完全听清楚她在说什么，很多时候只是简单地回答几个字，或是懒洋洋地“嗯”一声，算是回应。

女孩越看他越喜欢，几乎想上手试探。她和孟璟书说话时故意将身子一歪，柔软的红唇不经意地擦过他的脸颊。

“哎呀，不好意思，被撞了一下。”

不记得有多久了，孟璟书只要听到女孩很轻声地说“哎呀”，心里就会有种很奇怪的感觉。

他偏过头看 Sandy，高挺的鼻梁在脸庞的一侧投下一片阴影。

Sandy 被他看得心跳加速，不禁猜测他是想接吻，还是要发怒，却忽地听他说：“问你一个问题。”

她愣怔地点了点头。

“假如你喜欢一个人，但是，你拉黑了他，这是为什么？”

“啊？”

“几年不联系，再见面时你愿意和他发生关系，这又是为什么？”

“啊？！”

……

第二章
湿发

地狱式的一周。

姜迎忙得焦头烂额。所里旧事加新案堆在一起，要加班出外勤也就罢了，她私下还会做些副业。这次遇上的甲方极其难缠，一千字的稿子，她来来回回改了二十多遍。

这还不算。

她刚搬的房子，没住几天空调就坏了。

Triple Kill（三连杀）。

九月份的天气，夏季的余韵还未完全消退。姜迎租的是酒店式公寓，整个屋子只有阳台有窗口，根本不通风。她夜里吹着临时买的鸿运扇，一边擤鼻涕，一边加班。又困又累的时候，她只能把怒火全都撒在别人身上，孟璟书被她变着法子骂了不知多少遍。

也许是骂人大法发泄了身体里的郁气，她的感冒居然没有遵守七天痊愈的规则，第五天就鼻子畅通，完全恢复了。

周五的晚上，姜迎才终于有空闲预约空调维修。

晚上十点多，她的新居所迎来了一位客人。

好友黄彦菲出差归来，因为住的地方太远，为了安全考量，决定留宿她家。

黄彦菲一进门就感慨：“啊，自己一个人住真好，想干啥就干啥。”

做实习律师期间，姜迎的收入过分寒酸，只能跟人合租。

去年年底拿到执业证，姜迎辛苦了几个月，才攒够钱出来自己住单间。

姜迎给她拿拖鞋：“那你也租一间呗，你那边是郊区，房租肯定比我这里便宜多了。”

“等过了年吧，我有点想换工作了。”

两个人是高中室友，大学也都是在泽卞市念的。她们虽然没有提过，但毕业后选择留下来，大概都有一点对方也在的原因吧。毕竟这么大一座城市，只有自己一个人的话，真是太孤单了。

黄彦菲从行李箱里掏出给姜迎带的特产，是凤梨酥。

姜迎没客气，拆开盒子就吃了一个。

黄彦菲：“这么晚，你也不怕胖。”

姜迎吃完喝了小半杯水：“我晚餐就吃了点西蓝花，现在超级饿！”

当然，这是因为她中午吃了太多红烧肉，晚餐的时候没胃口。她完美地隐藏了真相，得到了好友的理解。

睡觉时，两个人躺在床上各自玩手机，小电扇“呼呼”地转动。

姜迎说：“现在像不像我们上高一，寝室里还没有空调的时候，就只有两台小风扇。”

黄彦菲：“对！大家躲在被子里玩手机，就怕被宿管阿姨发现了。”

姜迎：“有一次很晚了，我们以为宿管阿姨睡了，结果因为聊得太大声，宿管阿姨突然破门而入，手电筒照到我们的头顶……现在想起那个画面还是觉得很慌。”

黄彦菲：“哈哈——那次我们寝室被扣分了吧。我们还以为要被杨老师骂，没想到男寝室那边更猛，打游戏机被抓，还顶撞宿管。第二天，杨老师只顾着教育他们了，都没空理我们。”

回忆起班主任杨老师教训人的情景，她们笑得出了汗。

姜迎坐起来去把电扇开到最大档，风声更大了。就像那年，大家睡在一米宽的小板床上，翻个身都会响。八个人的寝室，只有天花板上两台小电扇扭着脖子转呀转。

她们还在絮絮地说着。

黄彦菲：“那时候孟璟书是真酷，还是他们寝室的寝室长吧。才第二周的周一，他就被罚去国旗下读检讨书，一点儿不露怯，表情又酷又跩，简直像是学生代表在进行获奖发言。下面的女生被迷得不要不要的，之后来咱们班递情书的人把门槛都要踏破了。”

姜迎：“是啊，那个时候的小女孩大概都喜欢那样的吧。”

连她也不能幸免。

黄彦菲：“他成绩好，又不服管，班主任都拿他没办法，这人设放到现在也一样吸粉啊。”

孟璟书当年是当之无愧的话题人物，女生寝室夜聊没少提他。现在再说起来，黄彦菲瞅了瞅姜迎，感慨道：“他那时是青葱少年，又跩又聪明，是真的帅，不然你也不会喜欢他那么多年。”

姜迎盯着天花板，慢吞吞地道：“他现在也很帅。”

黄彦菲很机警：“嗯？现在？我看班级群里说他回国了，你见到他了？”

姜迎双手摊开放在头顶上，长长地叹了一口气：“菲菲啊……跟你说件事，我和他，睡了。”

“啊？！”

姜迎把这件事告诉黄彦菲的过程中，黄彦菲从一脸震惊慢慢地变成了“啧啧”。

她“啧”完又过了一会儿，才能从无数疑问中选出第一个。

“那你觉得……你们以后会有发展吗？”

黄彦菲知道他们的事，所以问的不是“会不会在一起”，而是用了个模棱两可的词。

姜迎摇摇头：“大家都不是小孩子了，哪能睡一觉就想未来呢。”

黄彦菲表示理解，又说：“孟璟书和你那个死对头还在一起吧，这就出轨了？啧啧，当年那个又狂又帅的少年已经让社会这个大染缸给教坏了。”

姜迎沉默了一会儿，问她：“那你觉得我坏吗？”

“当然不！那个付萱那样搞你，现在被绿了，是她活该。”黄彦菲为好友打抱不平，“我跟你说，你就应该偷拍下孟璟书的裸照发给她，跟她耀武扬威，气死她！”

姜迎被逗笑：“是啊，我怎么就没想到呢。”

正说着，姜迎的微信上出现了红点，是她的大学寝室群里有人在说话，室友在疯狂@她——

“迎迎 baby！告诉你一个好消息！”

“付萱被甩啦，哈哈哈！让她装！”

“你快看！”

下面跳出一张微博截图——

付萱 Larissa V：

是的，我分手了，没有余地。具体原因我不说了，只能说，人是会变的。三年的时光，一夜毁灭。也许人总要经历痛苦，才能成长得更坚强。

我会努力走出来，会继续跟你们分享快乐。谢谢大家的关心。

姜迎顿时心情复杂。

她把手机递到黄彦菲面前：“我突然很想喝酒。”

黄彦菲看了，了然道：“今晚好好休息，明天姐姐带你去个好地方。”

“哪儿？”

“The One。”

……

修理空调的师傅来得早，修得也快，她们有充足的时间打扮自己。

在黄彦菲的煽动下，姜迎翻箱倒柜，终于翻出当初一时冲动买回来至今没穿出过门的吊带小黑裙，配一双系带高跟鞋，下狠手化了个浓妆。

黄彦菲自己穿的是无袖白色T恤和牛仔热裤，戴贴颈项链。

两个人看起来还挺像那么回事的。

为了造型的完成度更高，姜迎选了一个迷你方包，出门的时候把充电宝和钥匙都塞进了黄彦菲的包里。

她们订了个散台，慢悠悠地吃了晚饭，在夜色正浓时，慢慢悠悠地晃过去。

The One位于泽卞市最繁华的区域，临江高层，从电梯走出，一眼便是落地窗玻璃窗外的夜景，江水、车河，璀璨的灯火蜿蜒远去。

门口的小帅哥笑着迎她们进去，从繁华走入迷醉，夜店的鼓点敲击着心脏。

她们点了酒和小食，小口小口地啜饮着。

黄彦菲指着头顶巨大的玻璃板，提议道：“这还没开始热闹呢，我们要不先上二楼去看看？”

“嗯嗯。”

两个人推开隔音门，经过走廊，从楼梯上了二楼。

一楼是狂热夜店，节奏躁动；二楼是小资清吧，旋律悠扬。

楼下的天花板，也就是楼上的地板，在中央处是一块六边形玻璃，明晃晃的，灯光和目光皆可交汇，看得见，却听不见，如同在看关于另一个世界的无声电影。

这里也成为众多年轻人的打卡地点之一。

姜迎和黄彦菲趁着走动的人少，也端着小酒杯拍了几张，接着又去露台看风景、自拍。

初秋的夜风吹得人很舒服，脚下泽卞市的夜景如同星河倒影。

姜迎小口地抿着酒，有那么一刻，这繁华景象催化了她的孤独和渺小。

不过也就是酒液入喉的那么一刻。

她们来二楼只是逛逛，这里的位子要提前几天才有可能订到，她们打完卡就撤了。

待她们回到一楼，舞台上的表演已经开始了，人们在热烈的节拍中扭动、摇摆着。

受到气氛的感染，连温度都升高了，姜迎她们把外套脱下，加入人群中。灯光不停地晃动，其实根本看不清身边的人是什么样的，即使碰到了也没有人介意，或许还会示意一起跳。眼睛在跃动的光线中看到的都是他人脸上或迷离或轻松或兴奋的笑。

身上出了汗，姜迎感觉有些累，在节目轮换的时候回到她们的桌位上休息。黄彦菲遇到朋友，跟姜迎说了一声，就过去跟人家打招呼了。

姜迎问侍应生要了一杯柠檬水，正玩着手机，身边走过来一个男人，留飞机头，白色 T 恤上印着 GIVENCHY。

刚才她蹦迪的时候碰到过他。

男人朝她微笑示好，递给她一杯酒："美女，请你喝的。"

哇，搭讪的来了。

姜迎兴致还不错，开着玩笑拒绝道："我妈不让我喝酒！"

男人笑得很愉悦，也不勉强："可以坐下聊聊吗？"

姜迎看黄彦菲一时半会儿还回不来的样子，便一翻手掌，示意他坐。

男人像一个演说家，从 The One 说到泽下市其他有名的酒吧和餐厅，再说到自己对各国各类酒的见解，然后是英、法、意大利的风土人情。

姜迎囫囵听着，觉得比写结案报告更容易走神。她有些受不了了，想着是不是应该呼叫黄彦菲回来了。

冷不防又传来一道低沉的男声："洪总，巧啊。"

姜迎浑身奓毛。

……

有个哥们儿最近和女朋友闹掰了，哥们儿群里便笑他和孟璟书是真兄弟，连分手都一起。说着，几个人就组了局，非要替他们庆祝恢复单身。几个男人吃饱了饭没事干，本来想去一些有颜色的地方。不过刚分手的阿庆没心情，不让去，于是便来了老地方喝酒、打牌。

有人笑话他："阿庆，你别这么愁眉苦脸的，学着点咱孟哥，谈了好几年，说分就分了。人家还在微博上昭告天下，说他是负心汉，那么多粉丝骂他是渣男啊。可你看他，眉头都不皱一下。你家那个之前管得那么严，这下不是轻松了？"

阿庆骂他："滚！不说话没人当你是哑巴。"

孟璟书没接话茬。

魏展风给阿庆斟酒："阿庆，你也别生气，老苏他就是嘴贱，老孟他那是……老孟，看什么呢？"

孟璟书倏地收回视线："看风景。"

魏展风狐疑："什么风景，都来几百次了，还没看腻吗？"

童浩纠正："我这儿才开业一年，你们回国才半年，绝对没来几百次。"

……

牌打了几轮，几个男人都觉得有些乏味，老苏望着那块大玻璃另一边的热闹场景，提议下楼去玩玩：“今天来的妞儿都挺正啊。”

孟璟书一直心不在焉的，此时突然起身，抬腿跨过沙发：“我有事，先走了。”

他走后，老苏问：“老魏，你们竖锋这么忙吗？”

以孟璟书这么性冷淡又刚分手的情况，老苏实在想不出这大半夜的除了工作，还有什么事儿能让他走得这么突然。

魏展风把眼镜一推：“估计是私事儿。”

……

孟璟书自作主张地坐下，侍应生托着三杯饮品过来，两个男人是同样的酒，里面漂着几块冰，没有装饰。而姜迎面前是一杯橙汁。

姜迎：“……”

飞机头挑着眉道：“孟总和这位美女认识？”

孟璟书颔首：“嗯，一起的。”

姜迎勾了勾嘴角。

飞机头恍然，看他们的眼神中带着些看戏的讥讽：“孟总口味变了啊，难怪呢。”

姜迎当然听得懂他在说什么，心里有些不爽。

她盯着飞机头笑道：“都是出来玩嘛。”她抬下巴指了指他的左手，“洪总不就是为了换口味，才把戒指摘下来的吗？”

男人猛地看回自己的手，在无名指根部有一圈发白的印子。

他尴尬地“呵呵”两声，把手放到桌下：“这位美女真是有意思，孟总好眼光。”

孟璟书瞥了姜迎一眼，有些意外，但没表露出来，而是和洪总不咸不淡地聊了几句，像是完全没听到刚才的冷嘲热讽。

洪总哪里还坐得下去，很快便找了借口要走。孟璟书起身跟他道别。

这时，恰好洪总的朋友过来找他，是一个穿着紧身裙的火辣女生。她看到孟璟书，视线都移不开了。

三个人站着说话，姜迎觉得空气都被他们挡住了，呼吸不通畅，心里烦得不行。

孟璟书这个人真是太过分了。

她不知道他跟付萱之间出了什么问题，但她看得出来，他早就想分手了。那晚他关机时神色轻蔑，是故意让付萱知道他夜不归宿的。

他是为了闹分手，才和她睡的。

他想利用这件事情当导火索。

他利用了她，带给她一整周的霉运，现在还来烦她，并且故意点了杯橙汁来嘲笑她。

谁要来酒吧喝橙汁？！

她心烦气躁，喝了一口柠檬水，嫌太淡。一气之下，她拿起孟璟书的那杯酒，猛地灌了下去。

脸一下烧了起来，眼前的景象晃了一下，又晃了一下，然后就一直像在水上浮浮沉沉了。

姜迎在意识被冲散之前，心里只剩一个念头：孟璟书是想谋杀飞机头吧！

打个招呼认识一下也就一两分钟的事，等人走了，孟璟书思索着要跟姜迎说些什么，一转身，愣住了。

自己的酒杯空了，姜迎的眼神也直了。

“你全喝了？”

事实摆在眼前，可孟璟书还是忍不住多此一问。他拿的可不是什么喝着玩的调和酒，而是纯粹的烈性酒，男人之间用来撑场面的。

这个人毕业几年都学了些什么？遇到不认识的男人，她说聊就聊；遇到不知道的酒，她说喝就喝。

他像发现好学生早恋的班主任一样发愁。

孟璟书弯下腰，拍了拍姜迎的脸：“姜迎，说话。”

姜迎紧紧地握着手机，瞪他，半晌才憋出几个字：“难喝死了！”

孟璟书：“……”

本来就不是给你喝的，放着好好的橙汁不喝，非要学人家喝酒。

可是，他跟醉鬼怎么计较？

刚才见她穿得清凉，被出了名花心的洪总搭讪，他是怕她吃亏才过来的。现在弄成这样子，她自己待着，怕是会直接被人捡走。

孟璟书把外套给她披上，搂着她的肩膀把人扶起来。

姜迎手脚发软，还扭动着要反抗。

他几乎是抱着她：“别乱动，我送你回去。”

他的手臂猛地被人从后面扯开，一个女人朝他大吼道：“你给我放手！”

姜迎听到这个声音，挣脱开，整个人扑了过去：“菲菲……我好晕啊，菲菲……”

黄彦菲歪歪扭扭地扶好姜迎，这才看清楚男人的脸，顿时目瞪口呆：“呃……孟璟书？！”

孟璟书也一顿，之前离得远，没看清姜迎的同伴，此时看清了，才回忆起来，这个人也是高中同学：“黄彦菲。”

姜迎不安分地动来动去，身子一歪，差点带着黄彦菲都要倒下。孟璟书只好又把她搀好，可她不愿意放开黄彦菲，弄得三个人都有些手忙脚乱的。

孟璟书拧着眉问：“你能送她回去吗？”

他在问“能送她回去吗”，而不是“让我送她回去吧”，黄彦菲暗自赞许。她想着昨晚姜迎的语气，想着过去那些年姜迎说过的关于眼前这个男人的话。

她有些为难地说：“我不是很清楚她家的具体地址呢。”

孟璟书快速地下了决断：“我来安顿她，可以吗？”

“那就麻烦你了。”黄彦菲客气地笑笑。

宝贝冲呀，搞定他！

姜迎醉得迷迷糊糊，孟璟书费了些许力气，才像掰糍粑一样把她从黄彦菲的身上给掰下来。

上了车，姜迎坐不住了，直接趴在男人结实的双腿上。孟璟书一僵，眉梢吊起。

他喊她，她没反应。

为免她这样压着胃会吐，孟璟书把人拉起来，一只手穿过她的双臂圈着上身，让她靠坐在怀里。

他问：“姜迎，你家住哪儿？”

姜迎闭着眼，好一会儿才口齿不清地说：“不告诉你……”

孟璟书又好气又好笑。

这下倒是知道防备了。

他这样抱着她，可是什么都摸得到。

他从来没照顾过人，更别说醉鬼了，此刻突然起了玩心。

“姜迎，我是谁？”

“沙……手。”

“什么？说大声点。”

“傻 × 射手！你瞎啊！菜得要死！”

孟璟书：“……”

连司机在前面都憋不住笑了。

孟璟书一个深呼吸。

行。

你等着。

等你酒醒了，我再跟你慢慢算账。

孟璟书睡到半夜，迷迷糊糊中听见水声，一会儿后是凌乱拖沓的脚步声，随着几颗大大的水滴甩到他的脚上，旁边的床传来“咚”的一声。

世界又恢复了平静。

……

孟璟书按捺着脾气起身过去查看，摸了摸女人的长发——很好，是湿的。

她洗了头，根本没擦干，就直接出来了，连带着枕头也湿透了。

“姜迎，吹干头发再睡。”他推了推床上的人。

姜迎一动不动。

他开的是家庭套房，自己躺在大床上，让醉鬼睡在儿童床上。此刻她蜷着身体，看起来惨兮兮的。

孟璟书站在床边，望了她半晌。

毫无互动的对峙如同一拳打在了棉花上。

让她这么睡一晚，明天怕是头都要疼裂了。

第一次伺候人的孟少爷很不爽，被吵醒后，眉头就没舒展过。他拿了吹风机来到床边，按下开关。姜迎除了刚开始动了一下，后面倒是显得十分安静，在呼呼响的热风下睡得像块乖巧的猪颈肉。

而孟璟书的眉头皱得更紧了。

为什么吹了快五分钟还这么湿？他自己平时随便吹两下就能干。

他思索了一下面积和蒸发的问题，最终决定把姜迎的脑袋搁在自己的腿上再吹，果然奏效。

黑发从男人的腿上垂落，逐渐从一绺绺变成一丝丝。而姜迎梗着脖子，终于被折腾得醒了。

起先她没睁眼，只是觉得不舒服，扭着脖子蹭来蹭去。不甚清醒的她想不通，为什么枕头这么硬，甚至还上手去抓了两下。

孟璟书忍无可忍，把吹风机放在一旁，抓着她的肩膀摆正了。

女人的肩膀纤瘦细腻，浴袍的一角滑落，孟璟书舔了舔牙给她扯好。

迟钝的醉鬼终于发现床边还有另一个人，睁眼就是一瞪，想骂他，告诉他，这么粗暴地捏人是不对的。

她凶狠的目光甩出去，孟璟书好整以暇，垂眸，眼瞳深深。

两个人对视。

钢筋对铁板，谁眨眼谁输。

可姜迎的注意力并不在耍狠上，她被视线里的这张面孔击中了。这个距离、这个角度，让她的大脑空白了一瞬，几乎看得失焦，甚至将刚才想骂的话都给忘了。

孟璟书的原意是批评她几句，让她知道不能乱搭讪、乱喝酒。可当他看到女孩的眼神慢慢变得迷离时，他就知道自己想错了。

男女之间有互动的对峙，只会让空气升温。

他清了清嗓子：“转过去，把后面的头发吹干了。”

她果然还醉着，只“哦”了一声，竟然就听话地转了身。

她的发量大，头发细软。他心不在焉地帮她把头发吹干，收了吹风机，那种千丝万缕的柔软触觉还缠绕在手上。

孟璟书出神片刻才想起，她睡的这张床刚才已经被头发弄湿了。

孟璟书告诉她："你的床湿了。"

他的脑子里开始播放小视频了。

姜迎坐起来，不是很明白他这话的意思。

孟璟书盯着她迷茫的小脸，直接抓着她的手去摸湿透了的床单。

她刚触碰到床单就猛地缩回手，有些生气地看着他，无声地表达着自己的不满。

孟璟书："还睡这张床吗？"

姜迎摇了摇头。

孟璟书将下巴一抬："睡那边？"

姜迎看过去，大床，再看自己的，小小的一张，立刻点头。

男人幽幽地看着她："你自己说的。"

醉鬼毫无察觉。

两个人挪到大床上，姜迎钻进被窝里，孟璟书看她一眼，掀开被子，也躺了进去。他支着半个身子，越过她去关灯。

姜迎半张脸被他的影子覆盖，半明半暗，面容清秀，却不真实。她很轻声地说了醒来后的第一句话——

"好久没见你了。"

孟璟书一顿。

阴影里，姜迎素着一张脸，干净黑亮的眼睛在看他。

像做梦一样。

他的喉结滚了滚，熄了灯，屋内一片黑。

他循着热度靠近被窝里的人，声音骤然变哑。

"你明天可得记得，是你先招惹我的。"

魏展风曾嘲笑孟璟书，说他性冷淡。事实远非如此。他这个年纪和体力，有那方面的需求正常得很。在几个月前，他发泄精力的频率也十分科学健康。

性事于他而言，是当时的冲动、当下的快感，结束之后也就那样，没什么可时刻惦记的。所以他对于魏展风他们那种脑子和下面总有一个在运作的状态暗自鄙夷，觉得他们就像没见过女人的中学生。

可是，今夜似乎推翻了他的认知。

醉酒的姜迎格外热情，在他怀里如同一汪会流动的温泉。

酒精使她坦诚，身体的反应相当直白。甜腻的颤音从她的喉咙里流出来，孟璟书听在耳朵里，浑身酥麻。

不知是哪一部分戳到了他的兴奋点，他变得贪得无厌。

明月当空，映照着这一室缠绵。

这个夜晚还没结束，他已经开始回味了。

……

姜迎是被热醒的，伴随着头晕目眩以及酒后纵欲的萎靡气息。

可惜她酒后不断片，能记得大部分事情，其中包括，她是自己爬上这张床的。因此，这会儿她无法戏剧性地朝他扇巴掌，再骂他流氓。

她清醒过来，怎么想都觉得这件事自己不占理，于是决定逃跑。

那个人只是在身后，离得很近，并没有挨着，所以只要她动作够轻，就不会被发现。

从现在开始，她要好好规划一下路线。

先下床找到自己的东西，或许再上个厕所，然后悄悄地离开，像上次那样。

手机——在隔壁床。

衣服……外套也在隔壁床，其他的在浴室里。

所以，路线是从隔壁床到浴室，再到门口。

OK，出发。

姜迎轻手轻脚地下了床。为了更加圆满地规避风险，她甚至都没披浴巾，赤脚踩在地毯上，落地无声。

她飘到小床边，拎起了外套。直到这里，一切都非常完美。

坏就坏在手机上，它使这个完美的计划出现了裂痕——闹钟响了。

为了坚定地做一个有志青年，她即使在周末也会定闹钟，以免赖床的时间太长，虽然是十点半的。

闹钟的铃声设定为最大音量，所以，孟璟书非常合理地醒了，在她的外文童谣闹铃之下，在她一丝不挂的胴体之前。

她还保持着弯腰去拿手机的姿势。

姜迎尴尬得一时间不知道该作何反应。

孟璟书微眯着眼坐起来，只看一眼便笑了："这是什么歌词？"

姜迎石化半晌，她的手机还在欢乐地唱着歌："一般傻 × 都穿得酷酷的……"

……

尴尬到极点，也就超脱了。

姜迎冷静地关掉闹铃，拿了外套进浴室。

孟璟书半坐着，看姜迎沉默地走进洗手间，几分钟后再沉默地出来。她已经穿戴整齐，短裙、薄风衣，纤瘦的腿光着，看着好像比以前要瘦一点。

姜迎像是看不见屋子里的另一个人，自顾自地收拾好了就要开门走人，从头到尾一声不吭。

“等等。”

孟璟书叫住她，低哑的声音里略带不爽。

姜迎定住片刻，转身瞧他：“还有事？”

就这么一会儿，他已经穿上浴袍，几步走到跟前，将手机递过去：“留一下手机号。”

姜迎和他对视，没动。

孟璟书：“或者你去班级群里把我的微信加回来。”

姜迎面无表情：“没必要。以我们的关系，用不着联系。”

孟璟书的耐心耗尽，冷冷地睨着她：“我们是什么关系？十年的老同学，还是上过两次床的情人？你说，哪一种用不着联系？”

仿佛遮羞布被撕开，气球被针扎破，姜迎忽地恼羞成怒：“管你什么关系！我说不联系，就是不联系！”

她气冲冲地走了，甩上门前还特地朝他吼了一句：“告辞！”

孟璟书迎面吃了一口强风，气都不知该往哪儿撒。

这个人怎么回事？！

第三章 荒唐

中秋连着国庆，大长假。

孟璟书中秋的时候回了家乡南青市，去探望奶奶。老人家难免会关心他的感情问题，听闻他分手的消息，更是忧心得紧。

这个小孙子自小没了爸妈，是她和老头子一手带大的。他们心疼他、宠他，惯得他从小眼睛长在头顶上，胡天胡地的，学业、事业竟也没落下。全家没人敢管他，好在他总算没长歪。

前几年老头子走了，也不知道自己还有几年的活头，现下她只盼着这个孩子能快点成家，不要再一个人没着没落的。

奶奶拉着孟璟书的手，叹息道："本来以为她跟你出了国，又一起回来，马上就能成好事的，怎么说散就散了呢？"

孟璟书没说太多，只说不合适，相处不下去了。

"三年了，现在才知道相处不下去？你跟奶奶说句实话，你到底喜不喜欢她？有没有想过跟人家成家？"

孟璟书淡淡地说："我还年轻，没想过这事。"

奶奶照着他的手就是一拍："你这个糊涂蛋！不想你还谈这么久？我还以为你认定了她做我的孙媳妇，才使劲儿地疼她。"

孟璟书有一丝诧异："我以为您很喜欢她。"

手上又挨了一记重拍，连壮年男子都禁不住要倒吸一口凉气。

奶奶中气十足："糊涂哟！小时候一天天皮成什么样，还以为你有多机灵！白白浪费了好几年！现在不想成家，你要到什么时候才想？！我这个老太婆还能不能见着啊？！”

孟璟书随意地道：“您别着急，我回头再给您找一个就是了。”

“还是不想成家的就别带到我跟前了。你得擦亮眼睛找一个放在心上的，奶奶再给你把关，别每回都玩儿似的。”奶奶说着又有了新的担忧，“就怕你这小混账脾气不好，不会哄人，真遇上喜欢的，又把人给气跑了。”

孟璟书嘴角一扯：“怎么可能。”

奶奶对着孙子这张年轻俊俏的脸，越瞅越满意：“是、是、是，你打小就招小姑娘喜欢。还记得你上高中那会儿，请同学来家里烧烤，有个小姑娘白白净净，戴眼镜的，就一直跟着你，眼睛都舍不得挪开呢。”

孟璟书愣怔了一会儿，轻笑了一下：“好像是有这么一回事。”

在家乡的几个高中同学组织聚会，叫上了孟璟书。

孟璟书原先答应了的，却意外地被截和——魏展风说他朋友买了一座小岛，请他们过去度假。他信誓旦旦地说了孟璟书也会去，招来了几个女孩一同前往。

魏展风最后是这样说的：“这也是公司的应酬之一，反正你不来就是让我丢脸。我要是丢了脸就会不高兴，那以后那些没营养的会你就自己去开吧！”

孟璟书骂了句脏话。

最近是怎么了，怎么谁都能对他蹬鼻子上脸的？！

骂归骂，应酬还是得去，合伙人的威胁确实有一定的威慑力。

一群单身男女一块出去度假，吃喝玩乐，很容易玩着玩着就玩到床上去。

虽然孟璟书这块香饽饽让许多人惦记着，不过他们还不至于那么混乱。之前有过一面之缘的 Sandy 捷足先登，其他人也就识趣了。

沙滩舞会结束后，看对眼的人都私会去了。

Sandy 抱着孟璟书结实的手臂，露脐小热裤配抹胸紧身衣，饱满的半球几乎贴上了他。她喝了点酒，佳人在侧，红着小脸笑得美滋滋的。

“璟书，我们今晚就看海吗？”

其实孟璟书从那天被姜迎甩了门，心情就一直不大好。看着女孩娇俏的笑容，他也不自觉地拿来跟某人糟糕透顶的态度相比较。

那么臭的脾气，谁稀罕，不联系就不联系。

他轻佻地笑道：“去房里看？”

Sandy 被逗笑，花枝乱颤的。

就这么颤进房里，Sandy 在孟璟书的脸上留下好几个唇印，上手就要脱他的衣服。他在她的腰上轻轻掐了一把，惹得她娇声惊呼。

他一笑，拍了拍她："我先去洗澡。"

孟璟书洗完，Sandy 倚着门框等他，戳了戳他带着水汽的胸口："等我哦，我会洗得香喷喷地出来的。"

他笑着答应了。

Sandy 果然香喷喷地出来了。

她很喜欢亲人，在孟璟书的脸颊和下巴亲了还不够，要去吻他的嘴唇。

孟璟书下意识地避开。陌生男女的逢场作戏，实在没必要纠缠于唇齿的亲密。

Sandy 奇怪地道："不能亲嘴吗？"

孟璟书说："浪费时间。"

Sandy 娇笑着，伸手就要扯他的浴袍。她卸了浓妆，看起来更像海绵宝宝了。

孟璟书突然顿住。

鬼使神差地，他想起前几天和奶奶说的话，想起高中的时候，有个女孩白白净净的，戴一副黑框眼镜，也不会打扮。很多女生都在校服下穿短裙，她却乖乖地穿着肥大的校裤，身上还穿印有海绵宝宝的卡通图像的 T 恤，简直呆得不行。

冲动降了温。

真是见了鬼了。

被那个呆女人甩了脸色就昏头了，他在这儿胡搞些什么？

"抱歉。"孟璟书手撑着起身，转过身去系好衣带。

Sandy 很蒙，问他："就这样？可是，你……"

"很抱歉。"孟璟书又说了一遍，还是这句话，没有再多的解释。

Sandy 有点失落，却也洒脱，没啰唆，自己找衣服穿上了，还有心情八卦："是因为上次你说的那个……拉黑你，又和你睡了的人吗？"

孟璟书眉心一紧，矢口否认："没有。"

Sandy 耸耸肩："Whatever（不管怎样，无所谓），那我先走了。要是你反悔了，可以随时来找我哦。"

人走了，孟璟书心里烦躁，去阳台点了一支烟。

烟雾在夜色里散开，睁眼便是潮水在沙滩涨落。海边气候宜人，夜风舒爽，却平息不了他心中的燥火。

想叫魏展风出来喝酒，但估计人家现在正在兴头上，他这会儿打电话过去未免太缺德。于是他刷了一会儿微信，见高中班群里聊得正热闹。

原来今天是班级聚会的日子。

不在南青市的人只有羡慕的份，身在国外的许嘉宏更是像炮仗一样说了好多句话——

"竟然这么多人！老班也在！"

“该死的交流会为什么不能早点开！”

“我下下周回国，去泽卞开会，在泽卞的人必须请我吃饭啊！”

许嘉宏在微信群里疯狂呼唤那几个他所知道的在泽卞的同学，不把他们炸出来承诺请客誓不罢休。

孟璟书咬着烟回道：“知道了，我请。”

许嘉宏来劲了：“哈！还是我孟哥爽快！其他人看到了没，我帮你们蹭到了一顿饭！”

有其他也在聚会上的同学发了照片，说：“班长啊，人家正忙着合影呢，没空理你。”

照片上，姜迎、黄彦菲和其他几个人正笑意盈盈地自拍，隔着屏幕都能看出那边现在有多欢乐。

一个在外地的女生说：“姜迎怎么也在？她前天还跟我说不去的呢。”

负责组织的同学说：“这你就不知道了吧，孟哥本来说要来的，后来又有事不来了。”

懂的人自然懂。这句话下面，大家默契地发了些贱贱的熊猫头的表情包，一张接着一张，好事者众多。

孟璟书“呵”了一声，更心烦了。

他进了群成员页面，找到姜迎的头像。她隔一段时间就会换头像，他上次看的时候还是一只橘猫的照片，现在就换成了一只背着书包的幼犬，好像是英斗。他点进去，没什么意外，还是那个样子，不向非好友公开朋友圈的内容。

孟璟书拧着眉退出，发现班级群里竟然消停了，因为另一个当事人出现了。

姜迎发了个微笑的表情。

大家识相，假装无事发生，说起了别的话题。

就在那个冷漠的笑脸即将被覆盖之际，班级群里又多了一条消息。

孟璟书也发了同样的微笑的表情。

两张冷漠微笑的脸，正好卡在屏幕的首尾，遥相呼应，像是某种宣告，硝烟弥漫。

群众沸腾了！

这是坐实了传闻吧，暗恋不成反生恨了是吧？！

有人带节奏，发了个：“哦……”

下面刷了无数个队形，都在起哄。

姜迎没再讲话，孟璟书觉得自己能隔空感受到她沉默之下的怒火。

“呵……”

烟灰烧到尽头，男人掐了烟头，露出今天第一个真心的笑。

……

长假后的第一个工作日，连清晨的微风都能把人吹至萎靡。

是秋天来了。

换季总是这么讨厌，干燥得要死。

七点多，姜迎打着哈欠从地铁站出来。

今天要去法院立案，堆积了几个案子，节前根本排不上号。她今天早早地起来，誓要在法院开门前到达，争做排队的第一批人。

从他们律师事务所到法院，要乘地铁再转乘公交车，从地铁口出来是繁华的商业区。姜迎看时间还早，决定去买杯咖啡续命。

商务楼一层有一家咖啡甜品店，推门进去，烘焙蛋糕的甜香味扑鼻而来。姜迎已经吃过早餐了，原本只打算买杯咖啡，可浓郁的烘烤香味太过诱人。

架子上只放了三四种西点，但闻起来感觉正在飘荡的香味并非来源于此，于是姜迎问老板："现在在烤的是什么？好香！"

老板是个漂亮的年轻女人，微卷的长发挽着，气质很好。她笑着说："是苹果塔。还得等两三分钟，要吗？"

姜迎："好，要一个，还有一杯卡布奇诺。"

姜迎等了一小会儿，热腾腾的苹果塔和咖啡到手。一口香浓的卡布奇诺入喉，神清气爽，连被秋风吹干的皮肤似乎都恢复了一点弹性。

她一边往外走，一边低头嗅着苹果塔，想咬一口，又怕烫。走到门边，刚好有人进来，推开门，礼貌地帮她扶了扶。

姜迎轻声道谢，快速越过去。那个人恰好往里走了些，闪避不及，擦肩轻碰。大概是扯到了哪里，事务所发的免费公文包的带子断裂了，凄惨落地。

"抱歉。"是低沉微哑的一句。

那个人礼貌地弯腰捡起公文包递给她。被磨得残缺的印刷字体在那只骨节分明的手的对比之下，显得十分寒酸。一时间，两个人面面相觑。

孟璟书似乎也未能免遭工作的毒手，双眼泛着血丝，下巴上的胡楂泛青，略显颓唐，配上他无表情时过分冷峻的五官，看起来有点凶。

他确实不大舒坦。公司产品更新出现漏洞，他作为老大，跟软件部同事一起加了两天两夜的班，这会儿问题解决得七七八八了，就下楼来买杯咖啡醒醒神，然后就撞上了这个女人。

最近因为她，他说"抱歉"的次数是不是太多了些？

孟璟书冷漠地看着她。

姜迎抿着嘴唇接过公文包，低声说了一句"谢谢"，一溜烟地跑了。

嗯？

孟璟书盯着她的背影，眉头拧紧。

这就跑了？

她这算什么？落荒而逃？

……

还是他表现得太凶了？

竖锋科技。

开完会，孟璟书回到办公室，刘助理进来汇报项目进程，并告知孟璟书自己下午要出去一趟，去处理孟璟书住宅的车位问题。

前段时间办理证件，他们一查，才发现孟璟书的停车位竟然被物业给抵押了出去，产权根本就不在手上。跟物业交涉多时无果，他们联系了其他有着相同遭遇的业主，决定联合起诉。

这些琐碎的事情孟璟书从来都不管，全是刘助理在帮着处理。

孟璟书表示知道了，他差不多四十八小时没睡觉，正准备回家休息。他把外套搭在手臂上，随口问道："约的哪家事务所？"

刘助理："伟禾。"

孟璟书抬眼："伟禾律师事务所？"

刘助理："是的。"

孟璟书："我也去一趟。"

刘助理："啊？"

下午三点半，姜迎正埋头检查起诉状，忽然被师父吴淑婷叫走，说是有新的案子。

去往待客室时，吴淑婷说："我知道你手上还有事，但这个也不是多么复杂的案子，这段时间你就辛苦点。"

姜迎："好的。"

"不过这个当事人指明要你负责。"吴淑婷语气一变，目光颇有些深意，"年轻女孩要懂得保护好自己，必要的时候叫上郑一峰一起。"

姜迎之前有过不愉快的经历，客户见了年轻漂亮的小姑娘，在饭桌上总是言辞暧昧，还想趁机灌她酒。要不是同期的男生郑一峰也在，说不定她就要被占便宜了。

姜迎低声道："知道了，谢谢师父。"

她心中有防范，推门的时候有点紧张。

她提着一口气，刚想展现一个礼节性的假笑，就被沙发上男人矜贵的坐姿给击垮了。她脸上的微笑僵在嘴角，紧张变为荒唐。

吴淑婷的口吻十分公式化："孟先生、刘先生，这是我的徒弟，姜迎律师。"

姜迎回过神，淡笑道："你们好。"

孟璟书颔首，递过去一个清淡的目光。

姜迎尽量避免和他对视，不让个人情绪影响到工作。

好在孟璟书在谈话过程中几乎一言不发，都是刘助理在交涉。说起案子，姜迎的不自在减轻了许多。

吴淑婷有事先行离开。

谈到后面，姜迎和刘助理确认细节。

姜迎：“最迟明天，我会把委托书、起诉状和登记表……这些材料发给你，到时麻烦你分发给各位业主。这是我的手机号和微信号，有问题随时联系。”

刘助理和她交换了手机号码，推了推眼镜后说道：“是这样的，孟总对这件事情非常关注，麻烦姜律师也加一下他的联系方式，方便沟通。”

原来在这儿等着她呢。

姜迎克制地微笑道：“当然。”

微信通过验证的消息跳出来，全程沉默的孟璟书忽然轻笑出声。

他看着她，眼睛在说话：不是说不联系吗？现在呢？

那股骄傲和得意不言而喻。

姜迎暗自咬唇。

时隔三年，这个人再次出现在她的微信列表中。

他们剑拔弩张。

他在笑她这一役落了下风。

她却突然有点想哭。

刘助理觉得最近自己的工作难度有所上升，主要体现在他的业务种类增多，而且新业务让人摸不着头脑。

比如，他明明已经约好了老资历的吴律师，孟璟书却反口要择一个新人律师。

比如，孟璟书明明是当事人，要律师的联系方式再正常不过，却还要他刻意引导，让她主动加老板的微信。

再比如——

“吵架输了而已，有那么值得难过吗？”

掐头去尾的一个问句出自老板的口，正在开车的刘助理不得不分神思考自己是否需要回答。

不过孟璟书在说完这句话后并没有后续，似乎只是自言自语，这让刘助理松了一口气。

路口是红灯，深色轿车在车流中缓缓地停下等候。

一直看向窗外的孟璟书收回视线，再度问他：“刘助理，我今天看起来态度很差？很吓人吗？”

再怎么尽量淡化语气，也还是能让人听出其中的困惑。

刘助理的脑子高速运转，斟酌道：“没有，跟平时差不多……”

孟璟书十分敏锐：“有话就说。”

刘助理：“您要是想向姜律师示好，需不需要我去花店买束花？”

而不是在人家加你微信的时候冷声讥笑。

孟璟书：“我为什么要向她示好？”

刘助理闭嘴发动车子，少说话，好好开车。

孟璟书过了一会儿又补充道：“工作上你就走正常程序，不要优待她。”

刘助理：“好的，孟总。”

……

姜迎如同一只勤劳的小蜜蜂，回家继续加班。

她喝了杯酸奶，感觉有点冷，便去衣柜里找袜子穿。还没坐回椅子上，她就听到微信提示音。点开，看到那个头像时，她愣了一下。

“最迟明天把材料发过来？”

“明天几点？”

这个人是故意来挑事的吧？他有什么可不满的呢？

姜迎没急着回复他，反倒打开了别的对话框，在发消息的间隙写材料，尽量心平气和地加班。

那边的人大概没了耐性，又发了个问号过来。

其指责意味强烈，与那个头像的意境形成巨大的反差。

他的头像从大学起就一直没换，是他大一去冰岛旅游时拍的照片。

橘红的夕阳之下，他站在茫茫雪地上，身后是绵延的雪山。最近的那一座，尖顶上盖着积雪，其下，冰雪的白与山体原本的黑色交替斑驳。山脚驻扎着低矮的尖顶小屋，在一片雪色之中显得荒凉又宁静。少年双手插兜，直直地站在山脚延伸线与天际交接的地方。因为是背光拍摄，只看见火热的光、又暗又冷的山和雪，人也只有一个颀长昏暗的轮廓。冷与暖、明与暗的对比产生了巨大的寂寞感，太空荡了，连雪地上的脚印也只有他一个人的。

当时姜迎看到这张照片，就暗自去网上搜索了冰岛的各个旅游景点。一个个对比下来，她找到了背景所在。那是斯奈菲尔火山，就是《地心游记》里说的通往地心的入口。

不知道为什么，她看到这句话的时候，整个人不自觉地一震，之后就管不住自己，只想跟他聊天——问他冷不冷，有没有泡温泉，有什么好吃的，看到极光了吗……

她搜肠刮肚，就是想跟他说说话。

他是怎么回答的呢？

她已经记不清了……但至少是友好且和睦的吧。

姜迎有些走神，工作效率不高。直到得到别人准确的答复，她才回复了孟璟书。

手机在枕边“嗡嗡”振动几下，孟璟书掀开眼皮，微微眯着眼去看微信。

“跟刘助理确认过了，明天任何时间都可以。孟总放心，我会尽快完成的！”

最近因为这女人，他想骂脏话的次数也太多了些。

姜迎最近过得相当充实，在烦琐的工作中忙个不停。收到许嘉宏发来的微信，说让她周末出去吃饭的时候，她都迷糊了。

姜迎：“去哪儿？吃什么饭？你回国了？”

许嘉宏：“你是不是穿越了？”

他噼里啪啦说了一大通，姜迎才想起来这件事。

说实话，姜迎不是很想去，她不知道自己是抱着什么样的心情。总之，她不想面对那个人。

可是，任凭她背了再多法典，也说不过许嘉宏那张嘴。

“你说咱们班长、副班长的，多少年没见了。你说了多少次要请我吃饭，请了吗？！说实在的，当年你追孟哥虽然没成功，但我也帮了很多忙吧？没有功劳，也有苦劳吧？现在我好不容易回国，一起吃个饭都不行吗？我偷偷跟你说，我这次回来其实不只开会，还有面试，要是能谈妥，我很大概率就回国了……你要不来，黄彦菲可能也就不来了……你懂我的意思吧。”

姜迎完全扛不住，只好答应下来，生怕他再喋喋不休。

聚餐的地方定在市中心的一个日料餐厅，黄彦菲过来要花很长时间，姜迎等她一起。结果，两个人都迟到了。

他们高中班上现在在泽卞市工作的有五个，除了她们俩，其他的都是男生。今晚加上许嘉宏，一共六个人，精致的包间里恰好是一张六人桌。

男士对女士总是有优待，对她们俩迟到一点也不介意。

许嘉宏还殷勤地到门口接她们，一打照面就对姜迎挤眉弄眼的，对黄彦菲倒是矜持得紧。

进了包间，少不了先嬉笑寒暄一番。其他两个男生放长假班级聚会时都见过，一点也不生疏，还开她们的玩笑。

阿博说：“两位美女总算是来了，班长都快念叨死了。来来来，我让个位，你们俩坐到班长的旁边去，让他享受一下左拥右抱的感觉。”

许嘉宏："别，我可吃不消。这样，平衡一点，姜迎，你坐那边去。"

六个人的长桌，一边三个，他们留了边上面对面的两个位子。一个是在许嘉宏的身旁，另一个则是在今天的东道主旁边。

一定是有人刻意为之。

姜迎落座，每一根头发丝都感到不自在。他们这边，坐在另一头的大城是个胖子，占地面积大，坐中间的人自然而然地离姜迎这边更近，清冽的男士淡香时隐时现。

姜迎对这种气味并不陌生。

这个认知挑战着她的面部神经。

有许嘉宏这个话痨在，包间里永远不会冷场。

他扯的话题漫无边际，从国外的月亮根本不圆，到咱们当年多么青葱，再到大城你怎么又胖了……不胜枚举。

几位男士就如何健身聊得火热，姜迎饮料喝多了，要去洗手间。

他们坐的下沉式榻榻米，桌底是空的，不用盘腿，但腿从底下抽出来需要一定的空间。

姜迎不得不跟身边的人说话："麻烦让一下。"

她的声音很低，但确保他是能听到的。

孟璟书目不斜视，一副认真跟他们交谈的样子，纹丝不动。

其实他也不是纹丝不动，至少姜迎就发现，他刚才下意识地侧了侧脸来听她说话。然后，他毫无反应，浑身上下明明白白地写着：我就是故意的。

这个人怎么就这么擅长惹人生气呢？！

姜迎忍不下去了，将坐垫挪远一点，也不管会不会踢到他，将双脚给抽了出来。在一片祥和的气氛里，这一系列动作显得相当突兀。果不其然，她的脚没踢到他，起身时肩膀却重重地撞了他一下。

当事人还没说什么，许嘉宏已经先叫了起来："我们副班长怎么了，这么大脾气？"

姜迎冷冷地甩了一句："尿急。"

许嘉宏哈哈大笑："姜迎还是一如既往的耿直啊。"

孟璟书扬眉："确实。"

阿博和大城会心一笑，一副要追忆她以前的事迹的模样。

姜迎有些头疼，警告道："别在背后说我的坏话啊，我可是有眼线的。"

黄彦菲歪了歪头。

许嘉宏说："不敢，不敢。"

说是不敢，可追忆起往昔来，许嘉宏根本就收不住。姜迎从洗手间回来，还没走到门口，就听到自己的名字被频频提及。

“教室的钥匙本来是归我管的，刚开始还特有热情，天还黑着就出门了。可不到一个月，我就松懈了，每天到教室时，已经有十几个人在门口等着了。姜迎看不下去，还说我来着，后来钥匙就归她管了。三年风雨无阻啊，她基本都是第一个到的。”

大城说：“是啊，不然还怎么当纪律委员呢。想当年，我的迟到记录就是经由她的恶魔之手送给老班的，被罚了好多次跑步。现在想想，真是不可思议，我怎么跑得了十圈呢。姜老师真是我的童年阴影。”

那时姜迎是副班长兼任纪律委员，同学们迟到、早退、自习时说话，都是要登记的。一周内违纪达三次者，法不容情，操场罚跑三千米。姜迎因此一度被戏称为姜老师。

黄彦菲说：“得了吧，你高中时身高和体重就双双达到一百八了，还童年呢。摸着良心说，每次被记名两次，姜迎是不是都提醒你了？别说你们了，就连我们一个寝室的官员家属，她都一视同仁。”

阿博沉痛地道：“我就是自习课爱聊天，有一次连着跑了三周三千米。后来姜老师每记我一次，就过来说我一回，那个苦口婆心啊，我都不好意思了，可我就是忍不住。”

许嘉宏喝了口茶，感叹道：“那些年我们被姜老师训过的话……连孟哥也没少挨说吧？那时你抽烟被姜迎看到了，她恨不得一见面就逮着你讲道理，给你洗脑。”

孟璟书似乎笑了一下。

姜迎心里有些乱，赶紧推开门，一边回座位，一边面无表情地道：“许嘉宏，你还好意思说这些，要不是你这个班长不管事，我何必担这个责。还嚷嚷着让我请客？该你请我才对吧。”

许嘉宏：“哎，这个一码归一码。让你请客，那是私事，我不是帮你创造了很多跟……”

姜迎目光如炬，盯紧了他，他顿时就闭了嘴。

姜迎当然知道他想说什么。

许嘉宏跟孟璟书是一个寝室的，又是班长。

从姜迎对孟璟书有意思开始，他前前后后帮她创造了很多次独处的机会。什么做值日、画板报、抽签开会、做活动排在一起、调整座位表等，一桩桩一件件全是黑幕。到后来，这些事太明显了，全班同学都知道了她的小心思。

就是这样，她也没能实现自己的少女梦。

许嘉宏收到警告，换了话题，插科打诨过去了。一顿饭吃得也算开心，除去身边的人偶尔似笑非笑的目光。

但姜迎不看他，就是不看他。

许嘉宏非要组这个局，其实是有男人的小私心的。

因为他第二天还有工作，几个男人都没怎么喝酒，散得也不晚。

听说黄彦菲住得远，许嘉宏立马表示自己和她顺道，要送她回去。说罢，他又暗暗朝姜迎眨眼睛。

姜迎无语，还是帮他助攻："你跟他一起呗，反正他叫了车，不蹭白不蹭，周末地铁也挤。"

黄彦菲轻飘飘地瞥她一眼，两个人无声地对话——

干吗？卖我？

怎样，你不也卖过我？

哼。

黄彦菲没计较，很干脆地答应了。

然后她又说："本来想跟姜迎一起走的，既然如此，孟璟书，你方便的话，可以送她回去吗？"

姜迎："啊？"

其余几个人竟然默契地会意，纷纷称是，基本上是在起哄了。

孟璟书笑着说："如果姜迎愿意的话，当然没问题。"

说罢，他看向她。

群众投来关切的目光。

姜迎咬牙笑道："好啊，麻烦你了。"

大家跟着许嘉宏到楼下，说他过几天便要离开，要送送他。他和黄彦菲上车后，大家才各自散了。

阿博和大城住得都不太远，坐公交车走了，留下姜迎和孟璟书大眼瞪小眼。

最后还是孟璟书先说话："走了，去停车场。"

姜迎跟他一起进商场坐电梯。停车场在负二层，她在负一层停下。

"我去坐地铁，再见。"

孟璟书蹙眉看过来，已然不悦："有必要吗，姜迎？"

姜迎也没什么好装的了，直接说："和你待着尴尬。"

他们离得近，孟璟书降低声音，语气冷极了："上床的时候怎么不尴尬。"

周围都是路人，姜迎不欲多说，连一个眼神都没再给他，直接走了。

周末晚上的市中心商场，说是人山人海也不为过。走去地铁站的一路上，她和无数陌生人擦肩而过。有人跟她一样，行色匆匆；也有人三五成群，嬉戏笑闹。商场里放着广播，商店里也有自己的歌单，身边有很多杂乱的声音，很多的人。可人越多，她越发感到只有自己。

别人跟她有什么关系呢？每个人都只有自己一个而已。自己走自己的路，自己抱着自己的回忆。

她想起过去的好多年，想起孟璟书，他这个人，他的话；她想起听到许嘉宏说漏嘴时，他的似笑非笑。这些全都令她无比难受。

他大概都猜到了。

若曾令他动容，过去那些暗地里的爱慕摆在他面前，便是她可嘉的勇气与努力。

可他未曾。

那些年，不过是愚蠢的笑话罢了。

排队过了安检，要刷二维码过闸。姜迎在外套的口袋里没找到手机，以为是自己记错了放在包里了，又把包翻了个遍。

心情不好的时候，总会发生让你心情更坏的事情。姜迎现在就遇到了。她盯着包包好一会儿，才接受了手机被偷的事实。

怎么会这么大意呢？手机放在口袋里，周围这么多人，她还一点也没注意地走了一路。

她检查了包里，东西都在，只有手机被偷了。

身上没带钱，姜迎翻出银行卡，准备出去找 ATM 机取点现金。

她木着一张脸出了安检口，走原路返回。快上电梯时，有人用力抓住她的手。

孟璟书紧紧地盯着她，漆黑的双眼里是不加掩饰的情绪。他恼怒，也不甘，准备了很多话想要跟她理论，但看到她垂着脑袋灰心丧气的样子，就完全说不出口了。

他的胸膛起伏着，自己克制了一会儿，只问她："怎么不接电话？"

姜迎盯着地面："手机被偷了。"

地铁站人来人往，他们两个人站在路中间，显得与人流格格不入。无数人绕过他们，如同避过两个倔强的路墩。

大概是在意料之中，孟璟书不知是松了一口气，还是感觉无奈，语气不再那么强硬。

"送你，走不走？"

姜迎低低地"嗯"了一声。

一路上，没有人说话。

姜迎没说自己住哪里，孟璟书也没问。在路口等红灯时，他转头看她，她也没反应，身子靠着椅背，面无表情地看向窗外。

车子驶进东明嘉园，孟璟书停车上楼，姜迎默不作声地跟了上去。

等关了门，孟璟书弯腰给她拿拖鞋，没忍住，有些戏谑地道：“还以为你不会进来，刚才还那么硬气。”

本来姜迎的脸就绷得紧紧的，他不说还好，这么一说，玩笑话到她的耳朵里都成了嘲讽。钻心的讽刺。

她眼睛红红地瞪着他，眼泪就那样流了下来。

孟璟书拿纸巾给她，低声说：“哭什么，不就是丢了部手机吗，明天我赔你一部就是了。”

姜迎不想显得太软弱，将眼泪一擦，愤恨地甩下一句：“你懂什么！”

孟璟书：“……”

行吧，她还不算太丧。

不得不说，女人的眼泪确实是对付男人的利器。她这一哭，孟璟书都没想要跟她计较态度的问题了。

等了一会儿，看她没再掉眼泪，孟璟书才说：“今晚就住在这儿，明天陪你去买手机，之后再送你回去，可以吗？”

姜迎发泄了一下，心情平复不少，带着鼻音低声说：“谢谢，麻烦你了。”

孟璟书哼笑道：“这话听着倒不习惯了。”

姜迎洗完澡出来，孟璟书给她泡了杯牛奶。

“喝点儿，安神。”

“哦。”

她牛奶还没喝完，他又拿来平板电脑，像个幼师拿玩具安抚小朋友一样：“无聊就玩一会儿，密码是 xrst11。”

姜迎这下是真的没办法再对他发脾气了，真心实意地说：“谢谢你。”

孟璟书无谓地笑了一下，又说：“班群里的人问你到了没有，怎么回复？”

姜迎这才想起还有这件事，黄彦菲联系不到她，可能会担心。

她说：“你就说我的手机弄丢了，已经把我送到家了。”

孟璟书把手机递给她：“你自己回复。”

姜迎：“……”

有这么懒吗？

她握着手机，慢慢地打了一句话：人已送到。她的手机弄丢了，估计没法回复。

他在一旁看着，提出质疑：“我说话这么死板？”

姜迎：“在群里难道不是？”

孟璟书不置可否。

等她喝完牛奶，他把杯子收了，丢进洗碗池里，就回自己的房间了。

姜迎以一点五倍速看完一部无聊的搞笑电影，看时间快十二点了，打算出去上个厕所、洗个脸就回来睡觉。

显然，现在的年轻人都不爱早睡，她一出门就见孟璟书在客厅里抽烟，没开灯，只有指间的一点红光和昏暗的轮廓。

烟不是提神醒脑的？这大晚上的他还抽？

不过姜迎无意置喙他人的习惯。

“Hi。”她随意地打了个招呼。

他说：“你也没睡？”

姜迎：“要睡了，上个厕所。”

慢吞吞地解决了膀胱的问题，姜迎捧着清水冲了脸。额头上的碎发湿了几缕，水滴正从她的脸上滑落，干燥的秋风让她的皮肤有些紧绷。

她抬头看镜中，自己在陌生的环境里，暖黄的灯光映在脸上。她还不到二十五岁的年纪，皮肤还没开始衰老，眼睛里已经少了天真，不再那么爱做梦。

深夜适合胡思乱想，姜迎漫天走神，以至于开门时被在门口等待的人影吓了一跳。

姜迎：“干吗？”

孟璟书：“聊聊？”

姜迎：“聊什么？”

孟璟书说：“随便。”

两个人到客厅的沙发上坐着，开了盏落地灯。

姜迎穿着孟璟书给的宽大的T恤，一坐下便露出膝盖上一截白皙的皮肤，于是她抱了个抱枕放在腿上。

她说：“聊吧。”

孟璟书似乎也没想好要说什么，顿了几秒后问她：“要喝什么吗？”

姜迎摇了摇头。

他凝视着她素白平静的小脸，终于找到了突破口。

他问：“不生气了？”

姜迎一愣，又摇了摇头：“没有。”她随意地解释道，“不算是生你的气。”

孟璟书：“那明天买了手机，先把对我的朋友圈屏蔽给解除了。”

姜迎没想到他会说这个，挺无语的：“也没什么好看的。”

孟璟书坚持：“不是好不好看的问题。”

前几天加了微信，孟璟书还没得意完，就发现自己被屏蔽了。这也就算了，更过分的是，刘助理竟然没有被屏蔽。也就是说，她不是分组屏蔽，而是专门屏蔽了他。这件事在他心头盘旋了几天，他气不过，于是才有了席间不给她让位这么一出。

姜迎也不跟他犟了，说：“行。”

孟璟书满意地点头，他借由这件事想起了另一件事。

“你跟上大学时的那个男朋友分了？”

姜迎一头雾水：“我大学时哪来的男朋友？”

孟璟书也疑惑：“没有？”

姜迎说：“我就一个前男友，就是我们在 KTV 门口……见面那次的那个男的。谈了快一年，大概是……四个月前，他出轨了，小三就是那个眼睛显得特别无辜的女的。”

孟璟书勾了勾嘴角：“巧啊，我前女友也是，四个月前，我发现她出轨了。”

姜迎有些不敢相信：“那她还在微博上反咬你一口？！”

孟璟书：“你也知道？”

姜迎耷拉下一半眼皮瞟他：“她是网红嘛，我们系的人都知道。难道你就任她颠倒黑白？”

她们是大学同班同学，孟璟书知道。

他轻笑道：“无所谓，反正网友也不知道我是谁。”

他们在恋爱期间明确约定过，她不在网上透露孟璟书的任何身份信息，也不曝光他的清晰照片。

姜迎耸耸肩：“心真大。”

孟璟书觑她：“难道你报复你的前男友了？”

“没必要。”

倒也算不上什么深仇大恨，只是情爱上的亏欠罢了，没有什么实质性的损失。满心想着要报复，只会浪费自己的时间和精力。

“一样的。”隔了几秒，孟璟书又笑，“真是很巧。”

两个人很巧地在差不多的时间被人背叛了，可为什么看起来却像是中了大奖一样开心呢？

姜迎好笑地道：“同喜啊，要不要喝一杯？”

孟璟书挑眉，眼睛发亮：“喝吗？”

姜迎毫不怀疑，她只要一点头，他立马就会去翻酒柜。她赶紧制止他：“说笑的，我又不是酒鬼。”

姜迎的话提醒了孟璟书，他想起了之前没机会说的话。

他忽然严肃地道：“你以后去酒吧不要落单，更不要随便喝酒。上次……”

“酒”这个元素在他们之间有暧昧的回忆，“上次”是更不可告人的字眼。姜迎一听，目光顿时开始闪烁。

孟璟书自然也想到了，顿了一下，才低声说：“总之，当心点。”

姜迎的耳尖微红：“我知道。”

阳台的门是开着的，寒风无声地吹进来。寒露不露脚，姜迎光着的腿瑟缩了一下，悄悄地蜷起，藏在了抱枕下面。

静默会将一切细节放大。

孟璟书瞧着她的脚，红色的指甲油衬得皮肤格外白。

他问：“冷？”

姜迎：“有点。”

他说：“回房间吧。”

主卧室在走廊的尽头，两个人一起走到客房门口。

姜迎挨着门边，轻声对他说：“那……晚——”

“安”字还没出口，他突然打断。

他问：“要不要给你拿厚一点的被子？”

“啊？”姜迎有些迟钝地回头看了一眼，现在那床被子确实有点薄，“好。”

孟璟书跟她进了房间，在衣橱里翻了翻，把厚被子抱出来。

修长有力的手捏住被子的两端，发力地甩开，轻软的蚕丝被在空中扬起，而后缓缓地降落，平铺在床上。

姜迎坐在床边，揪了一角在手里，笑着对他说：“很暖。”

孟璟书正垂眸看她。他的衣服罩在她的身上显得过于宽松，显得她小小的，头发柔顺地披在肩上，看着很软。干净的脸，干净的眼，爱说，也爱笑，跟从前一样。

姜迎微微仰头跟他对视，一时间两个人都不说话了。

他的眼睛过分漆黑，姜迎在那里面看见自己，如同沉浸在深海里。

她受到蛊惑，又不甘心。

她说：“你不走吗？”

他凝视着她，目光带有热度：“可以吗？”

可以吗？

为什么要问她呢？

答应送她的时候，去地铁站找她的时候，带她回家的时候，他心里在想什么？

否则她跟他回家，半夜聊天，允许他进房间，又是为什么？

姜迎脱了鞋，钻进被窝里，含糊地说：“那你把门关上。”

他可真像一个魔盒，打开来，里面是一个接一个的荒唐。

可谁又规定了人生必须严正，荒唐便是有罪呢？

她信自己的感受。

泽下入了秋，晚上温度很低。有时她没把阳台的门关严实，半夜都要被冻醒。

现在有人可以拥抱，为什么不要？

这次没有酒精的助兴，更没有醉后的狂热。他们很清醒，也很拘谨，彼此在一点一点地试探。

孟璟书在回想那个夜晚，回忆哪里是她热情的开关。说到底，他本能地想追求双方快感的加成。两个人的游戏，怎么能只有一方投入呢？

姜迎的手被压在两侧，耳边是他沉沉的呼吸，眼前是他忽远忽近的胸膛。压制极易带来侵略感，尤其当对方有足够的耐心，铜墙铁壁也可坍塌。她感觉自己正在节节败退。

可她不想输。

他们在用身体取悦对方，却不想让对方知道自己已被取悦。

孟璟书觉得喉咙里极干极渴，他捏着姜迎的下巴，拇指按住她的嘴角，不让她再作乱。她的眼里跟蒙了层水雾似的，温热的气息全喷在他的手上，湿润之中还有一股淡淡的奶味儿。

他从喉咙里溢出沙哑的低吟。

下一刻，他们激烈地接吻，孟璟书忽地将她抱起来。

姜迎颤抖着，额头紧紧地抵在他的肩上。

“喜欢这样？”他问。

姜迎不出声，只是抓他的手指更用力了。

“别忍着。”孟璟书又去吻她。

……

第四章 奶茶

秋高气爽，这日工作清闲，姜迎提前下班，与几个同事一边下楼，一边商量着要不要一起去一家新餐馆试试。

同事说："不过这家店很红的，不知道现在去会不会要排很久的队？"

姜迎："说不准哎，现在还挺早的。要不我们去看看，要是排不上，我们就吃别的。"

同事赞成，想说查查路线，突然视野内出现一个眼熟的人："咦？那个人……"

记忆匹配成功，等同事们反应过来，姜迎已经目露凶光。

陈天靖厚着脸皮走上前来，凝视姜迎："小迎……能和我谈谈吗？"

姜迎："没空。"

陈天靖保持一种苦情的姿态，说："小迎，我知道你在生我的气，但我会坚持的。你要是今天不愿意谈，那我就明天再来。明天要是还不愿意，我就……"

顶着同事八卦的目光，姜迎冷声打断他："行，那今天就谈清楚。"

姜迎跟陈天靖出去之前，郑一峰问她："你自己去 OK 吗？"

姜迎抿了抿嘴唇："没事，我自己可以处理。"

他们就近进了一家咖啡馆，选了个比较偏僻的座位。

点餐时，陈天靖深情款款地问："小迎，还是卡布奇诺和抹茶切片吗？"

姜迎看到他这副表情就恶心，懒得说话，把菜单拿过来点了几样贵的。

陈天靖在钱上并不小气，只是酷爱装模作样。他苦笑着感叹："分开几个月，你变了不少。"

姜迎喝了一口柠檬水，宣告谈话开始：“有屁快放。”

男人满眼宠溺：“不过我最喜欢你的一点永远不会变，那就是特别真，一点也不装。”

姜迎要被他逗笑了：“陈天靖，你家小晨呢？”

离她上次见到他们甜甜蜜蜜有一个月吗？

陈天靖叹了一口气：“小迎，你知道吗？人生中总要多看不同的风景，才能明白自己最想要的是哪种。遇到错的人，才会知道谁是对的。过去的，我们就让它过去，好吗？”

他说得特别诚恳：“是我错了，我道歉。小迎，让我们重新开始吧！”

姜迎的手动了动，服务员来送餐，她咬着牙将手放了回去。

待服务员走后，她对着对面的人笑了一下：“陈天靖，我的脸上有字吗？写着‘我是傻×’？”

陈天靖叹息：“小迎，我们曾经很相爱，为什么不能再给彼此一个机会呢？你应该知道，我的条件对你来说，已经足够优秀了。”

姜迎气极了，声音反倒更冷：“狗屎再香，也是狗屎。”

“小迎……”陈天靖有些失望地看着她，“你态度这样决绝，是不是因为上次那个男人？”

姜迎一字一字地从牙缝里挤出来：“关你什么事？”

陈天靖还要劝她：“他相貌是很好，可那又如何？知人知面不知心，男人有谁能保证不犯错？我犯过错，现在回头了，才能证明是真的爱……你干什么！”

男人被一杯浓黑的热咖啡泼了一脸，精心打理过的发型乱了，衬衫上有一大块深棕色的污渍，眼睛只能半睁着，狼狈至极。

姜迎之所以挑了一个偏僻的座位，就是为了做这件事。她等了一会儿，咖啡的热度刚好，有点烫，泼到脸上会难受，又不至于受伤。

“陈天靖，我告诉你，劈了腿就别想着回头。你有种一点，就别拿人当傻子，别再拿曾经来恶心我，否则我见你一次，泼你一次。”

几个服务生赶来问情况，姜迎没多停一秒，直接拿包走人。

姜迎气得忘了吃饭，回到家才想起冰箱已经空了。

迟来的饥饿感席卷着胃部。

连外卖都等不了了，她随便煮了一碗酱油拌面。她吃着干巴巴的面条，看微信同事群里他们只等了半个小时就吃上了炭火蛙，还不停地上传照片，散布罪恶。

有人关心地询问她的情况，她蔫蔫地回复。

啊……

好饿……

她也想吃炭火蛙！

姜迎盗图，加了点滤镜，蛙蛙的美味看起来又升级了。

她发了朋友圈，配文是一张微笑脸，后面写着“我也想吃”。

有同事看了，给她点赞，安慰她下次再一起吃。

可下次是什么时候呢？

她本来今晚就能吃到的。

酱油拌面只能果腹，却不能让人满足。

食欲得不到满足的人，连洗个碗都唉声叹气的。

手机的信息灯在闪烁，姜迎擦了擦手，用指关节点亮屏幕，夕阳雪山的头像右上角赫然有一个红点，红点里的数字是“3”。

姜迎的心一紧，擦手的纸团都掉在了地上。

她和孟璟书其实好些天没联系了。

上次和解之后，他们疑似又陷入了另一个小矛盾里。或者也不能说是小矛盾，说尴尬可能更合适。

虽然他们以前一直算是追求者和被追求者的关系，但由于一个不在意、一个不强求，根本没有戳破，因此始终也只维持着比较友好的同学关系。况且，他们中间有近三年没联系。现在他们一跃发展到了床上去，等天一亮，多少会有些不自在。

那天，他陪她去买手机，不声不响地付了款。她怎么可能收，办了电话卡之后，立刻把钱转去给他。

他当时挺不高兴的：“转钱干什么？昨晚说好了我赔给你的。”

姜迎说：“谁跟你说好的，我又没答应。我丢手机是因为自己不小心，不要你赔。”

孟少爷大概是没试过给女人送个礼物还被拒绝，风度受挫，之后一直沉着脸，不跟她搭话了。

本就略显尴尬的气氛中多了一丝冷漠。

分开之前，他礼节性地丢下一句：“有空联系。”

然而，他们谁都没有联系谁。

直到今天……

姜迎盯着微信界面几秒，先弯腰把纸团捡起来扔了，再不紧不慢地回来坐下。

她拨了拨头发，喝了几口水，再看手机，孟璟书的头像已经被同事群的消息给顶下去了。

她手指轻飘飘地伸过去，点开。

孟璟书发了她朋友圈的炭火蛙照片，然后说：“朋友的店，请你吃。明天有空吗？”

她看了一会儿，摇头轻叹。

开始了……男女之间的小把戏。

馋虫在叫嚣，嘴角在微笑。

她回："有！"

想了想，她觉得刚才的语气似乎过于积极，又问："中午行吗？"

很快，那边回复："好。"

隔天是周五，老板们集体去开会，律师事务所只上半天班，没啥事的人干脆都不来坐班了。马上就到周末，时间宽裕，适合放纵。

上午十一点五十分，姜迎到卫生间补妆，同事小曼已经在画眼线了。

姜迎"啧啧"："跟小帅哥去约会啊？"

小曼最近跟一个新认识的大四男孩打得火热。

小曼斜眼娇嗔道："对啊，你不也是。"

姜迎："我这不算约会，就吃顿饭。"

小曼："就吃顿饭，用得着涂你心爱的限量色号？"

姜迎动作一顿，而后慢慢地用手指把唇膏抹匀："我最近就喜欢这个色，就算只是跟你吃饭，我也涂这个色。"

小曼画完眼线，在抹腮红："我多嘴问一句啊，你不会是要跟前任复合吧？"

姜迎："我疯了吗？"

小曼："不是就好。其实以你这水灵灵的脸蛋，找一个新的男人不要太容易哦！我们就应该向前看，多尝试新鲜的东西和新鲜的人。"

姜迎补充："还有新鲜的肉体。"

两个女人发出银铃般的笑声。

小曼拿手去戳姜迎的腰："你还说不是约会！"

姜迎缩了缩身子，强装严肃："真的，就吃饭，不做别的。"

无视小曼的一脸不信，她又说："我没带眼线笔，你借我用用。嗯，还有腮红。"

等待的时候，姜迎有点心虚，很怕被熟人看见会嚼舌根。

原因无他，孟璟书这个人太招摇了，一直都是。大概是家庭富裕，自身条件优越，他从小收到的目光太多，反而不那么在意了，完全没有低调的意识。

高一刚入学，学校就对衣着有规定，大家都乖巧得如鹌鹑，两三套校服换着穿。可他不，不知道他从哪儿找到和校裤一个色的裤子，好几个款式，个个有型，一周不重样。他上衣偏爱穿黑色的，顶多升旗、早读的时候穿校服外套应付一下检查。检查结束，他立马脱掉，熟练得像高三的老鸟。

姜迎每次领读，就会看到台下一片蓝白相间中就他一个是穿黑的——帅得扎眼。

班主任为此没少训斥他，他听烦了就安分几天，下周又继续犯。

等到高二，鹌鹑们也都不乖了，在校服下换着花样搭配。孟少爷更“先进”，偷偷文身，还跟人家学抽烟了。下午放学到晚自习的空闲时间，教职工都吃饭休息去了，他要么在场上跟人打球，要么跟几个学校里公认的混混找个偏僻的角落，嬉笑着吞云吐雾。

有一回，姜迎找了个没人的地方练口语，就撞见了。好好穿着校服、抱着英语书和磁带的女孩碰上这些人，不知怎么的，脸猛地涨红，直愣愣地盯着他咬着烟的侧脸。

有人吹口哨逗她，孟璟书偏头见到她愣在原地的傻样，嘴角一扯，下巴一抬，示意她离开。

姜迎回过神来，脸红得要冒烟了，赶紧快步走人。

等他回到班上，姜迎觉得自己得好好跟他讲讲道理，帮他将恶习扼杀在摇篮里。她不厌其烦地说了一大堆，也不知道他有没有在听，就懒洋洋地“嗯”一声算是回应。

末了瞥她一眼，他又说：“别告诉老师啊。”

姜迎特别忧愁，却又没办法。

他这个人总让人没办法，有时候迟到或者晚自习偷溜，被记了两次。姜迎去提醒他，那这周他肯定就不会再违纪。三年下来，他被罚跑的次数屈指可数。

有一次姜迎实在是好奇，就问他怎么忍住的。

他凉凉地说：“被罚要通知家长，我爷爷奶奶比你还能念叨。”

……

其实姜迎挺想不通的，自己在学生时代明明是乖巧的典范，怎么偏偏会看上这么个刺儿头。

人生真是变幻莫测。

不变的是依然张扬的车标……

这回换了深灰色的，好像还是同一个款式。

就像他以前那些同色不同款的裤子，同品牌不同样式的黑 T 恤。

骚气但直男。

姜迎小步跑过去，上车说道：“Hi，中午好。”

孟璟书被她突如其来的热情搞得莫名其妙，挑着眉瞧她：“中午好。”

果然还是有点尴尬啊。

姜迎撇撇嘴，没话说了。

两个人都是下了班直接出来的，都穿着衬衫长裤，定型、香水一样没落下，看起来一点也不像是要去吃牛蛙，倒像是要展开一场商务会谈。

沉默了一会儿，她不说话，孟璟书反倒主动开口："最近很忙？"

其实不忙，但姜迎还是低调地说："有点。"

孟璟书瞥了她一眼，人在玩手机。

手机……

车子拐了个弯，他冷漠地说："哦，我也是。"

嗯？

姜迎满头问号。

她今天是很热情、很礼貌的吧，他这是什么反应？

她想了想，说："对了，你的案子已经交到法院立案了，接下来就等那边的流程了。我会定时打电话去催，但人家有自己的程序，急不来的。"

孟璟书开车习惯性微微蹙眉："这事你跟刘助理交涉就行，不用告诉我。"

姜迎的语气轻飘飘的："是吗？可上次刘先生说孟总很关注，所以我想，既然见了面，就报告你一下。"

车里顿时鸦雀无声。

孟璟书直接没理她了。

姜迎的心情大好。

聊天时冷漠，无所谓，只要请客时大方就行。

孟璟书把菜单递给她："点吧。"

其实两个人也吃不了多少，姜迎看了看，只点了双层锅和冰粉。

"好了。"

孟璟书接过菜单，随便扫了一眼，面露诧异："就这些？"

姜迎手托着两颊，点了点头。

大概因为不用排队，她从进店开始就一副心情特别好的样子，点好菜后更是看着他傻笑。

孟璟书的目光定了定，垂眸低低地吸了一口长气，又勾选了几个菜。

姜迎怕他少爷病发作要做散财童子，赶紧收敛了"纯真甜笑"，抢了菜单过来塞给路过的服务员，补充了一句："冰粉不加冰。"

她回头，孟少爷正看向她。

姜迎："看我干吗？量力而行，不要浪费啊。"

孟璟书不看她了。

姜迎无奈。

这个人怎么长大后变得自闭了？不像她，越来越聪明伶俐了。

牛蛙焦香，冰粉清爽。姜迎拍照发到群里炫耀了一番，心满意足。

出店后，姜迎想起自家空荡荡的冰箱，跟孟璟书道别："我要去下面的超市买东西，你先走吧，拜拜。"

孟璟书看了看时间，问："不回去上班？"

姜迎说："老板出去开会了，我们所下午不上班。"

孟璟书点头道："我跟你去超市。"

姜迎挑眉："你也不用上班？"

孟璟书淡然表示："我就是老板。"

姜迎无话可说。

孟璟书已经踏上扶梯，回头拉了一下落后的她。电梯下行，他站在低一级台阶的位置，姜迎的头顶渐渐跟他持平，最后超出一点点。他望着旁边反光的金属板，突然倒退着上了一级，站在她旁边，然后偏头俯视她。

岂有此理！

姜迎学他，也倒退一级，抬起下巴，勉强俯视。

孟璟书"呵"了一声："幼稚。"

嗯？！

她收回觉得他变得自闭的想法！

超市入口附近有很多小食铺，姜迎一见到奶茶店走不动路了。

她问："你要喝什么？我请啊。"

孟璟书静默两秒，说："五分钟前，你说已经很饱了。"

姜迎："对啊，已经过去五分钟了啊。"

孟璟书说："我不要，你自己喝。"

姜迎："真的不要吗？快乐水哎，超好喝的。"

孟璟书冷眼纠正："是腹肌消失水。"

姜迎笑得不行，自己去点了一杯热的，吸溜着珍珠，还摇头晃脑地在孟璟书跟前赞叹："超级棒！"

孟璟书被她夸张的表演逗笑，想起了一些什么，忽然问她："这东西，高中还没喝腻？"

他们高中是寄宿制，除非是周末节假日，否则出门必须出示请假条。那时孟璟书结交了许多不安分的朋友，校内校外都有，经常趁着午休溜出去玩，得跟姜迎拿请假条。他不耐烦地应下她每回小声的安全叮嘱，然后潇洒地离校，下午再踩着上课铃声回来，顺手将一杯"地下铁"放在她的桌上。那时女生们都喜欢喝这个。

可请假条毕竟有限，姜迎眼看一沓纸就要用完了，怕班主任问起，她没办法包庇。她劝孟璟书别出去得太频繁了，他耷拉着眼皮应下了。

没几天，姜迎临近上课时出去打水，远远地看到孟璟书从一个奇怪的方向风尘仆仆地跑回来。

那绝对不是宿舍的方向。

课间，她去问他："你翻墙出去的？"

当时孟璟书正埋头赶作业，听了她这么一句，眼尾倏地绷直，抬头看她，一小半黑眼珠被眼皮覆住，模样凶狠。

姜迎被他盯得呼吸都紧了紧，以为他要发火。不料他来了一句："还给你买奶茶，别告诉老师啊。"

变声期男孩的嗓音压得很低，只有她能听见，哑得跟砂纸摩擦的声音似的。她的心也像被砂纸搓了搓，有些发麻。

姜迎还想跟他说什么，被围观群众的起哄声打断。他们离得近，旁人不知道他们在说什么，只看见女生的脸颊蓦地变红，已经足够发挥。

没办法，姜迎小声地丢下一句"你自己小心别被抓"，就转身回自己的座位了。

孟璟书的同桌上完厕所回来，见状，贱兮兮地对她说："纪委，要不自习课咱们换位子呗，你这坐在斜后面，看也看不着，说话也不方便。"

上课铃声响，姜迎面无表情地威胁他："打铃了，你再说一句，我要记你名字了啊。"

就这样，姜迎断断续续地喝了半个多学期的免费奶茶，直到孟璟书终于有一次马失前蹄，被抓了个现行。

班主任狠狠地训斥了他一顿，学校看在他成绩好的分上，没有记过，只通知了他家里人说要好好教育。他的新款手机因此被没收，他一连阴沉好多天……

这差不多是十年前的事了。

人的记忆有偏差，但对于回忆的感受是相近的，都有一种仿佛昨日的恍然感。

姜迎嚼着珍珠，慢吞吞地说："你太不小心了，要是你一直没被抓，我估计就能喝腻了。"

她单手推着超市的购物车，歪歪扭扭的。孟璟书扶住一侧，索性接了手，宽大的手掌搭在红色的横杠上，煞是鲜明。

他偏过头问她："你真的没有告诉老师？"

姜迎："哇！你竟然一直在怀疑我！"

无聊瞎扯淡。

他笑："往哪边走？"

姜迎吸着奶茶，用下巴指路，鼓着双颊含糊地哼哼。

孟璟书："生鲜区？"

姜迎点头："嗯嗯。"

孟璟书兀自轻笑。

这声音是好听啊。

有人力、车力，不用白不用。姜迎利索地挑了一整个星期的粮食，满满当当一大袋，孟璟书帮她提着。临上车前，她接到师父的通知，让她发一封急件。

她回了一趟事务所，把邮件发了，顺便把工作用的电脑也带回家以防万一。

到下午上班时间，隔壁楼不断有人出入，就他们单位门口空空荡荡的，无端生出一种不合时宜的平静。

时间短，孟璟书没把车停到地下车库，在附近绕了两圈。姜迎正低头回复他的微信，突然，眼角的余光里，一团浅粉色直直地朝她冲过来。

一阵风伴随着女人尖细的嗓音——

“姜迎！你这个贱人！”

巴掌挥到面前，姜迎偏头猛地后退一步。那个人没有如愿地打到她的脸上，紧跟着又撞了过来。

姜迎抱着电脑，没法用手，一下失去平衡，直接被撞倒在地。

女人压到她的身上，剧烈地摇晃她，哭叫道：“你把他还给我——啊——”

“呜呜呜——”

女人一边摇她一边哭。

姜迎在抖动闪屏的视线中认出来人，立刻火冒三丈，把电脑往旁边一搁，马上手脚并用地推她，并大吼道：“你给我放手！”

女人已经哭成一坨黏糊的面团，扯着她的腿拍拍打打就是不肯撒手。

“哇！啊啊啊——你怎么能……嗝……这样……”

孟璟书停了车，远远地瞧见一地混乱，大步赶来并厉声喝道：“住手！”

男人的力气就是大，一下就把人拎开，解救了还在原地蹬腿的姜迎。

孟璟书把姜迎从地上拉起来，她还没来得及拨一拨头发，哭花脸的女人又要冲过来。

孟璟书挡在前面，一只手制住女人的动作，一只手在掏手机，准备报警。

不料姜迎喘了两口气，直接把他拨开，还把他们的手扯开，冲到那个女人跟前，一把揪住她的衣领，对着她怒骂：“胡若晨，你傻 × 啊！”

其实两个人差不多高，姜迎却硬生生地从气势上压倒了对方。

胡若晨被她这么一抓一吼，瞬间像泄了气的皮球，颤抖、瑟缩、崩溃，最后号啕大哭。

孟璟书：“……”

他花了几秒钟消化复杂的情绪，问：“报警吗？”

姜迎拍着衣服上的灰尘，脸上的凶悍仍在：“不用了。”

孟璟书顿了一下，又问：“怎么回事？”

姜迎盯着地上那团颤抖的粉红色，嫌恶地说：“这就是我那个前男友的小三。”

胡若晨在抽噎之中抬头瞪她：“是现任女朋友！”

姜迎：“对，小三变现任，现任很快又要成前任了，congratulations（祝贺）！”

胡若晨“呜呜呜”：“还不是怪你……呜呜——嗝……你把他还给我……”

孟璟书转过头看她，目光充满探究。

姜迎无奈，跟孟璟书说了昨天的事，越说越气，又开始讽刺胡若晨：“我看你们俩也是傻 × 配傻 ×，怎么就不长久呢？”

胡若晨大声号叫：“还不是因为你！是你勾引他的！”

姜迎冷冷地道：“我今天就把你的脑子洗洗干净。”

她拿出随身携带的录音笔，给胡若晨放了昨天的录音。遇到一些掰扯不清的事情，在条件允许的情况下，她会习惯性地录音。凡事留个证据，日后说不定有用。

胡若晨本来还“呜呜”地抽泣着，听到陈天靖的声音，猛地愣住。直到听到那句“遇到错的人，才知道谁是对的”，她整个人绝望地哀号了一声，接着便陷入麻木流泪的状态。

录音笔里的声音还在继续：“小迎，你这样决绝，是不是因为上次那个……”

姜迎适时地掐断了。

孟璟书递过去一个淡淡的眼神。

姜迎选择忽视。

她踢了踢胡若晨的鞋子：“清醒了吗？起来，滚回家去！”

胡若晨跟没听见似的，蹲在地上不动。

“喂，脚不麻？”

她还是不动，眼泪“吧嗒”往下掉。

两个人无言地看了她一会儿，姜迎说：“怎么办？随便她待在这儿，我们自己走？”

孟璟书：“行啊。”

姜迎：“……”

姜迎犹豫了一会儿，又说：“不然还是叫辆车把她拉走？”

孟璟书笑了一下，打开手机叫车，问姜迎：“地址填哪儿？”

姜迎张口就说了一串街道住宅区的名字。

孟璟书用手指输入，随口说：“你怎么知道得这么清楚？”

姜迎冷笑道：“刚被绿的时候我很生气，查过她，打算去泼硫酸。”

孟璟书：“……”

胡若晨终于有了反应，用兔子一样的红眼睛瞪人。

姜迎抱着手臂俯视她："瞪什么瞪，你很委屈吗？碰别人男朋友的时候就没想过会遭报应吗？"

说完，姜迎突然陷入了沉默。

她知道孟璟书在看自己，但她不想理会。

胡若晨带着哭腔小声地喃喃："我不知道的……是后来……后来才知道的……"

姜迎看着驶过来的出租车，把她拉起来："没必要解释，都无所谓了，我还得谢谢你让我及时止损。你自己想清楚，以后不要再来烦我就行，滚吧！"

她把人塞进车里，利落地关门，车子走远了。

孟璟书还在看她。

她冷漠地道："看什么看？"

孟璟书走近，眉头蹙起："你受伤了。"

姜迎愣住："啊？！"

他目光所在的地方渐渐升起一股辛辣的痛，姜迎马上拿手机来照，看到鼻梁一侧有一道一两厘米长的血痕，不深，但挺疼的。应该是她刚才闪避不及，被指甲给刮到了。

她撇嘴："遭报应了，要毁容了……"

女孩都爱惜自己的容貌，她也不例外。即便是小伤，也难免会有些惴惴不安。

"你别多想。"孟璟书笔直地看着她的眼睛，语气十分认真，"我那时已经不算在关系中了，所以你不必觉得自己做错了什么。"

姜迎吸了一口气，说："我知道。"

只是，我原本就不怀好意，想以这种方式来报复结过仇的人，是真正想过要破坏她的美好爱情。我无法衡量曾经的仇怨和如今的报复哪个更重一些，因此有那么一瞬间对自己的善恶产生了动摇。

但是没关系，法律之外，善恶只在人心。我心中有自己的标尺，这不是需要后悔的事，更不值得自我折磨。

秋日的午后，日光轻薄，光线倾斜着落下，映照出他们清晰的面容。有风吹过，拨动她略显凌乱的黑发，显出她的眉目清明。

孟璟书微微颔首："知道就好。"

姜迎耸了耸肩，想说找家药店买创可贴。刚动了动脚，她就感觉脚踝处传来一股钻心的酸痛。

她五官皱成一团，哭丧着脸，站在原地直嚷嚷："啊！脚，脚也受伤了！"

刚才的气势一下子全被扔到大西洋里喂鱼了。

孟璟书稍稍弯腰，一只手紧紧地圈住她，直接端走："去医院。"

脚踝扭伤，疼是疼了点，但好在只是轻度的，没伤到骨头。医生帮她检查了一番，加上冰敷上药，回到家时，天已经不早了。

医生叮嘱她一周之内不能穿高跟鞋，孟璟书瞥了一眼她的鞋子，就没让她自己走，一路把她抱回来。

姜迎盯着他的鬓角说："我是不是很轻？"

孟璟书说："嗯，跟猫似的。"

姜迎说："那你为什么出汗了？"

孟璟书一顿，说："对，我说谎了，你很重。"

姜迎："……"

到了家换上拖鞋，姜迎终于得以自由行走，只是行动缓慢。

她忙于把购物袋里的东西分门别类地放进冰箱，孟璟书则坦然地打量她的住处。

单身公寓面积不大，从门口进来，玄关的左边是厨房，右边是卫生间，再往前是客厅、卧室、阳台，三者连通，一眼便可看到头。除了墙上贴着几幅海报，桌子和柜子上摆着几个香薰瓶，屋里没有多少女孩喜欢的漂亮装饰，一切从简。东西摆放得有点凌乱，但整体还算干净。

占地面积最大的是床，也最乱，被子团成一团，枕头边摆着几个毛绒玩具，床尾还摆着几件不知穿没穿过的衣服。

孟璟书只瞧一眼就笑了。

姜迎收拾完食材，翻出药膏准备洗脸上药，转身见他在观察自己的床，不仅没不好意思，反倒恶狠狠地警告："不许说我这脏乱差，不然赶你出去。"

孟璟书："我什么都没说，是你自己说的。"

姜迎冷哼一声，慢吞吞地往洗手间挪动。

孟璟书看不下去，又把她抱了过去。

姜迎嘟囔："力气真大……"

孟璟书勾了勾嘴角，没出声，抱着手臂靠在门边等着她。

姜迎凑近镜子，小心翼翼地卸了妆，皱着眉头给伤口消毒，再用棉签一点点地上药膏。她挥挥手扇了一会儿风，等药干了，在鼻子上横着贴了一个创可贴。

贴完一看，自己扑哧一声笑了出来。

孟璟书看着镜子里的她，也莫名地跟着笑了一下。

这个人怎么能在短短几个小时里面，转换那么多种情绪？明明挨打的时候气成那样，骂人的时候那么凶，现在看着伤口居然还能笑出来？

姜迎开口解了他的疑惑："我这样看着特别像《梦幻西游》里的一个角色，是不是叫……神天兵？眼珠子大大的，贴着一个创可贴。"

真是个远古的游戏啊……

那是他们小学四五年级时开始流行的吧。

孟璟书被她带着回想，片刻后摇头道："不是神天兵。"

姜迎："不是吗？那是谁？肯定有这个人的，我印象很深，他还会wink。"说着，她对着镜子眨了眨右眼，"就像这样。"

孟璟书的视线定了定，有一会儿没说话。姜迎在镜子里跟他对视，催促他："你没印象吗？感觉经常会见到的啊……你快想想。"

又等了几秒，他才说："是不是戴着头盔站在天宫门口的？"

跟记忆重合，姜迎猛点头："对对对！就是他！"

孟璟书："那就是天兵天将，NPC。"

姜迎有点失落："啊……我像的只是一个平庸的NPC而已。"

孟璟书好笑道："姜老师上学的时候也玩网游吗？"

姜迎十分骄傲："那当然。"

她处理好脸上的伤口，就打算出洗手间。空间逼仄，她一转身就跟门口的人面对面。

浴室里暖黄的灯光安静地倾泻，时间也好似温柔地停顿了。

突如其来的静音半晌后，他低声问："你不摘眼镜吗？"

"啊？"姜迎有些疑惑。

"就是……"他在脑内搜索着信息，"那种可以让眼睛变大的隐形眼镜，叫……美瞳？"

他之前就想问的。她的眼睛不算很大，但瞳仁不仅大，还又黑又亮。他最近时不时会梦到，她在夜里，在那些暧昧的时刻，双眼蒙着一层水汽看着他，总觉得能把人吸进去。

姜迎没好气地道："我没戴美瞳！我的眼珠子本来就长这样，前年做了手术，现在不用戴眼镜了。"

她一把拨开孟璟书，从他和门的缝隙中挤出去，一瘸一拐地挪到桌边坐下。

她是大学毕业了才去做的激光手术。大四上学期她就拉黑了他，之后无论有意还是无意，就一直没再见过面。

或许他从来就没有看清过她的样子。

气氛顿时降至冰点。

才过了十几分钟，天色已经暗下来，屋里只有洗手间开着灯。姜迎沉默地坐在桌前，双手交叠，被昏暗笼罩。

孟璟书几步踱过来，见她闷头生气的样子，不自觉地放轻了声音："好像以前你说过激光很可怕，所以，我以为你不会做手术。"

啊……

是这样吗？

姜迎缓缓问道："有吗？什么时候？"

孟璟书说："上高中的时候，有一次听到你跟几个女生讨论，很大声。"

好像是有这么回事……

那好吧。

姜迎的心情由阴转晴，夸他："记性真不错。"

在刚才之前，孟璟书从来不知道自己记得这些事。

他今天的疑问、解释，来得毫无缘由。

他无心回忆，但有人让他想起。

快到六点钟，天完全黑了，姜迎打开了客厅的灯，如同拉开帷幕粉墨登场一般，说："晚饭时间到。"

孟璟书回过神说："吃什么？我出去买。"

"不用了，今天自己做。"姜迎手撑着桌子站起来，豪气地道，"让哥哥请你吃顿饭。"

孟璟书一脸漠然："你说谁是哥哥？"

他记得她是晚自己一年出生的。

姜迎："嘻嘻。"

孟璟书不赞成她下厨，理由是："刚才是谁哭着喊疼，现在还瞎动？"

姜迎强调："没哭，OK？！"

她只是被痛感刺激得出了点眼泪，但绝对没有流出来。她没有哭，她很坚强，这一点很重要。

"只是扭了一下，又不是腿断了。而且做菜是用手，又不是用脚。"她几小步挪到厨房，其实只要走慢点，脚并不会有什么感觉。

孟璟书站在她身后，用低沉冷漠的声音评价道："固执。"

姜迎白他一眼："都是新鲜的菜，不吃要坏的，很浪费。"她迅速从冰箱里挑拣出几样食材，问他，"有忌口的吗？"

孟璟书摇头。

孟少爷完全没有身为客人的自觉，主人做饭的时候，也不知道自己好好地坐着等，就抱着手臂靠在姜迎身后的墙上，一副"看你能弄出什么幺蛾子"的模样。

洗洗切切，菜下油锅，香味四溢，姜迎手上没停过，看孟璟书闲得慌，还指使他。

"哎，把门打开，散散味。"

"水、水、水，给我水。不是喝的，是水龙头的水！"

"把这些扔垃圾桶里。"

“饭好了，你去把电关一下。”

……

孟少爷什么时候干过这种活，虽然照做了，但浑身散发着不悦，斜着眼看她。

姜迎忙着看火、调味，丝毫未察觉。

无互动，不对峙。

算了。

菜快好时，姜迎觉得少了些许点缀，从冰箱里拿出一把葱，正准备洗了切成碎末撒在锅里。转头见孟璟书扔了蛋壳，正在洗手。

“哎呀。”

孟璟书动作一停，转头看向她：“怎么？”

姜迎把葱扔回冰箱里：“突然想起来你不吃葱。”

孟璟书默然。

他在饮食上颇为挑剔，从小奶奶没少因此训导他。可老人家心软，每次也只是说他几句，最后还是由着他来。上大学后，他一个人在外面，倒是收敛了不少。交际应酬，不可能恣意，他已经很久没提起这个习惯。

其实现在可以吃了，但他不想说。

屋子里就一张多功能桌和两把椅子，吃饭、工作、娱乐全在那儿。姜迎在桌上铺上紫灰色的格子桌布，将饭菜全摆上，茄盒子、虾仁芙蓉蛋、蚝油生菜和两碗米饭，横着排开。两个人坐下，正好占满桌子的宽度。

孟璟书尝了一口，眼中流露出一丝惊艳，转头，姜迎正手托着腮等评价。

“好吃。”他诚实地道。

说实话，他原先对姜迎的厨艺没抱什么希望。同一道菜，不同的人做出来的味道千差万别。可她做的，恰恰好，就是他喜欢的。

姜迎得意地哼哼：“那是当然。”

二十分钟后，菜被一扫而空。姜迎剩了小半碗饭，吃不下，给倒了。

孟璟书说：“这下不说浪费了？”

姜迎：“听不见，听不见。”

孟璟书：“……”

姜迎无法忍受油腻餐具的存在，饭后立刻收拾了碗筷去洗。

孟璟书想起，上次在他家，她喝了牛奶，他把杯子放在洗碗池里，想等第二天钟点工来了再收拾。隔天早上，他先醒来，路过厨房，发现洗碗池已经空了，旁边一套光洁如新的杯具正整整齐齐地倒扣着。

吃饱饭，人就会懒怠下来，思绪飘忽，不想动。

孟璟书处理着手机里的信息，目光却总忍不住去注意那道纤瘦的身影。

利落地把厨房收拾干净后，姜迎坐回椅子上休息，打开电脑，选了一档综艺节目，开始夜生活。两个人没怎么说话，各做各的事，如同中学时代安静自习的同桌。

某个时刻，孟璟书被姜迎的笑声吸引，拉着椅子凑近，她便分给他一只耳机。

他们融入夜的慵懒，享受闲暇，偶有笑语。

不知过了多久，播放器自动跳到新一期的节目。播到某个节点，姜迎醒神。

她说："不早了，你该走了。"

松懈被一棒子打飞，重要需求被扼杀。

孟璟书倏地坐直，转头看她："为什么要走？"

姜迎和他对视。他微微拧眉的时候，凛冽的气质真的很能吓唬人。

她迎着他质疑的目光，歪歪头："不然呢？"

他一言不发，神情更冷酷了。

姜迎扑哧笑出声。

不得不说，男人在某些方面相当真实。她在他冷峻的脸上看出了求欢碰壁的不快，每一根不动如山的睫毛似乎都在诉说着欲求不满。

他在她的笑声中脸色越来越黑，姜迎笑够了，才解释了一句："今天真的不行，生理期。"

一开始，她就真的只是单纯地想吃牛蛙，所以才约了中午。谁知她放假，他也清闲，又遇上乱七八糟的事，才弄到这么晚。她原本就没想着他会来自己家。

一句话碾碎了孟璟书的冷酷，他张了张嘴唇，飞快地说："我又不是……"

他猛地掐断后面的话，不知道该怎么说，也不知道能说什么。他腾地转过头，不再看姜迎。

姜迎不明所以地看到他的耳根微红，心里就觉得特别愉快。

她乐呵呵地推他起来："走啦，走啦，顺便帮我把垃圾提出去扔了。下回再见。"

孟璟书的脸还沉着，嘴唇抿紧，起身拿外套。

姜迎坐着瞧他，觉得有趣，又说："要真受不了，就去找别人啊，现在也不算太晚。"

孟璟书被她气得冷笑："你倒是会安排。"

姜迎笑眯眯地和他告别："拜拜。"

目送他走到门口，姜迎忽地想起一件事，一件让她不爽的事。于是她叫住他："你等一下。"

孟璟书冷冷地站定。

姜迎从墙角抽出一个小纸袋，递给孟璟书："之前忘了，你的东西。"

孟璟书看她一眼，在她的示意下，把里面的东西给拿出来。

是那件衬衫。

是他某次生日，付萱送的。算是上次争吵中，她判断他变心的最直接的证据，同时也是她昭告天下自己被辜负的证物。

Triple Kill（三连杀）。

孟璟书面色铁青，把衬衫连袋子一同塞进垃圾袋里，并扎紧袋口。

他恶狠狠地说：“姜迎，你等着！”

……

等着什么？

不知道。

管他呢。

姜迎只顾自己开心，仿佛只要惹他生气，她的负能量就随之发泄了，她就从心底涌出一股子愉悦。

洗完澡，神清气爽，姜迎良心发现，给孟璟书发了微信问候：到家了吗？

几秒后，那边直接回了个微笑的表情。

坏心眼作祟，姜迎又问：还是去找别人了？

这下，那边再无动静了。

姜迎撇撇嘴。

哼，小气鬼。

第五章 乖女孩

姜迎休养生息了两天，周一再去上班时，扭伤从痛感上来说已经好了大半。

然而那天姜迎和胡若晨在门口厮打的事情不胫而走。据说是当时门卫大叔远远瞧见，跟管监控的师傅多说了一嘴，然后就连搞清洁的阿姨也知道了。

后来……

“怎么回事啊，姜迎？”

“那女的谁啊？你和人家结仇了吗？”

“我看监控截图，那女的是不是你前男友那小三啊？”

现在连视频截图都有了？！这群家伙现在是把这事当成综艺节目在观看回放呢！

“啊……是不是因为你前男友来找你复合，所以她来闹事了？！”

“原来如此！”

“哎，姜迎，你旁边那男的又是谁啊？很高哎！看不清脸，但身材超好。”

姜迎被一个又一个问题砸蒙了，听到这里，突然一个激灵，脑子被迫高速运转。

她装模作样地说：“哪个男的？我看看。”

同事：“就是帮你挡伤害的那个啊。”

姜迎到群里看了那一串截图，真是前前后后都给拍了下来。她拉到最后，松了一口气。监控范围就是在事务所门口附近，从他们走到路口给胡若晨打车，后面的事就不在画面里了。所以，他们也看不到她后来被直接抱走的画面。

问题不大。

姜迎说：“哦，就是我的当事人啊，之前来过咱们所的，那天找我咨询呢。”

有同事回忆起来，又是一番品评。

“就是之前你们说的所里来了个大帅哥？”

“是吧！西装搭在手上，衬衫松了两颗扣子，那种慵懒的高贵，真是让人难以忘怀。跟他一起来的小哥黯然失色……可惜都没来得及偷拍……”

“我也没拍！他们走路太快了，就是行如风的那种……”

这群人，记这么清楚干吗？

“姜迎，你也没有拍吗？”

姜迎：“当面偷拍当事人吗？传出去我的脸还要不要了？”

“也是……咱们还是得有职业操守。”

小曼路过她这边，不怀好意地笑道：“就是上周五你说纯吃饭的那个？”

姜迎一脸淡然：“对呀。”

小曼：“哦。”

姜迎：“呵呵。”

事情少的时候，他们办公室就会集体摸鱼，此时凸显弊端，全部凑过来要听她讲和前任的爱恨情仇——简直比工作还要累。

不过还好，他们的注意力不在孟璟书身上，她也不至于心虚。

说起孟璟书……这个人还真的没再找她了。

有点无聊啊。

中午，姜迎扒着外卖，突然有了一点小小的想法。

她给盒饭和饮料摆造型拍了照，又加了滤镜，发到朋友圈，并配文：这几天腿脚不便，感谢同事帮忙带饭。文字后还加上了一颗“红心”。

本条设置为一人可见。

人一旦有在等的东西，时间就会变得格外漫长。这一天又过于清闲，是被同事拉着开黑，姜迎才管住了频频想要查看微信的手。

整个下午，朋友圈都没有回应。她几乎想把那条状态删除掉。

临近下班时间，姜迎把工位收拾干净就准备回家。这时，手机突然接到来电。

姜迎瞄了瞄稀疏四散的同事们，找了个角落接电话，颇有些做贼心虚的感觉。

“喂。”

孟璟书没废话：“请你吃饭，等一下。”

他的声音在电话里异常低哑。

姜迎低声说：“今晚吗？才过了两天，我还……不行。”

那边沉默了一会儿，大概是忍了一下脾气，又觉得无可奈何，才冷淡地说：“吃不吃？”

姜迎笑起来：“吃吃吃。”

孟璟书："二十分钟后到你那儿。"

他很准时，姜迎提前两分钟下楼，站到路边时刚好见他的车子驶近。

姜迎："Hi，下午好！"

估计是被她三番五次的逗弄搞得很不爽，他没理会她的招呼。

姜迎都有些习惯他不说话了，也不觉得尴尬。

今天阴雨，低缓的音乐在车厢里流淌，气氛越发静谧。

红灯时，他突然问："脚伤怎么样了？"

姜迎注意到，他的声音是真有点哑，有沙沙的质感。她看他一眼，他正专注地直视前方。

姜迎说："好多了。"

孟璟书："嗯。"

礼尚往来，姜迎决定也关心一下他："你声音好像有点哑？"

"有点咳嗽。"

"哦。"

两个人又没话了。

晚饭是在一家偏僻清幽的私房菜馆吃的。男人做一个决定的原因常常很简单，比如姜迎问了一句为什么来这里，孟璟书就说，不用等位子。

很棒的理由。

引他们进去的是一个外国男人，标准的金发碧眼。他一见到孟璟书，就上来热情地跟孟璟书拥抱了一下："嘿，好久不见。"

孟璟书笑着拍了拍他。

他带他们到窗边的位子上坐下，男人笑着问："Leroy，不向我介绍一下这位美丽的女士吗？"

孟璟书说："我朋友，姜迎。"他又转向姜迎，说："这是我读硕士时期的师兄，David。"

姜迎跟David问好。

David一点不见外，问她："真的只是朋友？这可是Leroy第一次带女孩过来。他是个很有魅力的男人，只跟他做朋友有点可惜，你应该试一试。"

孟璟书打断他的眉飞色舞："我想我们是来吃饭的。"

David摆摆手："好的，好的，我明白。"

孟璟书说："她的脚扭伤了，我们要一些温补的食物。"

David应下，又问："喝的呢？老样子，冰啤酒？"

孟璟书看了一下姜迎，说："不，热茶就好。"

David 搞怪地“呜呼”一声：“一切为了女士，对吧？”他又对姜迎说，“我没说错吧，他超迷人，是不是？”

姜迎被逗得直发笑，附和他：“谢谢你的建议，我会考虑的。”

David 直呼：“Cool（太酷了）！”

等他走了，姜迎回过头，见孟璟书正直直地盯着自己。灯光偏暗，她看不清他的神情，便多看了两眼。

片刻后，他问：“你考虑什么？”

姜迎一愣，笑了：“客套一下，随便说的。”她手托着腮，又笑了，“不然说什么？说……我已经试过了？”

孟璟书当场自闭。

他被姜迎一再的调戏搞得有些烦躁，说愤怒也谈不上，更多的是无奈、郁闷，疑问又浮上心头：这个人这几年都学了些什么啊？

姜迎乐滋滋地喝着热茶，完全无视他的低气压，问他：“我们不会是要吃 David 做的菜吧。你师兄的话……也是学计算机喽，感觉跟下厨的气质很不搭。”

孟璟书低低地吐出一口气，答道：“主厨是他妻子。他之前在谷歌干了两年，觉得没意思，恰好认识了他的妻子，从此爱上中国菜不可自拔，跟着来了中国，现在一起经营这家餐馆。”

姜迎听得津津有味，捧着热茶，夸赞道：“很酷！”

窗外是陈旧的弄堂小巷，雨滴打在窗沿上，滴答响。因为室内外的温差，窗户玻璃起了薄薄一层雾。她用手指随便擦了擦，把雾气抹开，凑近了去看外面下滑的水珠或是路过的行人。女孩手捧茶杯，轻轻地吹着，水蒸气氤氲，她低笑着，说着些什么，声与笑一样轻软。

这幅画面无端与记忆重叠，好像已经记了很久，或许还会记得更久。

兴许是晚餐太美味，餐馆的环境太舒适，姜迎浑身太过熨帖，导致神志有些不清。

孟璟书送她到楼下，下车前，她居然头脑发昏地说：“我感觉我们后天就能见面了。”

说完，两个人都沉默了半晌。

姜迎在一片死寂中越发想死，于是开口挽救道：“你要是没空，就当我没说。”

她去解安全带，想马上离开这个鬼地方，让时间抹平她生理期还没结束就预约上床并且遭到拒绝这个尴尬事件。

她的手忽然被按住，孟璟书用了大力气，把她强留在座椅上。

他看向她，放低的声音沙沙的：“这几天要忙一个展会……周四，周四过来找你，可以吗？”

姜迎默默地把手抽出来，轻声说道：“好。”

又静了一会儿，孟璟书问：“你脸上的伤好了？”

脸上那道伤很浅，只剩一条淡淡的粉红的痕迹，她上了点粉底，几乎完全看不出来了。

姜迎说：“差不多了。”

孟璟书：“嗯。”

雨声清脆，显得他现在的嗓音更为粗糙，姜迎感觉心脏有一瞬间被摩擦似的痒。

她抿了抿嘴，甩掉脑子里不和谐的想法，特别认真地叮嘱他：“孟璟书，你咳嗽记得吃药，不要像以前那样拖着。”

他闻言笑笑，说：“好。”

展会时间是周二和周三，竖锋科技成立不过数月，在业内却小有名气，不时有人前来问询。孟璟书负责解说和技术交流，剩余的斡旋交给魏展风。来人不一定有意向合作，但涉及感兴趣的领域，几番细谈是免不了的。碰到熟识的，夜里也是应酬不断。

两天下来，孟璟书熬得有点难受，吃了几颗止咳药也无济于事，喉咙越发疼痛。展会结束后，周四全员开大会，更多的是进行业务调整。魏展风看孟璟书状态不佳，会后直接把他赶回了家。

他也没硬撑着，回了东明嘉园。

家政阿姨厨艺尚可，平日里挑不出错。大概是遇上现在身体不适，他一点胃口也没有。

待阿姨走后，孟璟书觉得有点饿，又热，干脆点了刺身外卖，再从冰箱里拿了冰水灌下去。这下，他不热也不饿了，可是更难受了。

他低骂一声，回房洗了澡，便上床休息。

睡过去之前，他朦朦胧胧地想着，是不是还有什么事没做？

姜迎一连敷了好几天的面膜，周三晚上甚至还搓了澡。“亲戚”结束，又这么努力地进行皮肤管理，她容光焕发，连开庭做记录都那么神采奕奕，就像被判决得到六位数赔款的人是她自己一样。

到了周四下午，她等待的心情开始躁动。

这一回，直到下班，天渐渐黑了，她也没有收到孟璟书的任何消息。

难道今天不吃饭，晚上来了就直奔主题？

也行吧。

她回家自己解决了晚餐，又打扫了卫生，手机信息栏还是空空如也。她忍了忍，决定先洗个澡。不过十来分钟的时间，她把手机也带进浴室，并时不时拨开浴帘看一眼，结果仍是失望。

快晚上九点了。

就算有事来不了，他也该说一声吧。

孟璟书这个人很守信的。以前上高中，午休的时候他偷溜出去玩，那么多次也从来没迟到过。

她隐隐有些担心，于是拨了个电话过去。

第一遍铃声响到自动挂断，姜迎顿了一会儿，又拨了一个。

响了差不多三十秒，那边才有人接起。

“喂……”

他的声音哑得像是信号不好发出“嗞嗞”的电流声，都有些刺耳了。

姜迎眉头拧紧：“孟璟书？你在干吗？”

他说：“睡觉。”

他似乎有点迷糊，说话都带着浓重的鼻音。

姜迎问：“你生病了？”

他有些不耐：“嗯。”

在姜迎沉默的间隙，他终于想起了和她的约定，哑声道：“今天周四？抱歉……我要失约了。”

姜迎低声说：“没事，你好好休息吧。”

大概是真的很难受，他都懒得再回应，直接挂断电话。

姜迎丢了手机，仰躺在床上，眼睛直直地对着天花板。她其实什么也没看，什么也没想，脑子放空了一会儿，又发泄似的在床上滚了两圈。她呼了一口气，坐起来，看时间还早，从床头拿了 kindle，打算看一会儿书。

可才翻了两页书，她的思绪又飘远了，飘到了很久以前。

很久以前啊……

差不多也是这样的天气，入秋转凉，昼夜温差大，班上好多同学都在换季时感冒了。

青春期的男孩火气大，像孟璟书这样嚣张惯了的，字典里完全没有“冷”字。多少人换上了秋冬校服，可他不，仍旧是黑色短袖，顶多套件夏季校服，顺便应付一下检查，于是不幸被传染了。

他身体好，很少生病，可一旦病了，好像比别人还要严重些。整个人状态极差，神情恹恹的，一副厌世的样子，而且脾气很差，有种小孩般的幼稚。

上完体育课，他没感冒的同桌去买冰水喝，他也买了，流着汗猛灌冰水，到晚自习时难受得撑不住，埋头昏睡。

姜迎想起他刚才的不耐烦，低叹一声，爬起来换衣服。

姜迎按了半天的门铃，孟璟书才慢吞吞地来开了门。

他显然刚从被窝里出来，穿着一身家居服，头发乱糟糟的，浓密的剑眉，眉心皱出两道痕迹。他的双眼皮不宽，眯着眼看人的时候，薄薄的眼皮覆住一小半黑眼珠，挺不好惹的。

他轻咳两声，问她："你怎么来了？"

姜迎换了鞋，坦然地说："探病啊。"

他奇怪地道："门卫肯放你进来？"

姜迎："我跟他说1702房的孟先生病得晕倒了，我必须来看看，他就让我进来了。"

孟璟书淡淡地说："没那么严重。"

睡了一觉，他嗓子里的灼烧感更明显了，说几句话都像被什么拉扯着，很干，还痛。

孟璟书去冰箱里拿水，姜迎随着他走进饭厅，桌子上赫然摆着一条冰碴还没融化彻底的刺身船，里面还有几片被遗弃的生鱼片。三文鱼失去了梦想，沉在冰水中。

她转头一看，他两眼无神地拧开矿泉水。冰冷的瓶身起了雾气，被他的手掌抹出一片印子。

姜迎："……"

很强。

冰凉的水瓶猝不及防被抢走，孟璟书的手里一空，眼睛跟着看过去。

姜迎把盖子拧上："你现在就不要喝冷水了。"

孟璟书没什么精神，惜字如金："热。"

姜迎又把水瓶递给他："找块毛巾包着，敷一敷。"

孟璟书接过去，握在手里，几度想开口说什么反驳她。但他放弃了，把水瓶换了一只手握着，感觉凉沁沁的，低声吐字："渴。"

姜迎开了饮水机的加热功能，对他说："等几分钟。你吃药没？"

孟璟书耷拉着眼皮坐到沙发上，将水瓶枕在颈后仰靠着："没。"

止咳药是昨天吃的，至于发烧药……他没觉得自己会发烧。

姜迎问："药在哪儿？"

他指了指一个柜子，姜迎过去翻找。

他又说："饿。"

姜迎："……"

这人怕是个祖宗。

她找了几盒药放在茶几上，又抽出体温计给他：“量一下，要是温度太高得去医院。”

孟璟书闭上眼，装死。

姜迎无语，他不配合，她总不能硬塞到他的胳肢窝下吧。

她拿手背贴在他的额头上，感觉没比自己热多少，又用另一只手摸他的脖子，也差不多，只是低热，也就不勉强他量体温了。

他被这么碰了几下，有点不自在，睁着眼看她。

大概是发烧的缘故，他的眼睛有点红。他仰着头，额发凌乱地垂着，轮廓的锋利感都被削弱了，看起来有点无辜。

他眯眼俯视和仰面垂眸时相比，完全是两个人啊。

姜迎笑了一下，问他：“你什么时候吃的饭？”

他静默了两秒，说：“中午。”

果然。

姜迎叹了口气，点点头，转身给他倒了一杯温水：“先喝点水，忍一会儿，得吃点东西才能吃药。”

她在厨房里捣鼓了一阵，端着一碗香菇瘦肉粥和一小碟西蓝花出来。她抬头就跟孟璟书的视线对上，她抬了抬下巴，示意他过来吃。

孟少爷精神不佳，味觉却不会下班。

他吃了一口粥，说：“淡。”

姜迎说：“发烧是要吃清淡的。”

他吃了颗西蓝花，皱眉：“难吃。”

当然好吃不到哪里去，她是用清水煮的，没放任何调味料。他都生病了还这么折腾自己，这会儿竟然还敢对她挑三拣四了？

姜迎声音凉凉地说：“那你不要吃，待会儿倒掉好了。”

说完，她自顾自地玩起了手机，不再理会他。

孟璟书被晾着，她不再说话，反而给了他一种在立规矩的感觉，很陌生，也很微妙。

他从小挑剔，家人每每好声好气地劝他，他都置之不理。他们也没办法，最多训斥几句，也就由着他了。即使是和之前的女朋友在一起，她们对他也是百般迁就，从来没人这么冷硬地把选择丢给他。

你按我的来，那是理所应当。

你不听，那我懒得理你。

有些时候，“不理你了”才是天大的惩罚。

以前……她不是这样的。

上次还因为他不喜欢，就不放葱了……

他吸了口气，总觉得有情绪在喉咙里翻滚，有不甘心、不情愿，又好像不仅仅是这些负面的。

最终他什么都没说，沉默地把东西都吃掉。虽味同嚼蜡，但胃里确实舒服了些。

他低声说："吃完了。"

姜迎瞬间变脸，将手机一放，说："真棒！现在可以吃药了。"

孟璟书无语。

当哄小孩呢。

姜迎照着他的症状，从药盒里挑了几种出来给孟璟书。他看也不看，按她说的抠了红红黄黄的几颗药，就着温水咽了下去。

看她收拾餐桌，他说："放着吧，明天阿姨来了会收拾。"

姜迎说："看着难受。"

他的视线跟着她的背影，又说："今晚就住这儿吧，送不了你。"

时间不早了，姜迎本就没想着要走。但听他这么说，还是矜持地犹豫了一下："这样啊……那好吧。"

填饱肚子又吃了药，困意很快席卷而来。孟璟书草草地洗漱完，出来时，姜迎刚好收拾完，正往里走。

他洗了脸，皮肤上还有些湿，不知怎么弄的，头发好像更乱了些，看着毛茸茸的。虽然他阴沉的脸色有点臭，但她还是很想揉……

她想起高中时的一个流行词汇：虎摸狗头。

于是她忍着笑，一爪子伸过去……她终究不敢造次，装模作样地摸了摸他的额头，挪开手的时候，偷偷在他一侧的头发上蹭了一下，手感不错。

她一本正经道："好像没刚才热了。"

他看着她："是吗？"

生病时的嗓音比往常低得多，她被震得心中一麻，默默地转移视线。

姜迎："可能……药正在起作用吧，不过，一般发烧会反复……"

这是什么毫无逻辑的常识普及……

他困得厉害，也没在意她说了什么，低低地"嗯"了一声。

孟璟书没像上次那样给她安排客房，她也没提这一茬。有些事情，是他们都默认了的。

两个人都在主卧，孟璟书随手把门关上，沾床就睡，完全没觉得旁边还有一个客人。

姜迎也有点困了，躺在床的另一边，刷一会儿手机，也睡了。

夜里，姜迎隐隐梦到自己被闷在蒸笼里。尤其是脸上，被火热的铁板贴着“嗞嗞”地加热，还有人念咒似的嗡嗡低语，弄得她越来越热，都快熟了。

她扒拉着那块铁板，拨开没多久又凑了过来，没完没了地烤她。

姜迎挣扎了几下，醒了。

那嗡嗡的低喃时断时续，孟璟书烧烫的手掌紧紧地贴在她的脸颊。可能是觉得她凉快，过一会儿还从手心换成手背，纳凉似的摩挲。

他浑身高热，脸上泛着不正常的红晕，手贴着她，眼睛却紧闭，都有些烧糊涂了。

姜迎一惊，喊他：“孟璟书，醒醒，孟璟书？”

他没醒，有些干裂的嘴唇微微翕张，不知道在说什么胡话。

姜迎爬起来，像是从蒸笼里解脱，奔跑在凉爽中，冲出去找到体温计，又拧了一条湿毛巾，再冲回来覆在他的额头上。她使劲拉开他的手臂，给他量体温。

姜迎离开被窝转了一圈，体温降下去，开始觉得凉飕飕的，又回到被窝里贴着他取暖。

高烧让他醒不过来，又睡不安稳，困于似真似假的梦境中。量体温的几分钟时间里，她听见他又在迷糊地低喃。她凑过去，仔细听——

“乖女孩……”

他在说什么？

“我就是要抽烟，你管得着吗……”

嗯？

“傻读书的乖乖女……”

说谁呢？！

“话这么多……”

啊！

所以，当年他面无表情地听她啰唆的时候，心里就是这样想的？亏她还以为他多少听进去了一点，感到愧疚又控制不住自己，所以才会无话可说。

结果，人家在心里是这样吐槽她的？！

啊……真是气死了！

姜迎上手掐他的脖子，特别想照着网上那个猫的表情包给他拍一张。她的手小，只是半圈围在他的脖子上，根本没用力，他都感觉有点难受，喘气声更重了。

姜迎在他的脸上掐了一下，哼，先放过他了。

她抽出体温计一看，我的天，39.2℃！

姜迎不取暖了，弹起来穿衣服，一边穿一边在床上蹦，弹簧床垫给她蹬得上下变形，平躺着的男人受到波及，跟着在弹动。

极其残暴的叫醒服务。

“孟璟书，你起来！”

过了几秒钟，孟璟书动了动手臂，覆在眼睛上遮光，他的眼皮沉得睁不开。

“嗯……干吗？”

光是听这撕裂般的声音，姜迎就能想象到他的嗓子有多难受。

她套好自己的衣服，马上过去抱着孟璟书的手臂把他给扯起来。他热得就像个巨型热水袋。

姜迎：“去打针！不然你要烧傻了！”

姜迎风风火火地把他拉起来，赶着他去换衣服。没几分钟，两个人就上了车去医院。

一路上，姜迎不停地问他“孟璟书，你现在是清醒的吗”，或是“你知道我是谁，我们要去干吗”，再或是举着手在他的眼前摇晃着问“这是几”。

孟璟书很无语：“我只是发烧，不是脑残。”

不怪姜迎，小时候有一次她发烧，差点烧出后遗症。那次她因为害怕打针，一直不愿意去医院，后来高烧到抽搐，一直说胡话，怎么叫也叫不醒。爸妈吓坏了，连夜背着她跑到医院去。她甚至到现在还隐约记得，那晚爸妈轮流背她，她在他们的背上一颠一颠的，灯的光和夜的黑在眼中都是晃晃荡荡的，但她一点也不害怕。

从那以后，姜妈妈总念叨，医生说是运气好，再多烧一会儿，就不知道会是什么后果了。姜妈妈又说，自己哪个同事的哪个亲戚的侄子，就是因为发高烧没及时去医院而烧坏了脑子，导致智力低下。

姜迎听多了也觉得后怕。

她现在觉得孟璟书要是烧坏了脑子，那就是她的错。刚到他家时见到他蔫蔫的模样，她就应该抓了他来打针的。

心里这样想着，姜迎忍不住又埋怨起他来：“前几天喉咙痛的时候我提醒过你吃药了，你是不是没吃？还是又穿着短袖在外面吹风淋雨了？”

她老气横秋地叹气：“是的吧，你就总这样……你看你今天中午吃的是什么玩意儿，竟然还要喝冰水……真是一点进步也没有……”

孟璟书听得头疼，想阻止她：“姜迎，我的嗓子很疼。”

姜迎说：“所以你不要回话，只要听着就好了。你的耳朵应该还非常健康，不是吗？”

孟璟书：“……”

前头的司机大叔“扑哧”一声笑了。夜里开车最是枯燥困乏，遇上爱说话的乘客，他便也想跟着打趣：“小伙子，你就在心里偷着乐吧！女朋友这么关心你。”

孟璟书还没说话，姜迎很快便搭腔：“师傅，你误会了，这人不是我男朋友，是我弟弟。”

孟璟书：“……”

司机惊讶出声，无不尴尬地说：“这样啊……你们姐弟长得不像啊……不过都挺好看，呵呵。”

姜迎：“是不像啊，他是捡回来的。”

孟璟书、司机：“……”

本来急诊有空床可以躺一下的，可是今晚来了几个喝醉了酒打架的，病房里的气味十分糟糕，孟璟书不愿意和他们待在一块。

姜迎跟着他去了输液室的角落里，安静地坐着。

点滴大概每秒一滴，当你盯着它看，同时发现这瓶旁边还有另一个胖嘟嘟的大瓶在排队的时候，你会觉得它无比缓慢。

孟璟书盯着调节齿轮，伸手过去。

姜迎中途拦截，用眼神警告：“干什么？”

孟璟书：“太慢。”

姜迎抓着他的手：“饶了你的血管吧。”

孟璟书的脸上显出不耐，却也没再动，只是嗓子干得冒烟，咳了几下。

姜迎被提醒，小声地“啊”了一下。

孟璟书看向她。

姜迎“嘿嘿”一笑，从包里掏出一个保温瓶。这还是她找药的时候在他家柜子里发现的，因为长期无人问津，瓶身都沾了灰尘。

刚才等他穿衣整理的时候，她顺手把保温瓶洗了，装了点温水带了出来，就是怕这个少爷在外面一渴，又要买冰水喝。

孟璟书无语，看着她又在包里翻找，很快便拿出一根吸管，撕了塑料膜给他插在瓶子里。她做完这一系列事情后，才把保温瓶送到他的手上。

输液室里很安静，她的声音也轻：“加了点白糖，喝着会没那么无聊。”

恍然。

时间倒流了，还是一直停顿着？

好像从很久很久以前起，他为数不多的几次生病，除了在家睡觉，就是她一直在身边，絮絮叨叨地叫他不要老喝冰水。他懒，她就接了热水放在他的桌上，一起放下的还有写了说明的药。到了大学也这样，聊天时听到他贫瘠的词汇和不耐的语气，她就能猜到他生病了，然后跨了一整个校区给他送药。他难受的时候不爱理人，可耳朵没法不听她的轻声细语，睁眼又是她走动的身影。

他从未说过感谢，她也从不见失落，就只是默默地、不求回报地做自己想做的，也会在某天突然一声不吭地消失。

然后，他有一瞬间曾希望时间会倒流。

这一瞬间并没有在他过去的人生中停留太久。当他眼中只有自己的时候，最擅长心无旁骛。

可是，最近回忆总是与现实重叠。他能称为“一瞬”的时刻，不再如以往那般贫瘠。

就比如现在。

他因为一瓶水、一句话，像是开着车从雨幕中驶出，冲过晴和雨的分界线，霍然天明。烦躁失踪，周遭的一切都变得不真切起来，他只觉得自己像是冲到了很高的地方飘着，一切都安静柔软到不可思议。

女人到了二十五岁左右的年纪，熬夜很容易留下痕迹。姜迎第二天去上班时，因为黑眼圈得到了同事们的慰问。

其实也没那么夸张，只是她前一天还容光焕发，才过了一夜就精神萎靡，不禁令人生疑。

尤其是关系稍好的小曼，一见面就贱兮兮地笑她：“昨晚干吗去了？也太激烈了吧，看起来像被榨干了。”

姜迎瞪她：“我朋友生病了，昨晚陪他去医院折腾了好久。”

她果然信了，一秒就变正经：“啊……这样啊，辛苦了，辛苦了……你朋友没事吧？”

姜迎说：“没事，就是发高烧，得打点滴。”

小曼点点头，善良地说：“嗯……咱们都得好好爱惜身体，健康地生活！”

姜迎：“嗯嗯！”

中午姜迎也没跟大家一起点外卖，到点就跑了，留下同事们面面相觑。

孟璟书一个多小时前说醒了，她想着得去监督他吃饭。

他今天开门速度很快，估计刚洗了澡，头发湿漉漉的，脖子上搭着一条毛巾。

“来得刚好，正要吃饭。”他的鼻音比昨天更重了，不过精神倒是好多了。

不能再像昨天那样趁机揩油了，姜迎默默地收起想揉他头发的心思。

阿姨把新鲜的饭菜摆上桌，和两个人打了一声招呼，便很有眼力见地回自己的休息室去了。

姜迎巡视一圈，没再发现冰水的痕迹，内心甚感安慰。

吃完饭，她夸了几句阿姨的手艺，便在房子里晃荡着消食，掐准时间喊孟璟书吃药。

任务达成。

姜迎有些困了，但看着孟璟书沐浴后清爽干净的样子，又想起拉着他去换床单被套。昨晚他们从医院回来，两个人都困得睁不开眼，随便洗了脸倒头就睡，后半夜他又发了汗，被褥饱经风霜。

换好后，她是真的累了，在沙发上瘫着，不再动弹。

孟璟书跟过来，轻轻地扯她的发尾："去床上睡。"

"不要。我又没洗澡，很脏。"

"怎么不等睡醒了再换？"

姜迎死命地掀开眼皮白了他一眼："换给你睡的呀！"

孟璟书失语，那种高高飘起的感觉又来了。

姜迎翻了个身背对他，腿蜷着："我在沙发上躺一会儿就行了，昨晚烧到说胡话的人又不是我，我没那么娇弱。"

沙发垫一沉，他在她的脚边坐下。

"我说什么了？"他低声问。

姜迎困死了，敷衍他："含含糊糊，听不清……我要睡觉了，你别跟我说话。"

孟璟书立刻噤声。

姜迎调整了一下姿势，脚底板挨着他的大腿，暖烘烘的。

秋日里，午间的阳光热量最足，洒进室内，晒得空气干爽，温和宁静。

直到闹铃声响起，姜迎感觉脚上还踩着温暖结实的一块。每到秋冬，她都双脚冰凉，睡觉基本要靠热水袋续命。

今天有孟璟书坐在这儿，她的脚一直都是暖的，这一觉睡得十分舒服。

她打着哈欠，得了便宜还卖乖："你怎么还在这儿？"

孟璟书不答，只说："送你去上班。"

姜迎说："不用啦！"她面带警告，"你还没好呢，先别开车啊。"

孟璟书解释："不是我，是刘助理开，他马上就到了。我下午还有两瓶点滴要打，顺便。"

姜迎欣然应允。

孟璟书起身去衣帽间换衣服，姜迎跟着起来，去隔壁的卫生间洗漱。短暂的午睡缓解了她的疲惫，她洗了脸，又涂了点口红，看起来气色还不错。

她动作迅速，出来时孟璟书刚换了裤子，正在脱上衣。

男人脱衣干脆利落，一只手扯着领口，往上一拉，衣服就像个套子似的轻易被取下，然后露出优质的肉体。

男人的肌肉好像会随着年龄的增长变厚实，而且形状更为明显。姜迎记得高中的时候，某个傍晚路过球场，碰上那个汗如雨下的少年，在一旁扯着衣摆擦汗散热。

清瘦结实的腰身，腹部随着呼吸的收缩，绷出浅浅的腹肌块。她就远远见过一次，还因为天黑看不清晰，不知是六块还是八块呢……她那时每每想起，都面红耳赤的。

可现在不一样了，她看着都会觉得渴。

本来以为昨晚就可以……

她轻叹一声。

孟璟书察觉到她的视线，也没有回避，当着她的面套上衣服，然后偏过头来看她："晚上想吃什么？我让阿姨做。"

姜迎说："我晚上不过来了。"

孟璟书整理着衣领，动作顿了一下，问："有事？"

"嗯。"姜迎点头，"明天要出差，今晚要回家休息。"

孟璟书走向她："什么时候回？"

姜迎说："当天就能回。"

孟璟书说："好。"停了一下，他又说，"要是回得晚就打电话给我，我去接你。"

姜迎背靠着墙，他走过来，自然而然地形成一种压迫感。她似乎能感受到他身上的热量在向自己包围。

她有一会儿没说话，只是看着他。

孟璟书从她的目光中得到某种信号，嫣红的嘴唇也暗含邀请。他慢慢俯身，凑近……

突然，一只柔软的小手搭在他的腰间，向下游走，纤细的手指轻轻一按。

她的声音变得妩媚："生着病……也这么生猛啊……"

孟璟书的呼吸加重，面上浮现一层绯红，就要去搂她的腰。

姜迎灵活地一躲，从他的手臂下钻出来，溜到房门边，笑嘻嘻地看着他。

他有些咬牙切齿："姜、迎。"

调戏得逞，看他一秒变脸，姜迎笑得止不住："哈哈哈——我要去上班啦，哈哈哈！明天不用你接我啦，我跟同事一起呢！你好好休息，等病好了再约我哦！"

孟璟书黑着脸去抓她，她撒丫子就跑，还扯着嗓子喊："刘助理！刘助理马上要到了！我们该下楼了，孟总！"

满屋子都是她欢快的笑声。

这日的闹剧以刘助理的大惑不解而告终。

洋溢着笑意地跟他打招呼的姜律师，面如寒霜、一言不发的孟老板，一起从老板的屋子里出来了。

这俩人是好上了？

可是，这诡异的气氛又是怎么一回事？

为什么无论姜律师开不开心，老板都不开心？

老板好像真的不太会追女孩啊……

刘助理战战兢兢，不敢大声说话。

隔天，姜迎和郑一峰一起，跟着一个案子的当事人去邻市取证。手续不麻烦，他们排了一会儿队，很顺利便弄好了。

回程路过商店，姜迎发现一种自中学毕业以后几乎绝迹的饼干。因为有点怀念那个味道，她当下买了几袋。

上车后，她把饼干分给当事人和郑一峰。当事人是一个严肃朴实的大叔，摆摆手谢绝了。郑一峰看着小袋里各种形状的饼干，挺惊喜的，说他小时候也吃过。

姜迎感觉遇到了知音，跟他聊了一会儿。

他们的家乡是邻省，有些相似的风俗习惯，饮食上也是。说到吃的，两个年轻人兴致颇高。

他们共事两年，平日里郑一峰话不多，姜迎也是第一次发现他还挺能聊的，于是一个忍不住就延伸了话题。

“哎，财务那个小潘不是给你送过好几次家乡特产吗？怎么样？”

郑一峰顿时腼腆下来：“挺好吃的……但以后应该不会送了。”

“啊……没看对眼啊？她挺可爱的。”姜迎真心有点可惜。

郑一峰小声说：“这个……不能勉强的。”

姜迎表示同意：“也是。”

郑一峰又说：“你们……以后不要在她面前开玩笑了。”

姜迎有些心虚：“抱歉，我太八卦了。”

郑一峰说：“没事，我不介意，只是怕她尴尬。”

姜迎坦然地笑了笑：“明白。”

那天午睡，孟璟书做了一个很漫长且很真实的梦。

梦里他脚踩着新铺好的校道，平整的沥青还散发出淡淡的油味。刚下了晚自习，前面食堂里熙熙攘攘，买夜宵的队伍排得很长，而他绕了另外一条僻静的路回宿舍。身边的女孩手扯着书包的背带，不时地朝他看一眼，在酝酿着要说的话。

今晚课间她给他写了字条，约他放学一起走。

她没说话，他也不开口。他从来不会是主动的那一个，也习惯了在沉默中悠然自得。

食堂的喧嚣渐渐远离他们，女孩轻声开口。

“那个……抱歉啊。”

孟璟书看向她，眉梢微扬。

她解释："就是……他们都在传我们的事……我不是故意的。"她垂眸，"没想到会给你带来困扰，真的很抱歉。"

彼时，他们的高三上学期学习生活正走向末端，离高考只剩百余天。

她的喜欢不加收敛，渐渐被所有人看在眼里，青春期的少男少女最爱拿这些微妙的情愫起哄。

前段时间，班级秋游去了孟璟书家烧烤。她像条小尾巴一样，跟着他这个主人翁忙前忙后，寸步不离。更有有意者拍了很多张他们待在一起的照片，其中难免有几次对视。即便当事人只是在进行普通的交流，可在吃瓜群众看来，这无疑就是火花四溅啊……结果绯闻自然甚嚣尘上。

饶是姜迎平日里再有威严，也堵不住悠悠众口，只好来向他道歉了。

孟璟书淡淡地说："随他们怎么说，只要老师不找我的家里人，就谈不上困扰。你不用道歉。"

女孩舒了一口气，推推鼻梁上略显沉重的黑框眼镜，浅浅地笑了。

"你不觉得困扰就好，我就怕会影响到你。既然这样，就随他们去说，反正也快模拟考了，估计他们的热情很快就会被考试给消磨掉。"

孟璟书哼笑道："你还挺看得开。"

换了其他女生，天天被这样调侃，肯定受不了。

她小声地嗫嚅："毕竟说的是实话……也不是造谣……"

孟璟书："嗯？"

她提高音量说："毕竟他们怕我不提醒他们就记名字，不敢太放肆……"

"哦。"他无声地勾了勾嘴角。

其实，他都听到了。

画面跳转。

五光十色的灯牌彻夜闪烁，门外一侧，种满了冬青的绿化带包围着两个人。

高考结束，她换了一副眼镜，仍是黑框的，但换成了细边框，头发也柔柔地披着，看起来没那么呆了。

今天他们办谢师宴，饭后去 KTV 唱通宵。里包间正唱得撕心裂肺、鬼哭狼嚎，她叫他，他就出来了。

他们坐在绿化带边沿，头顶是盛夏的星空，眼前是昏黄的灯光。马路上的车辆渐渐少了，那些吵闹的声音仿佛离得很远。摆脱了学业繁重的高中生涯，他们即将要别离，即将要迈入新世界。十八岁的年纪，想做什么就做什么，似乎再也没有什么会是阻碍。

这样的夜晚，适合一切情感的发酵。

他们各自喝着手里拿着的东西，孟璟书喝的是啤酒，她的是一罐可乐。她解释说爸妈不让她喝酒。

他要笑不笑地轻哼，她果然还是很呆啊。

她漫无目的地跟他聊天，问他考得怎么样，有没有中意的学校。

孟璟书也没想好，家里人给他十足的自由，对择校和专业都没什么要求，他去哪儿读书都行。他把同样的问题抛给了她。

她想了一会儿，低声说："其实……如果发挥正常的话，我和你的成绩相差应该不大……等成绩出来，我们要不要互相参考一下？"说着，她的情绪又有些低落，"不过也说不准，不知道我的作文是不是有点偏题……"

孟璟书问："你想和我去同一所学校？"

她喃喃道："不知道。"

她低垂着眉眼，不知道在想什么。半晌，像是做了什么决定似的，她忽然抬起头，眼里有闪闪的光。

她直视他，很认真地问："你想吗？和我同一所学校？"

孟璟书喝了一口酒，淡淡地说："随便。"

"哦……"那光暗淡了，她默默地转过头去。

过了好一会儿，她又说："其实上学有时候挺无聊的，可是你好像总有很多东西可以玩，也有很多朋友……"

她陷入自己的世界里，入戏一般低语。

"虽然经常偷跑出学校，半夜打游戏，被批评，但你学习很用功，成绩也很好，还拿了竞赛的奖。我特别佩服你这一点，想做什么都能做好。有时候看到你，我就会觉得，念书其实也挺好玩的，这三年过得真不错……以后会怎么样，谁知道呢。至少现在……"

她忽然顿住，侧过头看他，眼睛已经有点湿润。

她说："孟璟书，你能不能……给我十秒钟？不然，五秒，行不行？"

他微愣："什么？"

下一秒，女孩靠过来，抱住了他。

他霎时间心跳失序，不知该如何动作。他沉默着，女孩却突然从他的脖颈间抬起头，吻上了他的嘴唇。

心跳不听话，身体也不听话。嘴唇被她软软地亲着，他便不自觉地追随她，欲望像火一样燃烧。

她的一只手被他攥在手里，又小又软。他吻得备受煎熬，想拿她的手去安抚一下自己，却又不敢。

想什么呢，孟璟书？她还只是个小女孩，那么乖，又呆，跟他是两个世界的人，怎么能对她做这样的事。

可是，需求正在壮大，他变得冲动，变得不理性。

就在他心里天人交战之际，怀里的小女孩蓦地一声轻笑，柔软的小手从他的掌心抽出，往他的衣摆底下一钻——

孟璟书猛然惊醒，大口大口地喘着粗气，心都要从胸腔蹦出来了。

他骂了句脏话。

怎么会做这种梦？

明明前面都好好的，都是他记得的几件真实发生过的事。高考后那晚，她也只是抱了他一下很快就撒手了，什么都没发生，怎么梦到后面就变得乱七八糟了？

都怪那个坏女人昨天调戏他！

明明以前那么乖、那么正经的一个人，别人迟到了她都能愁半天，现在怎么变成这副鬼德行？

一天天的不让他安生。

孟璟书气急败坏地开始埋怨她。

既然兜兜转转她都要和他纠缠，为什么不早点开始算了？

为什么当时她就不能问一句呢？

喜欢他、拥抱了他，却不问一句“能不能在一起”？

没错，他自视甚高，眼光挑剔，能入眼者寥寥。而姜迎，说实话，当时她的外形很普通，只是个乖巧正经的好学生，不算漂亮，也不有趣。在当时的他看来，她是毫无吸引力的那种类型。

可他的心里曾萌生过一个小小的想法：如果她问了，他应该是会答应的。

如果是姜迎，即使不那么漂亮，也行吧。

不过这个想法只在那个狂欢与离愁交加的夜晚耗费了他一点脑力，之后他便很少再想起，他想做的事太多了。

高考分数出来，他们果然分数接近，去了同一所大学。偌大的一个校园，他们很少见面，却也没有断了联系。或许女孩心里多多少少还有些想法，隔几天就会找他聊天，从不间断。后来他谈了个女朋友，她知道后就不怎么找他了。不久后，他分了手，来来去去，两个人又恢复了以前的联络频率。

但她似乎也没什么进一步的想法。他其实有些弄不懂，她不是喜欢他的吗？

上到大三还是大四，他经常看见她和一个男生走得很近，一起吃饭，一起泡图书馆。后来，他听付萱说，那个男生在追求她。

原来如此。

那一刻，孟璟书感到有些不屑。

其实她也没多么喜欢吧。

之后两个人便断了联系，她把他拉黑了。或许是有人把他视为威胁，又或许是她决定要忘了他。

谁知道，走了一圈又转回来了。

太阳已西斜，阳光从落地窗照进来，长长地拖到床尾。

夜晚很快就要来临。

所以，她出差回来没有？

第六章 薄荷

天还没黑，姜迎就到家了。

点外卖解决了晚饭后，她换了身衣服，摊开瑜伽垫，打算做点简单的运动。她在众多健身视频里挑了一个，正准备点播放，微信提示音响了一下。她点开一看，心猝不及防一紧。

昨天他的脸比锅底还黑，她还在想这回要选什么主题在朋友圈开坛作法，吸引他的注意力呢，他竟然才一天就找她了。

孟璟书：回家了吗？

姜迎咧咧嘴，想着要回复什么才能显得矜持又不至于冷漠，还没想出个所以然来，屏幕上的画面一变——黄彦菲给她发视频邀请了。

今天也是黄彦菲想辞职的一天，两个人互相倾诉了周末加班的苦楚。黄彦菲则更苦一点："你还好啦，闲的时候总比忙的时候多，也不常加班，我这周都连着加班六天了！"

姜迎压着腿劝道："那你工资高嘛，我闲得久就没饭吃了。"

黄彦菲："也是哦……可是，我也没有比你多多少，而且我是真的很累！老板真的很烦，天天说一通要求，这种风格不行、那种情怀不对。我觉得她根本就不知道自己想要什么！"

姜迎："你老板怎么听着跟甲方一样啰唆啊。"

黄彦菲直翻白眼："是吧！"

发泄完对工作的不满，别的事情肯定也是要拎出来吐槽的，这就是姐妹的意义所在。

受到姜迎的影响，黄彦菲也摊开了自己的瑜伽垫，两个人隔着屏幕一起做拉伸运动，都觉得自己的腿部线条会变美。

黄彦菲说："许嘉宏最近老找我，你说他什么意思？想在国内培养一个备胎？"

姜迎都忍不住要为前班长抹一把辛酸泪："你真是太看得起许嘉宏了，他其实只是油嘴滑舌了一点，并没有那么坏啦。"

"那他隔着一个太平洋跟我搞什么暧昧？"

"人家说不定是真想追回你呢。"

"跨太平洋恋吗？我才不要。我们当初不就是这样才分手的吗？"

黄彦菲和许嘉宏在高考后那段脑子发热的日子里有过很短暂的恋爱，就持续了一周左右，基本没别人知道。

开始是因为一点冲动的好感，结束的理由也很简单，黄彦菲认为异国处不下去，觉得许嘉宏明知道自己马上要出国好多年还要来勾搭自己，是个很没责任感的人。

姜迎说："他没跟你说吗？他想回国发展，上次回来已经去面试了。他可能是想等定下来了再跟你说吧。"

黄彦菲沉默了一阵，感叹道："都这么多年了……"

姜迎也说："是啊，这么多年了……我们也太难兄难弟了吧。都是今年分了手，又在差不多的时间跟老同学搞上了。"

黄彦菲瞪她："喂喂，你说话注意点啊，我可没搞，是你自己搞了！"

"差不多啦。那你还喜不喜欢他呢？他除了话多点，其他还挺好的吧。"

"说不清，有好感吧，但好像已经不是小时候那种心动的感觉了。你呢？是不是终于收服了你那个白月光，不介意以前的事了？"

姜迎撇嘴："各取所需罢了，不去强求反而会自在很多。"

黄彦菲问："Friend with benefit（互相利用的朋友）？"

姜迎："硬要这么说也没错。"

黄彦菲："说得我都蠢蠢欲动了。"

姜迎："好啊！你快去祸害许嘉宏，然后我们找一天一起把他们给踹了！"

黄彦菲："好主意！"

她们漫天瞎扯，磨蹭了老半天才挂断视频通话。

等姜迎再注意到孟璟书发来的那条消息，已经是一个多小时过去了。她也没了玩花样的心情，简单地回了句：嗯，回了。

之后那边就再没说话了，姜迎哼哼了两声，洗澡睡觉。

月底万圣节，黄彦菲的公司破天荒地给他们放了半天假。她当即约姜迎出来逛街。

这几天刚结了个案子，姜迎正处在空闲期，看办公室有人先走了，她也就提前溜了。

回家一顿收拾，见面时，两个女人相互吹捧了一番。

为了凸显节日的氛围，她们精心打扮，选择了不常穿的学院风格。黄彦菲的偏英伦风，利落帅气。姜迎的偏日式，百褶裙，长筒袜。

脸上的妆容是一边打电话一边收拾的，都在怂恿对方，于是一个是邪魅烟熏妆，一个是迷离宿醉妆，配上身上的制服，效果不可谓不惊人。姜迎为了做到极致，甚至还扎了两个低马尾，两个人像鬼一样出了门。

不过在这么个日子里，街上的女孩们都是争奇斗艳。她们也算不上太出格，就是看着对方都觉得很好笑，又很开心。

姐妹逛街，当然要趁着妆容还完整，赶紧拍张照发朋友圈了。不多时，朋友圈有了回复，许嘉宏给两个女孩都点了赞，统一回复：漂亮！

姜迎使坏，问他：谁更漂亮？

许嘉宏回以微笑，而黄彦菲恼怒地掐了她一下。

早早地吃完饭，她们在商场里找了一家电玩厅进去玩。即便不是周末，也有很多年轻人借着节日的名头出来玩。电玩厅里各种声音咚咚响，好不喧嚣。

今天穿了裙子，不适合去飙摩托车，她们眼明手快地抢到两台街机，操纵几个肌肉猛男，打得你死我活。打了两把，各赢了一局，她们准备第三次投币，誓要决出胜负。

这时，一个熟悉的男声叫了姜迎一声，她闻声回头。

“郑一峰，你也在这儿？”

郑一峰还是在办公室里的穿着，显然并没有为这个夜晚过多地打扮自己。在姜迎她们面前，他反倒有些局促：“嗯……和大学室友出来玩。”

姜迎笑说：“巧啊，我是和高中室友出来的。”她又给黄彦菲介绍道：“这是我同事，同一个师父带的。”

他们简单地问了好。

恰巧占据旁边几台机器的人要走，郑一峰和朋友见状坐下，几个人排排坐打了一会儿，才散开各玩各的。

电玩厅里人越来越多，姜迎她们想着不跟别人挤了，就打算到外面逛逛去。出了门，她们正好看见郑一峰提着一袋东西回来。又碰了面，不知道为什么，他顿时有些脸红。

姜迎：“我们先出去逛了，你们好好玩。”

“好，”郑一峰把手上的东西递给她们，“晚上凉，给你们买了点热饮，不知道你们喜欢什么，随便买的。”

姜迎看了一眼袋子的标志。

随便买的……在每次路过排队人群都能绕成贪吃蛇的网红奶茶店，随便买的。

算算时间，估计他们各自散开后，他就去排队买了，刚刚才回来的。

姜迎压下内心的震惊，接过奶茶，平稳地道谢。

“谢谢，那我们先走了，拜拜。”

郑一峰：“再见。”

走出一段路，姜迎和黄彦菲互看对方一眼，露出惊讶的笑，眉毛都要起飞了。

黄彦菲：“你同事对你有意思啊？”

姜迎：“没有吧！我感觉是我们俩今天美过头了！”

两人对视两秒：“哈哈哈——”

喝着奶茶去各个化妆品店试色，最是惬意。姜迎正对比着手上几个眼影的偏光，不期然手机振动起来——竟然是孟璟书的来电。

他大概也在外面，电话那头有嘈杂的声响。

“喂？”

“你在环城广场？C座三层？”他问。

姜迎一惊，倏地站直，左右看了看，压低声音问他：“太可怕了，你正站在哪个角落偷窥我？”

“还用得着偷窥？”他似乎有些嫌弃，“身上穿的什么，乱七八糟的，想看不到都难。”

他之前看到朋友圈，心中起了几分涟漪。刚才进商场乘扶梯上行时，她正从电玩厅出来，他一眼就注意到了。

姜迎语气凉凉地道：“你打电话过来就是为了说这个？”

他低声笑了一下，缓缓说道：“不。是想问姜小姐什么时候回去，我送你。”

姜迎咬唇：“我自己可以回去，就不劳烦你了，”她转了个身，往外走了几步，远离了黄彦菲，才一字一顿地说，“孟先生。”

孟璟书在四楼，隔着宽阔的中庭在看她。看她小步踱到店外，微微低着头朝手机说话，脚尖还不时地轻轻地踢着墙壁。墙面反光的材质映出她被长袜裹紧的小腿，往上是一截光裸的莹白，圆润都收在了深灰色短裙里。高腰百褶裙勾勒出她的细腰、长腿，头发也弄得漂漂亮亮的，像个娃娃。

再开口时，他的语气已经变了：“不是让我好了就约你吗？我已经好了。”

他这个人长得就不正经，压低了声音讲话就更是如此，所有的音调和停顿都是钩子，勾魂摄魄。

黄彦菲在招手叫她过去，她没再拿乔，快速地说：“九点半左右。”

说完，她就挂断了。

她走回店里，被别人挡住，看不见了。

孟璟书还在原地站了一会儿，想着她刚才的语气，推测她的神态。口是心非的时候，她会抿着嘴角，眼角微扬，带着点小小的傲气。

孟璟书兀自笑了笑，这才进了餐厅的包间。

那帮人已经毫不客气地点好一张长单子，他落座，拿单子过来扫了扫，又叫了服务员过来，几乎加了翻倍的量。

在座的众人起哄鼓掌，以魏展风一马当先："瞧瞧，我们拿下大单的孟公子果真豪气冲天啊！"

"老孟可以啊！"

童浩闲闲地嘲讽魏展风："竖锋挣钱，你也有份，怎么没见你豪气冲天？"

"我这不是故意衬托他的光辉吗？"

"老魏抠门也不是一天两天了。"

"我看孟哥是情场失意，商场得意。"

孟璟书笑着骂："有得吃还堵不住你们的嘴。"

一片热闹中，孟璟书想的却是，现在还不到八点，要等到九点半，原先那一点哪够啊。

到九点一刻，姜迎给他发消息，说自己那边大概还需要十分钟，问他待会儿去哪见。

夜里冷，孟璟书想到她光着的腿，直接让她坐电梯到地下停车场。

他结了账，一群男人还不尽兴，准备转场喝酒。

但喝酒显然不比另一件事有意思，孟璟书等在电梯口，和他们分道扬镳："今晚的开销都记我账上，我就不去了。"

大家都看出他在等人，心知肚明，纷纷应声说好，最多不过调侃一两句。

只有魏展风，好奇得要死，特别不识相地在那儿说："你分手后好像变了个人啊！约了女人吧？最近都好几回了！谁啊？ Sandy ？"

孟璟书看了看时间，不跟他废话："快滚。"

魏展风："不能见？难道不是 Sandy ？这么多年兄弟，我都不能知道吗？"

童浩在一旁看孟璟书的脾气要上来了，不禁笑道："老魏你有点眼力见，走吧。我和老孟可从来没问你又跟哪个女的睡了。"

魏展风："哼！这不一样嘛，老孟这不是性冷淡多年，突然解禁了嘛……"

孟璟书冷笑："行，今晚都算你的。"

魏展风："别……别，我走还不行吗！老子还要省钱养湾流呢！"

世界清静了两分钟，电梯有"叮"的一声，门开启。

孟璟书偏头看过去，就一眼，嘴角便勾了勾，刚才的冷厉一扫而空。

姜迎盯着他的眼睛看：“笑什么笑，我看起来很奇怪吗？你要敢说丑，今晚就别上楼。”

孟璟书又笑了一下，没说什么，带着她走去车位。

给她拉开车门时，他才低声说：“好看。”

姜迎心里顿时喜滋滋的，等他绕过车头也上了车，她凑过去故意问：“骗我的吧，为了上楼？电话里还说乱七八糟来着。”

他缓缓倾身过去，她像受到压迫似的往回缩，整个人贴在椅背上，抿了抿嘴角。

两个人鼻尖的距离不过一指。

孟璟书停顿片刻，很快往回退了点，抬手给她拉上安全带，扣紧，慢吞吞地说：“是乱七八糟，”宽大的手掌在她的大腿上掐了一下，“看着心乱。”

车里没开灯，只有停车场的白光映出他英气的五官和深邃的阴影。他要笑不笑的，目光在她的身上走了一遭，一种艳丽的风流浑然天成。

姜迎不自觉地咽了一下口水。

无心插柳，她竟然这副模样碰到他……

今晚可真不是开玩笑的。

他们贴在门板上接吻。日系的短裙、长筒袜，带给男人很多想象。她瞪他一眼，他都觉得快疯了。

修长的手指四处探访，他瞬间起了火：“不穿安全裤？这么短的裙子。”

姜迎无语，裙子本来就带有一层内衬，已经是安全裤的作用了。

她喘着气，小声地反驳：“肯定不会走光的，你要不摸，不也不知道吗？”

他莫名地火大，也不废话了，俯身亲吻她。

当她浑身焦躁之际，手里被塞了一个轻薄的物件。

“你来。”

他逆着光，五官都透出一股子邪气。

门口一侧的墙上挂着一面全身镜，她被摁在门板上，侧着头，不得不将镜中的景象全然收入眼底。

孟璟书也偏过头，与她在镜中对视。

在之后很长一段时间里，每当她看到这面镜子，心中都会涌起奇异的悸动。

他望见镜中，她的眼睛越来越湿润。

他低语：“姜迎，你真是个坏女孩。”

她面如火烧。

从五六岁开始，姜迎就没再想过还要人帮她洗澡。

她在床上茫然了好久，条件反射似的抽噎一直没停。等缓过神来，看到床下已经牺牲的裙子，她又气得眼睛红红的。

孟璟书以为她又要哭，赶紧好言好语地哄着。

他吃饱喝足，心情愉悦，献起殷勤来，姜迎踹都踹不动。

她由他抱着到浴室去，他笨手笨脚地帮她涂洗面奶、洗发水、护发素、沐浴乳，就像这辈子第一次洗澡一样，新奇得很。

其实姜迎的体力已经恢复得差不多了，可孟璟书就是无耻地非要一起洗。淋浴区就两平方米左右，两个人挤着，水蒸气氤氲着，空气都要不足了。

他把她的冷眼当好脸，笑容一直没停过，吻也没停，比梦里的感觉更让人上瘾。

用了沐浴乳的两个人像两条小鱼似的，滑溜溜地抱在一起。温水通过花洒“哗哗”地冲下来，他们把洗澡当成了亲吻练习。

他吻得很深，姜迎怀疑自己会窒息，却抱他更紧了。

她已经分不清，究竟是水从她的身上淌过，还是她自己已经融化了。

那天晚上，孟璟书冷声冷气地把魏展风赶走，到底还是没防住他猥琐的好奇心，让他远远地看到了姜迎，并在群里大肆宣扬。

魏展风其实是认识姜迎的，大学几年，姜迎少数几次去找孟璟书的时候，两个人碰见过。那时魏展风就调侃过孟璟书，说人家小姑娘这么死心塌地，劝他善良，从了人家。

他那时怎么回应的？他已记不清了……那时感受不深，对她没有太多想法。她不问，他自然没必要挑明。碰上魏展风酸味十足的论调，总归没少嘲讽他。

这次是离得远没看清人，否则魏展风还不知要怎么扬眉吐气。

男人群里荤腥不忌，有了魏展风开这个头，一时间热闹得很。

“什么？没看错吧？孟总有女人了？”

“我说呢！难怪昨晚早早地就走了，原来是佳人在怀啊。”

“我没记错的话，这是第三个了吧。上回在童浩那儿，还以为有什么急事要处理，结果他不是跟洪总抢人去了吗？不过，那次那个腿超正！可以理解！”

“哦……还有那个叫 Sandy 的对吧？笑起来很可爱的……这回是什么风格的？”

“啧啧啧——这么说起来，老孟最近忙啊，换女人换到手软。”

这帮人真是吃饱了撑的。

孟璟书讽刺：“我不手软，没女人的才手软。”

中枪的众人：“我说……你在针对谁？”

他又补充：“Sandy 没有，少乱说话。”

夜里怎么放纵，白天也还是要正常上班。姜迎到了办公室，如常地跟同事打招呼。

碰到郑一峰，跟他打招呼的时候，姜迎注意到他的神色有转瞬即逝的不自然，不过之后倒没什么不对劲的了。

姜迎挠挠下巴，感觉问题不大。

工作日结束，又是周五的下午。

姜迎下班走出事务所大门，看到一抹粉红色，心一颤，差点以为时光倒流。她精神一凛，严阵以待。

这回胡若晨倒是挺正常的，见着人，便踩着毛茸茸的单鞋小步走过来。

姜迎挺直脊背，警惕地睨她："有何贵干？"

胡若晨稍稍垂着头，有些怯生生地道："那个……我来跟你道歉。"

"行，我接受你的道歉，你可以走了。"

"我请你吃饭吧。"

姜迎冷漠地道："用不着，消受不起。"

姜迎往地铁站走出几步，胡若晨也小步跟着。

她的声音不大，但语气固执："吃吧……你消受得起！"

姜迎"啧"了一声回头，双臂环抱，皱眉审视她："你到底想干吗？"

胡若晨今天穿的是平底鞋，比姜迎矮一些，一双下垂的眼水汪汪的。她小心翼翼地拉着姜迎的衣袖，真真是楚楚可怜。

老实说，姜迎可以理解陈天靖当初会喜欢她，很少有男人能抵挡住这种柔弱可爱的女孩吧。而且她的外形娇俏、无攻击性，也不会容易招女人讨厌，可以说是男女通吃的类型了。

胡若晨有些可怜地抿着小嘴："你就帮帮我吧……姐姐。"

姜迎倏地抽手，细眉倒竖："谁是你姐，要不要脸！我们同一年毕业的。"

胡若晨显得无辜："我小时候跳过级，今年二十一岁……"

姜迎冷哼："帮你什么？我能帮你什么？"

胡若晨眼角一红："帮我走出失恋的痛苦啊。"

"什么？"

"我们不是被同一个人抛弃的吗……"

"啊？"

"我想你一定能有办法。"

姜迎简直不敢相信，胡若晨怎么说也是给她戴了绿帽子的人，怎么还能这么坦然地提出这种要求？

"我凭什么要帮你？"

胡若晨可怜巴巴："求求你了，姐姐……我也是没有办法了。这段时间，我……我每天都好痛苦。"她说着都快哭了，"我跟朋友出去旅游了，也跟爸爸妈妈谈心了……可还是好难过……"

姜迎拨了拨头发，还是一副很嫌弃的样子，"怎么帮啊？我可不会心理辅导。"

胡若晨小声地说："我也不知道……先请你吃个饭吧……我觉得你特别自信，就算被分手了，也很快能调整过来。说不定和你说说话，我就能好了。"

虽然这个逻辑有点九曲十八弯，但她也不是完全不能接受吧。

姜迎清了清嗓子："请我吃什么？"

胡若晨水汪汪的眼睛里顿时散发光彩："西班牙菜！我知道有一家店的海鲜饭特别好吃！"

姜迎点头："那走吧。"

美食不可辜负，再复杂沉郁的心情，吃了海鲜饭和草莓鲜奶小蛋糕，乌云也能被柔风吹散。

姜迎基本就是个聆听者，胡若晨吃饱喝足，感觉来了，叽里呱啦说了好多话。

姜迎手托着腮，小口小口地吃着蛋糕，不时地回答她两句，然后再给她的杯子里加水。

胡若晨说完了，心情好了，终于埋单走人了。

时间还挺早，姜迎寻思着要不要再逛逛，恰好孟璟书发来信息，说今晚他有事不来了。

姜迎忍不住嗤笑了一声。

不来就不来呗，用得着特意说吗？好像谁在等他似的。

她们路过电影院，姜迎问："哎，看电影吗？"

正是电影院热闹的时间，人来人往的大厅里摆着几张大幅海报。摆在正中间的是昨天刚上映的电影，当红女星的诚意之作。

胡若晨说："好啊。"她指了指那张海报，"可是我不喜欢这个明星。"

姜迎说："我也不喜欢她，咱们不看这部，看别的，我请你。"

女人一旦有了共同讨厌的人或事，就能迅速找到共同语言，进而对彼此产生欣赏之情。一场电影下来，姜迎之前心里的那点芥蒂已经被消磨得七七八八了。

晚上躺在床上的时候，想想这几个月以来的人际转变，姜迎都觉得很魔幻。

周末，姜迎安心地宅在家。因为前一晚吃得挺多，她在床上赖到中午才起来弄吃的。饭后，她把小公寓打扫了一番。秋意渐深，空气越发苍凉，连阳台上都显得光秃秃的。

多云的午后，姜迎下楼买了一杯咖啡。回家后她懒得换回家居服，也不坐下，随意地弯了腰，半趴在桌面上支撑着身体，手机里放着歌，看了一会儿书。

歌单是随机选的英文曲目，这会儿正在播一首轻柔的男声哼唱。姜迎觉得这个声音很好听，便分神去听了一会儿。

I'll kiss your back, just breathe

我会亲吻你的后背，请你放松

I don't wanna wait another day

就在今天

I wanna drive you crazy

我让你疯狂

When you feel my hand, just breathe

当你感受到了我的触碰，请放松

On the small of your back, come with me

我会抱着你，请跟着我的感觉

……

她被这暧昧的歌词弄得脸热，想起前几天在此地发生过的事，她有些趴不下去了，赶紧换了身家居服舒舒服服地窝在椅子上。

不多时，手机的音乐忽然停顿，紧接着“嗡嗡”振动起来。

有人来电话了。

姜迎一瞥。

怎么又是他？

真是有一点不想接呢。

“喂。”即使接了，她也是一副淡漠的语调。

“在家？”他的嗓音电话里总是显得比平日要低。

“啊。”

自从孟璟书废了她一条裙子，她就故意冷着他，做出一副爱搭不理的样子。他也不以为意，一点不介意，联系得反倒更勤快了。

“今晚来我这儿吗？过去接你。”

姜迎抠了抠指甲：“不去，没空。”

孟璟书微微一顿，问：“有约会？”

姜迎笑了：“嗯……要去接一个新成员回家。”

“嗯？”

姜迎甚至能通过这一声疑问想象到他略微皱眉的样子，浓黑的眉会绷得如剑一般锋利，面露不悦，特别严肃。

她说："嘻嘻。"

不疾不徐的敲门声响起的时候，姜迎正从冰箱里挑选晚餐要用的食材。她狐疑地看了看猫眼，里面是一张变了形的俊脸。

她开了门，微微靠着门框，显得挺不情愿："你怎么来了？我不是说了没空吗？"

孟璟书手中提着东西进来："你说在家啊。"

姜迎小声嘟囔："不速之客。"

孟璟书低笑一声，没跟她计较什么，最近他总是一副很好说话的样子。

他低头换鞋，把地上那双深蓝硬底漏洞大拖鞋拿过来穿。这双鞋是之前姜迎网购时加两块钱换购的，是用来摆在门口伪装家里有男人的，材质就是劣质塑料，踩上去有些扎脚。

姜迎用脚尖把它踢走，说："不穿这双了，买了新的。"

孟璟书果然在鞋柜里找到一双崭新的灰色男式拖鞋，舒适度大大提升。

他又笑了一下。

姜迎的眼睛盯着孟璟书手里提的东西："什么呀？"

孟璟书晃了晃其中一个深色纸袋："几件换洗衣物。"

"嗯？"

他又把另一个被撑出圆筒形状的袋子放在料理台上："阿姨今天包了饺子。"

"哇！"

为了使晚餐美味不单调，姜迎简单地煮了个番茄蘑菇汤，又使唤孟璟书铺上桌布，把食物一样样摆上。

两个人排排坐，姜迎神秘地说："今天我们蘸点厉害的酱。"

孟璟书："醋？"

姜迎不屑地道："醋很平庸！"

孟璟书不猜了。

姜迎直接把味碟上桌，往里面"哗哗"地倒了芝麻沙拉汁。

"沙拉汁？"姜迎从他的眼中读出了嫌弃。

"好吃的话怎么办？"她挑衅道。

他扬眉："你说怎么办？"

姜迎一秒没犹豫："你洗碗。"

孟璟书："行。"

结果，这顿饭再次刷新了孟璟书对姜迎厨艺的认知。虽然饺子不是她做的，沙拉汁也是买的，但孟璟书就是盲目地归功于她。

他喝了一口番茄汤，不禁深吸一口气——太鲜了。

他从来不屑虚情假意，尤其是对熟悉一点的人，感受到什么，就会表现出什么。

姜迎歪着头笑眯眯地瞧他，对他的反应很是满意。

孟璟书被她看得心一热，没忍住，凑过去亲了她。

蜻蜓点水的一个吻，一触即离，比他们之前的任何一个吻都要纯洁，却让两个人微微红了脸。

孟璟书也是行动比思想快，亲完了才察觉这一出有多么青涩和幼稚。可望着眼前她微微呆愣的样子，他又觉得从舌尖到心间都似酿了蜜，止不住的愉悦蔓延到嘴角。

姜迎被他笑得羞恼，踩了他一脚，抹了抹嘴，嫌弃道："油。"

孟璟书但笑不语，姜迎怎么看怎么觉得嘚瑟。

姜迎推他一把，怒道："别笑了！快点吃完，早点跟我下楼干活！"

月黑风高，微寒扑面，正是偷摸的好时候。

大厦二楼边庭的一角，灯火昏暗，一男一女驻足于花圃的某处。有散步的人路过，有意无意地朝他们看上一两眼。

"停，先别蹲下，假装在这儿休息。"女人压低声音道。

男人照做了，但提出质疑："理由？"

"让人见了多尴尬啊，竟然薅商场的羊毛。"

"所以你为什么不去买？非要自己挖？"

"网购还得等……我今天想要的，今天就要得到。"姜迎语气恶狠狠的，"你挖不挖？"

"不是你让我停的吗？"

"哦……他们走了。来来来，开始吧！"

事件的起因是姜迎打扫时忽然觉得屋子里没有绿植，缺乏自然的气息。下午，她下楼买咖啡时路过这里，被一阵清凉的草本芬芳吸引，才发现花圃里竟然长了一大片薄荷。她当下就决定要弄一点回家。

孟璟书不速而至，被她抓了壮丁。

"就这一片吧，好像比较有空间，也方便操作。"

姜迎站在他身后，用手机打着灯，俨然一个泉水指挥官。

孟璟书在她收拾的工具袋里挑了一样顺手的，一只手把密集的薄荷叶并拢，露出底部的土壤。这里的植物长得太密，地下都是纠缠的根须，紧实得很。他用扳手捣了几下，才撬开一处突破口。几团根须裹着泥土露了出来。

他放下扳手，要用手去挖。

姜迎把他拦住："等一下，戴上手套，都不知道土里有没有碎玻璃碴。"

孟璟书没说话，他其实是懒得戴，并且现在也不方便戴。

姜迎直接放下手机，找出乳胶手套，用两只手撑开，给他戴上。

她的手套是平时用于做饭、洗碗防止伤手的，她自己戴着合适，可套到男人的手上就不是这么回事了。

太紧了。

能相当直观地感受到男人骨骼的修长和粗硬，乳白色的手套被勒得几近半透明。

每一根手指都显得那么不可描述。

姜迎直接笑出声："真是太色情了……"

孟璟书瞟她一眼，语气凉凉地道："我看上回的账还没算够。"

姜迎赶紧把手机电筒亮起，转移话题："嗯……要哪一棵好呢？这棵怎么样？是不是很漂亮？"

孟璟书冷哼一声，暂时不同她计较。

小植物的根茎几乎全长在了一起，孟璟书费了好大的劲才把其中两株从大部队里拆出来，又挖了些土，一起装进姜迎洗好又戳了出水孔的塑料咖啡杯里。两个人把案发现场基本复原后才溜回了家。

因为姜迎一直左顾右盼，像在做贼似的，搞得整个过程都有些紧张。等到了家门口，两个人莫名地松了一口气。

姜迎轻声说："欢迎新成员。"

本来挺无语的一件事，也被她弄得颇有仪式感，孟璟书都不自觉地跟着期待起来。

姜迎把薄荷放在阳台上，找了个又扁又宽的塑料壳套在杯子外面，才给两片单薄的绿叶浇了一点水。

薄荷本就不是竖直生长，现在突然离开了植株丛，没了依靠，歪歪扭扭的，看着特别凄凉。

姜迎不可避免地忧心："它们真的能活下来吗？会不会过两天就死掉了？"

孟璟书想了想说："应该不会，我看它们周围很多杂草，估计平时也没人打理，还能长得这么茂盛，生命力一定很强。"

"是吗？可是，刚才我们好像把它的一截根茎扯断了。而且我看网上说，薄荷到冬天很冷的时候就会枯萎，一定要保护好根部，等到春天才会再长出来。现在快入冬了，离开家乡的它们真的能挨过严冬吗？"

孟璟书也不是很了解，他上网看了看，说："接下来会有一段时间回温，这几天注意保持土壤湿润，应该没问题。"

姜迎蹲着，手指轻轻地压了压泥土，好让土壤给根部的支撑力能大一点。

她喃喃地低语："既然把你带回家，我就一定会好好养你的。"她希望通过玄学给这株可怜的植物增加一点力量，“给你取个名字吧，贱名好养活，就叫……猪崽吧。”

孟璟书也挨着她蹲下，相当不赞同：“哪里来的迷信。我亲手挖回来的，必须高贵。”

姜迎：“我不管，就要叫猪崽。”

孟璟书的眉梢上扬：“我没份？”

啧，很凶哦。

姜迎撇撇嘴：“那这样，一人一棵，左边这棵是我的，右边的是你的。”她的声音变得抑扬顿挫，特别富有感情，“请您给它取一个高贵的名字。”

他略一思索，吐出俩字：“熊猫。”

行，举国上下一等一的尊贵。

因为这一小段插曲，姜迎拒绝了孟璟书的共浴邀请。

孟璟书也没强求，自己先洗了。

等姜迎洗好出来，男人已经熟门熟路地上了床。

他半倚着床头，在用平板电脑看行业动态。

有人从床前路过，去阳台晒贴身衣物，他意料之中地分了心。

不知说她有心好还是无意好，她就像家里只有自己一个人一样，自在得很，穿得极度随意，只穿了内裤和一件松垮的T恤。乌发半湿，发梢所及之处，小山包的凸起若隐若现。衣摆往下，浑圆的臀和花白的长腿一览无余。

可她似乎也无意勾引，衣服是肉眼可见的洗得变形发白的旧。她是真的不拿他当外人，或是不在意他是否会觉得她生活粗糙。

只看一眼，他的心就一上一下的，定不下来。

有这样一双腿，以前怎么老穿校裤呢？

孟璟书放下平板电脑，正好她进屋来拿手机。他离得近，将手机抓在手里，走过去给她。

她转身又去了阳台，孟璟书跟了出去。

姜迎在他的脚边蹲下，让他开了阳台的灯，然后对着小薄荷一百八十度拍照——没能三百六十度是因为薄荷站不稳，有一面必须挨着玻璃板。

孟璟书：“拍这么多？”

姜迎好胜心切：“当然啦，要全方位、高频率地记录，才能知道猪崽和熊猫谁长得比较好。”

孟璟书无言以对，拿脚面去蹭了蹭她。没理由，他就是想碰碰她。

姜迎逮着机会，直接往后一坐，用体重压迫男人的脚。

孟璟书笑了一下，没动。

又等她拍了几张，他说：“拍好没？你的腿不冷？”

“马上啦……”她歪着脑袋倾着身体，“咔咔”又是两张，“好了！”

孟璟书直接弯腰，卡着她的胳肢窝把人给提了起来。

他们进了屋，关上玻璃门，把深夜的寒风阻隔在外。洗澡的热量已经发散得差不多，姜迎感觉有点冷了，想钻上床。

孟璟书不让，长臂一伸，挡住了她的去路。

姜迎立时屈膝下滑，打算从他的手臂下方钻出去。

孟璟书的反应比她更快，另一只手掐着她的腰肢把人给提起来。她被禁锢在墙面和他之间，不留一丝缝隙。

她抻长脖子瞪他，没过几秒，自己先忍不住笑了：“这是什么意思？”

孟璟书也盯着她的眼睛，扬眉道：“我不来的话，你能自己弄？”他下巴一抬，指向外面的薄荷。

这是邀功来了？

姜迎跟他贴着，后背有他的手垫着，身上不冷了，也就有了心思矫揉造作。

她用双手搂住他，声音故意发嗲：“我弄不了就给孟璟书打电话啊，他一定会来的。”

男人脸上闪过一丝不自然的红，他低低地吸气，极力压制着。

他说：“我就这点作用？”

“当然不是，你还有……”姜迎扭腰去碰他，轻笑，重音咬字，“这……个作用。”

孟璟书咬牙喘着粗气：“调戏我就这么好玩？”

姜迎的手指在他背上抚过，轻声问：“你讨厌这样吗？”

他们贴得这么紧，他的反应她都知道。

姜迎如同下蛊一般，低声呢喃：“你喜欢……”

她呼出的气都让他吞了下去。

姜迎的体型在孟璟书面前实在只能用娇小来形容，轻易就被控制。他把她死死地抵在墙上，让她近乎缺氧地呜咽，仿佛只有这样凶狠地压制她，他才能安抚心中涌动的热流。

空气即将耗尽的那一刻，他才放开她。

孟璟书转而去啃咬她的耳垂和脖子，掌心在她皮肤上烙下滚烫的痕迹。

失重的感觉刺激得要命，汗都沾在了墙上。

她细细的声音令人胸口发烧，他胡乱地说着混账话。

“喜欢死了，是不是？”

终是两个人都昏了头。

第七章
泥潭

孟璟书连着两天都赖在姜迎的小公寓里，这个周末就都在床上消磨了。到周一两人才分开，各自去上班。

事务所一大早就开始沉浸在八卦的氛围里，同事们在谈论刚进来没几周的前台小姑娘辞职了，因为胡主任的骚扰令她不胜其烦。

业内习惯把高级合伙人称为主任，胡主任胡国伟便是他们所里最大的合伙人。伟禾律师事务所的“伟”就出自他的名字，“禾”出自另一位主任杨小禾。

他们私下里戏称胡国伟是老板，杨小禾是老板娘。他们俩各自有家庭，却常年保持某种关系，算是他们单位众人嚼不烂的一段秘辛。

胡主任是个人物，不仅能在家中正宫与亲密伙伴之间游刃有余，对事务所的年轻小姑娘也不放过。姜迎这些小律师还好，他顶多偶尔在言语上占些便宜。前台的小姑娘才是真的惨，面试艰难如选妃，上了岗还要经受他的长期骚扰。他都用不着做犯法的事，有钱有势的中年男人要调戏一个小女孩，总会有手段。

这已经是今年第三个辞职的前台小姑娘了。

可肇事者完全不当回事，已经让人事着手开始招聘了。当然，最后拍板的人还得是他。

这还不算，胡国伟的猎场远不止家与事务所。他在外应酬交际到床上那也是家常便饭。每隔一段时间，总有同事在外碰到他又和某位陌生美女举止亲密。这些早就是办公室里摸鱼时的谈资。

“主任都五十好几了，体力上吃得消吗？”

“可能人家会演戏，很配合呢。别看主任穿得普普通通，他手上那块表至少抵得上我们这么多年的收入。”他拿手指比了个数。

“牛啊！”

“他老婆也真是能忍！”

“最奇葩的是，杨主任和他老婆的关系还不错！”

“天哪……这算是各取所需的极端了吧……”

“只是可惜了前台的漂亮姑娘，就算没受到什么实质性的伤害，心里也会有阴影吧。”

办公室里敲键盘的声音和细碎的八卦声交替，直到有领导进来交代工作，讨论才停止，各人如常地工作。

午休时，孟璟书大概是闲了下来，主动来跟姜迎聊微信，内容十分空洞。

他问：午餐吃的什么？

姜迎：隔壁公司的食堂。

孟璟书：好吃吗？

姜迎：学校二食堂的水平。

他们说的是他们大学里最大的食堂，陪伴莘莘学子度过了几百乃至上千顿饭的时光。以其重油、菜色稳定、咸辣波动大等几个特色，在众人心中留下了深刻的印象。虽然他们上大学时见面不多，但总归会在不同的时间，历经相同的轨迹。

孟璟书：无功无过。

他给出了客观准确的评价。

姜迎笑了：你呢？

孟璟书：外卖。

姜迎：老板也过得这么平庸？

孟璟书：不然呢？

午饭后的办公室里一片慵懒祥和，大家都瘫在自己的折叠床上，有睡觉的，有打游戏的，有看剧的。

姜迎侧躺着，拿宽大的围巾盖住自己。从窗帘缝漏进来的一道日光照出飞扬的浮尘。

姜迎戴上耳机听歌，忽然问他：你们前台的小姑娘漂亮吗？

孟璟书回道：前台是男的，外形挺好。

姜迎：哦……

她这个“哦”字，颇有意味。

孟璟书：怎么了？

姜迎喝了点水，慢吞吞地回复他：就是啊……

她把事情简单地跟他说了一下，言辞戚戚，越说越发出感叹。

好不容易找份工作就碰上这样的老板，也太可怕了……真的想不通，有几个钱的男人，玩弄一下小女孩就这么有满足感吗？在这么多女人中跳来跳去，他也不嫌累……

一大通批判终于发泄完毕，姜迎感觉神清气爽。然而还没畅快多久，她就被对方的回复噎住了。

他不紧不慢地问：是在暗示？

姜迎满头问号。

姜迎：只是闲聊，OK？！

那边无视她这撇清关系的态度：别多想。你也知道我的时长，你一个就够我忙的了，哪还有空闲找别人。

谁跟你说这个了！

姜迎隔着屏幕白了他一眼，“啪啪”打字：您忙吧，再见。

门被推开的时候，孟璟书脸上的笑意犹未消退，被魏展风逮了个正着。

“谁啊，谁啊？笑得这么荡漾！上回那个萝莉？”他抻长脖子，在孟璟书屏幕黑掉前的零点零一秒，以过人的视力瞄到了微信备注名，瞬间鸡皮疙瘩都起来了，“我的天！孟璟书，你不是吧……还行不行了！肉麻死了！”

孟璟书将手机倒扣，恢复了冷淡：“有事说事。”

魏展风搓着手臂吐槽：“真是重色轻友啊……跟女人聊微信就甜蜜成那样，对兄弟就像秋风扫落叶……”

“不说就滚出去！”

“就是下午我去参加那个技术生态大会，有个客户要来公司，你接待一下。”

“谁？”

“就上回张总介绍的那个小公司的女老板，老想跟你眉来眼去的那个。”

孟璟书沉吟片刻：“我去开会，你留在公司。”

魏展风拉开椅子坐下，两只手往后一摊：“老孟啊……这些会议你什么时候去过。不会就为了避开那个女老板吧？我看，她对你的兴趣可比对咱们的产品大多了，人家就是冲着你来的，你还让我去接待？”

孟璟书：“咱们就这点格调？才这么个小单子你就让我去卖笑，往后遇上大点的，我是不是还得卖身？”

魏展风：“少爷，蚂蚁再小也是肉。咱们找投资人的条件这么苛刻，当然要珍惜每一个客户。卖个笑怎么了？”

孟璟书：“没必要。你比我能聊得多，我相信你，魏总。”

魏展风当年在计算机学院也算是小有名气，但后来学着学着就觉得索然无味了，这些标准稳定的字符太无趣了，他还是喜欢跟人打交道。于是他在本科毕业后出了国，申请了管理专业，自此便仿佛找到了本命，如鱼得水，舌灿莲花。

可任他再灿烂，到了孟璟书这块冷硬的臭石头面前也得枯萎。

魏展风：“啧，老子就从来说不动你。”

孟璟书笑了一下：“说点事，你上次说的那个项目，我去谈了。人刚确认，能留一个名额，筹备吧。”他点了点台历，“一个半月内送去审批。”

魏展风大喜过望，拍了拍桌面：“嘿！还真让你搞定了！”

竖锋在创立之初，他们就对公司的定位和发展做了规划，理念相同且愿意放手的投资者难得一遇。因此，公司的预算总不宽裕，这一季资金到手就要想下一季。他们一直在想办法利用有限的资源去拓宽营利渠道。

其实最拮据的时候，魏展风有想过，大不了羊毛出在羊身上，他们两个老板回家伸伸手，总不至于那么辛苦。

可孟璟书当下就果断地否决了，说：“不就是嫌回家无聊才自己干的吗？现在才难一点你就想靠家里，有意思？”

魏展风想流泪：“没意思。”

艰难困苦之际，魏展风想起读硕士时期自己做过一项关于女性择偶的社会调查。当时是用来参赛的，他下了苦功，数据翔实，访谈问卷不计其数。他由此萌生了做恋爱游戏的想法，技术上不算复杂，又容易招揽人气，连项目评估都做了。只是眼看着政策收缩，难以施行。

于是便有了今天这场谈话。

孟璟书半靠在椅背上，手指在桌面上一下下地敲着：“别高兴得太早，能不能行还得看市场的反馈。”

“嘿嘿嘿——”魏展风一会儿扯着衣领，一会儿拉着袖口，高兴得眉毛都要飞起来，“这你就别担心了，我做过调查的，这个 idea（想法）绝对直击人心，哈哈。你知道的吧，那会儿收集的资料加起来能把卞江给填了，绝对会让寂寞的少女们欲罢不能，嘿嘿嘿——”

他看到孟璟书神色复杂，又乐了：“你之前不是嫌做这种游戏格调低吗，怎么就同意了，还主动去搞定审批？哈哈，果然是我的好兄弟！”

“公司不是要开源吗？总比卖笑好。”

魏展风还在哈哈大笑：“别这么不情不愿的，去洗把脸，收拾一下，下午做会场最帅的男人！哦，对了，还有个采访呢！”

往常这些会议都是魏展风去参加，这次换了孟璟书去，同行里认识的还好，没见过的都感觉眼前一亮。竖锋同去的公关能明显感受到自家公司人气猛涨，尤其是媒体同仁，有不少人想要约专访。

孟璟书一律让他们跟公关交涉，自己当个甩手掌柜。

公司运作一早便有分配，他主管技术，必要的应酬肯定不会推托，可这些杂七杂八的不归他管。

会议结束时，天已经暗了下来。

孟璟书边往停车场走，边给姜迎打电话。

铃声响了几下，那边接起："喂。"

她似乎也在走路，声音有些喘。

孟璟书拉开车门，从反光的车窗看到自己微勾的嘴角。

他无声地笑了笑，说："下班了？我去接你。"

姜迎随着人群踏上地铁站的扶梯，下意识地攥紧手机："你别来了，我今晚约了人。"

车刚要启动，孟璟书一时间顿住，隐约有些不爽："谁啊？"

"胡若晨。"

这个名字有点耳熟，孟璟书有印象，但不确定。姜迎很快补充："就上回那个，前任的小三。"

孟璟书无语。

还真是。

男人蹙着眉，一只手搭在方向盘上，问她："你约她干什么？"

她说："吃饭啊。不是我约她的，是她约我的。"

孟璟书感到不可理喻："她约你你就去？"

姜迎排着队过了安检，也不知该怎么跟他解释这种莫名其妙转变的关系，随便说道："反正我们现在算是朋友吧。我要上地铁啦，拜……"

他迅速打断："你们去哪儿？我过去。"

姜迎咂舌："女孩的约会，你来干什么？"

孟璟书："地址。"

反正和胡若晨友好相处已经很诡异了，也就不介意这顿饭吃得更诡异一点，姜迎抱着这种心态等来了孟璟书，两个人进店跟胡若晨会合。

孟璟书在外一贯沉默寡言，虽然没明着表现出什么，但他面无表情，举止矜贵，自然而然地有一种凌厉的压迫性。

胡若晨被他的气场唬住，话都少了很多。

他这个样子，姜迎可见得多了。高中刚开始的时候她还有点怕，后来渐渐熟悉了一些，才知道他只是长相如此，又颇为傲气罢了。

姜迎知道他是对胡若晨心存警惕，才故意散发冷漠凶狠的气场。因此，她也随他去，基本上把他当空气，该干吗干吗。

本来这顿饭就没他什么事。

这个人最近是当不速之客上瘾了吧。

在姜迎有意地忽略之下，气氛慢慢回归正常，胡若晨也没开始那样紧张了。她年纪不大，有点天真还有点傻，但男女之间谁能镇得住谁，她还是看得出来的。

不多时，两个女孩已经聊得热火朝天。

看得出来，她的心情已经比上回好些了。说不出具体理由，反正她抱着和被甩的前辈学习的心态，果然慢慢缓解了失恋的痛苦。

胡若晨喝了点啤酒，聊到兴头上，竟然说："我看网上有人说，新的恋情是治疗失恋最好的良药，是真的吗，姐姐？你是什么时候认识姐夫的？"

姜迎猛地被柠檬水呛到，咳个不停。

孟璟书顿了一下，给她递了几张纸巾，手掌在她的后背上机械地轻拍。

他的神色也不复最初的冷酷，甚至还短暂地看了胡若晨一眼。

姜迎好不容易顺了气，憋红的脸还没恢复就开始训斥："胡若晨，你别给我乱认亲戚啊，叫孟总！"

胡若晨笑嘻嘻地喊了一声。

孟璟书微一颔首，算是回应。

胡若晨再忘形，也不敢问孟璟书，就还是小声地问姜迎："所以，你们什么时候认识的呢？有没有差不多帅的介绍给我？"

姜迎不愿多谈自己和孟璟书的事，含糊地敷衍她："早就认识了……"话锋一转，她又开始讽刺胡若晨，"我看你先别急着谈恋爱，等过段时间，你脑子正常点再说。"

姜迎说她不正常是有理由的。这孩子摆脱失恋到半路，状态有点分裂，一会儿说想认识新男人，一会儿又要去视奸前任。

这不，胡若晨拉着姜迎一起刷陈天靖的微博，她还撺掇微信的共同好友给自己搬运他的朋友圈。

姜迎沉默了一会儿，觉得这一幕似曾相识，颇为感慨。

姜迎本来和孟璟书坐在一边，胡若晨非要让她过去一起看朋友圈。于是她把碗筷挪了挪，干脆坐了过去。

她和胡若晨埋头看手机，自然没发现对面一言不发的冷漠男人扫了她一眼又一眼。

这回，他还真有点目露凶光的意思了。

两个女人对着手机评头论足。

胡若晨低声说："他过得还是跟以前一样精彩，分了手好像更开心了。"

姜迎用手指滑动屏幕，淡淡地道："早跟你说他不值得了，这回总该彻底死心了吧。话说我都好久没看他的微博了，其实也就这样，他这个人虚浮得很。"

还处在阴霾中的女孩固执地寻找着蛛丝马迹："这女的谁啊？他们怎么靠得这么近！"

姜迎调侃她："换口味了，不喜欢我们这种小白花长相了。"

脆弱的失恋女孩情绪低落极了："人变心可以这么快的吗？他之前送给我T家的钥匙项链，还说他的心门永远只有我可以打开……"

姜迎有一种吃了苍蝇的感觉："竟然从礼物到说辞，整个泡妞套路都不换的……"

胡若晨要哭了："他也这样跟你说的吗？"

姜迎点头："要是没拉黑他，我甚至怀疑你会在我这儿看到一模一样的聊天记录……"

"还吃不吃了？"

温声细语的姐妹互助，突然被铁一般冷硬的声音给打断。

对上他冰寒刺骨的眼神，姜迎一愣。

她莫名其妙："当然吃啊。"

"食不言，寝不语。"

他冷冷地丢下这一句，胡若晨是彻底不敢吭声了。

姜迎心里有些不爽，却也觉得没必要当场跟他闹。

三个人安静地度过了余下的时间。

饭后，孟璟书去前台排队埋单，两个女孩到外面等。胡若晨还一直紧张兮兮地问："姐姐，我们是不是惹孟总生气了？是我说错话了吗？他看着那么帅，生气的样子好可怕。我要不要去给他道个歉？"

姜迎无语："你道什么歉啊？本来就是他自己非要跟来的。没事，他自己脾气不好，不关你的事。"

胡若晨担心孟璟书以后不让姜迎跟自己来往，再三确认。

姜迎白眼都要翻腻了，无语地道："他管不着我。"

眼看孟璟书从店里出来了，胡若晨小声说："姐姐加油！我先走了。"

马卡龙色系的小女孩溜之大吉。

一转眼，男人正大步走来。上班期间，他永远穿着得体的西服。天冷了，他就在外面套一件深色大衣，更显得整个人英俊挺拔，气场十足。

他冷着脸经过姜迎的身边，看都没看她一眼。仿佛他不屑与她多费口舌，她就该本分地跟随他高贵的皮鞋跟。

姜迎在后面冷声嗤笑。

本来看在他那么帅的分上，她打算赔个笑就小事化了，不跟他计较的。

不过现在。

呵。

加油？她为什么要加油？跟谁怕他似的。

于是，冷漠蔓延到了车里，两个人跟比赛似的，谁都不愿先开口，车内的气氛冷得像要结冰。

泽卞繁华，交通拥堵是家常便饭，孟璟书早已习惯。

可今晚的拥堵似乎比往日更甚，他们的车跟着车流缓慢地移动，走走停停，等了三轮红灯都没能过一个大路口。

孟璟书终于在第四次停车等待时咬牙低骂了一声，他的烦躁到达了顶点。

之前听她提起她的那个前任，他只觉得厌恶。可刚才她在饭桌上提起那些事，却那么兴致勃勃。他听着感觉就像有人往他的心上泼了硫酸，几乎能烧死人。偏偏她还理直气壮，丝毫不觉得自己有错。

一腔火气是怎么也压制不住的。

后面有不耐烦的司机按了几下喇叭，响声格外刺耳。

姜迎甚至能在噪音的间隙听到旁边的人加重的呼吸声。他在暴躁的边缘极力忍耐。

姜迎开了广播，调到音乐台，舒缓的旋律暂时纾解了气氛。

她清了清喉咙，淡淡地道："别着急，安全驾驶。"

闻言，孟璟书搭在方向盘上的手指动了动，但他没转过去看她，也没说话，僵坐在那里就像块石头一样。

又过了十分钟，他们终于通过了最拥堵的路段，车速快了起来，电台主持人正说着插科打诨的话。姜迎能感觉到，驾驶员先生的情绪似乎没有刚才那么紧绷了。

所以他会突然开口，她也不是很意外。

"你对她倒是挺好，还能有说有笑。"

男人平视前方，语气平淡、毫无起伏，仿佛只是不经意地闲聊。

姜迎比他更平淡："只是一个小女孩，和她计较什么。"她耸了耸肩，"说到底，胡若晨是'被小三'，她也没做错什么。"

街上黄色的灯光在他冷峻的眉眼里一道道流过，明与暗之间，他神情难辨。

“我就没这待遇。”他说。

姜迎眉梢微扬：“你什么待遇？”

他似是沉思了一会儿，等拐过一个路口才低声说：“好好和你说话，还要被摔门。”

姜迎皱眉，都过了这么久了，他竟然还在介意这件事。

她只说：“这不一样。”

“那我又做错了什么？”

姜迎心一紧。

做错了什么……

电台的音乐变得缥缈，她久久地沉默着，直到车子驶进熟悉的停车场。

“你也没错，所以，我现在也能和你有说有笑。”她垂眸，轻声说。

一室寂静中，他们僵持到底。

姜迎到家之后，自顾自地打开电脑加班做副业，一遍遍地和对接人确认要求，反复地改稿子。

孟璟书收到魏展风发来的数据资料，看了一会儿。他到阳台打了几通电话，进屋时，姜迎还在看论文。

他想和她说点什么，但终究没吭声，先去洗澡了。

像是安排好的一样，他洗漱完，姜迎也忙完了工作，关了电脑。

孟璟书从浴室出来，她抬头，两个人的视线恰好对上。

孟璟书擦头发的动作停了一下：“你……”

一阵铃声打断了略显艰涩的开场白。孟璟书不是个拖拉的人，很快就越过她去接起电话。

他们交替忙碌着，两个人都因先前的争执有些生气，越是如此，就越是没有好好说话的契机。

等姜迎也洗完澡并吹干头发，时间已经不早了。

孟璟书在阳台上，背对着她。深秋的夜很凉，他只穿着单薄的家居服，微弓着背，在寒风中不缩不抖，依然如树一般高大稳固。

阳台上没开灯，男人手指间的那点红光一眼就能看见。比红光更明显的是气味，玻璃门留着半掌宽的缝隙，呛鼻的味道隐隐地飘了进来。

才二十五岁就已经是个老烟棍了，说也说不听，他一直就这样。

姜迎有点火大，走过去冷声道：“别把薄荷熏死了。”

她反手“啪”的一声将玻璃门关紧。

门外男人的背影一僵。

她看都没看，把窗帘也拉上了。

孟璟书直接把半支烟扔在地上，踩熄了。

脚下是十二层的高楼，比他家楼层要矮一些。商业楼紧邻交通干道，即便是深夜，道路上也不缺车辆光顾。

他盯着飞驰而过的车辆，下意识地要做些什么缓解这种糟糕透顶的情绪，于是数了数车，一辆接着一辆。

不到半分钟，他全数乱了。

他咬着牙低声骂了一句脏话，骂完却更烦了。

连骂句脏话他都得小声得不让她听见。

他吹着冷风，又点了一支烟。

不知过了多久，孟璟书才进屋。他掀开被子躺下，一阵气流扬起，直扑姜迎的后脖颈，温差大得有点刺激。

姜迎像是完全没注意到，侧躺着在玩手机。

他低低地喊她一声："姜迎……"

她一秒没犹豫，把话还给他："食不言，寝不语。"

孟璟书不说话了，有些怄气地翻过身背对她。他们中间隔了一个人的距离，这张床从来没有这么宽敞过。

姜迎刷手机也刷得心烦意乱，一个帖子看来看去都记不住在说什么。她翻页翻得眼睛酸涩，一个字都看不进去。

快凌晨一点了，整个城市都安静下来，她却还无比清醒，也明显感觉到身边的人没睡着。虽然他僵卧着一点动静都没有，甚至连呼吸都不怎么出声，可她就是知道，他也一样烦躁，一样觉得委屈。

所以，他们究竟在干吗？

她可不是为了自寻烦恼才跟他睡的。

冷战是为了强调自己是对的，是要逼对方就范。

可她本就无意与他争论过往的是非，现在又何必惹他不快，乱自己的心神？她要的不过是及时行乐，过去、未来，全都摒弃。

她从被窝里拱起来，张开双臂扑到他的身上，抱紧他宽厚的肩背。

孟璟书显然一僵，而后冷漠地道："放手，我要睡觉。"

姜迎不听，硬是扑腾着从他的背后翻到胸前。

她扯开他的手，往他的怀里钻，男人身体的温度和气息劈头盖脸地传来。

她嘴里嘟囔："小气鬼，都占了我的床，摔你一两次门怎么了？"

她还真以为他是气她摔门的事了。

孟少爷气性大，哪是摸几下、一两句话就能解决的，何况她还那么振振有词。

他翻身躺平，将手用力地从她的脖子底下抽出来，闭上眼，打定主意不搭理她。

姜迎怒道："闭了眼你就能睡着？"

他仍是不答，一动不动。

他越是这样，她就越是生出一种破坏欲。

因为欲望而睡到一起的人，凭什么对细枝末节有要求？她不清算，他也没有这个资格！

他只能跟她在情欲的泥潭里狂欢，一起变得肮脏。

她像条鱼一样一头扎进被窝里。

须臾，孟璟书猛然坐起。

"姜迎！"

他掀了被子，要把她抓出来，可她近水楼台先得月，已然控制住了他的命门。

……

结束后，姜迎在洗漱台前抬头，就见他在看自己。目光黏稠，五官凌厉的俊脸上还有违和的潮红，胸腔的起伏未平复，粗喘未消减，显然还没回过神来。

"感觉怎么样？"姜迎有些得意，对着镜子笑得狡黠，"还不错吧……"

孟璟书的呼吸又重了。

他也不过是庸俗的男人，会因为听她说起别的男人变得小心眼，也会因为拥有某些第一次而欣喜若狂。

身体明明在退潮，心跳却如急鼓，一声一声要震破耳膜。

不吻她会死。

小小的争执在这晚过后完全被男人抛到脑后。他食髓知味，像只刚开荤的小雏鸡，热情高涨，频频求欢。

孟璟书开始觉得，魏展风的嘲笑也不无道理。最近确实如那家伙所言，他像解禁了一样，对那档子事迸发出巨大的热情。尤其每回姜迎哼哼唧唧地拒绝，动起真格来却是像妖精似的，又有以前她乖顺的样子作对比，这种微妙的反差正好戳中了他的喜好。

高中时，女生宿舍里夜聊，懵懂又好奇地谈及男女间的亲密，有理论知识丰富的女生献上金句：接吻时摸胸只有零次和无数次。

男人似乎总是动物性占上风，快感是跟一日三餐无差的必需品。

她现在每天都觉得，那晚冲动之下采取了如此极端的停战方式，实在是搬起石头砸了自己的脚。

没错，是每天。

孟璟书几乎已经搬进这个小公寓，他的物品从只有两三件换洗衣服，到现在姜迎要腾出四分之一的衣柜给他。

沦落成置物架的小沙发一头摆着姜迎外出穿的衣裤、裙子，另一头搁着深色的男式大衣。桌子的另一半被他占据，放着他的电脑和一沓资料。卫生间也是，洗漱台有一角属于他的刮胡刀和剃须水。

男人的生活痕迹遍布这四十几平方米，小屋子变得有些拥挤，但充盈。

姜迎好几次故意嫌弃他，说他抢占了自己的生活空间。

孟璟书当时指尖在键盘上忙碌，敲出一串串字符。他头也没抬，淡定地说："那去我家，换你抢占我的空间。"

姜迎哼了一声扭过头。

她才不去呢，太麻烦了。女生的日用品相当琐碎，搬来搬去多折腾啊。而且他家那边离地铁站不近，每天出行都不方便，还不如自己的小公寓舒坦。

没有工作的夜晚，她一般会看点连续剧，不用动脑筋，开心时跟着笑，伤心时发出感叹。

孟璟书在一旁处理完事情，会把椅子挪近些，心不在焉地跟她看一会儿，然后勾引她，或是直接省略掉陪看的时间。

他的勾引也是一门学问，不会上来就接吻或是一顿乱摸，他是温水煮青蛙。

靠近了，先轻挑她微鬈的发梢，在指尖绕一绕，再嗅一嗅。她的注意力不得不分散一点给他。接着，他会将黑发拨到她的耳后，凑近在鬓角落下轻吻，一触即离，然后抓起她的手放在掌心把玩。像在摸一个小玩具一样，一根根手指揉过去。最后，他略显粗糙的拇指贴着她柔滑的手心摩擦，一下一下，缓慢又用了些气力地揉捏。

就一只手，姜迎都能感觉到他身上的热度全传给了自己。他捏一下，她的心就紧一下，哪还知道电视里在说什么。她要抽出手，他不让。他越用力，她就越软化。她要转头瞪他，那便恰好落入陷阱，他一扯，拉她入怀。最后漫长的剧集到底是被谁按下暂停，就不得而知了。

他们每天各自上班，空闲的话会一起下班，早点就回家做饭，晚了就在外面解决。总之，最后都是饱暖思淫欲。

在这方小空间里，他们如蜜里调油。

入冬前的最后一段温暖期，晴朗或多云，都是好天气。

阳台上那小盆从楼下绿化带挖回来的小薄荷，也充分吸收了阳光和水分，真正扎了根，从歪扭零落到有力地伸展。

姜迎如同一个老母亲般想着法子给它们加营养，浇淘米水，每天记录它们的生长状况。猪崽和熊猫都很争气，各自长了新的嫩芽，新叶绿油油的，长势竟然不分伯仲，深秋也难掩其生机。

她把薄荷的照片分享在朋友圈，配文：Panda 和 Piggy 长势喜人。

植物不像宠物那样讨人喜欢，除了几个长辈感兴趣多问两句，其他在朋友圈活跃的同龄人都只是点个赞而已。

所以，当姜迎从法院办完事出来，刷到朋友圈的一连串留言，还是一样的队形：哦？我看到了谁的赞？

她都蒙了。

一列刷下来，留言的人都是高中班里的同学。

姜迎有种不祥的预感。

果然，刷到底部，她看到了孟璟书的点赞。

头大。

他这个万年潜水户干吗突然给她点赞啊？在高中同学看来，他们现在分明是因爱生恨，老死不相往来的设定啊！

她想骂他，甚至想让他取消点赞，却又没有充分的理由，毕竟薄荷他也有份啊。

她一个人在街上，想着乱七八糟的事，又气恼又有点想笑，渐渐体会到一种隐秘的欢喜，一种偷偷摸摸的刺激感。

公交车转地铁，姜迎路过熟悉的咖啡甜品店，有点馋，就进去转了转。这一转，发现了几个新品。她犹豫半晌，最后选了树莓马斯卡彭拿破仑和菠萝椰子塔。

姜迎喜欢这里的环境，干脆找个位子坐下，一边享受甜品，一边开了电脑写报告。

她坐的位地方离点餐台不远，抬头就能看到来往的客人。不一会儿，她就被一个男人吸引了注意力。不是她工作不集中，而是那个男人的笑声过于爽朗。他西装革履，看起来还挺年轻，应该跟她差不多年纪，是个很能聊的人，正跟漂亮的老板娘说说笑笑。

姜迎一开始觉得这个人可能对漂亮老板娘有意思，才多看了一眼，然后觉得似乎有点眼熟。

她悄悄对着他拍了张照，发给孟璟书，问：这个人是不是你朋友啊？

他估计在忙，过了好一阵子才给她回复，却不是答她的问题，而是：你在我公司楼下？

所以呢？

姜迎：是啊。

孟璟书：我在外面。

所以呢？

这个人真是越发厚脸皮了。

姜迎：只是路过，又不是来找你的。

她都能想象到孟璟书肯定笑了一下。

他又说：今晚有事，你自己吃饭。

姜迎：哦。

像是才想起来似的，他说：对了，照片上那个，现在是公司的合伙人，以前大学我班上的同学，叫魏展风，你还记得？

姜迎：有点印象。

孟璟书：嗯。下回一起吃个饭。

姜迎看到这句话时愣了一下，心里有些突兀，没再回复。

今天黄彦菲的加班生涯得以喘息，晚上便迫不及待地约姜迎开黑。然而上班的劳累在游戏中也并未得到缓解，排位赛输输赢赢，原地踏步，上分也十分艰难。

被猪队友气得头疼，姜迎提议游戏不如运动，于是她们连着语音互相监督，做起瑜伽，一边喘气，一边闲聊。

黄彦菲："怎么回事啊，你和你家孟公子？"

姜迎："就还是那样呗。"

黄彦菲："是吗，他都不玩朋友圈的，还特地给你点赞。"

姜迎大腿发酸，努力解释："他只是潜水，不是不玩。"

黄彦菲费劲地抬起手臂，说的话依旧凶猛："别装啊，都同居了吧，你们？"

"咚"的一声，姜迎趴倒在瑜伽垫上，心虚地道："也……没有吧……"

黄彦菲长长地深呼吸："少来。我晚上给你打电话，你为啥老是不接？不就是因为家里有人嘛。还真以为我不知道？"

姜迎投降，默认了。

黄彦菲哼哼出声："我现在真有一种吾家有女初长成、嫁出去的女儿泼出去的水、养大的白菜被猪拱了的感觉。"

姜迎好笑："哎呀……男欢女爱不就这样吗？开始总是比较有热情。也不算同居啦，有空才来，没空就各回各家，今天就这样啊。"

黄彦菲叹息："有点羡慕啊……"

黄彦菲年初的时候，跟从大学起谈了四年多的男朋友分开了，因为异地，更因为谁都不愿意为对方妥协。不是不可惜，可是他们爱到后来，两个人都筋疲力尽。

分开了，反而会轻松许多。无关生死的遗憾总会看淡，然后，开始期待新的遇见。

“说真的啊，许嘉宏确定回国了，他跟你说了吗？”

“说了啊……”黄彦菲感到有些困惑，“你说，他真的喜欢我，即使那么多年没见？”

“不然呢？不喜欢他费这么大劲干吗？而且虽然没见面，但你们一直有联系吧。可能就真的等到风景都看透，觉得你最好呢。”

“就像你和孟璟书？”

“不一样，”姜迎很快否认，她思索着表达方式，“许嘉宏对你是奔着长远关系去的，我以前也是，想跟他做很多浪漫的事，想在一起很久很久。”

她自嘲地笑了一下：“就是那种，跟他说上两句话，连婚礼上放什么 bgm（背景音乐）都已经想好的程度……但现在，我对他没有那样的期待了。跟他在一起的时候，我什么都没想。”

“嗯哼，就是要快感，不要责任呗。我懂，你是不想再做付出的那一个了。是不是还有一点报复心理？”

被好友戳中心思，姜迎笑了：“还真是。当年的事他一点也不知道，而我虽然知道不能怪他，但每次惹他生气，我都会觉得好爽。”

黄彦菲无语了：“你们这是什么轮回虐恋啊！当年天天在宿舍里喊着要好好呵护人家，现在又使劲地虐他。”

“不要再提我以前做的那些蠢事了！”姜迎辩驳，“还有，我没有虐他，就只是偶尔想气一气他。”

黄彦菲说：“也得他愿意跟你闹吧？我看他对你也不是没意思，以前你天天在他面前叽叽歪歪，也没烦你。现在他又跟你这样那样，你要不跟他谈谈，问问他的想法？”

“我不要。”姜迎想都没想就否决了。

“啧啧，都说你是姜老师，懂事又爱讲道理。其实你自己最傲娇、最不讲理。我感觉你们没有给我树立一个好榜样，听了你说的，我越来越不知道自己该不该跟许嘉宏走到一块儿。”她哀号，“但是，我好想谈恋爱！今年结束之前就要谈！”

姜迎给她打鸡血：“等他回来，你们出去 dating（约会）一下就知道了！有感觉你就上！没感觉就算了，今年就谈不了恋爱了，哈哈。”

“我看你最近是过得太滋润了，胆敢幸灾乐祸？！”

“不不不，我只是在乐观地鼓励你，我亲爱的朋友。”

她们运动并笑闹着，门口忽然响起一阵敲门声。

咚，咚，咚。

三下，不疾不徐。姜迎对这个节奏并不陌生。

她因此一愣。

黄彦菲问：“谁啊，是孟璟书吗？”

姜迎往猫眼里一瞄，还真是。

黄彦菲识趣又嫌弃：“酸臭扑鼻！我挂了。”

姜迎放人进来，看他换鞋，自己靠着墙喘气：“不是说有事吗，怎么还来？”

孟璟书理所应当地说：“忙完了。”

刚才姜迎在瑜伽垫上一番折腾，现在还在流汗，鬓角湿润，双颊泛红，身上脱得只剩一件背心，胸口起伏着。

孟璟书瞧着她笑：“现在知道要运动了？”

姜老师在学生时代虽然纪律严明，学习勤奋，但实在是天生一身懒骨，在运动方面毫无天赋。每回体育考试都要死要活的，长年占据跑步成绩单的最后几名。

常常男生先考完试，孟璟书在足球场踢球，她和其他几个女生还在跑道上奄奄一息地挣扎，不可谓不令人印象深刻。

可现在不一样了。

姜迎白他一眼：“当然，我今天吃了两块蛋糕！”

二十几岁不比十八九岁了，哪天吃多了，就必须在当天消耗掉。否则懒惰一时，这份热量就会转为体重和肥肉，长久地跟着你了。

她瞳仁大，瞪人也瞪得神采奕奕的。

孟璟书凑过去想亲一口，姜迎一个后仰，把他的脑袋推开，十分嫌弃：“一身烟酒味，很臭！”

他从饭局回来，衣服上沾了味道在所难免。

他挑了挑眉，没说什么，提着手里的东西往里屋走。

姜迎跟在他后面，把瑜伽垫收起来。她扫了一眼手机，朋友圈又有了新的动态。她坐在地毯上，麻木地点进去看又是哪个家伙在起哄。

哦，原来是许嘉宏啊。他那边大概是早上刚起床，就遇上八卦盛况。

她还没从朋友圈退出，那货就私聊她：什么时候和我们孟哥重归于好了啊？上回聚会连话都不说的……那次是不是他送你回家的？你对他做了啥？我好像这么多年没见他在朋友圈出没过啊！牛 × 啊，兄弟！

姜迎无语。

她默默地把他的私聊删掉，假装看不见。

可是，她凭什么要遭受一轮又一轮的调侃，而另一个当事人却岁月静好呢？

姜迎眼睛一瞟，那个人离她就半米远，在脱大衣，那姿态从容，那气度不凡。

好气！

她挪了挪屁股，蹬他一脚。

孟璟书吃痛地顿了一下，转身看她一眼。她立刻扭过头不看他。

男人笑了笑，依然没说什么。

他似乎已经习惯了，她偶尔会这样，突然闹些小脾气，气呼呼地打他一下。

要问原因？没有。

次数多了，他也无所谓了，反正总会从别的地方找补回来。

今天他带了什么东西回来，脱下外套后就一直背对着她在沙发上拆盒子摸索。

姜迎抻长脖子偷瞄，只瞄到他宽阔的肩和冷峻的下颌线。

她撇撇嘴，在想，他上次因为被摔门而生气了，这回她踢了他一下，会不会也生气了？

嗯……是要亲他一下示好，还是再气他一下好呢？

她在犹豫不决中听到他叫自己："姜迎，过来。"

咦，没生气呢？

"干吗呀……"

她从地上爬起来，绕了几步走到他的面前，只见他手上捧着一台机器，问："这个放哪儿？"

姜迎看着那个东西眨眼，再眨眼，如果她没认错的话，这是投影仪。

孟璟书不动声色地观察她的神情。她是有些惊讶的，细眉飞扬，眼睛亮亮的，嘴角的笑都快藏不住了。

"你怎么会买这个呀？"

孟璟书不答，一脸的高深莫测。看她的肩颈和手臂都露着，还顺手在沙发上拿了件外套披在她的肩上。

姜迎一直咧着嘴，从他手上拿了投影仪摸摸这儿又摸摸那儿，再看了看说明书，不停地在傻乐。

孟璟书又问："放哪儿？"

姜迎随便在电视柜附近找了个地方，把东西安置好。

她提议："今晚就用吧，看点什么好呢？"

孟璟书："随便。"

好吧，这就是男人最擅长的回答吧。

姜迎忽然凑近看他，还眯了眯眼，像只狐狸一样审视他的双眼。

"是不是偷偷看我的微博了？"她问。

她最近看到有生活博主买了投影仪，把房间布置得很有感觉，她挺喜欢的，就随手转发了。现在他忽然买了投影仪，应该只会有这一个原因。

男人后退一步，偏过头去不看她，可嘴角也跟她一样，忍不住上扬。

姜迎戳了戳他："上次和胡若晨吃饭的时候，偷偷看到我的微博 ID 了吧。"她越戳越嚣张，从结实的肩臂戳到平坦有弹性的胸口，"偷窥我的微博，还要跟我生气……"

男人的忍耐可是有限度的。

孟璟书瞬间抓住她不安分的手指，他另一边的手肘一抬之后就曲起，卡住她的脖子，轻松锁喉，拿胳膊夹着她往浴室走。

姜迎几乎失去了平衡，"哇哇"大叫："干什么！说不过就动手啊！啊……脖子，我脖子上好多汗！你衣服会脏的，快放手！"

孟璟书没被她的小伎俩吓到，继续拖着她走。两个人歪歪斜斜的，行动拖沓。

但无疑是他占据上风。

"嫌我臭，还踢我，越来越嚣张了是不是？"

姜迎抱紧他的腰，把身体挂在他的腰上，整个人努力往下坠，试图阻止他的步伐。

孟璟书冷笑："就凭你这点力气？"

他的手掌往下一捞，托住她的屁股，她的重心就拱手于人了。她瞬间上升。

他轻轻松松地抱起她来，甚至还颠了颠，笑话她："怎么这么小一点，好像都没长大。"

姜迎挣扎无果，也不折腾了，转为捏他的脸。她神气地说："我长高了！比高中时高了三厘米！"

"哦，"他笑，"我高了五厘米。"

啊！好气！

姜迎把他冷酷的俊脸当成面团在揉。

孟璟书几步迈进浴室，把她往洗衣机盖上一放，扣住她的后颈，拿自己的下巴去蹭她的脖子。

男人的胡楂刺刺的，扎人，姜迎边笑边反抗，扭来扭去的。

闹了一阵子，他低头吻她，手托着她的后脑勺，想怎么吻就怎么吻。

他亲够了，懒洋洋地抱着她，还喜欢捏她的耳朵，慢悠悠地摩挲，弄得又红又烫。

姜迎被他亲得浑身发软，也懒得动弹。她摸摸他如雕刻一般利落坚硬的下巴，又摸那些冒头的胡楂，问他："是不是又要刮了？好像昨天才刮过，长得这么快，好麻烦。"

他笑着，亲了亲她酡红的脸颊："那不刮了？"

“不行，会刺到我，麻烦也得刮！”

他轻呵，狠狠地揉了她一下，又把人提起来，进入淋浴区。

浴帘被拉上，帘后人影模糊。热水滴答落在地面，水汽蒸腾上升，氤氲起湿润朦胧的雾，温暖异常。

第八章 偏差

姜迎习惯了在孟璟书的怀抱里睡去、醒来。两个人挤在她小小的毛毯下，肢体缠绕，热烘烘的。

从被窝里伸出手去关掉闹铃，她缩回去，翻个身，继续赖床，嘴里咕哝：“又抢我的被子……”

原本姜迎的被子都是一个人用的小尺寸，现在家里来了常客，她好心给他买了一床大的。他倒好，除了最开始好好盖了几个小时，到下半夜，睡得迷迷糊糊就摸到她那边去了，从此就厚着脸皮鸠占鹊巢了。那床崭新的大被子冰冷过夜，只有一角挨着小毛毯，才拥有一丝温暖。

姜迎起初很不适应。

她不是没试过跟异性亲密接触，但绝对没到这样的程度，睡觉时手脚都交叠，不能恣意地躺着。好好的一张双人大床，被他搞得跟宿舍的小床板一样挤。

她挣扎过，连推带踢的。他好说话的时候，翻个身还她自由。但隔天醒来，她又是被他的手脚夹着，就像一床没有灵魂的棉被。他不好说话的时候就会通过激烈运动来消耗她的精力，等她累得不想动弹，也就任由他了。

不过这样也有个好处，男人体温高，就像个大暖炉，这个冬天她不需要热水袋和电热毯了，冰凉的脚直接贴在他的腿上，十分热乎。

可即便不讨厌，她也要表现出不满的样子，嘴上必须嫌弃他：“你自己没有被子吗？为什么要抢别人的？”她眯着眼睛继续哼哼着数落，“我翻一下身手就要出去了……你不嫌挤吗？”

事实上，她暖和得很，就算手露在外面也不会觉得冷。

夜夜好眠，一身舒畅，孟璟书听她念叨也笑，在她的后脖颈亲了亲，拿胡楂刺她，哑声说："不挤，你这儿舒服。"

就像植物有趋光性，人也一样，会本能地接近和追求带给自己舒适感的事物。孟璟书之前就发现，跟她一起睡会睡得很好。最近他切身体会到，抱着睡效果尤佳。她个子不大不小，抱着刚好合适，软绵绵的，又暖和。

其实孟璟书也没想到自己会这样。过去他对感情是有些冷淡的，连对男女之事都谈不上热衷，以致遭损友嘲讽，更遑论夜夜与人共枕了。不过这也没什么可纠结的，他一向随心，对这样的意料之外也是欣然接受。以前不想就不做，现在想了，他就做。

想见她，就见；想抱她，就抱。

他难以形容这种感受，大概就跟女孩喜欢抱着娃娃睡觉是一样的道理。

作为元老床伴的毛绒公仔因此退休，被后来者霸道地堆在他枕边的角落。然后他自己凑去床的另一边，硬生生地把别人当公仔抱。

姜迎哼唧着缩了缩，又往外滚了一点。

孟璟书捞她回来，顺带着把被子边压紧了。他自己先起床，穿着衣服，忽然问她："听过熊猫的声音吗？"

"没有哎，熊猫会叫吗？怎样叫的？"姜迎也醒得差不多了，被问得好奇，眼珠子滴溜溜转着看他，等着答案。

孟璟书照着她的屁股拍了一下，径直往浴室去了。

"喂，"姜迎捶床，"你这样吊人胃口不好吧！"

他只笑。

怎样叫的？

就像你刚才那样，迷糊地用鼻音乱哼，娇气又软糯，让人觉得怎么抱、怎么亲都不够。

姜迎起身换好衣服，抓了抓睡得蓬乱的长发，孟璟书就一身清爽地从浴室里出来了。他刮了胡子，刚才还泛青的下巴一下子变得光洁，坏坏的痞气被明朗的英俊所取代，帅得刺眼。

姜迎的愣神取悦了男人，他几步过来，低头，拿额头碰了碰她的头。

剃须水的味道劈头盖脸而来，提神又醒脑，她吸了吸鼻子说："你现在闻起来就像猪崽的浓缩剂。"

孟璟书二话没说，俯下身来亲她。

他亲完，姜迎半张脸都清清凉凉的。

他笑道："你现在也是……熊猫浓缩剂。"

“哼，”姜迎偏了偏头，“所以，熊猫的叫声到底是怎样的？”

“自己查。”他拿手指拨她的头发，问，“今天调解？”

“嗯，你来吗？”

“不去。”

“哼。”

孟璟书的那个车位案子，协调各方的时间之后，终于确定在今天约法官进行调解。

不过当事人孟先生是不来的，只有姜迎和刘助理以及其他业主的代理人来与物业方谈判。

姜迎心下暗自感叹，难怪孟璟书不来呢，果然有钱人都有更重要的事情要忙，今天来的全是他们这些打工的。

唉。

好穷啊。

有了诉讼压力，物业公司的态度比之前缓和了许多，几番商讨之下，确定了违约金数额以及双方都能接受的产权返还期限。谈好后，姜迎与几位代理人交代了之后的程序和细节，这件事基本告一段落。

上午十一点半，她现在出发回事务所，正好可以赶上和同事们一起点外卖。

这条路姜迎走了有几百回，法院出来坐六十二路公交车，五站路到发展大厦，在那里转地铁七号线，再过五站路到达目的地。

她每次都经过一样的路线，看到一样的景物，可寒来暑往，四季更替，相同的景物也会出现变化。可能是路边花圃的花里换了种类，可能是某栋大楼翻新，可能是几家商铺易主，可能是路面裂口重修。有些变化一眼就能发现，有些则是慢慢渗透，为人不察。

即使看似过着日复一日的生活，也没人能否认，每一天都是那么独一无二。

姜迎是在下车时看到孟璟书的来电的。

这个人在办公室坐得舒服，现在是良心发现来慰问因他跑腿的人吗？

她没急着接，从公交车上下来，穿过人行道，躲到大厦的屋檐下。她估摸着再不接电话就要自动挂断了，才慢悠悠地点了点绿色圆圈。

“喂。”

“刚下车？”

姜迎瞠目，环顾周围：“你的公司在几楼啊？能看见？”

那边低声笑了一下，鼻息似乎能透过屏幕染热她的耳根。

他说：“只是估算了时间。”

姜迎哼哼："干吗呀？我要去地铁站了。"

孟璟书说："都到楼下了，不赏脸吃个午饭？"

姜迎："我以为孟总很忙。"

他笑："午餐时间还是有的。"

姜迎还打算再扭捏几下，就听到那边似乎有敲门声。孟璟书低声说："你选地方，等我十五分钟。"

姜迎："哦……"

发展大厦地处商业中心，走过天桥就是一大片连通的综合商场，异常繁华。

姜迎在光洁如镜的大楼前随便选了一道门进去，因为担心中午高峰期要排位，她先去四楼餐饮区游走一轮，取了几个号。

到了下班时间，商场里的人渐渐多了起来。姜迎闲着也是闲着，决定去五楼再逛逛，看有没有更喜欢的餐馆。

一分钟之后，她认识到这是一个错误的决定。

在一家东南亚菜餐馆门口，她和那个上次被她泼了一杯热咖啡的男人——她的劈腿前男友——狭路相逢。

陈天靖见到她，先是眼睛一瞪，然后后退一步，警惕地盯着她，看来确实是对上回被泼的事情心有余悸。

看他这副模样，姜迎都谈不上生气了，只觉得可笑。

她嘲讽道："放心，我手上没有能扔出去的东西。"

陈天靖轻咳两声掩饰尴尬："你也来吃饭？自己？这家店的话，估计你中午是排不到了，我是提前在网上排的号。"

"哦。"姜迎不欲与他多谈，转身要走。

"喂。"他叫住她。

姜迎皱眉："又干吗？"

陈天靖说："你别总用这样的眼神看我，我对你已经没兴趣了。大家都是同行，以后还有见面的机会，不必弄得太难看。"

姜迎："只要你自己别先做恶心事。"

他装模作样地清了清嗓子："我的选择很多，没必要再纠缠你。反倒是你自己，脾气直，有时候太傲了，我还挺担心你的。"

真是深明大义，感人肺腑。

"你和那个男的还好吗？他怎么不陪你？"他又问。

"你怎么知道他不陪我？"姜迎下意识地怼回去。

"还真是他啊……"他突然苦情地轻叹，"我就说呢，上回当街就能亲上，你对我可从来没有那么热情过。”

姜迎不是个羞涩保守的女孩，情侣间的亲密他们都有过。但时间一长就平淡了，而男人总是喜欢新鲜和刺激。

所以，每当想起那晚他们在街灯下火热深吻的画面，陈天靖总觉得虚荣心受挫，无不嫉妒。

姜迎冷笑着恐吓他：“你那么惦记他，要不待会儿见个面？我想到时一定会比热咖啡更加令你印象深刻。”

陈天靖闻言，又退了一步，似乎想要进入一级戒备状态并好言相劝。恰好他的手机振动，他连忙接起，然后便是一副殷勤献媚的嘴脸。

他对着电话温声细语，看了姜迎几眼，然后快步走去电梯间接人了。

很快，姜迎便看见他轻轻揽着一个漂亮女孩的肩，两个人一起进入餐厅。那女孩的脸她认不出来，看风格，应该是上次胡若晨在他朋友圈看到的那一个。

他果然不甘寂寞，无缝接轨。

姜迎回想起当初自己为什么会和他在一起。大概是因为，无论是真的还是装的，他对女人总归是殷勤体贴的。他们确实有过一段还不错的时光。他百般温柔，给她关注与呵护，她品尝过恋爱的甜蜜。但终究他本性如此，吃着碗里的，瞧着锅里的。

她气过、哭过也骂过，然后就当他死了，要是他敢诈尸，她就上去踩他几脚。

到现在，她对他已经谈不上恨，甚至还能跟胡若晨做朋友了。

察觉到这一点的时候，连姜迎自己都感到惊讶。经过这段失败的感情，她似乎变得宽容了不少。

她有时会想，是否随着年龄的增长，人对事物的感受会如皮肤一样由娇嫩逐渐变得粗糙，所有划过的痕迹，都不再如年少时那么深刻。

口袋里的手机振动打断了姜迎的思绪，有人发消息给她，内容简短，连个标点符号都没有。

几楼?

她勾了勾嘴角，简短地回道：四。

餐后，由于接收到母亲大人的狂暴指令——姜妈妈给她发了十来篇关于“秋冬喝这些，七十岁的他们竟然……”的深度好文——她不得不去超市购置一个养生壶。

她照例被超市门口的饮品店留住了步伐。奶茶与超市乃绝配，一滴入魂，化身诗人。

次数多了，姜迎已经不屑于向孟璟书吹嘘快乐水。她跟着超市广播轻哼着时下当红的电视剧主题曲，像一个去春游的快乐小学生。

孟璟书瞧着好笑，把空着的手伸过去牵她。

她晃晃悠悠的手忽然落入温暖干燥的手掌心，被轻柔地包裹。

姜迎一愣，触电般地抽回手，缩在身后。

孟璟书顿了顿，偏头看向她。

姜迎转移视线，不想与他对视。

气氛霎时间有种说不清的低迷。

一通电话终止了此刻的寂静。

姜妈妈得知女儿在超市选购养生壶，立马来电指导。姜迎恋恋不舍地吸了一大口，然后把奶茶塞给孟璟书，自己到家电区去寻找母上大人说的品牌。

孟璟书无事可做，跟在她的身后踱步，看她逐个摸摸排成几排不同样式的壶，絮絮叨叨地跟她的妈妈讨论功能、容量以及价格。

他跟随她的手指扫视一圈，已经在心里选出了合意的一款。但他没有提议的资格，只能在一旁等待，手里握着她喝了一小半的奶茶。

姜迎跟妈妈介绍了一轮，心不在焉地听她点评优劣，自己又被旁边货架上的奶锅、电火锅给吸引了注意力。

孟璟书："……"

他极少和人逛超市，自己也只在必要的时候来购买需要的物品，基本上从选购到付款走人只要几分钟，不会花费多余的时间。

这样慢悠悠地挑挑拣拣，上一次大概要追溯到小时候，和爷爷奶奶一起了。

是不是女人都这样？奶奶也是，明明来之前已经列清楚了购物清单，但进了超市以后却恨不得把货架上的商品全都碰过一遍，这个也想要，那个也想买。可当爷爷每个都点头说买，她又反过来批评爷爷花钱大手大脚。

爷爷无奈，拉着早已不耐烦的孟璟书去少儿区看书。不多一会儿，爷爷又嘱咐他好好待着别乱跑，自己回去陪奶奶。

明明很累也很无聊，还要被嫌弃，那为什么还要去？

那时的孟璟书完全不理解，可现在他好像懂了。

就只是待在她身边，甚至不说话，不做任何事情，度过的所有时间都不觉得是浪费。

孟璟书难得地走神了，他无意识地换了一只手拿奶茶，浅黄色的吸管在眼前晃了一下，顶部被咬出的牙印也如同在他的心上走过一遭。

他突然有点渴，没什么表情地喝了一口。

没有过分甜腻，还不错。

她挑的口味，他总是喜欢的。

等姜迎和姜妈妈终于谈出了结果，通话宣告结束，姜迎把东西放在购物车里，看都没看，下意识就摸到了孟璟书手边拿奶茶。

然后，她觉得手上轻飘飘的。

她明明才喝了几口，怎么就剩这么点了？

孟璟书对上她质疑的眼神，坦白道：“挺好喝的，再给你买一杯？”

姜迎倒是还没有痴迷到这种地步，可是……

“你不是说这是腹肌消失水吗？”

孟璟书笑着瞧她：“会消耗掉的，放心，没这么容易消失。”

姜迎不语，被他这突然压低的嗓音弄得脸热，更别提那如羽毛轻挠般的笑意，相当直白地示意他所说的是哪一种“消耗”方式。

光天化日，道德感高，容易羞耻。

姜迎不跟他对垒，视线乱瞟，随便拿了点零食往购物车里扔。

罕见地在她脸上发现类似羞赧的情绪，孟璟书看了一会儿，想亲近的感觉压不下去，于是将手探过去找她的，即使碰一碰也行。

可她似有所准备，将手迅速插入兜里。

他是不解的，而且眉头微蹙，隐约有些不悦。

姜迎咧嘴一笑，小声地跟他说：“那个……计生用品快没了，你待会儿去拿一些，一起埋单。东西你就放车上吧，晚上带过来，我懒得提。”

不得不说，姜迎有时候对他还拿捏得挺到位的。

孟少爷其人，含着金钥匙出生，又是祖父母宠着长大的，傲慢和霸道因子深入骨髓，不管时间和经历给了他怎样的修饰，那点纨绔子弟的做派还是在的。简单地说，花钱使他自豪。何况还提及了男人的另一件威风事，他简直瞬间满足了虚荣心。

一点脾气刚有苗头，他就被她轻描淡写的几句话给浇灭了。

他淡淡地“嗯”了一声。

“快到上班时间了，我先走啦。”她后退两步才朝他挥了挥手，脸上还是笑意盈盈的，“谢谢老板，老板再见！”

她明明是使唤他，还要叫他老板。

孟璟书哼笑着抬了抬下巴，示意她快走。

姜迎快步离开，直到走出超市的范围，才重重地松了一口气，果然还是……做不到真正的洒脱。

她回到办公室，几个同事凑在一起兴致勃勃地商量着什么。

他们看到姜迎回来了，招呼她过去，问她周末想玩什么。

“团建吗？”姜迎问。

同一间办公室里，要么是刚进来实习的，要么是拿到证不足两年的新人律师，都是二十岁出头的小年轻，没什么钱，又没有家室，但喜欢消遣，每个月都会一块出去搭伙下馆子、唱K、看电影。

郑一峰说："是小曼请客，庆祝她男朋友拿到华×的offer（录取通知）。我们还在选地方。"

原来是有人请客啊，难怪大家一个个这么兴奋，连平时话很少的郑一峰都积极问答了。

"恭喜啦，小曼，"姜迎笑着问，"是周六还是周日啊？"

小曼笑眯眯地道："周六吧，好好玩，周日就休养生息，岂不美哉。"

姜迎沉吟了一会儿，对她说："周六……我可能有事，但不一定，没事的话我肯定来。"

"一定要来啊！到时我带我家小帅哥来给大家见见。"小曼豪气地说，"你们有家属的也带来呗，一起玩啊。"

除了小曼和另一个男生，办公室里都是单身狗。她这么一说，大家都哀号着想要找对象，姜迎也跟着起哄。

小曼朝她的腰戳了戳："你跟着他们瞎嚷嚷什么呢，你也是单身狗？天天容光焕发，化妆这么勤快，别跟我说没男人啊。"

有这么明显吗？

姜迎绷着脸瞪她："哪有啊！那要不我马上去找三五个家属，到时一起来吃穷你？"

小曼："哇！没有就没有嘛，要不要这么狠！我明说啊，家属只限对象，别给我搞歪门邪道，来了都是要当众亲嘴的！"

有人要哭了："单身还得被迫塞狗粮？！还有没有狗权了！"

"哈哈，也太惨了吧！"

"小曼，不要以为你请客我们就会屈服哦，我代表单身协会告你歧视。"

"滚啦！嫉妒心太强会折损桃花运的！"

"哇！太坏了吧！"

嘻嘻哈哈闹腾了一阵子，上班时间一到，声音骤然消失，大家各回各位，埋头工作。

小曼的桌子就在隔壁，她忙里偷闲，边写东西，边跟小男友聊天，连起诉书都写得那么甜蜜。

姜迎看在眼里，好笑之余，还生出了细微却不可忽视的羡慕。

可你凭什么羡慕呢？

微信在菜单栏亮起橙色的光，姜迎点开一看，是孟璟书问她有没有迟到。

她说：当然没有。

合情合理的问候，干脆简约的回复，对话完成，不需要有后续。

一切都是你自己选的。

她安心地整理了一会儿资料，微信再度亮起。她手指一顿，点开的时候居然有点紧张。

他说：想亲你。

时间怕是在这一瞬间暂停了，深秋的阳光也暖得令人头晕目眩。

好久好久，她才胡乱发了一个吐舌头的表情过去。

啊……还是羡慕。

孟璟书回得挺晚，他最近好像有点忙，应酬和加班一样不少，但依然每天到姜迎这儿来报到。

有时姜迎挺无语的，诚恳地跟他说如果忙就不要来了。男人只当听不见，不由分说地封嘴。

就像现在这样，姜迎被抱到桌子上，孟璟书像钢筋一样杵在她的身前，捧着她的脑袋一顿乱啃。

中午就想这样的，等了半天他才亲到。

亲密的缠绵让两个人不住地喘气。

他晚上喝了点酒，洗漱过后凑近全是清凉的薄荷味，几乎闻不出来了。可酒气被人体过滤，没了酿造的味道，只剩纯粹的酒精味，碰到了就让人微醺、发麻。

姜迎被亲得有些晕，他暂缓攻势，退开一些，看到她的双眼还轻轻地闭着。孟璟书在她的眼皮上亲了亲，她的睫毛微颤，睁开了眼。

她自己或许不知道，她每次接吻都是这个样子，红着脸、闭着眼，吻完了还闭着，就像羞涩得不敢看他一样。一定要他亲一亲眼皮，她才像是得了信号，慢慢地睁开。

她的睫毛长，但不浓密，就跟她整个人一样，干干净净的。大概是黑眼珠又大又亮的缘故，她素颜的时候，看着总有些稚气。

从前孟璟书对她没有这方面的心思，多少有一点这个原因。她看着太小了，又乖，他们不是一类人，他不该跟她胡来。

世事难料。

是他看走眼了，还是她变了？怎么她什么都不做，甚至都没有打扮，穿着傻里傻气的毛绒睡衣，就会对他产生这么大的吸引力？

孟璟书把他白天没牵到的小手抓到掌心里揉捏，又低头碰了碰她红肿的唇，低哑地呢喃：“姜迎……是不是变漂亮了？”

她笑起来，脚丫子在他的大腿一侧挠痒痒似的蹭来蹭去。

他心猿意马，再度含住她的唇。

他把她的手放在自己的肩上，声音含糊地道：“抱我。”

姜迎闷闷地哼了一声，故意把手一缩，就是不抱。

他吻得更深，她的舌头没了自由。

她晃了晃双脚表示抗议，却陡然被腾空抱起，只有双腿被他宽厚的手掌固定在腰间，她的后背一片空空荡荡。

“抱不抱？”他问。

要摔不摔的感觉相当糟糕，她在生理性的惊慌中跟他犟了一会儿。

他坏心眼地松了手，姜迎瞬间往下掉。她惊叫一声，条件反射地搂紧他的脖子，脚尖却没有如猜想一般与地板碰撞——他早已做好托住她的准备。

姜迎气得牙痒痒，去咬他的下巴。

孟璟书一笑，把人往床上一扔，然后自己压上去。他半跪着埋头下去，之前她给过怎样的刺激，他一一奉还。

夜里雾重，他们身后是黑黑的夜空。屋内亮着一盏柔黄的小台灯，它将黑暗的背景板点化成镜，镜中有起伏与震颤。

初冬的早晨，天色阴沉，亮也亮得不真切。

拉着遮光帘的室内更是被浓稠的睡意包裹，天黑或破晓都与之无关。

闹钟是唯一的撕裂口。

姜迎“呜”了一声，更深地缩进被子里。

有人替她关掉烦人的铃声，世界恢复了宁静。

意识再度迷糊，姜迎半梦半醒间觉得脸被什么温暖的东西碰了碰，随后听到似远似近的声音。那声音低沉，说了两遍她才听清，是在她的耳边。

孟璟书喊她：“姜迎，起床了。”

她翻了个身，远离耳朵边的热气，咕哝道：“我好困啊……”

孟璟书说：“今晚早点睡。”

“不……你每天都这样说……”

可每次折腾到很晚的人都是他，为什么他就不困？他是采这个，补那个了吧！

她耍起脾气来：“都怪你，你走开！回你自己家去，我不要跟你睡了！”

安静了两秒，孟璟书淡淡地说：“听说江滨酒楼开了早茶档，现在起床的话，时间来得及。”

姜迎一下子弹起来，顶着一头乱发把被子打得“砰砰”响，“好冷，好冷！快！把内衣给我！还有那件毛衣呢？我的毛衣去哪儿了？”

孟璟书把她要的衣服一件件找来丢给她，看她风风火火地穿好衣服又冲去浴室洗漱。

他盯着她的背影，脸绷不住，笑了出来。

怎么这么可爱？都这么大个人了，还像个小孩一样好哄。

每到周五，工作岗位上，大家从早晨开始一片欣欣向荣，孟璟书噙着淡笑接受各位同事的问候。

他到办公室不久，就有人踏着一声声“魏总好”敲开了他的门。

魏展风一只手捧着一杯咖啡在喝，把另一杯“啪”地搁在孟璟的书桌上。

“给你。”

孟璟书的视线落在电脑屏幕上跳动的数据上，没看他：“谢谢。但我不困，你自己留着吧。”

一大早就几次碰壁，魏展风心里不爽，语气强硬道：“给你你就喝！”

孟璟书抬头看了一眼他的脸色，轻笑道：“没接到人？”

魏展风最近在追求一个心仪的对象。那女孩是艺术策展人，眼光与情趣一样高，对魏展风兴致缺缺，他好几次献殷勤都铩羽而归。

自个儿愁云惨淡，兄弟却春风得意，他近来对孟璟书是酸上加酸，此时被激，语气就特别冲。

“对，没接到，人家不要，所以才给你的，行了吧！”

孟璟书自认身上没有跋扈乖张之气，却也绝没有善良到谁都能对着他大呼小叫。

“喝不下，”他状似无意地说，“你推荐的那家早茶很不错。”

精准的一刀插在了魏展风的胸口。

“你……你跟妹子去的？！”

“不然呢？”

魏展风简直气得七窍生烟。

太过分了，这家伙太过分了！

江滨酒楼的早茶档，是魏展风前两天听说意中人喜欢粤菜，特意打听到的。当时他也就随口跟孟璟书提了一下，人家一点反应没有，就跟没听到似的。结果，人家转身就自己带女孩去讨人欢心了，还拿来刺激他。

这能叫兄弟？！

他愤恨地拿起咖啡，一只手一杯，左右开弓。他要振奋精神，努力工作，只有钱是真的，什么友情、爱情，全都是假的，假的！

情场失意，商场得意，魏展风这个人能说会道，接了几通电话，跟人谈笑风生，在办公室里没坐多久就外出约见去了。

魏展风的点子已经成型，公司正式成立了游戏部门。为了赶审批时间，办公室里成日紧锣密鼓，孟璟书在软件部和游戏部之间来回走动。好在这事他们早有想法，框架已定，倒也不至于手忙脚乱。

午休时，孟璟书去茶水间冲茶。等待的时间里，他听到几个员工拿了外卖回来，边吃边在闲聊。

“今晚终于不用加班了，去不去打球？天天坐着，不活动一下，浑身都难受。”

“行啊，不过我打得不好。”

“没事，就随便玩玩。”

“咱们几个人不够吧，待会儿去隔壁拉点人。”

“你们去吧，我就不去了。”一个人忽然说。

“别啊，一起啊，打完球去喝两杯。”有人劝道。

“不行，不行，今晚得陪女朋友看电影，一周没跟她约会了，还敢去喝酒吗？”

“兄弟这领悟可以啊！我也想陪人看电影，就差一个女朋友了！”

大家听他这么一说，都表示理解以及羡慕。说着说着，话题竟转到想找人介绍相亲上去。这个年纪的单身男人，个个都跟孔雀开屏似的，浑身散发着求偶气息。聊这些话题都是常态。

孟璟书勾了勾嘴角，捧着自己的茶杯出去。埋头吃饭的几个青年看到他，连忙咽下口中的饭菜，想要向他打招呼致意，颇有些忙乱。

都是差不多的年纪，孟璟书并不在意这些形式，摆手淡笑着说：“你们吃。”

公司在十二楼，跟她家是一样的高度。从窗外照进办公室的轻柔阳光，也跟她家的一样。

真的一直都是好天气，从他们种薄荷开始。所以，猪崽和熊猫也在严冬到来之前扎根存活，甚至还长出了新的嫩芽。

他们的运气很不错。

刚才几个同事的闲聊给了孟璟书启示。

他有过几段恋爱经历，没有一段是他主动追来的，可每一次也都以他被甩告终。估计说出去都没人信，但这的确是事实。

他这个人大概是有点孤冷。打小奶奶就没少说他没心没肺、目中无人，一边训斥他行事只顾自己，一边又可怜他从小没了父母，说他是缺少父母的亲情才长成这样。

这些话，他左耳朵进右耳朵出，不堪其烦。次数多了，他想起来的时候，这些话就像经文一样从脑海里飘过。

逢年过节烧香拜佛，奶奶总是喁喁低语：“老天保佑，让小书好好地长大成人。让他的心热一点，不要那么孤冷。小书亲缘太薄，您要是看得见，就多补偿他一些。”

或许奶奶说得对，但孟璟书从来不觉得有缺憾。他的生活优渥而自由，看着伙伴们被父母管束得紧，甚至有时会遭到棍棒教育，他还会感到庆幸。爷爷奶奶虽然爱念叨，但毕竟精力有限，很多事情也只是说说而已。他有他们的纵容，有自己的分寸，天大地大，做什么都行。

于是一路以来，他的眼中只有自己。

感情也是要计较付出和回报的，你要是漫不经心，别人自然会走。

孟璟书心知自己不是一个多好的恋人，可他从一开始就是这样的，没有欺瞒，也没有改变，在一起或分开，都是她们自己选的。他碰上合眼的，虽谈不上温柔体贴，却也宽容大方，从未三心二意。对于过往，他问心无愧，也真的是无所谓。

自私吗？

或许吧。

所以真到了他事事介意的一天，按照奶奶的意思，应该是得好运眷顾了吧。

他没遇到过，但不是不懂，这样的好运来之不易。

窗外的光暗了些，冬日就是这样，刮两阵风，云层游移，太阳被遮住，一整天的温度就从此刻开始下降。

可这是无所挂碍的周五，有一点寒冷又何妨呢？

一分钟后，正跟同事开黑的姜迎的手机屏幕上方弹出一条消息，视线被挡，残血逃跑的她被一枚意大利炮给收了。

她带着怒火点开微信，看到对方问：今晚去看电影？

好端端的看什么电影？看最近排档第一名的那个出轨渣男演的年度喜剧吗？

她回：不。

然后她冷酷地关掉微信，回到游戏。正好英雄复活，她全心全意地投入战斗。

这个安逸的周五之夜，孟璟书是在健身房度过的。

下班前，他负气地告诉姜迎，自己有事，就不跟她一起吃晚餐了。发送的时候，他心里是有些许期待的。想着她会问他为什么忽然又有事了，或是发个遗憾的表情。

结果人家干脆利落地回复：好的，收到。

这句话跟之前那个决绝的“不”一起刺激着他。

什么时候他需要主动去约人了？被拒也就罢了，连对他的去向都毫不关心，就没见过这样的女人。

真应该让奶奶下次烧香的时候给她也念一念，让她长点良心。

在跑步机上跑了十公里当热身，他冷着一张脸去撸铁。器械区充斥着各种男声狰狞的呻吟。

孟璟书用力时，肌肉充血隆起，把运动短T恤撑出结实的形状。他闷着气，表情都不带变的，更不可能出声。

其实这样很费劲，汗都流得比别人多。衣服一湿，身体的形状就更明显了，有几个路过的女士两眼发光。

他能感觉到异性的眼神，这么多年早已经习惯了，但此时却生出强烈的愤恨——姜迎看他身体的时候也是这种眼神。

第一次那晚就已经是这样，她脱了他的衣服，眼中闪动着见到宝贝似的赞叹的光，那是对肉体最直白的欲望。

平日里也是这样，私下凑到一起，她看也不看他，伸手就爱往他的小腹上摸，还兴奋地自言自语："巧克力，今天也是八块巧克力呢……"

他无言，只能暗自吸气绷紧，让腹肌的线条更深些。

腹肌……就知道腹肌。

为了腹肌，连奶茶都不让他喝。

坏女人。

运动后，孟璟书去洗浴间简单地冲了个澡，将毛巾搭在肩上，头发还往下滴着水，擦也没擦，就去开柜子拿手机。

有几条新消息，但都不是他想看到的。

快三个小时了吧，她一句话也没有。

听到他的语气不好，她都不知道要哄一哄吗？

光长了年纪，反倒比以前还笨了，小时候多会看他的脸色啊。

上高中那会儿，他中午翻墙出去被抓，给爷爷没收了手机。知道他心情不好，她好多天没敢在他面前念叨，就连偶尔撞上他抽烟，也只是憋屈地多看他几眼。等他在之后的考试中进入年级前十名，光明正大地跟家里人拿回了手机，她才故态复萌，拐着弯劝他戒烟。她还时不时丢给他一盒薄荷糖，嘀咕着："嫌嘴里淡就吃糖吧，我爸和他同事戒烟都吃这个。"

他接了，心里却想，谁要像中年人那样戒烟了？

不过糖倒是挺好吃。

那时候她多可爱啊，不像现在。

孟璟书烦躁地擦了几下头发，回复完信息，头发也不往下滴水了，拿上东西就往外走。

健身房是现代人锻造身材的地方，也是比起其他场合更能释放荷尔蒙的地方。无论有意还是无意，招几朵桃花并不稀奇。

比如这回，他出了洗浴间刚要离开，就被等在门口的女孩给叫住了。

“那个……”女孩笑笑，挺轻松地说，“你好像练了挺久的，要不要一起去吃点沙拉什么的，或者喝一杯？”

看得出女孩也是健身房的常客，穿着很显身材的装备，扎简单的马尾，精致的妆容完好无损，是个美女。

孟璟书自然不会失礼地肆意打量对方，只是被叫住时一眼得出的大致印象。听她把话说完，他并未急着开口。

停顿的片刻，女孩在他没什么情绪的视线下心理压力剧增，想着搭个讪怎么这么吓人，要不改口要个联系方式算了……

然后，她就听到他说：“抱歉，老婆催我去少年宫接小孩下课。”

女孩神情一僵，反应过来，忙说：“打扰了……”

她心里默默地想，以他这样的品貌，早婚也就罢了……连孩子都去少年宫上兴趣班了……不会是胡诌来拒绝自己的吧？

算了，反正就是没戏的意思呗，那她就告辞好了。

就在这时，一道爽朗却做作的男声传来：“亲爱的，我来了，等很久了是不是？”

随后是大步迈过来的脚步声，一只手搭在孟璟书的肩头，浮夸地揉了揉他湿润的短发。

场面瞬间凝固。

高傲如孟璟书，也在此刻感到一丝崩溃。

搭讪的女孩虎躯一震，深觉自己不该蹚浑水，尴尬地快步离开了。

剩下孟璟书和魏展风杵着，对视一眼，两个人都一阵恶寒。后者飞快地拿开自己的手掌，嫌弃地猛甩；而前者仿佛被玷污，忍无可忍地拍了拍自己头发上并不存在的污秽。

孟璟书冷冷地问：“你搞什么？”

魏展风也没好气：“看你被女人纠缠，帮你挡一挡呗！”

孟璟书：“不需要。”

魏展风拿鼻孔喷气：“好心没好报，我这么牺牲自己，你懂不懂感恩！”

懒得跟他瞎扯，孟璟书直接说：“走了。”

魏展风自然也是来运动的。两个男人的交情能从大学到现在，必然在某些方面保持着相近的习惯，比如外形管理上的自律。他们去同一家健身房，却很少一起，都是各自安排时间，互不耽误。他们偶尔会碰上，就像今天，也没必要寒暄。

孟璟书要走，却又被叫住。几次三番的，他有些不耐烦。

“又怎么了？”

魏展风挠挠眉毛，思忖着说：“问你一件事。你和你现在那位什么时候好上的？”

好友很少这么正经地问他这些事情，他皱眉：“有事？”

“也不算什么事吧……”魏展风卖关子，“你知道我今天出去碰上谁了？”

孟璟书没接话，等着他自己说。

“碰到付萱了，她和洪斌宇他们一群人在一块儿。”他讽刺地说，“看来是又找到冤大头了。”

孟璟书嘴角轻勾：“难怪。”

之前刚分手那会儿，就是在The One遇到姜迎的那次，洪斌宇还轻描淡写地讥讽了他几句，被姜迎呛了回去。

原来洪斌宇和付萱是认识的。不过说来也不奇怪，泽卞的网红圈子就这么大，洪斌宇他们又常混迹其中。

魏展风又说：“你还真到最后都没戳破她的丑事，任她在外面胡说八道。见着我，她还阴阳怪气地问‘孟璟书还好吗？应该不错吧，恢复了自由，想怎么玩都行。不过他身边的女人呢？怎么也不带出来？还是他们自己心虚，知道见不得人’？我真是开了眼了，要不是我不打女人，我是真想教训她一下。你说她……喂！你有没有在听？”

孟璟书有些走神，或者说是醍醐灌顶。

为什么姜迎那么果断地拒绝看电影的邀约，为什么在外面不让牵手，为什么上次他提议跟魏展风吃饭，她一点回应都没有。

一切都在此刻有了答案。

无论他心中如何清白，在别人看来，时间线上确实暧昧。

有些失策，选择了无所谓的了断方式。那时，他没想过会有今天。

他的推测很合理，但只能说男女的想法有偏差。

“难道说……现在这个，就是那次那个？”魏展风福至心灵，茅塞顿开，“就是那个……你夜不归宿，让付萱找了你一晚上的那个？”

孟璟书一顿，淡淡地瞥他一眼，没回答他的问题，只是说：“知道了，我自己会处理。”

“哎……”见人要走，魏展风还想留他商讨一二，毕竟第一次见他这样。

两个月了吧，他还把女孩藏得死死的，魏展风每回问他，半天也挤不出几个字。

他以前可不是这样的，谈个女朋友没几天，人家就跟着他吃饭、自习，到处玩，相识的人基本都见过。他带在身边，就像带着一个精美的装饰品。

魏展风莫名地感觉，他对现在这个女孩格外看重。

真让人好奇啊，魏展风快好奇死了，跟蚂蚁在心里爬似的痒痒。

孟璟书根本不理他，丢下一句："我不是你这样的孤家寡人，没空陪你瞎聊。"

挺拔的背影径自离去，魏展风愤恨地剜他一眼。把东西放进保存柜之前，他含怨把兄弟群名改为：讨伐渣男孟璟书。

第九章 莫吉托

小公寓里，姜迎做完几组“周六野”，舒舒服服地洗了个澡。

湿润的手掌抹开洗手台镜面上的水雾，赤裸的身体清晰入眼。她对着镜子涂身体乳，柔滑的乳液从肩颈到手臂，再到胸脯、腰腹，不算紧实，却也没有多余的赘肉。往下是臀部和双腿，纤细的脚踝是护理的尽头。

镜子只照得到上半身，她用双手检查出的结果是，自己没有变胖，还好。

最近跟孟璟书在一块她没怎么控制饮食，吃得比以前多了。

不管是在外面吃，还是自己做，孟先生肯定是优先味蕾，热量是不会被考虑在内的。姜迎自己一个人的时候还可以稍微控制一点食欲，可一旦跟别人在一起，就会变得盲目。

谁能拒绝美食呢？

每次酒足饭饱，尤其是晚餐时，姜迎就会产生极大的罪恶感。

孟璟书他自己一身肌肉，代谢力强，吃进去的都能消耗。可她不行。她身高普通，上围平庸，只有比例还不错，细长的双腿被不少人夸过，要是长胖了，腰没了，腿粗了……在他身边就会像一个胖球。

好在她虽然吃得多，某种运动也多。

那孟璟书也算是无功无过，她也就不偷偷骂他了。

天知道每次孟璟书说有事不跟她一起吃晚餐，她有多么庆幸。

姜迎哼着歌出来，开了空调制热。泽卞市地处南方，冬天不供暖，开空调勉强能应付，就是暖气轻，总飘在上面，她常常被吹得脑门发热，可脚底还是冰的。

空调今年第一次制热，呼呼的热风散发着些微焦味。小小的房子里，冷空气很快被挤走，让人生出一种惬意之情。

孟璟书到的时候，姜迎正自得其乐地跟着手机里迷幻的纯音乐摇头晃脑，给他开门时手上还拿着一把小水果刀，上面叉着一块橘红色的水果。

他进来关门，她看着他换鞋，一口吃下切成方块的水果，嘴里鼓囊囊的，边吃还要边凑过来闻闻他的脖子，心情挺好。

“洗澡了……要么是去别人家了，要么是去健身房了。”

她说话的时候他也闻出来了，她吃的是木瓜。

他问：“那你猜我是去的别人家，还是去了健身房？”

姜迎满不在乎地轻嗤一声：“不猜。”

她转身去料理台边继续叉木瓜吃，又嚼了一块，清甜的汁水溢满口腔，与之相反的是身边人阴冷的视线。

他又在面无表情地释放凶狠了。

初时见到他这样挺怕的，可现在，她却莫名其妙有点想笑。

又叉了一块，成熟的木瓜肉质软糯，很滑，姜迎另一只手在下方托着，把不大不小的一块递到他的嘴边，张嘴道：“啊——”

孟璟书没绷住，笑了，就着她的手吃了下去，舌尖满是水果的香甜。

他想，是不是经过她的手的东西都这么好吃？

他又想，她是真的一点都不怕自己。

两个人站在厨房，你一块我一块，很快便把一小碟木瓜吃光光了。

孟璟书离水池近一点，自觉地冲洗碟子，之后擦干手说要洗澡。

“又洗？”

“嗯，在外面洗总觉得不干净。”

行吧，讲究人。

等他从水雾缭绕的浴室出来，姜迎还背对着他在料理台前“叮叮咚咚”地捣鼓着什么。孟璟书嗅到很清爽的酸味和薄荷的香气，走过去从她的头顶往下看，有好几个小酒瓶。

“莫吉托？”他问。

姜迎拿着一根筷子在搅拌：“Bingo（答对了）。”

她搅得高兴了，又往玻璃杯里倒入苏打水，冰块跟着上升的水面来到杯口，撞击杯壁发出叮当响。

姜迎插了一根吸管后给他：“尝尝。”

孟璟书啜饮一小口，冰爽入喉。

他说：“有点甜。”

“是吗？我觉得还可以啊，”姜迎自己尝了一口，又拿筷子去戳戳杯底的小青柠，“泡一会儿柠檬的酸味会更明显，就这样吧。”

她拍板收工，把余下的薄荷叶摆在冰块上做装饰，看起来还挺像那么回事。薄荷已经尽量选了翠绿的叶子，但几片大叶子的边缘还是看得出有些泛黄了。

孟璟书瞧着，忽然叹息一声：“是熊猫还是猪崽？”

姜迎被他沉痛的语气逗笑：“都有。”

这几天明显降温，泽下真正入冬了，薄荷也不复最初的青葱，渐渐泛黄，离根部最近的几层叶子都开始枯萎了。

姜迎照着网上说的给它们修剪过一次，却也没能阻止颓势。眼见发黄的叶子一日多过一日，她想物尽其用，摘了做些什么都好。

于是便有了今晚的莫吉托。

姜迎来到床边，小桌板双脚一支，就成了简易的餐桌，莫吉托是桌上唯一的嘉宾。

床上明晃晃地摆了个障碍物，孟璟书一时无言。

他洗了澡，是光着出来的，晚上刚练过，身上的肌肉线条还不错。可她都没仔细看他，眼里只有这杯酒，现在还让这个东西占了床位。

看着她摆弄投影仪，连接平板电脑，调整角度，在床对面的白墙上投下一片方形光影，没把一点注意力分给别的。

有时女人太有生活情趣了也不好。

姜迎小心翼翼地钻进被窝里，指挥着孟璟书：“关一下灯。”

这时她才注意到，男人一丝不挂。

头顶明亮的白光消失，他从黑暗之中向着投影的蓝光走来，明暗在描绘他的身体，一举一动、一呼一吸之间带动的线条变化，每一毫厘都经过精准测量。

真是个宝。

可惜……算了，也没什么可惜的。

她自嘲地笑了笑，把睡衣扔给他：“穿上，来看电影啊，你不是想看电影吗？”

孟璟书默然，套上衣服，上了床跟她一块儿靠坐在床头，拿枕头垫着后背。

姜迎给了他几个电影选项，他都没看过，扫一眼后，凭感觉选了《头脑特工队》。

挺酷的名字，结果打开竟然是……

“动画片？”

他的嫌弃之情溢于言表。

姜迎白他一眼：“不要小瞧了动画片，评分很高的好不好。”

“哦。”

中间被小桌子隔着，孟璟书只好盖自己的被子。

迪士尼的幽蓝夜空和城堡出现在片头，轻灵的音乐响起，影院的感觉马上来了，气氛很放松，身上也暖和，再惬意不过。

孟璟书觉得在家看电影确实是个不错的选择，之前那点不满早已飞到了九霄云外。

他拿起杯子喝了一口，才这么几分钟，青柠的酸味已经泡了出来，把多余的甜味中和了。

好喝。

她真的在弄吃的上面很有天赋。他从小挑剔，在家里看着他长大的保姆阿姨，这么多年都没能全然摸透他饮食上的喜好。可她就……做什么都很对他的胃口。

简直有点神奇了。

姜迎见孟璟书端着杯子好一会儿，也馋了，凑过去握着他的手腕喝了一点——冰爽酸甜，带着点刺激，冰冷的感觉过去后，酒的热度就起来了。冷热交替的酸爽刺激得她低呼一声，开心得被子里的脚都颠了颠。

“今天也是被自己的手艺惊艳的一天哪……”她笑眯眯地小声自夸。

话才刚说完，她就感觉眼前一暗，旁边的人已经靠了过来，闻得到他呼出的相同的冰凉的气息。姜迎抿着嘴偏头，一个凉凉的吻落在她的脸侧。

她直起身来离他远一点：“看电影啊，别动手动脚的。”

说起来，这是他们第二次用投影仪，上次用，是他刚把投影仪弄回来那晚，她兴冲冲地挑了一部视频网站上新鲜热乎的奥斯卡奇幻剧情片。不过那次他们没看完，看到中间有男女主角缠绵的戏份，明明是很文艺的拍摄手法，有的人竟也能立马热情高涨，拉着她纾解。电影自然不了了之。

这回必须吸取教训，她必须拒绝肢体接触，不能指望发情期的动物有自控能力。

他淡淡地瞥了一眼，不置可否。

动画喜剧，电影节奏明快，他们被剧情吸引，懒洋洋地靠在枕头上，时不时笑几声，分享同一杯爽口的调酒，很是和谐。

但似乎他们的电影之旅命途多舛，才看了半个多小时，姜迎的手机就一闪一闪的，是姜妈妈发来了视频邀请。

姜迎默默地暂停了电影，给孟璟书丢了个眼神，他非常配合地噤声，并挪远了点。

姜迎点开通话键：“妈妈。”

“你干什么呢？黑乎乎的。”

“在家看电影啊……”她伸长手去开了床头的小台灯，手机里才有了画面。

“哦，现在看见了……怎么看电影都不开灯的？不是说摸黑看电脑对眼睛不好吗？你做过激光手术，要更加爱护自己的眼睛啊。”

“不是看电脑啦，我不是跟你说过在家里弄了台投影仪吗？”她把镜头切换到后置，给妈妈看墙上的投影，“你看，很大的，感觉跟电影院一样的。”

“哦哦，还不错哦，是不是买台机器回来就行了？我们要不要在家里也弄一个，过年你舅舅家的那些小朋友过来玩可能会喜欢……”姜妈妈对投影仪发散了一点想法，说着又想到之前那个养生壶，忽然查岗，“新买回来的那个壶你有没有在用，跟你说的那个黄芪汤的配方试了没有？快来例假了吧，这几天记得多喝点啊……”

姜迎一顿：“还没这么快啦，过几天吧……”她觉得在一个男人面前跟自家母亲聊这些有点尴尬，在枕头旁边找到耳机戴上，不让他听了。

孟璟书自然察觉到，有点好笑，自觉地拿了手机来玩，表示自己也有事情做，并没有在偷听她们的私密谈话。

可耳朵不是眼睛，没法闭起来，他也不是有意的，但意识就是控制不住地跟着她的声音走。她跟家人说话时声音极软，用很多的语气词，就像小朋友一直跟大人撒娇似的，比跟他说话的时候亲昵多了。

原来孩子跟父母之间是这样的？很轻松随意，可以无话不谈。

哦，也不算无话不谈，至少他这个活生生的人就完全被隐藏了。已不是一两次，每次她跟家人或朋友通电话，他都要知情识趣，当自己不存在。

知道她心里有顾忌，但他还是觉得挺憋屈的。

长辈睡得早，她们没聊太久，说到最后都是叮嘱很多，姜迎“嗯嗯啊啊”地应下了。

挂断电话，她舒了一口气。跟父母通话时，有个男人躺在身边，跟中学生偷摸早恋似的，搞得她心理压力有点大。

莫吉托装在挺深的一个玻璃杯里，两个人分着喝，竟然也快到底了。

姜迎喝了一大口，把杯子给孟璟书：“最后一口给你喝……桌子撤了吧，想躺下了。”

把障碍物撤掉，孟璟书求之不得。他很快便喝完，收了小桌，随意地搁在地毯上。

姜迎这时已经躺下了，为了找角度看电影，把身体弯成一只虾米，上半身都横在枕头上，脚也蜷着，动了几下，被子鼓鼓的。

姜迎的手指在平板电脑的边缘滑来滑去，隔了几秒也没有按下播放。

感觉到孟璟书在看自己，她才漫不经心地问：“对了，你明天有事吗？”

“嗯，”孟璟书沉吟，“约了人，谈一点事。”

“哦……”姜迎十分平静，“正好我也要出去。”

说完，她点了播放键，画面再度动了起来。

代表主人公莱莉快乐和忧伤两种情绪的“乐乐”和“忧忧”，为了拯救莱莉的核心记忆，正四处摸索。

姜迎定定地看着，屏幕向她投来生动的光，她的脸被枕头挤得有点鼓起来。

孟璟书伸手捏了捏，软软的，有点凉。

刚才那杯莫吉托，喝到最后确实太冰了。

他想起什么，将手探到她的毯子底下，碰到她的膝盖，沿着小腿往下摸，从微凉到一片冰冻，简直像个冰疙瘩。

“怎么这么凉？”他蹙眉。

“不知道。”

孟璟书靠过来，被子也挪近了，把她的小毯子罩在里面，然后去捞她的脚丫子。她动了动身体，顺从地把小腿伸过去，冰凉的脚丫子很快被温暖的手掌包裹住。他慢慢搓着，把一只焐暖了点，又换另一只，左右轮流。

有时他看着剧多焐了几分钟，换回之前那只脚又有点凉了。

他没好气地道：“姜迎，你真弱，就是因为运动得太少了。”

姜迎无语。

她的母亲大人刚刚在电话里说了差不多的话，为什么她几分钟之内要挨两次训，还是因为相同的事？

“我运动很少吗？”她意有所指，“每天得有一个小时起步吧，不少了吧。”

孟璟书睨她：“那现在开始？今天两个小时起步，怎么样？”

姜迎笑着摇头，将脚缩起来：“看电影！”

孟璟书呵了一声，又把她的脚抓回来焐着，纠正道：“是，先看电影。”

脚渐渐暖和了，他的手像个热源，将热度不断地传递给她，跟着胃里的一点酒精一起作用。她的身子越来越暖，人躺着，神思越发懒怠。

电影到后半段，在一次历险中，小女孩莱莉的幻想朋友“冰棒”消失了，莱莉永远地遗忘了小时候陪伴自己度过很多时光的朋友。

姜迎揪着被子，不声不响地流眼泪。

年少时有过的美梦也都像这样吧。时间一往无前，过去都会被丢在身后，美梦也总会消失。

有过就很好。

脚热烘烘的。孟璟书给她焐热了也没撒手，就让她的脚靠在自己的腿上，手再搭在上面。

姜迎迷糊地想，这样子，她的脚可真像三明治夹心。

应该满足才对啊，现在得到的，比她想过的还要多。至少她从来没有想过，他会这么温柔。

影片结束，在结尾放了几段挺有意思的小彩蛋，孟璟书笑着捏了捏手下纤细的脚踝。真的太细了，他甚至怀疑自己一只手能将她的双脚握住，手指还能扣紧。

他的心思有些飘，手沿着她的小腿往上游，可人家毫无动静。他转头一看，才发现她不知什么时候已经睡着了。

他凑近看了看，睫毛有点湿。

还哭了？

她哭也哭得这么安静。

她睡觉没有坏习惯，身子曲成这样也没乱动，不打呼噜、不磨牙，乖得很。脸蛋也睡得热乎，这么暗的光线下都能看出脸颊的红晕。但眉眼、唇还是淡淡的，越发显得乖巧。她的五官并不是十分精致，但很舒服。

这么看着，她还真的是……好漂亮。

是从什么时候开始这么漂亮的？

或许是长开了，瘦了些？可仔细回想，除了眼镜，她跟以前几乎没有变化。

他自嘲地笑笑。

真是瞎了，过去那么长的时间都在看什么呢孟璟书？

她的鼻息温热，他被其中的青柠薄荷香混合酒气勾引着，低头亲了亲柔软的唇。流连片刻，他又转而去亲她潮湿的睫毛，吻去剩余的一点泪痕，沾在他的唇上，微咸。

大概被弄得有点痒，姜迎动了一下，偏了偏脑袋，大半张脸都压在枕头上，整个人蜷成一团，看着都觉得难受。

孟璟书抱着她的腿弯，把人扳直了。

姜迎没醒，迷糊地哼唧几声，翻了个身。

孟璟书关了电子设备，躺进她的被窝里，从后面抱住她，把人压实了，手脚都缠在一起。

姜迎又“嗯”了一声，因为好梦被扰，有些委屈巴巴的。

孟璟书忽然想起一件旧事。

大概是大一下学期，他谈了大学的第一个女朋友。那段恋情挺短暂，学期没结束他们就分开了。而姜迎约莫是为了避嫌，有一段时间没跟他联络。

期末之前，大学里的老乡会发起聚会，他和姜迎都参加了。场上有位学长喝多了，有些失态，硬要姜迎给他敬酒。

旁人也是看热闹，想牵线，都在起哄。

姜迎被围在中间，强忍着愤怒和尴尬，小脸煞白。最后是他替她喝了酒，才勉强圆了场。

散场后他要送她回宿舍，她几番推托。

孟璟书有些不耐，语气不好，压低了声音说：“我不送你，等着那个学长送？”

姜迎一下子僵住，抿紧嘴唇不说话了。

到了半路，她才说："今天谢谢你，就送到这儿吧。"她的声音涩涩的，"别让你女朋友误会了。"

他说："误会什么？"

她不答，眼睑低垂，他隔着镜片都看得到睫毛有微微的湿润。

他一顿，再开口时，语气便缓了下来："我是说，我现在没有女朋友，没什么可误会的。"

姜迎十分惊讶，快速地看他一眼："哦……"

他勾了勾嘴角，说："没多远了，走吧。"

她还是坚持己见："没多远了，你走吧，我自己回去就行。"

他点头："行。"

他又说："你以后有事就找我，别让别人欺负了。"

姜迎呆了呆，低低地"嗯"一声应了，听着有些委屈，倒像是被他欺负了。

应该是在这之后，他们才又恢复了三不五时的联系。不过她向来要强，他虽这么说，但她后来也从未找他帮过什么忙。

那时他也没多想，直到今天，带着同样语气的一个音节，将他的这段回忆拽了出来，真神奇。

真的如电影里所说，在大脑的长期记忆区里储存着无数个记忆球，有的会逐渐褪色，有的会经由某个契机被唤醒。然后，连他自己都讶异，这些细枝末节居然这么清晰。

跟她在一起，他的记忆总是鲜活的。

他记得姜迎，也记得自己，心里更明白，从过去走来，自己究竟是怎样的。

孤舟蓑笠翁，独钓寒江雪。

最终，姜迎他们办公室的聚会地点选在了一个小有名气的蹦床团建乐园。

年轻人就是有活力。

经小曼的小男友极力推荐，他们一群平日团建除了唱歌就是吃火锅的社会咸鱼，竟然来玩这么健康的项目。脱下棉服，看到穿着运动装的对方，大家都觉得有些好笑。

毕竟都还年轻，进了场馆，被里面的动感音乐一刺激，精神头上来了，每个人都跃跃欲试。在蹦床上像个皮球一样弹来弹去的时候，连一向寡言内敛的郑一峰都笑得像个两百斤的孩子。

给他们拍照的是一个男同事的女朋友，她说不方便，就没玩这些激烈的项目，担任起摄影一职。

蹦了一会儿，姜迎出了一身汗，觉得小腹隐隐有些难受，就没跟他们继续玩。

等蹦得爽了，大家又转场去玩智勇大闯关和海绵池。

小曼路过在旁边休息的姜迎时，挺有主人风范，问她怎么了，哪里不舒服。

“可能是岔气了，缓一会儿。”

“那我们玩了哈，其实你们俩生理不适的可以去玩滑梯啊，又不用你们动。”

“好主意。”

同事的女朋友挺开朗，一上来就说自己生理期，肚子有点疼，不然就一起蹦了。

姜迎跟她随意地闲聊：“可以下回再来，这里环境还不错。”

女生直道：“好可惜。”

姜迎点着头，心里在想，你是因为生理期不舒服，而我就冤枉了，是因为晨起运动过于激烈才不适的。

夜里睡得早，今天醒的时候天刚蒙蒙亮，姜迎捞过手机一看，才七点不到，比工作日时醒得还早。

她把手机一扔，想睡个回笼觉。谁知这点动静把孟璟书给弄醒了，他眼都没睁就凑过来亲她的脖子。

感觉有点痒，姜迎在惺忪中用腿蹭了他几下，以示不满。

他忽然睁开眼，哑声问她几点了。

姜迎说了，他又道：“哦，还早。”

迟钝的思维还没来得及理解这句话的含义，姜迎就被扒了。

睡得迷迷糊糊的，姜迎一点力气都没有，任他捏扁搓圆，没多久就不行了，“呜呜”叫了几声，又被他翻了个面。

他吻她的耳后，哄着说是收昨晚的债，要她再坚持一会儿，然后一下比一下凶。后来，她都分不清是难受还是舒服了，直哭着跟他求饶。

结束后，她累得直接又睡了过去。再醒来时，两个人都差点迟到。

姜迎匆忙出门，小半天过去了，小腹还时不时感觉有些胀痛。今天玩得不尽兴，都怪那个狗男人。

团建项目一般都以让人分泌多巴胺，欢脱到神志不清的活动为主。但这个地方挺全面，还有休闲养老的汗蒸房。

一行人在大冬天也玩得满头大汗，他们随便吃了点东西，又说要去汗蒸房打牌。于是一个个手里捧着一杯水，在偌大的汗蒸馆里寻了个地方席地而坐。

说要打牌，小曼的小男友还真带了两副 UNO 牌（一种桌游）。有人感慨毕业后再也没玩过这个，一时间大家都变回了青春洋溢的学生。

第一把，小曼输，拿下第一罚。

众人起哄，让他们亲一个。

小曼还想赖账，姜迎提醒她："之前你自己说的，带家属来的得当众热吻，我们可都记着呢。"

被大伙闹得没法，小曼一不做二不休，把那个男同事也拉下水，结果他们两对被赶鸭子上架，在众目睽睽之下亲了一下。其他汗蒸的群众看见，也远远地鼓掌，场面好不热闹。

小曼那一对估计今天是牌运不佳，第二把，她男朋友和姜迎鏖战到最后，惜败。

大家罚小男友，自然离不开小曼。

大伙儿乐见其成，有个女同事小湘直接带着熊熊的八卦之火要问真心话。她问他们第一次亲嘴是什么时候。

小男友腼腆地笑笑，看了小曼一眼，说："就是第一次见面，在酒吧，蹦迪之后……"

酒吧，第一次。

非常限制级的关键词了。在座各位笑得相当有内涵。

小曼恼羞成怒地推他一把："谁让你说这么多啦！"

姜迎调侃："大家可都看着呢，别欺负小学弟啊。"

小曼和她的小男友是同一个大学的，办公室里的人平时谈到她的小男友都这样称呼。

小曼又掐了小男友一下："就欺负他，怎么了！"

学弟笑得纵容又无奈。

小湘就坐在姜迎的旁边，跟她咬耳朵："别看小曼这么欺负人家，心里肯定喜欢死了。"

坐得近，再小声也藏不住，这话本来就是调侃小曼的，她听到了，又过来戳小湘的腰，坦荡地说："当然喜欢啦，我请你们出来，就是要炫耀我男朋友的！"

她说完，神气地在小男友的脸上亲了一口。

同事们被秀得头皮发麻，不停地搓着手臂上并不存在的鸡皮疙瘩。

姜迎跟着笑，这些话却在她的心里缠成绳结。

对啊，喜欢当然就会迫不及待地想跟别人展示，恨不得跟全世界炫耀自己拥有了多好的宝贝。

小湘是说上瘾了，话赶话，竟然怂恿学弟给她介绍男朋友："你知道吧，学弟？最近都流行姐弟恋，你的室友啊，同学啊，有没有单身的，给姐姐介绍介绍？"

说到这个，单身的女同事们都挺兴奋，简直如同狼入羊群。

姜迎好笑地道："有好事别忘了我啊，我也要介绍。"

连男同事也来凑热闹："我也要，我也要！"

其他人："哇！你藏得可真深啊……"

笑闹之际，姜迎忽觉小腹的不适终于转变为一种熟悉的坠痛。

孟璟书少时酷爱结交，三教九流一概不论。可年纪渐长，基于许多现实因素，与那些朋友的来往渐渐少了。他一派云淡风轻，并不执着于深交。

如今他在泽卞的固定圈子大多是童浩介绍的，都不是需要为生活折腰的人，凑在一起就图个轻松。童浩是泽卞本地人，正经的二代子弟。大概是成长背景相似，他们有几分投缘，连带着魏展风，他们在留学时期的某次酒会上一见如故。

后来回到泽卞发展，童浩没入局，却也搭过几回线。男人之间的交情就是这样，吃喝玩乐，相互帮衬。

今天是阿庆组的局，没说原因，声势浩大地召集众人，大伙心想是什么了不得的大事，各自带着严肃的心情来到约定的地方，等着他宣布。

阿庆在会所里有个固定的包间，等人到齐，未发言，先给大家亲手斟茶。金骏眉琥珀色的茶汤生出袅袅白烟，甘爽的茶香翩然鼻间。

众人心中皆是一凛。

只听阿庆深吸一口长气道："我决定，向嘉然求婚。"

世界静默。

两秒后，大家疯狂地吐槽——

"还以为是什么事呢，搞得这么严重！"

"就为了这个，老子推掉了一个 party？！"

"你在群里知会一声不就得了，用得着摆这么大阵仗吗？"

老苏更狠："这还没求婚呢，你就提前找我们过单身派对了？万一人家不答应呢。"

老苏一向嘴贱，阿庆跟他针尖对麦芒已久，这次却没呛回去，反倒喝了一口茶，深深地叹了一口气。

童浩轻笑道："我看他自己也没把握。"

魏展风调侃他："不会吧，嘉然不是一向很紧张你吗？应该求之不得吧。"

阿庆沉默不语。

孟璟书吃了块茶点，在擦手，发现手背上有一道新鲜的指甲刮痕，于是走了神。

"老孟，你觉得呢？"有人叫他，他才意识到，这时轮到自己发言了。

他随口建议："直接问她。"

阿庆的神色几乎凝结成冰。

老苏忽然醒神："等等，你们什么时候复合的？"

阿庆化身鸵鸟，默默地摇头。

说来也巧，阿庆跟孟璟书差不多时间恢复单身，而且本质上都是被甩的那一个。

他的女朋友嘉然掌控欲强，对他诸多管束。有一回他实在是心情不好，便忍不住抱怨。嘉然也是个狠人，一气之下竟然踹了他，说从今往后再也不管他了。

兄弟们闻言，都恭喜他回归自由之身。可他一直魂不守舍，想了好些天，才终于做出决定。

只是这帮人都浪荡惯了，看他这个样子，实在有些不可思议。

“我去！那你求什么婚啊！”

“都分了多久了，嘉然跟你联系过没有？！说不定她都找到下一个了。看我们孟哥，这段时间都换了好几个了，学着点。”

他们之间向来口无遮拦，孟璟书也懒得解释自己的私事，一副不置可否的样子。

阿庆忽然激动地说：“老子就是要跟她求婚！你们帮不帮！”

少见则多怪，软柿子突然爆发，其威力也是巨大的。这一下还真的震慑到了几个风凉话爱好者。

“行行行。”

“帮帮帮。”

说到底都是自家兄弟，平时再怎么寒碜他，现在遇上人生大事，他们当然能帮就帮了。

何况一群二十来岁的年轻人，乍然有人可能要结婚了，就如同水杯出现缺口，逍遥子弟终究要流于庸俗。他们一边唏嘘，一边好奇，抱着像是要办艳遇酒会的兴趣，给他着手安排起来。当下就订场地的订场地，找策划的找策划。

没几个小时，计划成型，连当天要空运过来的花都已经确定好了航班。

阿庆说要请大家去他家新开的餐厅吃饭，众人驱车前往。

冬季日落早，五点一刻，天色已暗。伟禾律师事务所一行人跳了半天，饥肠辘辘，来到繁华的商业区觅食。

通常聚会都离不开火锅，这次也不能免俗。

他们从地铁站直通商场负一层，火锅店在四楼，他们也懒得搭扶梯一层层地爬，按指示牌找到了直梯。

恰好中间那部电梯正从停车场升上来，很快能到。

小湘拉着姜迎在说某个化妆品牌的专柜今天有活动，送好多小样，邀请她待会儿一起去看看。

姜迎有点不舒服，心不在焉地盯着地面，“嗯”了一声算是应了她。

小湘又说自己最近皮肤干燥，问她有没有面膜推荐。

姜迎想了想，刚要回答她，就听到电梯门开的声音。然后小湘忽地倒吸一口冷气，连挽着的手臂都紧了紧。

仿佛有所感应，姜迎一抬头，正好撞进那双漆黑的眼睛里。

姜迎和同事在四楼下了电梯，余下那一行衣冠楚楚的年轻男人则去往顶楼。

待电梯门关上，小曼、小湘她们几个女孩你看看我，我看看你，不约而同地双拳紧握，爆发出一声压抑的尖叫——

“我的天！好帅啊！”

“嗯嗯！”姜迎积极附和，却因为想着某人去过他们事务所，不由得心一紧。

“精致的猪猪男孩真是太棒了，呜呜呜！”

身边的几位男士无从插嘴，只得默默无语。

“特别是中间那个，穿黑色夹克的，一眼就看到他了。”女同事挥手给自己扇风，“紧张得我都有点热了……”

“我也看到了！在今年见过的帅哥里可以排前三！”

“虽然都没好意思看清楚，但只一眼已经足够惊艳了！”

啊……狗男人这该死的美貌。

好在她们不记得他了，自然也不会发现，他们两个人刚刚的短暂对视里有什么猫腻。

姜迎跟着挥手扇风，也紧张。

尤其她以前和魏展风有过几面之缘，她提着一颗心，也说不清是在担忧什么。

他们在网上提前拿了号，没等多久就排到了，在大圆桌前落座。这家火锅店的装潢不是常见的川渝风格，而是青春活泼的类型。墙上的装饰画都是色彩明媚的涂鸦，歌单也是近年来的流行曲目。

姜迎将大衣和手袋收进防味箱，手机刚拿出来，就跟约定好似的来了信息。

孟璟书：不是说去松亭区玩？

姜迎：那你还说去复翔路谈事情。

孟璟书：谈完了。

姜迎：玩累了。

孟璟书：赶巧。

男人勾了勾嘴角，暂时放下手机。服务生来给他们倒水，菜单也不用他们自己看，阿庆就是行家，他用英文飞快地跟主厨交流。

这家西餐厅是阿庆的手笔，简约的怀旧风，复古的暖黄色调，开在商场的顶楼，有种格格不入的慵懒的感觉。

全开放式的用餐区域，魏展风低声调侃道：“几个大老爷们儿坐在一块吃西餐，感觉怪怪的。”

老苏笑着说："可不是，怪娘的。"

"不吃就滚。"

阿庆经过一番商谈，坚定了决心，恢复了活力。他家是泽下餐饮界的大户，他对这一行有兴趣，自然愿意接手。他说起自己下一步打算在临江高层开一家梦幻的天空法式餐厅。

"老孟，你上回是不是说你朋友在江边有个店面租期要到了？"

"嗯，"孟璟书点开手机，"我把他的联系方式给你。"

将名片发过去后，微信顶端出现了新的未读信息，孟璟书不自觉地笑了一下。

姜迎说：我好像看到魏展风了？

孟璟书轻笑。

这个人记性还挺好，魏展风碰到她就完全认不出来。

是真的变漂亮了吧？不是他自带滤镜。

他打着字：嗯，都是几个朋友。你要不要过来……

到这里，手指停顿。

他犹豫片刻，把后面那句话删除了。

火锅店内，店员抬来一口巨大的锅中锅，在外圈下了几块肥厚的辣油，又往中间一小圈倒入清汤，然后开火等待。大锅渐渐冒出热气，香辣刺激的火锅味就在鼻子底下发散。

姜迎看着手机里那行字，自嘲地想：也是，他今天确实应该跟朋友一起庆祝一下，而她不应该在凑巧碰上他和他的朋友时有任何期待。

你以为自己是谁呢？

音响里唱着前段时间播的一部校园剧的主题曲，几个女孩都很熟悉，男同事的女朋友很开朗，跟着哼了几句——

"写了一首遥远的歌送给遥远的你，

你的笑声我的笑声编织在一起，

这是我对旧时光最温暖的回忆……"

她温柔地笑起来，说起他们的故事，和电视里的很相似。

姜迎的手机又收到了信息，她面无表情地点开。

孟璟书：你那边结束了说一声，一起回去。

他们点的食物装在小推车里送了过来，店员一碟碟地将桌面摆满。锅里的红油完全沸腾了，同事们食指大动，拨肉下锅，肥牛在锅里自由地翻转。

那首歌还在继续——

"迎面而来的微风像你说话的样子，

没有任何预兆这故事戛然而止，
人生总有些些遗憾那就随它去……”
别人的故事与电视里相似，而她的故事，只与这歌词相似。

西餐厅里放着卡朋特乐队的老唱片，侍者端来地中海海鲜汤。
孟璟书的视线在手机上稍稍停顿。
姜迎回复：不用了，我跟同事一起。你回自己家，这几天我不太方便。
心脏有种轻微的敲击感，不重，但无法忽视。
舒缓的女声唱着幽怨的蓝调——
Why do birds suddenly appear
为什么鸟儿忽然出现了
Every time you are near
每一次当你靠近的时候
Just like me
就像我一样
They long to be
它们一直盼望着
Close to you …
能够靠近你

阿庆介绍着食材之新鲜，香料之精确。
孟璟书尝了几口。
味道不及餐具的精致程度，但她应该挺喜欢这种口味。他思考了两秒关于在众目睽睽之下带外卖的可行性。
然后他清醒过来，记起自己因为暂时失去了使用价值，而被扫地出门的事实。
呵。

周末夜生活丰富，他们饭后没有续摊，各自散场。
孟璟书开车驶过卞江大桥，穿过喧哗的街区，十分钟后来到相对安静的高档住宅区域。
路口红灯，他停下车。
前面不远处右转就到东明嘉园了。
等待的时刻，他的目光没有定处。
人行道上有人匆匆而过，他漫无目的地看过去，交通灯的人形和数字已转至黄色。

七、六、五……一。

他做这个决定只花了七秒钟。

绿灯行，他的方向盘转了个弯，掉转了方向。

招之则来，挥之即去？

不可能。

第十章 渴望

姜迎拖着沉重的步子回到家门口时，低垂的眼睛先是看到一双深色的男款运动鞋，往上是长腿黑裤。

他今天穿着休闲装，又酷又清爽，不知吸引了多少人的注意。

对视片刻，她拿出钥匙开锁，背对着他，显得没什么力气："不是让你回家吗？我不方便。"

孟璟书说："不方便，所以呢？"

姜迎进了屋，把门关上，才淡淡地说："所以不能做，你还来干什么？"

空气霎时结冰。

孟璟书盯着她，眼角绷紧，十分冷厉，是发作的前兆。

"对你来说，我就只是一个工具？"他在控诉。

可凭什么是他来问这句话呢？

小腹传来一阵闷痛，五脏六腑就像被人掐紧了，绞在一起，姜迎连发脾气的力气都没有了。生理激素使她的情绪跌到低谷，她突然就委屈得要死，连站都站不直了。

她把手袋抱着压在肚子上，忽然蹲了下来，眉头拧紧，声音也打着飘："我现在痛死了，你还要跟我吵架吗？"

孟璟书一愣，忘了自己还在冷酷状态，直接在她跟前蹲下。

他知道女孩生理期会有不适，但没见过这么严重的。

"怎么痛成这样？上个月不是一点事也没有吗？"他轻轻拭去她眼角的泪，想把她抱起来，"去医院，嗯？"

"不要。"姜迎缩成一团，不愿挪动。

“为什么不去？为了跟我生气，连自己的身体都不顾了？”

姜迎抬起头看他，觉得他的眉头大概能夹死两只苍蝇，鼻酸的感觉神奇地消失了。

她慢吞吞地说：“你也太看得起自己了。不去医院是因为去了也没什么用，第一天就是会痛，等过几个小时就会好了。”

“真的？”他将信将疑。

她蔫蔫地“嗯”了一声。

孟璟书摸摸她被膝盖压得变形的脸，凉凉的，没什么血色。他不自觉地放柔了声音问：“抱你去床上休息？”

姜迎摇头：“蹲着没那么难受。我缓一会儿，等下洗了澡会好一点。”

孟璟书发出一声叹息，半跪着抱住她。

大概是这个月来内分泌有变，昨晚又被酒刺激到，姜迎这次生理痛靠冲热水澡并不足以缓解。

她在床上躺了一阵子，被酸胀的痛感折磨得毫无睡意。于是她僵硬而缓慢地爬起来。

孟璟书正好洗了澡出来，见她下地，立刻进入宿管的状态。

“怎么还不睡？都几点了？下来做什么？要什么我给你拿，回去躺着。”他神情严肃得像个小老头。

姜迎说：“那我要煮生姜红糖水，你怎么给我拿？”

“我煮。”

“你会？”

“你口头指导就行。”孟璟书把她弄回床上，将被子的边角都压实了，不给她反驳的机会。

也行吧，反正也没什么难度。

只不过看到孟少爷屈尊在她的小厨房里，不甚熟练地一会儿蹲下找生姜，一会儿翻橱柜拿红糖，感觉实在很奇妙。

挺傲气的一个人，从来都是随心所欲。他想做的事，什么障碍都不放在眼里；他不想做的事，连一个杯子都要等到家政人员来洗。而现在在她面前的男人，温情而琐碎。

手机来电的时候，他还在和一块大生姜作斗争，刚洗干净准备切片。

“你有电话，”他的手机就扔在枕头上，姜迎一转头就能看见，“是魏展风。”

孟璟书专心致志：“不用管他。”

如果是公司的事，刘助理会第一时间联系他。

魏展风半夜找他，很大概率是瞎扯。

电话铃声停了，没过一会儿，魏展风再次打来。

姜迎说：“你先接吧，打得这么勤，说不定有事呢。”

孟璟书把姜块丢进锅里，洗了手又擦干才过来接通电话。

那边传来一如既往浮夸的嗓音：“喂！你终于接电话了，不然我就要报警了！这大半夜的，你不在家，去哪儿啊！我明明看到你开车回家了啊……”

魏展风的住处离东明嘉园就两个路口，他有时闲得慌了，根本不打招呼，直接上门找孟璟书喝酒。

回国后不久，孟璟书和付萱彻底冷淡下来，魏展风更加无所顾忌，在兄弟家里来去自如。况且平时孟璟书就算去一些声色场所，要么应酬，要么是他和童浩带着的。总之，他认为自己对孟璟书的行程了如指掌。所以这次上门吃了闭门羹，碰上一室漆黑，他都蒙了。

他的蒙体现在他的音量上，屋子就这么点大，姜迎听得清清楚楚，有些戏谑地看过去。

孟璟书觑她一眼，转身去了卫生间。

他料想魏展风要说的内容大概有些不堪入耳。

“不是，那个，你旁边有人？”魏展风终于在电话另一端的平静中回过味来。

“嗯。”孟璟书不打算隐瞒。

“不是……这……”魏展风有点不可置信，又记起要放低声音，“这才多久啊，你就住人家家里去了？”

不是魏展风大惊小怪，而是孟璟书这个人虽然不难相处，跟谁都能说笑几句，但其实骨子里挺冷的。

魏展风就没见过谈恋爱比他更诡异的。说不喜欢人家吧，他又豪气得很，礼物大把大把地送，也愿意让人跟在身边。可是说喜欢吧……说实话，男人的喜欢势必会表达于生理欲望，谁不想和女朋友经常黏在一处亲热。

可孟璟书吧，之前时间很短的几段恋情就不提了，他跟付萱在一起几年，连出国都在同一个城市，竟然还分开住，各自住在自己的学校附近，平时就周末碰个面，忙起来更是半个月也见不着人。

有一次喝了点酒，魏展风问他怎么不干脆跟付萱住一起得了，反正有车很方便。

“她提过，但我没同意。”孟璟书似是想了一下才说，“我需要有私人空间，我不习惯长期跟人共享生活。”

酒精使他精神放松，对感情的事也没那么惜字如金：“你知道，情侣跟家人或者室友不一样，住在一起，不可能互不打扰，我无法忍受。”

他将太多的亲密看成打扰。

魏展风咂舌：“你这么冷落她，她没意见？”

孟璟书有些不解："这算冷落？"

"还不算？我要有女朋友，铁定天天陪着她。"

孟璟书不置可否。

就是这么一个说不能忍受跟女朋友住在一起的人，现在竟然没处多久就住到别人家里去了。

魏展风惊讶之中又有一丝欣慰，觉得兄弟终于像个人了。但欣慰之余他又有一丝发酸，兄弟已经爱得痴缠，跟人同居了，而他还是孤家寡人，连夜里想找人喝酒都没了去处……

他还是得加把劲把对象追到手啊……

孟璟书回到厨房，淡淡地应了一声，盯着沸腾的小锅问："有事快说，我还要忙。"

魏展风显然理解错了，快速地说："就游戏的事，我想加点东西……明天再说吧，不打搅你耕耘了。"

魏展风挂了电话，孤独地离开，心里想着要不要去童浩那儿喝两杯消愁。感怀之际，他的手机屏幕忽然亮起，如同爱神降临。

姜迎喝了一口姜糖水，差点飙泪。

她痛经很少这么严重，以往都是忍一忍就过去了，从没煮过这个，所以对用量把握不当，被辣得怀疑人生，说不出话来。

孟璟书见她眼泛水光、神情麻木，莫名有点紧张，想来这可是他第一次下厨。

"很难喝？"他忍不住问。

姜迎缓了几秒，声音有种被摧残过的疲惫："也不算是难喝……"

孟璟书更觉得是自己在煮的过程中出了错，当即尝了一点。

床上，四眼泛泪。

没见过他这个样子，姜迎捏着被子"咯咯"直笑。

孟璟书好气又好笑："是你说要放整块的，不关我的事。"

姜迎斜他一眼："算得很清楚嘛。"

虽然口腔被辛辣刺激，但姜糖水喝到胃里，就像热汤浇到冰块上，一下子就融化了，小腹当即暖和起来。还真是立竿见影，那股堵塞般的酸痛被压下去一点。

姜迎捏着鼻子，把一碗姜糖水全喝了，然后瘫在床头，如同跑完三千米，甚至有点冒汗。

她的脸蛋以肉眼可见的速度从苍白转为红润，孟璟书安心不少。他笑了笑，自发地去厨房收拾残局。

由于客观条件限制，今晚没有夜间娱乐活动，于是他们关灯早睡。

躺了一会儿，姜迎无奈地叹气，坐起身。

孟璟书问："怎么了？"

"找热水袋捂肚子。"虽然不怎么疼了，可还是有些不舒服，有一股绵绵的酸胀感。

"冷？"他当即伸手过去试探温度。

冬天她也穿又薄又软又宽松的短袖衣当睡衣，男人的手探进去的时候，是不含任何杂念的。

他的手在被窝里焐过，加上男人的体温天生偏高，滚烫熨帖。

姜迎几乎喟叹出声。

热水袋再热，也比不上人体皮肤的触感。

她不想找了，按着孟璟书的手又躺了回去。

"手放在这儿别动，我不要热水袋了。"她的声音软软的，基本是在撒娇无疑了。

他求之不得，手贴着她平坦柔软的皮肤，不自觉地摩挲着。

本能之所以叫本能，正在于它的不可控。

姜迎本来打算无视，但纵容的后果就是变本加厉，那只手即将覆上……

"哎呀。"她抓住他的手，阻止他不怀好意地行进。

下一刻孟璟书就凑过来吻住了她，把她拒绝的轻呼当成召唤。

迂回的试探终结，他没必要再掩饰。

当然不能真刀实枪，事实上，因为怕弄得她难受，他的侵略十分克制，最后反倒搞得自己难受。

一身燥热，他埋头于姜迎的胸口，令她的肌肤湿润滚烫。

姜迎感觉自己如此脆弱，唇齿和舌尖都是颤抖的缔造者。她不禁去抚摸他的短发，细细的手指在头皮上凌乱地梳着。

他情动难解，又将亲吻密密地印下，从颈脖流连回嘴唇，缠绵的厮磨让两个人都喘得不像话。

孟璟书吻着姜迎的耳垂，含糊沙哑的嗓音折磨着她。

"我的手给你了，你也把手给我，嗯？"

答案是唯一的。

渴望从来不是单向的。

时间来到二十三点四十八分，夜宁静。

孟璟书维持着一只手覆在姜迎的肚子上的姿势，呼吸渐渐绵长。

姜迎没有睡意，她无声地睁眼，望着天花板，黑漆漆的。

她忽然轻踢男人的小腿，他意识模糊地动了动，手小心翼翼地揉着她的小腹。

那动作十分轻柔，越来越缓慢，没过多久就停了，如同电量耗尽的机器。

五十分。

姜迎又踢了他一下。

他又开始揉，几乎是条件反射。这回他撑了两分钟才睡过去，最后手动不了，小指还挣扎着抖了几下，之后才完全停下。

姜迎抿着嘴唇忍着笑。

算了，大度一点。

“孟璟书。”她忽然喊他。

“嗯？”过了几秒他才应了一声，睡意很浓。

“孟璟书，你起来。”

“怎么了？”他清醒过来，仍困倦着，自然而然地靠过去，高挺的鼻梁抵着她的侧脸，手卖力地揉起来，哑声问，“还难受？”

姜迎摇摇头，拿开他的手。

“你起来，去冰箱里拿一样东西。”她只这么说。

孟璟书不明所以，但还是慢吞吞地坐了起来。

手机显示二十三点五十三分。

姜迎开了台灯，催促他：“快点，快点。”

男人无奈地照做。

他按着姜迎的指示，在冷藏区二层最里面找到一个包装精美的小盒子，大概是甜点？

“这是什么？”他转身问。

姜迎不知什么时候也下了床，套上毛茸茸的家居服，软绵绵的一团。她背着手，嘴角噙着一抹神秘的笑。

他们凑在桌子前，将电脑推到一旁。

姜迎让他打开小盒子，里面是一个巴掌大的圆形小蛋糕，很简单的酸奶慕斯。

“现在是二十三点五十六分，今天还没有过去。”姜迎望着他的眼睛，“孟璟书，生日快乐。”

她将藏在身后的东西拿出来，是一个品牌的纸袋装的，送给他的礼物。

孟璟书愣在原地，嘴唇动了动，却一下子不知道要说什么。

“别发呆了，”姜迎往小蛋糕上插了一根蜡烛，“别浪费了我亲手做的蛋糕。虽然你没有邀请我参加你的生日 party，但我还是给你做了蛋糕。我善良吧？我尝过边角料了，还挺好吃的……”

昨天下了班，孟璟书没来找她，她却偷偷摸摸去了他公司楼下那家甜品屋，跟老板娘学做了这个蛋糕。之前在店里看到过烘焙课程的宣传，她就默默记在心里了。

老板娘还夸她有天赋，第一次就做得很成功。

等待成型的时间里，姜迎到处逛了逛，还顺带买了礼物。

他还在一旁静默着，听着她的絮絮叨叨。

姜迎拿他的打火机点燃了烛芯，然后把灯关了，房间里瞬间只剩微弱昏黄的烛光，她扯了他过来。

人一动，光影摇曳。

“快点许愿，没时间啦！”

孟璟书深深地看她一眼。

他朝着寒酸的小蛋糕合上眼帘的一刻，心中生出一种虔诚。

“我希望……”他低语，“姜迎不要再因为莫须有的罪名跟我发脾气。”

之后，他停顿片刻。

二十三点五十九分，他吹灭蜡烛，在这一日结束之前，愿望已许下。

他打开灯，意料之中地看见姜迎在瞪他。

“什么莫须有的罪名？不是……我哪有跟你发脾气？我性格很好的，从来不跟人乱发脾气的。”

她拒不承认，他也不会揪着不放，反倒耐心地解释：“我是不是没有跟你说过，我们家不过阳历生日的？”

他由爷爷奶奶带大，过农历生日是受了老一辈的影响。

姜迎目光呆滞，有一丝尴尬，但很快又转过弯，理直气壮地双手叉腰：“你没告诉我，这难道是我的错吗！”

孟璟书笑笑，忽然低下头亲了亲她气鼓鼓的嘴唇。

温柔刀，刀刀割人性命。

姜迎突然结巴了：“干……干什么？我说错了吗……”

“你没错，”他又亲了一下，“我是想告诉你，我都忘了今天过生日。”

“啊？”

“今天出去也不是在庆祝我的生日，只是一个普通的聚会，有个朋友叫我们出去跟他商量点事儿。”

“哦。”

“那不生气了？”

“我说了我没生气！”

孟璟书只笑，俯身又要亲她，根本没把她的否认当回事。

姜迎捂住他的嘴。

“你今天不过生日，那为什么以前那么多女生送你生日礼物？你还收得那么心安理得？”相识十年，她想要翻旧账，实在是轻而易举。

孟璟书笑得无奈：“我总不能说等到农历生日再送吧。”

在学校里总要填各种各样的资料，有心人很容易就知道了他的出生日期。同学生日送礼物是常事，很正当的名目，他要拒绝反倒奇怪，也没必要解释。之后出国，没了这些乌龙事，他渐渐也就忘了这个所谓的生日。

“哼。”

“不过那些礼物我都没留着，早就不见了。”

“当然。”姜迎横眉冷眼，“孟少爷眼高于顶，怎么可能看得上小女生送的平平无奇的礼物呢。”

“你的还在。”他又说。

姜迎瞬间如浑身过电，几乎奓毛。

她艰难地问：“你说什么？”

“你给的礼物，我还留着。”他平淡的语气中透露出一种邀功的骄傲，“我记得其中一份是一本书，写流浪狗的，就在我的书房里，好像去年还看……”

“好了，不要说了！快！吃蛋糕吧！”

好汉不提当年勇。

少女怀春的年代，她不可避免地整个人身上弥漫着中二气息，看到散发着淡淡忧伤的东西，就联想到自己的单恋，就想分享给他，借物抒情。于是，她送了他一本不知所云的书。更可怕的是，她还在上面写了不知所云的寄语。她记不清写了什么，但很肯定必然不堪回首。

太可怕了。

相识十年太可怕了。

孟璟书靠坐在桌边吃蛋糕，姜迎整个人蜷在旁边的椅子上等他，无所事事地玩手机，拿膝盖顶着他的腿，因为暖和。

某一刻，她抬头，见他正盯着自己，一口一口，慢条斯理地咀嚼。

“干吗？”

“我的生日是十月二十九，下个月中，和你过，如果不忙的话。”

姜迎摸了摸脖子：“既然你诚心诚意地邀请了，那……我就勉为其难地答应吧。”她又补充，“如果我也不忙的话。”

孟璟书轻呵，空出一只手来捏她的脸蛋：“厉害死了。”

姜迎为了躲开他的蹂躏，把脸埋在他的腿上。她哼哼唧唧地说：“我先说明啊，礼物我已经送过了，不会再送了啊。”

上方安静须臾，而后她的脸被强硬地推开。

"这几天，你离这里远一点。"他义正词严。

姜迎一愣，随即明白过来，她看了"这里"一眼。

"不，'这里'很暖。"她又挨过去，蹭啊蹭的，故意作恶。

孟璟书冷笑着点头："行。"

他两口解决了剩下的蛋糕，解放了双手，作势拉裤腰。

"哇！孟璟书你变态啊！"

关系友好和谐，姜迎没心没肺地和孟璟书过着同居生活。

日子一天天过去，时间迈入一年里的最后一个月。从网络到现实，到处都发散着辞旧迎新的气氛。

某天姜迎收到许嘉宏的消息，说他手续办得差不多了，不久后就要回国入职。回来过日子总得找个房子吧，于是他甩了个红包，让姜迎帮他跑腿看房子。

姜迎想骂人，但人家红包都给了，并且数额还不小，拿人手短。

最后，她只委婉地随口一提："怎么不找菲菲呢？难道不是联络感情的好机会？"

前班长回复得十分渊博："这你都不懂？对追求的对象呢，要像春天般温柔，要让她轻松愉快。所以，这种麻烦的琐事，当然只能交给兄弟去做了。"

呸，人渣！

谁跟你是兄弟！

姜迎只是腹诽，但有人比她不爽多了。

"他是什么人？凭什么叫你帮忙。"孟璟书一点也不客气。

这下姜迎倒是忍不住替朋友说话："也不是很麻烦啦，他已经选好了，就是让我去实地考察一下而已。"

"你跟他关系很好？"他眉眼冷酷。

"还行吧。"

"你倒是跟谁都很好。"

姜迎想了想，做作地说："没跟你好。"

他冷笑。

姜迎办事利落，答应了许嘉宏，隔天就和人家约好了看房时间。

许嘉宏也不是无头苍蝇，挑的两处备选房子就在一个小区里，一样的户型，都是两室一厅。姜迎要做的就是去看看房子有没有问题而已，实在是个轻松的活计。甚至两处房子就在相邻的两栋楼，她跟两边都约好了下班过去，打算一次性解决了。

孟璟书虽然对此事没什么好态度，但当天还是准时下班，冷脸作陪。

"这么不乐意，还跟来做什么？"姜迎凉凉地说。

“没有不乐意。”

“那你这是什么表情？”

“没有表情，我天生就这样。”

小区外边的小道上刚好还有几个停车位，他们干脆在外面停了车走过去，在路灯下并肩而行。

她甫一歪头，就见暗淡的光线被他冷峻的侧脸切割。

男人神情寡淡，额发被风撩动，给他硬朗的线条更增添几分桀骜。

察觉到她的视线，孟璟书偏头看过去，眉峰轻挑，透露出一丝玩味。

确实，他生来就长这样，得天独厚。

姜迎嗤笑一声，朝他翻了个大大的白眼。

七点左右正是大多数上班族下班的时候，他们走在冬夜匆匆归家的行人之中，与其他人没什么不同。

大千世界，万家灯火，他们也只是其中最平凡的一对。

是，一对。

这个词汇让孟璟书胸口发烫。

“喂。”他忽然喊她。

“干吗？”

“手。”

姜迎有一刻的愣怔。

孟璟书的手直接伸去她的衣兜里，要牵她的手。

姜迎倏地收紧，离他两步远。

“不要。”

“这里没人认识我们。”他皱眉。

姜迎的心凉了一截，耍性子一样：“就是不要。”

说完，她大步走到前面去，不再理会他是跟进还是远离。

夜风吹过她的面庞，有种刮伤的冰冷。

他果然也是这样想的。

没人认识……呵。

分得这么清楚，他们可真是合拍啊。

姜迎一直认为，真实跟虚妄之间必须要有个区分的凭证，就像《盗梦空间》里的那个陀螺。

牵手是光明的，可以被全世界看见，宣告意味强烈。她可以跟孟璟书在私下里放纵无度，可是她不允许这份亲密在外体现出一丝一毫，这是她划定的界限，绝对不可破。

否则，她会混淆，会期待，会疯狂。

沉默了几分钟后，按照约定，姜迎先到了二十楼的男租户那里。

对方已经开着门在等候了。

姜迎轻轻叩门："邓先生？"

很快走出来一个戴着无框眼镜的男人，他微笑着问："是许嘉宏先生的朋友吧？"

姜迎也礼貌地笑道："是的，打扰了。"

"客气了，请进吧。"

姜迎跟着男人进去看房，把客厅、房间、厨房、卫生间看了个遍，主要检查电器和各家具是否完好。男人很有耐心地逐样说明，两个人有问有答地交流着。

孟璟书除了刚进门和男人简单地打了个招呼，之后便再没说话，像个领导巡视一样，沉默也让人倍感压力。男人无法忽视他强大的存在感，忍不住问他："先生，你有什么意见或是疑问吗？"

孟璟书脸上不辨喜怒："没有，你和她沟通就好。"

本来这话没什么问题，可经由他冷酷的面孔和木然的嗓音加工，就不是那么回事了。

姜迎无语，有点抱歉地朝邓先生笑了笑。

可能是用力过猛，她见到对方明显一愣。

手机铃声在此刻适时地响起，是孟璟书的。他看了姜迎一眼，低声说："你们谈。"

然后，他自己出门去消防楼梯接电话了。

他在不在自然都没什么影响。因为许嘉宏是直接从上一任租户那里接手，所以存在水电网费的交接问题。好在大家都不是锱铢必较的人，没几分钟就谈妥了。

姜迎对这个房子挺满意的，但肯定还是要让许嘉宏自己来定夺。她跟邓先生在门口客套了几句，就准备去下一家。

邓先生忽然放低声音："冒昧地问一句，那位先生，是你男朋友吗？"

姜迎淡淡地笑道："只是朋友，陪我过来的。"

"那……方不方便留个联系方式？"

姜迎走到电梯前，孟璟书恰好结束通话，从楼梯间推门而出，脸色极差。

"看好了？"他问。

"嗯。你怎么了？"姜迎不由得问。

他双眸半垂，直盯着电梯门上的某一点："有些事，要回一趟南青。"

"哦……"他点到为止，她也不会没分寸地追问。

很快，他又说："刘助理现在过来，他会陪你去下一家，然后送你回去。"

电梯来了，是空的。

他们走进去，站在一起。住宅楼的电梯不像酒店的镜面材质，四面只见两团模糊的身影。电梯安静地下降，姜迎看不到他的神情，连他的呼吸声都快听不见。她从来没见过他这样子，好像一捏就要碎了。

“孟璟书。”她轻声喊他。

他抬起头，目光里有一瞬间的茫然落入姜迎的眼中。

她浅浅地笑，从手袋里找到一个色彩缤纷的小铁盒，塞到他的手里。

“带着在路上吃，糖会让心情变好一点。”

孟璟书下意识地晃了晃手里的东西，发出叮叮当当清脆的响声。他的嘴角勾了勾，给出一个极淡的笑。

电梯到达一楼，他们走出来到了楼道口。

有几个住户回家，见他们面生，便多看了几眼。

孟璟书低声对姜迎说刘助理马上会联系她，让她等几分钟，他得先去机场了。

姜迎应了声。

他在昏沉的光线里看她小巧白净的脸，忽然抬手揉了揉她松软的头发。

她蓦地僵直。

摸头这个动作，含有太多的爱慕了。

这是……不可以的。

可未等她抗拒，孟璟书已经收回手，没再说什么，转身走进夜色中。

姜迎心情复杂地抓了抓头发，刚才被他摸到的地方几近发麻。

刘助理最终没有陪姜迎去看房，因为她坚定地拒绝了，说跟人约定的时间已经到了，不好迟到，并且那一户住的是女孩，也没什么可担心的。但送她回家的事情她就不好拒绝了，人家的老板授意，总不能让他违抗，只好让刘助理在停车的地方等一会儿了。

依样画葫芦，姜迎在第二家看了一圈，心里有了决断。

十几分钟后，她下了楼，一边往外走，一边给许嘉宏发微信语音：“我的看法是二十楼那家要好些，他们那个厨房的水龙头和客厅的空调都是前不久刚换的，比较新。隔壁八楼的房子本身没什么问题，可是刚才我过去刚好碰上他们的邻居开门，那种味道真受不了，说不准天气热了会跑出蛇虫鼠蚁来。但是话又说回来，一模一样的房型，二十楼的租金要贵三百，你自己决定吧。”

给许嘉宏发完后，姜迎又跟刘助理交代自己正在出去的路上。

正走到小区中央的休闲区，她忽闻一声中年男人浑厚的笑声，很是耳熟。

接着是娇俏的女声：“老胡，你讨厌！”

姜迎周身一凛，立即躲到凉亭的柱子后面。她猥猥琐琐、偷偷摸摸地露了一只眼，借着小区的路灯光，果然认出了胡主任壮硕的身形。而他身边的美女似曾相识，高挑的身材套着长款驼色大衣，挽着香奈儿的经典口盖包，娇柔的身体完全倚在跟她同样高度的胡国伟的身上。两个人打情骂俏地往某栋楼走去。

姜迎怀着参观景点的心情拍了一张照片当留念。

她发到办公室群里：偶遇胡主任猎艳，打卡。

很快有同事回复——

哈哈哈！牛 ×。

我去，这是今年第几个啦？

胡主任真是人老心不老，桃花朵朵开。

……

诸如此类，不一而足。

姜迎来到停车位和刘助理会合，她其实挺不好意思的。

“麻烦你了，刘先生。”

刘助摆出职业化的微笑：“不麻烦，这是我的工作。”

然而就在说完不麻烦不到五分钟后，姜迎还真就有事要麻烦人家了。

刚上了车，好一段时间没敢来约姜迎的胡若晨就来电了。

小姑娘在电话那头口齿不清：“姐姐，姐姐……我……我请你吃饭……好不好呀？我点了好多，吃不完……呜呜呜——吃不完怎么办？”

姜迎一阵无语：“你喝酒了？”

“我……不想的……樱樱在跟男朋友过生……生日，妮妮去韩国玩了。呜呜，没有人陪我……呜呜呜——”

“对不起，嗝……我知道，嗝，姐夫不喜欢我找你，可是，我……我……呜呜——”

姜迎脑壳疼。

“你在哪儿啊？”

他们是在一家烧烤店里找到胡若晨的。

她开了个小包间，自己点了满桌子的菜，什么生蚝、肥羊、茄子、鸡尖……应有尽有。人哭过一轮，疲惫地呆滞着，待看清来人，她“嗷呜嗷呜”地就要扑上去了。

“等等……胡若晨，你冷静一点！”

冬天的大衣可都不便宜，姜迎怕死了她那张小花脸，双手直挺挺地卡住她的肩膀，保持距离。

胡若晨重重地抽噎几下，还真的忍住了。她看看姜迎，又看看刘助理，吸溜着鼻涕说：“姐姐，换了个姐夫吗？”

刘助理大惊失色，连连摆手：“我不是，我没有！”

姜迎先是跟刘助理说了声“抱歉，她喝多了，满嘴胡说，你不用理会”，然后转向胡若晨，直接扯了张湿纸巾扔到她的脸上：“把你肮脏的脸擦干净！”

胡若晨委屈巴巴地“哦”了一声，又问：“姐姐，你会送我回家吧？”

折腾了一圈都快晚上八点了，姜迎闻着满屋子的蒜香，真实地饿了。

“刘先生，你吃饭了吗？”

刘助理一愣：“我没关系。”

姜迎也没跟他多客套：“没吃的话就一起吃吧。她点了好多，剩下了也浪费。你就当帮个忙，孟璟书不会这么不讲理吧？”

“孟总是个好老板……那我就不客气了。”

他们让服务员把东西都热了一下，便开始了这顿相对无言的晚餐。还剩了好些啤酒，胡若晨举杯邀明月，笑嘻嘻地要跟他们干杯。

刘助理还要开车，当然不能喝。姜迎是口干，跟她随便喝了点，也没想着劝她少喝。半醉不醉的最闹腾，还不如让她直接喝趴下了清静。

果不其然，胡若晨又是两杯酒下肚，音量都小了，挨着姜迎的手臂，又开始抽抽搭搭起来。

姜迎没办法，小心翼翼地在她的脸底下垫了几张纸巾以隔开那些糊掉的彩妆和眼泪鼻涕，其他的也就随她去了，自己则忙着填饱肚子。

胡若晨自言自语了一会儿，又掏出手机硬要姜迎看。

“他昨晚去跟那个女生玩了……还有好多……好多漂亮女生……他肯定都不记得了……呜呜……今天……今天是我们的半年纪念日……嗝——我们说好要一起去日本旅行的，呜呜呜——”

又来了。

孩子又犯病了。

“她们就这么好吗……我……我就一点也比不上吗……”

手机屏幕怼在姜迎的脸上，她被迫翻阅前任丰富的夜生活。

然后——嗯？

怎么有付萱？

还有那个被陈天靖搂着腰的女的……那件眼熟的驼色大衣和香奈儿口盖包是怎么回事？

姜迎震惊了。

她翻出刚才偷拍的胡主任……

还真是同一个女人……

她当即去微博搜索，这女人叫冯熙柔，也是个网红，最近跟付萱走得很近，放了很多古灵精怪的姐妹合照。

服了。

这几个人凑在一块儿，对姜迎来说，真是恶心他妈给恶心开门。

在姜迎沉浸于不敢相信的几分钟时间里，胡若晨不知道发什么疯，又开始笑嘻嘻。

“姐姐，姐姐，他啊，”她伸出一根手指隔空点了点刘助理，“他真的不是姐夫哦？”

姜迎怒目剜她。

刘助理连忙：“不是，不是，不是……小姐，你认错人了。”

他就要脱口而出“我只是你姐夫派来的打工仔”了。

忽然，胡若晨高兴起来，双手做喇叭状，对着姜迎的耳朵，自以为很小声其实很大声地说：“那我跟他谈恋爱好不好？我觉得他好可爱哦！一点都不凶！”

“咯咯！”刘助理的脸庞猛地涨红。

“哈哈哈……”胡若晨开心地笑起来，“他真的好可爱哦！”

姜迎想挖个洞把她埋了。

两个人手忙脚乱地把醉鬼弄回家，这场闹剧才终于收尾。

姜迎回到家已经感觉筋疲力尽，她给自己打了一会儿气，才从沙发上爬起来去洗澡。再出来时，手机里躺着孟璟书十几分钟前发来的消息。

他问：到家了？

她回：嗯，你也到了吧？

他回：嗯。

姜迎感觉得到他很疲惫。与她在外面的一通闹腾不同，他的疲惫是从心里透出来的深深的无力感，并且她知道，她帮不上忙。

自己的生活只能自己背负，不是跟谁多说几句就能有所好转的。

但她仍感到灰心，也陷入了他只言片语带来的消沉里。

他又说：你自己在家要注意安全，记得关好门窗。

姜迎默然片刻，给他挑了个最可爱的“嗯嗯”的 Toby 表情包发了过去。

她学着他嘱咐人的语气：戴好围巾，记得吃糖。

他很快回复：好。

南青市。

外头夜深人静，医院里依然灯火通明。

孟居礼披着寒夜的风匆匆赶到。他下午刚去城乡检查，会后正在应酬中，便被妻子一通电话给叫了回来，说是年迈的母亲突然晕倒入院，经检查发现肺部有阴影。

“璟书，你也回来了。”

“二伯。”孟璟书一声称呼算是问好了。

家人之间都习惯了，也不觉得他这样有所怠慢。

“现在医生怎么说？”

“说是有阴影，不一定是癌，还在进一步检查。先不要太担心，现在的医学昌明，就算真是癌症也能治。”老大孟居娴是接到通知后最早到的一个，现下已经平和下来，坦然地开导弟妹和小辈。

孟居礼坐下，喝了一口保温杯里的热茶，定了气，低声训斥妻子：“都没弄清楚，打个电话慌慌张张的，让璟书也这么大老远地跑回来。”

孟璟书沉声说：“我回来是应该的。”

“你看璟书都这样说了，人家大老远都赶回来了，就你最慢！”二伯母是个不能忍的，“不叫你们回来怎么办啊？下午就我和翟姨陪着妈，老人家不舒服好几天了，今天说着说着话就倒了，我能不慌吗？万一有个不好，你们子子孙孙没一个人在身边，这像什么样子。”

老太太四个子女，孟璟书的父亲排行第三，早年夫妻俩因车祸故去。老四是个逍遥人，不惑已过，却未成家，满世界跑。只剩老大和老二在南青。孙辈则各有发展，近来都在外忙碌，身边确实没人在。

“这么多年都是这个样子，遇事不冷静，话也说得不清不楚的。”孟居礼和妻子习惯了这样，呛起来没人服气，有来有回的。

是孟居娴打断了他们：“好了，不说这些了，你们夫妻俩的事就别拿到医院来吵了。大晚上的，累不累啊。我看璟书回来挺好，老人家心疼他，醒来看到他也会欣慰些。”

孟家兄友弟恭，大姐已经发了话，孟居礼也就没再和妻子争，沉默了一会儿，反倒和孟居娴低声谈起了最近的政策形势。

孟璟书不爱攀谈，目前的情况更是没心情。他斜靠着椅背，对面光滑的墙面白得刺眼。

他知道大姑说得有道理，未到绝境。但他就是在他们低声不断的话音之中，听到自己心脏跳动的声音，缓慢而沉重。

他真的……害怕。

第十一章 陈酿

十二月以来，泽下阴雨连绵，南方冬日的寒气伴着冷雨一丝丝地往人脖颈间钻。

姜小律师迎着透骨的冰凉，外出去做房屋损失评估。当事人的房子因被告在旁施工不慎，出现了倾斜和沉降，今日来鉴定取证。

几位工程师里里外外地检测，姜迎帮不上忙，但要在旁边记录。人家扛着机器来回走动，她干站着，没有做功生热，冷得直跺脚。

等事情结束，已经快到下午五点，毛毛雨又飘了起来，姜迎哆哆嗦嗦地走进地铁站。

她站在垃圾桶旁给雨伞抖水的时候，听到有人在叫自己。

“姜小姐？”一个年轻男人的声音。

姜迎疑惑地回头，来人身形偏高且偏瘦，穿着简单的棉服，头发理得不长不短，一副无框眼镜显得他周正又干净。

“邓先生，巧啊。”

“巧，我刚从学校回来，你这是下班了？”

姜迎微笑着点头：“对。”

“昨晚刚加了微信，今天又见面了，还没来得及正式认识一下。”男人的笑有种文雅的气质，“我叫邓明科，在泽大任教。”

对方都自报家门了，姜迎也就不好藏着掖着。

“姜迎，在律师事务所工作。”她直接给他递了一张名片。

“难怪，姜小姐气质很好。”

"谬赞。"

邓明科凝视她片刻，礼貌地说："许嘉宏先生已经决定接手我现在住的房子了，为表感谢，能否有幸请姜小姐吃一顿晚饭？"

姜迎有点意外，下意识地婉拒："不用了。决定是许嘉宏自己做的，不是我的功劳。"

"我的住处比别的地方要贵，一定是姜小姐美言，许先生才会这么快下决定。"他有些坚持道，"你帮我节省了已经交出去的水费、电费、网费，只是一顿饭，姜小姐就别拒绝了。"

话说到这儿，她如果再拒绝就显得矫情了。

姜迎无奈地笑笑："好，走吧。"

天冷，两个人都倾向于吃些驱寒的东西，没有丝毫犹豫地选了一家离这儿只有两站路的"呷哺呷哺"。

吃的过程中，他们随意地闲谈，得知泽大也是姜迎的母校，邓明科的笑容又深了几分。

"我们还挺有缘分的。"

姜迎扬眉："据我所知，泽大超过三分之一的毕业生都留在泽下就业了。"

言下之意，他们是大概率群体，也算不上那么有缘。

邓明科脸上不见尴尬，坦然地笑道："是我唐突了。"

他这样反倒令姜迎放松不少，她开玩笑道："是我冲撞了。"

他的言辞间有些示好的意味，但不失分寸。他提到自己是农学院的讲师，说了些学生在栽培实验中的趣事。但他没有只顾着自己滔滔不绝，不时地也将话题抛给姜迎。

这顿饭吃得还算顺心。后来姜迎说起自己最近种了两棵薄荷，但入冬后就枯萎了，问他有没有什么好的指教。

"薄荷耐寒性比较强，虽然枝叶枯萎了，土壤里的根茎还是有活力的，不用太担心。如果实在不放心，你可以在土面盖些干草，这样会更好些。"

"干草啊……"

邓明科会意："如果你找不到，我可以带给你，学校棚里多的是。"

"好，"姜迎爽快地答应，"我先谢谢了。"

小公寓里，姜迎整理好今天的资料和明天的待办事项，洗过热水澡的身体又开始发凉了。

她有些纳闷。

也是跟平常一样穿着毛绒睡衣，怎么就会比之前觉得冷呢？

难道家里少了一个人，二氧化碳含量低，竟然有这么大的区别？

她不再跟寒冷作斗争，抱着电子设备窝在床上玩。

姜迎最近在追一部古装玄幻剧，讲的是一个王子被谋害，失忆流落他国成为奴隶并且与自家主子相爱相杀的故事。

现在播到男主恢复王子回忆并夺回国宝凯旋，却又失去了奴隶时期的回忆。女主潜入他国，试图唤醒男主的回忆。

果然是玄幻片，姜迎看得云里雾里，不可避免地想起了平时坐在她身边的另一个观看者。他们饭后通常排排坐，各自用电脑，孟璟书在办公的间隙会朝她这边瞄上几眼，知道点零碎的剧情，但问题多多——

“到底谁是男主角？”

“为什么他要离家出走？”

“这个人不是喜欢女主角吗？为什么要和郡主结婚？”

“为什么他们两个也结婚了？”

姜迎没好气地说：“你是笨蛋吗？这么简单的剧情都看不懂。”

然而，现在她自己也蒙了。

还好他不在，否则她都没底气嘲讽了。

她叹气。

那个人在干吗呢？也没说什么时候回来……

这么一走神，姜迎是彻底跟不上编剧这玄而又玄的思路了。于是她干脆不看了，关掉播放器，却突然有点迷茫。

不知不觉地打开网页，光标在搜索栏闪动，她抿了抿嘴角，输入“孟璟书”三个字。

跳出来的结果还挺多。

打头的是一位同名人士分享在新浪博客的散文，文风老练，辞藻华丽，姜迎只扫一眼就知道不是他。她当年发试卷的时候，没少看他写的作文，每回都是同一个模型往里套论点和论据，将生硬耿直做到极致，但挑不出错。

第二条是竖锋科技的企业资料，他的名字在股东一栏躺着，十分无趣。

她往下拉，有很多他参加各种竞赛获奖的新闻。

其中有一条还是他上高中时参加市里的联赛，新闻稿下竟然有一张像素很糊的老照片。他拿了第一名，和第二、第三名站在一块领奖。那一回比赛前，班主任千叮咛万嘱咐，根本没给他打气，只命令他必须把校服穿好，不许搞花样，绝对不能让兄弟学校把本校治学严谨的气质给压下去。所以，很难得地，照片里的少年穿了整套蓝白色的校服，连拉链都拉到锁骨上方，整整齐齐，青葱又帅气。他的嘴角歪歪地勾着，笑得踌踌的，那种骄傲和朝气像是会发光一样。

即使经过了这么长时间、这么多事情，姜迎还是被戳中了。她扬起一抹笑意，欣慰于自己的眼光如此之好。

她还想看其他的影像资料，却没找到。

姜迎撇撇嘴，来了兴致，搜索起自己的名字来。

出来的结果也不少，最简洁明了的一条是她们事务所的词条。她点进去，自己的高清正装职业照映入眼帘。

这笑得也太假了吧。

凭什么搜他就是模糊的帅照，到自己就是高清无码的呆瓜照片呢？

不公平。

她灵机一动，又搜索了“竖锋科技”。

还真让她找到了一篇今年互联网技术生态大会的新闻稿，还带有采访视频，就是上个月的事。

姜迎戴上毛茸茸的帽子，把腿蜷起，又把电脑抬高了些，才点开播放键。

“竖锋科技提供专业 IT 系统及工业智能制造整体解决方案及服务。我们始终关注前沿科技与客户业务区域的深度结合，致力于发展应用系统开发及相关技术咨询、数据库研发……”

他对着镜头侃侃而谈，风格仍与过去统一，不加修饰，平白寡淡却简洁明了。

摄影师也偏爱他，给他找的角度和光线都是绝佳。

姜迎不由得在心里比较，怕是当年令她痴迷至极的某论坛四美在旁，他也不遑多让。

几分钟的采访到最后，记者常规性地问及竖锋未来会否考虑发展别的领域。

孟璟书微微一笑，温声道：“科技日新月异，早已渗透各行各业。竖锋年轻且自由，不抗拒任何一种可能性。”

视频的结尾定格于这一刻，他凝视镜头，嘴角清淡地一勾，与当年那个少年重叠了。

姜迎忽然眼眶一热。

多么奇妙。

他如此风华正茂，自信从容，是别人眼中的精英，隔着屏幕仿佛身在触不可及的高处。而事实上他们这样亲密，她知晓他的过去，知道他的不驯、许多缺点，知道他脾气不太好，生活中懒惰，让他出门时顺便扔个垃圾，三次里总要忘一次。

她也知道他的好，知道他一直就带着点桀骜不羁，有一种老子想怎么样就怎么样的傲气。他的傲气来自他的能力、他的胆气和他的自律。打游戏被抓包，作为寝室长，他顶了全寝室同学的锅，当着全校同学读检讨也毫不露怯；玩乐、打球、竞赛一样不落，功课照样找时间补上，从没掉出过排名榜单；即使天天偷溜着出去玩，也永远掐准时间，说不迟到就不迟到。只要是他想做的，他都会尽全力做到最好。

最初是什么时候开始喜欢他的？

她已经不记得了。

情感不是水龙头，没有明确的开关。她并不能给这份莽撞的爱慕定义开启的一瞬，只知道随着时间一点一滴叠加，等察觉时，他已经是她所有幻想的凝结。

不只是想谈恋爱、想拥抱接吻的那种喜欢。

是将他放在前方追逐，想成为他这样自由、有底气、能掌控自己人生的人。

南青市近日持续温暖，未受准静止锋影响，多云与晴朗交替，总之是个好天气。

文杨私立医院。

孟家两个男人在等候室里，等待医生给孟老太太做例行检查。

“你劝劝你奶奶，都一大把年纪了还这么倔。虽然只是肺炎和低血压，但她毕竟八十好几了，还自己守着老宅，万一有个好歹，让我们做子女的今后还怎么做人？现在她又不愿意住院，非得回家。你大姑整日忙公司的事，二伯母又要照看妹妹，老四是个不着家的，谁能天天回老宅看她？奶奶一向最宠爱你，如今我们把整个大家庭的任务交给你，你必须达成。”孟居礼久经官场，说话做事都自然而然地带着命令的意味。

“二伯，”孟璟书懒洋洋地说，“您都办不成的事，怎么到我这儿就得必须了？”

“全家只有你说得动老太太，可不许推托。”孟居礼清了清嗓子，声音放低了点，“你昨天不是找你朋友帮忙查人去了吗？”

孟璟书失笑：“这么快您就知道了？”

孟居礼笑得云淡风轻：“梁局长和我关系不错。”他又说，“对方也不是没名没姓的，你想做什么？”

“是我的一件私事，不会向别人公开他的隐私。”

孟居礼点点头：“你注意分寸，我回头替你说一声。”

“行。您待会儿就让翟姨给奶奶收拾行李。”

孟居礼呵呵地笑了。

“对了，你那个小公司缺不缺钱？你有个叔叔……”

“算了，二伯，”孟璟书向来是个不拘礼的，对长辈有敬无畏，“人情难还，我们自己有办法。”

孟居礼习惯了侄子这副德行，也不恼，只说："行，知道你有本事。"

他喝了一口保温杯里的枸杞茶，不无感慨："要是你哥有你一半的自立、上进，我和你二伯母就放心喽。"

孟璟书淡笑不语。

医生从病房里推门而出，对他们说道："指标稳定，等会儿打完针再检查一遍，没问题就能出院了。稍后护士会来跟你们交代一下注意事项。老孟，你就放心吧，老人家的病重在调理，你顺着她的意，她心里舒畅了，身体就好得快。"

孟居礼和这位医生熟识，他朝孟璟书挥了挥手，示意他去完成任务，自己则跟老朋友闲聊几句。

上午十点多，薄雾散尽，阳光和缓。孟璟书推着轮椅，带老太太出去晒太阳。

他不擅长迂回婉转，直接干巴巴地说明姑姑、伯伯的意思，再加上一句自己的评语："我觉得他们说得对。"

奶奶并没有如在女儿和儿子面前那样强烈反对，反倒是没说话，像是在沉思。

孟璟书问："你不说话，我就当你答应了。"

老太太打他的手："你不都跟你二伯伯串通好了，说让翟姨收拾行李了吗？"

孟璟书笑道："您真的有八十岁了？这个听力，连二十岁的都自愧不如。"

"胡说八道！"话是这么说，可奶奶脸上都笑出了纹路。

"我这就去通知二伯。"

"等等，我先问你一件事。"老太太拿手拢了拢灰白的头发，一脸探究的表情。

"什么事？"

奶奶招手让他蹲下。

"这围巾是怎么回事？你从小就不喜欢穿高领的衣服，也不戴围巾，嫌勒，那风直往脖子里灌也要说不冷。现在呢？啊？这两天就没见你取下来过。"

孟璟书在自家奶奶犀利的目光中愣了一下，脸上便不由自主地浮上笑意，但没说话。

小孩子被大人戳破了隐秘的小心思，一下子不知该如何应付，就是他现在这个样子。

"有女朋友了？她送的？"耄耋之年的老人家洞察一切。

他点头："生日礼物。"

"你的生日不是还没到吗？"

"现在的年轻人都过阳历，"孟璟书说，"我都忘了，她还记得。"

"哦……是这样啊，"奶奶笑眯眯的，"小姑娘有心啊。"

她伸手去摸了摸，经典的格纹羊绒围巾，深灰色里铺着几道灰白和暗红。

“挺好的，颜色、样式也衬你。”

“那当然。”

奶奶瞧着幺孙，忽然话锋一转：“这次是真的，不是糊弄我？”

“当然是真的，”孟璟书扬眉，“我什么时候糊弄过你。”

“之前那个小付不就是。别以为我不知道……那时你爷爷刚走，我跟你唠叨了很多，你见不得我整日伤心，所以就带了个女朋友回来，想让我心里安慰些，是不是？我那会儿还以为你是在心里认定她了。”

孟璟书一愣，过几秒才说：“我想她的性格还不错，您应该会喜欢。”

“傻小子哟！奶奶是想你心里有个人，她能长久地陪伴在你身边，得是你真心想跟人家一起过才行啊，不是为了哄我高兴！”

他真心实意地应下：“知道了。”

老太太轻轻拍他的肩膀，她眼看着丁点儿大的娃娃一天天长到这么高大，肩膀也结实了。她仍然有许多不放心，怕自己哪天走了，他还是孤零零的一个人，没人疼爱。

“人活一辈子，身边走过了多少人不重要，重要的是心里有没有人。心里要是空的，那有再多的钱、再大的成就，也都是孤独、都是苦。奶奶不想你苦。”

“你二伯叫我搬去他那儿好多次了，知道我为什么一直没答应吗？”

“您嫌那边没有熟人跟你散步、聊天。”孟璟书十分理解这一点。

孟奶奶又照着他的手背拍了一巴掌。

“那只是其次。我是想永远给你守着一个家。”奶奶说这些的时候，声音用了点力，“我想无论你什么时候回来，家里都有人等着你。我和你爷爷的这个房子，永远都是你的家。”

他没料想到会是这么一番话。

以为这么多年听奶奶念叨已经听得麻木了，可这一刻竟有许多情绪冲向喉咙，他却一句话也说不出来。

“只要你想，我就永远不走。”老太太微微哽咽，“我虽然老了，手脚还灵活着呢，哪里需要他们天天当小孩一样看着。”

孟璟书握住奶奶苍老的手，他抿紧嘴唇，笑了笑。

“知道您心疼我，可大姑和二伯也心疼您。我又不能经常回来，您自己在家待着做什么呢？奶奶……”他稍稍停顿，“您也不只是我一个人的奶奶。”

老太太擦擦眼睛：“行，我听你的。菩萨保佑，小书是真的长大了……”

一辆轿车缓缓停靠在路边，穿着短款羊羔绒夹克配半身长裙的女孩打开车门。她朝驾驶座上的人礼貌地道别，而后下了车。

"这儿呢！"黄彦菲刚结束了今天的采访任务，穿着得体的大衣。她站在街边的屋檐下，向朋友招着手。

姜迎冒着细雨小跑过去："这么偏的地方，你是怎么找到的？"

"大众点评啊。"

两个人今天都是外出办公，任务完成后跟对方说了一句，发现离得不远，就约到一起喝个下午茶。

"哎，谁啊？"黄彦菲用肩膀撞姜迎，"这么低调的牌子，不是孟同学的车吧？下车还要道别，也不是约的车吧，嗯？"

"新认识的朋友。"姜迎推开小甜点店精致的门，随意地说。

"哦？"

姜迎先卖关子，等找到位子坐下，才慢悠悠地解释了几句。

不料黄彦菲听完反应激烈。

"你要死啊，姜迎，你这是在玩弄孟璟书！"

姜迎辩驳："人家好心给我的薄荷一点草，又顺路送我过来而已，正常社交，我问心无愧。怎么就是玩弄了？"

"哦哟，这么坦荡，那你敢不敢告诉他，看他会不会生气！人家才两三天不在，你就跟一个刚认识的男人见了几次面，嗯，还拿了礼物。"

"我为什么要让他知道？他回南青去做什么也没有告诉我啊。"

"哦，赌气呢。你做初一，我做十五？"

姜迎双臂环抱瞪她："黄彦菲，你到底是谁的朋友？"

黄彦菲摊手："就事论事。"

她笑着去叉服务员送上的甜点，一款名为"勃艮第公爵"的红酒蓝莓慕斯，上面覆着果冻和马卡龙，将一小块送到姜迎的嘴边："宝宝别生气了，啊——"

她们还真是朋友，连示好的方式都是一样的。

姜迎一口吞下，也泄了气，解释道："我不是跟他赌气。我是觉得，我们就只是……凑在了一起，又不是绑死了对方，也从来没有承诺过什么，说到底还是自由的。为什么不能多给自己一些机会呢？难道碰上一个想跟我多说几句话的异性，我就要远远地走开？"

昨天说要给干草，今天一早就联系了。谁都不傻，不过是想着一试又何妨。

黄彦菲给姜迎倒了一杯红茶，慢悠悠地说："孟璟书也是这么想的？我瞧着不像啊。而且，你真的放得下他，舍得跟他分开？"

姜迎很平静："事到临头，当断则断。"

"可是，你们不是处得挺好的吗？其实你们也算知根知底，就这样说清了在一起未必不好。当然，我不是让你对孟少爷死心塌地，但你要想清楚，不要一个冲动就把自己给玩进去了。”

“我知道。”

“知道是一码事，能不能做到又是另一码事。反正你从小到大，一碰上孟璟书就完全没有理智。”黄彦菲旁观者清，说得绘声绘色，“就跟变了个人似的，特别感情用事，又固执。他给你下降头了吧。”

“有那么夸张吗？”姜迎语气干瘪。

“怎么没有？！都跟人打架把保研名额给弄没了。还有，我们班同学关系那么好，每年假期都聚会，你为了避开孟璟书，硬是两年没去了。你们撕破脸的事尽人皆知，结果上回人家孟少爷又给你点赞，他们在小群里都不知道热闹成什么样了。”

姜迎无言以对。

“我问你，你是不是还恨他？”

“不恨他……”她喃喃道，“我从一开始就不会跟他睡。”

如果只是早已疏远的老同学，她没必要给他留下这样深刻的印象。如果只是心系多年的白月光，她也势必不会选择这样糟糕的开始。

“啧，你可真有意思。那我再问你，你喜欢那个泽大的小教授？”

“谈不上喜欢。”

“OK，那我们得出结论，目前你最喜欢并且只喜欢的还是孟璟书。”

姜迎一个激灵，眼冒绿光：“对，所以我在报复他啊。”

大概他的存在覆盖了她太多的时间与情绪，所以得她分外看重。离得远远的，见不到也就罢了，可要是见到了，她就忍不住要冲上去。高兴也好，生气也罢，她不求别的，只要能挑动他，令他不再平静，不再无动于衷，她仿佛就有了发泄的出口。

他是陈酿多时的执念，十年未了的心愿。

她想拥护它，也想……毁了它。

黄彦菲抿了一口茶，苦口婆心地劝说：“宝贝，我不建议你这么做。孟少爷是喜欢你的。”

“你是他肚子里的蛔虫吗？”

“不然，他那样心高气傲、眼睛长在头顶的人，只是跟你玩玩的话，用得着天天去你那儿待着跟你过日子吗？你那小破屋子里有金山啊？啊，对了，我想起以前许嘉宏跟我说过，毕业的时候收拾行李，看到孟璟书把你送的书放进行李箱带回家了，那大概是他们男生宿舍幸存的唯一一本书了。”

绿光熄灭，姜迎默然良久。

虽然已经知道他还留着自己给的中二礼物，但听到这些话经过一番润色后从别人嘴里说出来，又是另一种感受了。

至少，她的付出并非无人感应。

可是……

许嘉宏？

“许嘉宏什么时候跟你说的？”

“就……毕业的时候啊……嗯，六年多以前。”两个小屁孩甜甜蜜蜜地牵着手，肚子里什么小道消息全都跟对方分享，结果事后就都忘了。

“那你怎么当时不告诉我？”

“想说来着，但后来我们没几天就分手啦。我光顾着生气了，脑子自动屏蔽了跟他有关的一切记忆，谁还记得住这种小料啊。”

姜迎都没脾气了，愤恨地一口吃下马卡龙，甜到齁。

黄彦菲调侃她：“要是我当时告诉你，你会怎么样？扑上去告白？还是一咬牙干脆把人扑倒？”

“不可能，顶多是有点心理安慰罢了。当时的情况，我绝对、绝对不会再多走一步。”姜迎齁得双眼无神，但声音是冷淡坚定的，“我对当初做的每一件事情都不后悔。包括打架，包括丢了保研名额，包括拉黑他，几年断了联系，我都不后悔。”

“行，”黄彦菲不劝了，她两根手指捏起透明的杯耳，发愿般地道，“只要你喜欢，做什么都是对的。我都支持你。”

姜迎遂意，跟她干杯。

红茶下肚，微涩的茶香缠绕于齿间。手机信息灯闪了闪，她点开一看，抿着嘴唇笑了，舌尖尽是回甘。

黄彦菲眼睛雪亮：“孟同学？”

姜迎点点头：“说明天回来。”

黄彦菲笑她：“这可不是齁，是真甜。”

“吃你的吧。”

“对了，那个，”黄彦菲十指交握，语气忽然变得扭捏，“我今早不是去东明区了吗，然后我遇到你的同事了，就上回万圣节在电玩厅遇到的那个。”

“哦，郑一峰啊。”姜迎想了想，“对，他今天是去东明区法院。”

黄彦菲又说：“就是，他给我买了杯咖啡，但是我很赶时间，都没来得及说几句话就走了……不然，你把他的联系方式给我呗？”

姜迎天长地久地沉默着。

黄彦菲被她盯得气恼：“你这什么眼神啊？”

姜迎叹气，把话还给她：“黄彦菲，你要死啊，你这是在玩弄许嘉宏！”

黄彦菲幽幽地道："我才说了你做什么我都是会支持你的，你呢，嗯？"

出来混，总是要还的。

班长，对不起了。

深夜十一点多，姜迎在床上看帖子看得困意袭来，准备关机睡觉。忽然听闻走廊里有一阵脚步声，缓缓往她的方向靠近。

这间房子在尽头的第二间，而大概在两个小时前，她听到邻居已经回来了。所以，现在这个脚步声……

那声音越来越近，最后停在她的门口。然后她就听到有金属器物插进锁孔的声音，咔咔嗒嗒的，显然不匹配，在换着方向试探。

是在……撬门？

姜迎神经一紧，额头上瞬间冒了冷汗。她"啪"地开灯，点开手机的通话页面，飞快地穿衣服。

就在她刚披上外套，准备穿裤子的时候，锁"吧嗒"一响，门开了。

这么快？！

她用力过头，双脚打滑，直接擦过裤腰摔到了被子上。

人已经进了门。

姜迎扑腾着爬去床尾，这才看到那个正在锁门的熟悉身影，脖子上的围巾也好好地圈着。

"怎么是你！"她重重地松了一口气，整个人趴在被子上，"不是说明天回来吗？你吓死我了！"

孟璟书看她衣衫不整的慌张样，一下就明白了是怎么一回事，故意盯着她白玉似的双腿，笑着说："几天没见，这么热情？"

姜迎松懈下来，也懒得跟他斗嘴，白他一眼就自顾自地钻回被窝里躺好。

卫生间传来洗漱声，不过两三分钟，人已经脱了衣服上床。被子被掀开一角，孟璟书躺进来，从后面抱住她。

姜迎挣扎了几下，他又搂紧了些。

"你不洗澡啊？"

"洗过了，"他说，"我回了一趟家。"

本来两个人像勺子一样叠着侧躺，姜迎这时翻过身来平躺，果然嗅到了他身上淡淡的沐浴露的清香。

她习惯性地把小腿搁在他曲起的腿上，声音染了困倦，黏黏的："回了家，还过来做什么。这么晚了。"

孟璟书原本就是订的今晚的飞机票，只因为时间比较晚，明早去公司又有事，才想明天结束了工作再来找她。可回家待了一会儿，他只觉得陌生，空荡荡的，有些不习惯了。他洗了澡想早点休息，可躺在床上一点睡意都没有，终究没忍住，大晚上没打招呼就过来了。

“你这里舒服。”他只这么说，鼻梁压着她的脸颊就要亲下去。

姜迎躲了躲：“好困。”

这几天她都在外面跑，累得慌，实在是怕他折腾。

“就亲一会儿。”他的唇蹭着她的脸颊、嘴角，像小动物一样亲昵。

“你是不是有话要跟我说？”姜迎忽然问。

他顿住，气息包裹着她的耳郭。

他说：“你给我的钥匙不大好用。”

姜迎这个房子有两把钥匙，一把自己带着，另一把给黄彦菲放着以防万一。

经过上次孟璟书生日那天闹了一次后，他就缠着要拿钥匙，姜迎没办法，便给他配了一把。新钥匙肯定不如原配的好用，他开个门也磕磕巴巴的，害她以为是有人撬门。

“还有呢？”姜迎又问。

他这次过了一会儿才低声说：“想你了。”

除了亲热的时候，他极少说情话，现在突然在耳边用慵懒的低音来这么一句，震撼效果加倍，姜迎瞬间心里一阵酥麻。

“不跟你鬼扯，我要睡了。”

姜迎故作嫌弃地翻身闭眼，不管他了。

孟璟书不吭声。

但是，当姜迎意识迷离，就快要睡着的时候，圈在她腰上的手臂就用力一收，一下子把她从梦乡的边缘拉了回来。

如是三次，姜迎有些生气，拍打他的手臂，要把他扯开。

他没动，在捶打中抱她更紧，脸都埋在她的长发里，呼吸深长，要从她的体温和味道里汲取能量。

他传出来的声音也闷闷的：“奶奶生病了。”

姜迎像是被按了暂停键，忽然话也说不出来，卡了有半分钟。

“是什么病？现在怎么样了？”她把声音放得很轻很轻。

“肺炎，现在好多了……我回去那天，她因为低血压昏倒了。我伯母打电话来说，检查出肺部有阴影……我就回去了。不过还好，只是肺炎。”

他这几句话说得无比艰涩。

要敞开心扉并不容易，尤其他孤高惯了，一路走来从未对谁吐露心迹。

可她问了两遍，把这些他试图掩藏的情绪一点点地挤了出来。

他不想显得这么脆弱，但……没忍住，说出来后竟然轻松了许多。

姜迎转过身来，面对面地轻拥着他，安慰道："没事就好。"

他们呼吸相闻，他贪恋她的温柔，完全纵容了自己。

"我还没准备好。奶奶她的身体一直很好的。

"可是，爷爷的身体也很好，当时很突然就走了，一点预兆都没有。

"你说……以后是不是真的，见一次少一次了？"

第一次有这么强烈的感觉，这个世界上，终究只会剩下他自己一个人。于是，这些年胡思乱想过的有的没的，全像豆子一样一股脑地倒了出来，没有逻辑，也不懂克制。

姜迎静静地听着。

很难说清，她在听到这些话时，心里是一种什么样的感受。

像干硬的茶叶浸了热水，变得柔软，却更坚韧了。

"你会不会算数啊？"她捏着他坚硬的下巴，拿拇指一下一下地戳，像盖章一样，语气不容置疑，"当然是见一次多一次了。"

他定定地看着她，借助极微弱的光线，只能瞧出一个大致的轮廓。可他知道，她的双眼必定一如既往地诚恳、坚定和干净。

他说："你说得对。"

姜迎的嘴角勾了勾，手攀住他的肩臂，两个人像磁铁一样，一点空隙都不留。

她有意逗他："你这么着急赶回去，奶奶一定很开心吧？"

"嗯，是挺高兴的。"

此刻他想起奶奶说的话，想起今晚回到自己家里，那种空荡荡的感觉其实与空间无关，心里想着的人不在身边，就无论如何也踏实不了。

孟璟书把被子往她那边扯了扯，手感一片松软。

不知不觉中，姜迎顺手给他添置了许多生活用品，洗手台有他的漱口杯，橱柜里有他的碗筷，床上有他的枕头、被子。她总抱怨他侵占了自己的生活空间，可究竟是谁侵占了谁？不知道从什么时候开始，他已经下意识地把她所在的地方当成了家。

"你呢？"他忽然问。

"嗯？"

"开心吗？跟我一起。"他的鼻尖顶着她的，胸口也贴在一起，吐出来的每一个字都裹了柔软和试探，引得她共振。

女人大概都有劣根性，难以抗拒被人依赖。

为什么对你亲密有加？为什么坦诚相待？为什么看重你的感受？就别再装聋作哑了吧。

得到了高傲者的示弱，是要付出代价的。

她感情用事，受情绪驱使，这一刻冲动大过其他，她决意去拥抱。

就这样吧，也未必不好。

“还不错。”她说。

这一夜姜迎做了个离奇的梦。她梦到自己跟团去太空旅游，手机信号差得很。一行人穿着臃肿的宇航员服，跟导游来到一棵被圈起来作为景点的树面前。

导游向大家介绍道：“这是地球人在这个星球种植成功的第一棵植物。我们现在戴着面罩，所以无法闻到它的香味……我们面前这棵高达二米七的大树其实是薄荷。没想到吧？在地球上小小一株的植物，在这里竟然长得这么粗壮。其中原因，是它吸收了这里的土壤里的 YN 元素，产生了变异……”

抖着手机刷微博的姜迎还没惊讶完这个大家伙竟然是薄荷，就被刷出来的信息震撼到了——

她抽到大奖，成了全国第二条 ×× 宝锦鲤！

官网正发私信给她，要她的联系方式和地址。

可信号又断了，她的回复死活发不出去，但竟然还能收到对面的回复。官网表示要是在一个小时之内联系不到人，就要重新抽奖。

姜迎急得满头大汗，一下子摘了面罩。一阵猛烈的眩晕感袭来，她才想起自己还在太空，不戴面罩会缺氧，于是又想戴回去。

就在这时，狂风大作，那棵两米七高的薄荷突然幻化成张牙舞爪的怪物。它一甩枝丫，掀掉了所有人的面罩，在大家惊恐万分之中发出类似鲁班七号的笑声：“来太空旅游是要付出代价的……哈哈哈——”

姜迎呼吸不上来，求生意识让她惊醒过来！

她睁开眼大口大口地喘气，发现自己大半张脸压着枕头，竟然趴着睡了一整夜。

而孟璟书……趴在她的背上，快要把她给压扁了。

姜迎用尽最后一丝力气把人推开，空气终于慢慢回归胸腔，她得以逃出生天。

孟璟书被弄醒，迷迷糊糊地睁开眼。他当然不知道有个人差点被自己压得喘不上气，只下意识地要亲近，又把她捞进怀里。

姜迎没力气反抗，眯着眼小声抱怨：“我好晕啊，孟璟书……我梦到去太空旅游了，缺氧，心跳得特别快，头也疼，晕得快要死掉了，还丢了大奖。结果，我发现都是被你害的！你不要再趴着睡了……我快要被压扁了。”她夸张地说，“你要是再重十斤，我可能就真的死了。”

一醒来就听到她含着鼻音叽里呱啦，孟璟书低声笑起来，在她的脸上、脑袋上连亲了几口。

“头疼吗？我给你按按。”

说着，他就去摸她的脑袋。

他的嗓音也是没睡醒的沙哑，有些迷糊，全然放松，显然没把她说话的重点放在心上。

“哎呀，”姜迎打开他的手，“我说不要趴着睡，对心脏不好，特别不好，还容易流口水。你以后不许再趴着睡，听到没有？”

孟璟书没说话，埋头在她的发间，笑得含含糊糊，一抖一抖的。

大早上的，他傻乐什么啊？

姜迎愤恨地转过身去捏他。

男人体脂低，腰腹紧实，她试了几下都没掐起来，便恼羞成怒地戳了一下。

“说话呀，听到没有？”

姜迎踹他一脚，被他的小腿一钩，夹住了，整个人被他抱在怀里。

“知道了，姜老师。以后请你……一定好好监督。”

饱含笑意的气音在姜迎的耳畔拂过，孟璟书在她的脖颈间轻轻地吻着。

姜迎彻底醒了，被这个人的话语和动作轻易便撩拨得满脸通红。

他们黏糊了一会儿，闹铃响了，也就没继续下去。

姜迎懒散地拿手机过来玩：“不想起……再赖五分钟吧。”

孟璟书也跟她一起赖着，舒服得不想动弹。

他手指把玩着姜迎的头发，捏起乌黑柔顺的一缕，在指间缠着。

“我的朋友周末要弄一个求婚典礼，挺热闹的，你跟我一起去吧。”

“啊……”姜迎把笑藏在他看不见的一面，故意问，“我为什么要跟你一起去？”

“哪有为什么，你迟早要见我的朋友的。”他理所当然地说道。

姜迎也不是非要听甜言蜜语，他的意思已经很明显了，她自己也有了决定，就没必要再扭扭捏捏了。

她刚要爽快地答应，就听到他又说：“那种场合就是要带家属，孤家寡人才自己去呢。”

家属……

真没出息……她的脸又红了。

她酥麻得说不出话来。

孟璟书有些心急，圈着她摇来摇去：“答不答应，答不答应……”

姜迎的声线都要被摇散了：“哦哦……去、去、去，行了吧？”

他称心如意，不再摇她，转而去捏她的手，低声说着什么。

姜迎左耳朵进，右耳朵出。

她在走神，在想求婚都弄成典礼了，听起来很隆重的样子，是不是该去买条新裙子，然后还要配一双新鞋子……

“不用担心，不会有人乱说话的……”

什么乱说话？

她的粉底好像有点氧化是真的……

“其实，我回南青的时候……调查……”

调查？

等等。

“你朋友哪天求婚啊？我周五、周六要出差。”姜迎回过神来，记起自己的工作安排。他们某个位于邻市的顾问单位要做并购，他们得过去调查目标公司。这是几方排好的时间，不可能更改。

孟璟书顿住。

“周六。”他重重地捏了她的手。

“嗯……我周六回来，到时应该已经很晚了。”

“那算了，”孟璟书不无遗憾，却也没办法，“下次吧。”

姜迎笑着说：“你是在诅咒你朋友求婚不成功吗？”

孟璟书哼了哼，过去咬她的耳朵。

姜迎笑着缩肩膀，但被他搂住了也没处躲。轻飘飘的啃咬最终也只是变成亲吻，她享受他给的亲密感。

看到微信上来了新消息，她也没想着避开他，直接点开——

“小姐姐，早上好！”

“今天没有下雨，是个好天气呢，希望你过得愉快！”

屏幕就在眼前，孟璟书的视线随便一扫就看到了。

“谁啊？”他的声音立马冷下来，“大早上就来献殷勤。”

嗯……姜迎突然有点心虚。

这是上回跟小曼小两口出去玩那次的后遗症……他们办公室里几个单身狗嚷嚷着让小学弟给介绍对象，姜迎当时也跟着起哄。结果人家小学弟还真当回事，拿着他们的合影去给他的朋友看了。

于是，就有这么一个小兄弟相中了姜迎，这几天正热衷于跟她一日三餐地问好。

这可不能让孟璟书知道。

她说：“应该是个微商吧。”

孟璟书眯了眯眼：“这头像是男的吧。昨晚也发了，之前还有？”

姜迎：“对啊，怎么这么烦啊，马上删掉他！”

以免孟璟书一个不爽要翻聊天记录，然后戳穿她的谎言，她干脆先下手为强，把这个早午晚安爱好者狠心删除。

她待会儿再去跟小曼告罪好了。

孟璟书全程监督，算是认同了这个处理方案。

他养成了先起床给她拿衣服的习惯，今天甚至直接上手帮她穿，将保暖内衣从头顶套进去，她一头长发都给扯得紧贴着头皮。

姜迎无语地瞪他。

他这才绷不住笑了一下，而后又冷声警告道：“你以后自觉点！”

第十二章 戒指

并不是孤家寡人的孟璟书和孤家不寡人的魏展风最终还是只身赴宴。

他们负责和女方的朋友对接，让她们把嘉然骗过来。然后他们兄弟帮在设定的地点鱼贯而出，各司其职，一个人给嘉然递一枝玫瑰和一份精心准备的礼物，引她去顶楼。

现在他们任务完成了，正在一旁等着男主角现身。

魏展风双臂环抱着望向前方，好不得意：“老孟，你早早就说了要带人来，可现在呢？什么都没有。”

上次他那位策展家柯念遇到了些小事故找他帮忙，一来二去，两个人现在算是八字有了一撇。于是他现在也不酸孟璟书了，说话都硬气了许多。

孟璟书冷眼看他：“你自己去群里看，天天炫耀约会的小学生是谁？现在人家不也没跟你来？”

“柯念要工作啊，你不知道一个优秀的策展人在周末有多么忙碌。”

“我女朋友也要工作，你不知道，一个优秀的律师是没有周末的。”

姜小律师在线打喷嚏。

魏展风“呵呵”。

前方，阿庆从花丛中缓步走出，手中是大捧空运来的娇艳的玫瑰。他向嘉然深情告白：“我从来没有这样爱过一个人……让你伤心，是我不好……我们这么多年经历了这么多，你早就是我生命中最重要的一部分了……”

阿庆说到后来有些哽咽：“之前我总是嫌你管我，可是……这段时间你对我不闻不问，我就像断了线的风筝……我这才知道，有人管着，一个人才有了着落……

嘉然，你愿不愿意以后都管着我？”

“阿庆这话倒是说得没错。”孟璟书忽然低声说。

有人愿意管着，你才有了归处。

他从前对感情淡薄，自由浪荡，可不就像乱飘的风筝。而现在他的那根线，已经有人攥在手中，他希望她永远不放开。

“你说啥？”魏展风忙着操作，没听清。

“后退点，你要砸到嘉然的头了。”

“哦，收到！”

随着他们的话音落下，一架缀满玫瑰的无人机缓缓从天而降，停在嘉然的面前。上面是一个打开的戒指盒，一颗硕大的鸽子蛋熠熠生辉。

嘉然感动得泪流满面。

阿庆为她戴上戒指，两个人拥抱并接吻。宾客无不动容鼓掌。

宴会开始。

有几位对孟璟书感兴趣的女士上前来攀谈，都被他冷淡的态度以及魏展风没眼力见的咬耳低语劝退。

魏展风最近一腔热情有了回应，每天都像打了鸡血一样，对讨人欢心的事宜相当狂热。他今天在这场求婚典礼上受尽了启发，正在进行头脑风暴。

“你看嘉然感动得痛哭流涕，有什么不开心的都给哄好了。所以说，女人就是喜欢这些。你看那项链、戒指，阿庆专门飞去国外给她订的，是真的闪，戴上也好看。我打算也给柯念弄一条项链，嗯……还有情侣对戒，让人一看就知道是有主的，免得别的男人觊觎。哎，你要不要一起啊？”

“情侣对戒？”这听起来还不错。

“啊，我们不是要去 B 市出差吗？那几天刚好有个拍卖会。要我说呢，我们就去搞几颗石头，到时候找人往项链上一镶，啧，那叫一个闪闪发光。”魏展风疯狂地画饼。

孟璟书点头：“给我也弄张票。”

“行。不过定做可能没这么快，可圣诞节和元旦都离得不远了，你说送点什么好？”

孟璟书严肃地问：“你有什么想法？”

魏展风：“啊？”

“以前你不是最爱送礼物的吗？那姓付的从你这儿捞了多少东西，还有你奶奶那儿……她那些包和首饰，哪一样是自己买的……现在你还问我？”

孟璟书面无表情。

其实男人哪有那么多心思，要不是女人暗示想要，哪会总是主动想起送这送那。

他对女人喜欢的东西没什么研究，都是让别人帮忙买的。

“不是吧，老孟……你不会都没给你那位送过东西吧？现在变得这么小气了？！”

孟璟书陷入了沉默。

一部手机……没送出去。

投影仪……也可忽略不计。

魏展风说了，他才意识到，是自己寒酸了。

姜迎从来没提过这些，她的衣物多是简洁的风格，也很少佩戴首饰，甚至大多数时候上下班都只提着单位发的公文包。

但就这么简简单单的，她也已经很好看了。

孟璟书说：“她就一个小女孩，好像对这些没兴趣。”

做尽了所有私密事，跟别人提起她，他依然觉得是个再单纯不过的小女孩。

魏展风戏瘾发作：“不是吧你！难道是未成年？是不是就因为太小，你才藏起来不让人见？我说呢，上次远远看着还穿着学生装！老实说，几岁啊？得多小的女孩才不爱包和首饰啊？”

孟璟书冷冷地觑他：“你以为人人都像你，从头到脚，庸俗。”

魏展风“啧啧啧”：“老孟，你完了，又是小女孩，又不庸俗，你看人家是不是真心觉得跟个仙女似的？那你可真是栽了！到底是何方神圣这么厉害？”

孟璟书没否认，只说：“你见过的。下次带出来，你少乱说话。”

“还有，等你想出圣诞、元旦送什么礼物，列个单子给我。”他补充道。

魏展风震惊了。可无论他怎么死乞白赖地问，都问不出个所以然来。而孟璟书一脸高深莫测，他也无从揣摩，最终只得被吊着好奇心，愤恨地骂了几句。

宴会上应酬不断，他们这么多年下来也已习惯了应付，显得游刃有余。

宴席也是猎场，猎艳者不在少数。虽然孟璟书不屑于流连花丛，但以往表面工作还是做足，即使推拒也不显山露水，不会当场拂人面子。

可现在面对意图明显的来人，他直接冷漠以待，连风度也不要了。他冷脸时有些凶相，被拒者即便抓心挠肝，也不敢再多说什么。

魏展风在一旁看得无限唏嘘，又开始泛酸：“真狠啊……美女们要伤心死了。”

孟璟书十分坦然：“她会介意。”

上次只是说她们领导的事情，她就已经那么愤恨不平了，他可不能冒险。那个女人生起气来不声不响，一着不慎，指不定哪天又要拉黑他、赶走他。他必须把这种可能性扼杀在摇篮里。

这么一想，情侣对戒多少能避免些麻烦，确实势在必行。

生命不息，好奇不止。魏展风吃着火腿片，不死心地又问：“这次完全跟以前不同啊，兄弟。真那么喜欢？那姑娘到底哪里好？”

孟璟书竟然认真地想了想，说：“哪里都很好。”

这不是敷衍，也不是吹嘘，而是真心这么觉得。

“啊，这是最高评价了啊……上回听你这么说一个女孩可是好多年前了吧。”

“有吗？什么时候？”

“就上大学那会儿，不是有一个你的高中同班同学吗？给你送过几回药，很喜欢你那个……叫什么，我忘了。”

孟璟书脸色一滞。

“你们死活没捅破那层窗户纸，我问你，她哪里不好？你说，哪里都好。然后又不和人家谈。你说你是不是脑子有坑？要是觉得一个女人什么都好，怎么会不喜欢她呢？”

他又拿自己举例：“就像我吧，我就头一回有这种感觉，觉得柯念哪哪都好，所以即便之前碰了壁，我也没放弃。这不，念念不忘，必有回响……”

孟璟书不说话了。

是啊，怎么会呢？

他曾经那么愚钝。

高铁站，身着职业装的三个人接连从闸口出来。

打头的中年男人身材粗壮，发胶和头油将日渐稀疏的头发定了型，手腕上那块闪着低调光泽的铂金表是富贵的象征。

顾问单位很重视这次的并购案，伟禾律师事务所的大主任胡国伟前来坐镇。主任来了，事情是顺利了，可姜迎备受煎熬。

除了“老板娘”小禾主任，事务所里恐怕没有任何一个女性乐意跟胡主任一起工作。

他喜欢的女人类型包罗万象，几乎只要没有嘴歪眼斜，他都要撩一撩，对于年轻的小姑娘就更是如此了。他也不是一定要占到什么实质性的便宜，说几句内涵油腻的话来调戏一下，也能让他洋洋自得。

这不，一回到泽卞，胡主任便热情地邀请姜迎上他的车，说要送她回家。

“我们这些做领导的，最重要的是要爱惜年轻人，对不对？时间不早了，小姜，你一个女孩自己回去不安全，让主任送你回去嘛！”

姜迎露出八齿微笑：“不用麻烦了，主任，地铁还没停，我回去挺方便的。”

“一点都不麻烦，照顾美女是我们男人的义务。”

姜迎词穷。

这时，在一旁毫无存在感的郑一峰忽然说：“那我也一起去吧。”

胡主任、姜迎：“啊？”

“我不是有东西放在你那儿吗？今天顺便去拿回来。”郑一峰平日里沉默又老实，说起话来特别诚恳。

姜迎瞬间明白了，朝他投去感激的目光，转而又跟胡主任客气道：“那就麻烦您了，主任！”

“哦……不麻烦，不麻烦，你们年轻人就是要多交流交流。呵呵。”

这趟烦人的差事终于在郑一峰的帮助下告一段落。

胡国伟的车在路边短暂停留，让姜迎和郑一峰下车。两个人为了把戏做足，再三感谢主任后一起走进楼里，假装要上楼的样子等电梯。

见车子离去，两个人都松了一口气。

“太谢谢你了！你让我免受了很多折磨。”姜迎的感激真心实意，她拿出手机，“你住哪儿啊？我给你叫辆车回去吧。”

“不用这么客气，地铁还没停运，我坐地铁就好了。”

“那不行，我会过意不去的。”

“呃……其实，”郑一峰犹豫了几秒，像是下定决心，“其实我有一件事想跟你说……”

“什么事？”

孟璟书原先跟姜迎说要去接她，她没让，说跟同事一起坐地铁很方便。

他也没坚持。高铁到站的时候，姜迎跟他说了一声，那时他已经在家里了。他估摸着时间，出门去地铁站的出口接她。

等了二十来分钟也不见人，他发消息问她，她说已经到了楼下。

没坐地铁？

孟璟书带着些许疑惑走回去，没到门口，便停下了脚步。

隔着绿化带，隔着公寓大堂的橱窗，他看到姜迎正和一个年轻男人交谈。他们靠近角落，避开上下楼的人，不知在说什么。

姜迎不时地对那个男人会心一笑，孟璟书看得出来，那不是装出来的笑，而是发自内心的高兴。

姜迎回到家，见灯亮着，人却不知道去哪儿了。

她给孟璟书发信息，人家没回复。

过了一阵子，门口传来“吧嗒”的开锁声，那把新钥匙仍然不太好用。

姜迎啃着一个人参果，轻手轻脚地走到门后面。

等他推门进来，正要关上的时候……

“哈！”她从侧边冒了个脑袋出来搞突袭。

孟璟书冷淡地看她一眼，显然没有被吓到：“嗯。”

嗯？

这是什么意思？

姜迎问：“你去哪儿了？”

他低着头换鞋：“没去哪儿，刚回来。”

“我回来的时候，灯是开着的。”姜迎嚼着果子，不紧不慢地说。

孟璟书一顿。

他换了个说伐法：“下楼买烟了。”

他身上是有点烟味。二楼有家超市，有时烟没了，他会去那儿买，顺便在边庭抽几支。这样既过了瘾，又可以避免熏到她。

“哦。难怪没见到你。”线索匹配成功，没有异常，一切OK。

姜迎把小半个人参果塞进嘴里，腮帮鼓鼓地洗手去了。

孟璟书站在她后面，嗓音被下沉的情绪压低。他状似无意地问：“你坐地铁回来的？”

“不是，”姜迎甩了甩手上的水，转过头来跟他说话，“大主任送我回来的，就是上回我跟你说过的那个很烦人的主任。哇，真的服了……还好有一个同事跟我一起……”

“他骚扰你了？”他拧眉。

“也……也没有啦……”姜迎卡带，其实这种事情在职场并不少见，只是程度不同而已。没有踩到底线，谁都不想撕破脸皮耽误自己的前程。

姜迎怕孟璟书自小顺风顺水惯了，人是成熟了许多，但骨子里还是骄傲嚣张的，碰上这种事难免偏激。

她故作轻松地道：“他就是太自来熟，有点烦，又不是没有脑子，怎么会骚扰自己事务所的律师。”

“上次说你们前台的时候，你可不是这么说的。”

姜迎语塞，玩心乍起，干脆双手对着他的脸弹水，细细的水珠直往他的眼睛里飞，然后看着他躲避的样子哈哈大笑。他好气又好笑，偏开头后仰了些，眯着眼睛去抓她作乱的手。

他把她圈在自己和料理台之间：“好好说话。”

“真的没事啦，”她仰头望他，“要真到那种程度，我不可能忍的。”

“你不要去打他。”姜迎小声地补充。

孟璟书真是要被她气笑了：“你还真当我是街头混混啊？”

姜迎也笑：“这种印象是历史遗留问题啊，谁让你高中时天天和混混玩。”

他冷哼了一声，懒得跟她计较。

“我是想说，烦就不做了，换个地方，不用忍着他。”

姜迎说：“没那么严重，我又不会经常跟他一起做事，我们所条件挺好的，相比起他带来的困扰，简直不值一提。而且啊，哪有十全十美的工作呢？难道碰上一点不合心意的事情就不工作了？”

“嗯，”他点头，“不喜欢就不做，别让人家欺负了。”

“你包养我？”

他笑：“不是包养，是养。”

话题渐渐走偏，此刻的禁锢和贴近为躁动造势。姜迎抿着嘴唇笑，忽然有些承受不住他灼热的目光，想避开。

孟璟书不让她躲开，低头追过去，在她的红唇上啄了几下。

他的气息在她的嘴角和鼻尖吞吐：“知道包养是什么意思吗？就会乱说话。”

姜迎这就不服了。

她忍着笑瞪他：“怎么不知道？你还当我是傻读书的乖乖女？”

“嗯。”

他圈紧她的腰肢，向她索要一个深入的吻。

姜迎厌恶油污，每回用完厨房都必须清理得干干净净。料理台干燥洁净，成全了此刻的亲密无间。

她被亲得发软，身上渐渐沾了他的体温。

孟璟书一只手捧着她的脸，抚摸着、轻揉着，一下一下地亲她。

他们在他覆下的阴影里对视。亲吻时，他是模糊的天地；分开时，她看见自己占据他的双眸。

“姜迎……”他哑声低喃，“你眼睛怎么长的？好漂亮。”

她搂着他笑。

他说：“好像能把人吸进去似的。”

身上太热了，心是热的，脑子也是热的，她热情而放肆。

她亲吻他的喉结，吻他刀刻般的轮廓，凑到他的耳边，在喘息中轻声说：“不只眼睛能吸……”

就此失控。

姜迎浑身无力，还要被他逼着。她呜咽着要推开他，反而被他扣住手，搂进怀里。

他哄她：“亲我一下。”

姜迎扭头。

孟璟书抱着她一遍遍地亲吻，两个人如浸了蜜一样黏着：“你乖一点……”

清洗的过程中，姜迎已经意识模糊，最后回到床上，几乎瞬间就睡了过去。

“晚安。”睡前道晚安已经是他们的固定流程。

姜迎累极了，哪里还会回应他。

可孟璟书意犹未尽，仿佛听不到这一声就难以安睡。

“姜迎，说晚安。”

她皱了皱眉。

孟璟书却鬼使神差地想到了今晚她在楼下与人言笑晏晏的模样。

他轻捏她的脸蛋：“快点。”

她终于有了反应，“嗯”了一声。

“说晚安。”他又说。

“晚——安——”

她轻声细气，委屈巴巴，把他心里的小褶子扯平了。

他勾起嘴角亲了她一下，低声再说一遍：“晚安。”

“嗯——”她无意识地应了一声。

他于是没忍住，又亲了一下。

姜迎手上的戒指在她走进办公室不到五分钟里，就被眼尖的小曼发现了。于是，这么一段开始得不清不楚的恋情就此告破。

小曼佯装气愤：“好啊，姜迎！不声不响就找了男朋友，还要让我的小男友帮你张罗，然后又辜负人家小弟弟是不是？”

姜迎负荆请罪：“我不是故意的……今晚请大家吃饭。”

“你自己请有什么意思，叫你男朋友一起来啊！”

“最近估计不行，他忙得要死，不是加班就是出差。”

“那就过段时间呗，跑得了和尚跑不了庙。”

“好。”她笑着应下了。

上班时间到，同事纷纷回到自己的位子，只有邻桌的小曼在和她咬耳朵。

“好家伙，”小曼双眼发光地摸了摸那枚链节细钻戒指，“这款戒指相当于我这三个月的收入呢。”

她朝姜迎竖起大拇指。

“这个可以，你要抓紧他。”

大多数情况下，同事难成深交好友。但她们两年同僚，没有利益冲撞，倒像读书时纯粹的同学情谊，都是真心希望对方好。

姜迎傲娇：“就因为有钱？”

小曼小声地笑：“我觉得是有心。一般大款都喜欢选网红爆款，但你们这个系列相当冷门。嗯……怎么说呢，就是感觉他不想用和别人一样的，大概是觉得你就是很特别的那一个吧。”

姜迎无语：“你是什么情感心理分析师吗……”

“嘿嘿，熟能生巧。”

姜迎想起今早她从卫生间洗漱出来，还没完全清醒，就被他抓着手往中指套上了一个圈。她低头一看，眼睛被闪了闪。

然后，她有些结巴：“为……为什么……不是，你要买戒指买简单的就好了，为什么要带钻石啊？”

“不好看吗？导购说这款买的人少。不觉得很特别吗？”

特别。

可真的太特别了。

带钻的戒指不都是求婚用的吗？往中指一套可真的太特别了。

但她被闪得晕乎乎的，只知道笑了。

而孟璟书纯粹是不希望有一天看到她和别的男人戴着同一款戒指罢了。

泽卞经过两日晴朗？再次降温，密密的细雨到了夜里渐渐夹了雪粒。

“下雪了！”

姜迎收到黄彦菲的微信，直接冲出阳台拉开玻璃窗，把手往外伸，冰冻瞬间淹没了她。她龇牙咧嘴地捧回一手雪水。

她给黄彦菲和孟璟书发了同样的照片和三个感叹号。

黄彦菲迅速回了一张类似的照片。

南方人见多少次雪，都还是跟小孩子一样兴奋，哪怕雪落到手上很快就会融化，也还是忍不住想跟亲近的人分享。

孟璟书是过了一会儿才回复她的，内容跟她的激动不在一个频道上。

“回屋里，别吹风。”

他的项目正到了忙碌的时候，每天早出晚归，加班或是应酬到深夜都是常事。姜迎晚上下了班就自己玩，有事没事给他发点信息。他有空会回几句，也聊不了多久，倒真像是异地恋，除了凌晨会出现在她的床上。

姜迎撇撇嘴，又偷偷接了一手雪，冰冰凉，酥酥麻。

她也算过了瘾，把阳台的窗户关了。冷风不再汹涌，但室外跟冰箱保鲜区是差不多的温度。

她对着猪崽和熊猫检查了一番，发现它们没啥变化。这都降温至冰点了，它们还是老样子，一边泛黄，一边抽新，看起来并没有因为寒冷而萎靡。

还挺厉害的。

那个离奇的太空梦过后，姜迎有些幼稚地迁怒于它们。

既然它们这么强壮，那就不要盖草了，下雪也能活得很好的。那包来自泽大的爱心干草就随便被放置在了某个包里。

这日，姜迎上班困倦，打算去茶水间冲一杯咖啡，未料竟在门口听见了有关自己的八卦——

说姜迎她男朋友给她送了好贵的戒指，羡慕啊！”

“有什么可羡慕的，你要是像她那样会勾引人，更贵的也不在话下。”说这话的人是财务小潘。

姜迎皱眉。她和小潘无冤无仇，为什么小潘说话这么不友好？

她靠在墙边，打算听听她们还要说什么。

“也不是吧，”那个女同事的声音低了点，“主要是她还挺漂亮的，可能运气也蛮好。”

姜迎默默地点头。

小潘冷笑：“运气好不好我不知道，有心机倒是真的。明明有了男朋友，还勾着别人，不知道想干吗！”

“啊？你是说……郑一峰？胡主任说的是真的？”

姜迎瞠目。

“不然呢，郑一峰平日里这么照顾她，动不动就给她帮忙……明明有些案子是她的，郑一峰还跟着一块去……不是她吊着，他哪会这么主动？这么老实的一个人却给她骗了……”

“我骗他什么了？”

现在正是午休时间，没人过来，时机不错。误会也好，恶意也罢，姜迎信奉正面解决。

“姜迎？！”女同事反应过来，忙着道歉，“不是，我们也就随便说说，没别的意思……”

小潘被抓包之后，不仅不羞愧，反而冷哼一声，盯着姜迎不说话，用眼神表达自己疾恶如仇。

“真的……我们就是多嘴，没有恶意的……”女同事还在极力和稀泥：“小潘，你道个歉呗。”

“我为什么要道歉？我说的都是事实。”小潘完全不让步。

姜迎也没想这么含糊过去，她冷着声音跟小潘对质：“我怎么勾引了？我和郑一峰从实习起就是一个师父带的，同组两年多，工作上帮点忙很奇怪吗？你所说的案子，是我第一次以自己的名义接的，十几个当事人全是男的，要出去应酬。师父关心我的安全，让郑一峰陪同，这怎么就是勾引了？！”

小潘的脸又红又黑："那……那不说工作上……你们出差回来，大晚上的，郑一峰还去你家干什么？你不是有男朋友了吗？你男朋友知道吗？男同事晚上去你家！"

姜迎气得眼冒金星，这个胡主任真是个大嘴巴！

偏偏她又不能说他们是骗胡主任的，不能说郑一峰是为了帮她逃离主任的"亲切关照"。

姜迎忍了忍，说："我男朋友当然知道，他就在我家。同事来拿一份文件，光明正大。你是不是还要跟我男朋友对质一下？"

"你！"

"好啦，好啦，"女同事在中间劝阻，"我和小潘就是听胡主任和周主任说了几句，才忍不住八卦一下。对不起啊，姜迎，以后我们不会乱说啦，你也别计较了好不好？"

女同事拉着小潘打算离开。

"小潘，"姜迎叫住她，"我和郑一峰之间清清白白的，什么事都没有。"

小潘咬唇："你最好说到做到。"

"可你为什么这么着急呢？"姜迎平静地看着她，直白地问，"他跟你好了？"

小潘的脸猛地涨成猪肝色："你胡说什么！"

姜迎今天是很不爽的，莫名其妙被人说了坏话，并且还因此吵架。这也就罢了，关键是她的好人同事和她的亲亲闺密因她结缘，彼此看对眼，眼看就要进行亲切友好的进一步交流，好人同事的人品突然变得让人产生质疑。

姜迎觉得自己责任很大。

下午，她问了小潘几句，是真的想了解情况，想知道郑一峰是不是在老实的外表下藏着花花肠子，毕竟证词还得看双方的。

小潘被戳破了心事，几乎恼羞成怒，姜迎好说歹说，她才支吾着敷衍了几句。

姜迎估摸着意思，应该是郑一峰没有示好，却也没有明确拒绝，所以小潘想着自己还是有机会的。

嗯……男人优柔寡断，不太好。

白天的时候郑一峰在外办公，姜迎没法当面问他这件事。等晚上回来，她给他发信息，直说如果他还没有理清楚自己和小潘的事情，那就不要去找黄彦菲。

郑一峰收到信息后很紧张，连着回复了好多条信息，很努力地说明自己不是有意让小潘误解，不知道她现在还存有这样的想法，他一定会尽快和她说清楚。

他说得挺诚恳的。

后来，他还拜托姜迎不要跟黄彦菲说这件事，让他自己去解释。

见他还挺有胆气，姜迎渐渐放下心来。

但是，以她和黄彦菲的关系，不说是不可能的。

对方的反应是：“What（什么）？！真的假的！他是不是根本不老实啊！”

姜迎尽量客观地帮郑一峰解释了几句。

黄彦菲很快成为墙头草：“嗯，可以理解，也不算是他的错。”

姜迎：“你这理解得也太快了吧……”

没过几分钟，黄彦菲发来消息：“哇，他来跟我说了！”

之后，她的态度就完全一边倒了——

“唉，真的不能怪他……”

“有些女孩就是不撞南墙不回头，一定要人把话说得那么明白。但成年人说话都是委婉的嘛。”

“哇，他真的很怕我生气，说了好多啊，这十几分钟说的话比这些天加起来的都多。”

“哦，怎么会有这么诚实可爱的男孩？！”

“呜呜呜——男孩在外一定要保护好自己，因为女人都是饿狼！”

姜迎无语。

“他到底跟你说了啥，跟灌了迷魂汤似的。”

黄彦菲甩来几张聊天记录截图。

也就……还好啊。只是朴实无华的很多解释，可能因为紧张，逻辑并不是很清晰，还有很多重复的，那种着急恳切的心情一览无余。黄彦菲怎么就被迷得天花乱坠呢？

不过人与人之间本来就是不同的，个体差异毫无道理。

就像在学生时代，黄彦菲也不能理解姜迎为什么会对孟璟书如此狂热。她承认他拔尖惹眼，但仅限于欣赏，不喜欢就是不喜欢。即使到现在，她一直鼓励姜迎去把孟少爷搞到手，也仅仅是因为曾经见过姜迎为他寝食难安。

姜迎搞不懂黄彦菲怎么就成了现在这五迷三道的模样，可她也知道自己同样七荤八素。

有时候她无聊，给孟璟书发表情包，得到他的回复：在开会。

就这么三个字，连标点符号都没有，她也硬生生地看出了温柔。

所以说感情的事，旁观者清，也不清；当局者迷，也不迷。

孟璟书到家的时候，姜迎正在微信上跟两个人分别聊天。黄彦菲说他们在说约会的事，郑一峰问她黄彦菲的喜好。她简直沉迷于上演无间道，甚至都没有看孟璟书一眼，只丢了一声简单的“Hi”。

孟总难得早归，没想到得到的是这样敷衍的待遇。

他走过去：“大晚上的，跟谁聊天呢？”

连电脑上放的视频都顾不上看了。

姜迎下意识地说：“黄彦菲啊。”

孟璟书的手搭上她的椅背，挺随意地问：“郑一峰又是谁？”

他刚才过来，由上往下的视角，轻易便看到了备注。

“同事啊。”她笑眯眯地说。

“啊”字的尾音不自觉地上扬，故作轻松，是一种心虚的体现。

“一起出差那个？”他问。

“嗯，在说一点工作上的事，主要还是在跟黄彦菲瞎扯啦。”她稍微解释，“女孩的话题，不能告诉你。”

不是她故意瞒着，而是黄彦菲给她下了死命令，尘埃落定前，不让她告诉孟璟书。

她们曾经说好，即使有了男人，也一定要把对方的隐私放在最前面，绝不能把对方的私事拿来当恋人间的谈资。况且，还有许嘉宏的事……反正黄彦菲就是不想让孟璟书知道。

虽然孟少爷大概也不会把别人的事放在心上，但朋友的约定坚不可摧。

孟璟书的眼神扫过她倒扣在桌面上的手机，没再说什么，手移去她的后脖颈，用了点力捏着。

姜迎瞬间后弹，用后脑勺压着他的手不让动：“痒！”

他极轻地勾了勾嘴角。

姜迎对上他冷淡的目光，有点茫然。

她仰着头嘬嘴：“亲一下。”

孟璟书没理会，手从脖子抚上脑袋，把她的头发揉乱了。

“哎呀……你别弄了——”

她的语气词是他的心头好，数年渗透，像是在他的心里装了感应器。她轻呼一声，他总是不由自主地心软。

孟璟书摸了摸她的脸颊说：“我去洗澡。”

睡觉时，孟璟书破天荒地没挤过来。

姜迎想是他工作累了，要好好休息，也就没打扰他。她摸黑凑过去往他脸上吧唧一口：“晚安。”

“嗯。”他应了一声。

姜迎钻回被窝里自顾自地睡了。过了一会儿，她朦朦胧胧间听到一声烦闷的吐息。然后有熟悉的体温靠近，环绕住她，她下意识地贴近，安心地睡去。

不知是不是因为这一年快要结束了，仿佛所有的工作都堆在一起争先恐后地来，只怕没赶上今年的末班车。

姜迎忙着给之前的案子做收尾工作，又有一起刑事案件找上门来。与此同时，她师父吴淑婷在做一个房产案，八十个当事人，她忙不过来，拉上姜迎去打杂。

每天的待办事项都是密密麻麻一整页。

孟璟书也是，连着加班好几天，现在又飞去外省谈事情了。不知道是不是她敏感，她总觉得他这段时间心情不大好。虽说他平时也没有多么兴高采烈的时候，但她就是感觉到他近来有点冷淡，话少了些。

除此之外，一切正常，微信、电话都没少，不过每回都说不了几句话就是了。

估计是没休息好，他身体不怎么舒服的时候总是寡言的。

姜迎理解，但无能为力。他没日没夜地连轴转，她自己也忙得脚不沾地。

为生活劳碌之余，姜迎又多了一件烦心事——她家的热水器坏了。

这才周二，得等到周末才有空找售后上门维修。

早些时候，孟璟书说晚上有饭局，姜迎就没跟他说。

她联系了黄彦菲，说要去借住几天，好友自然是果断应允。

姜迎正收拾着行装，孟璟书来电。

“在干什么？”这是他每回的开场白。

“收拾东西。”姜迎将手机开了免提，打包着化妆用品，一心二用。

“收拾什么？”

“行李，”姜迎整理了鼓鼓囊囊的化妆包，拉上拉链，“我家热水器坏了，没空修，准备去别人家蹭几天。”

“谁家？”他立刻问。

“黄彦菲啊，还有谁？”姜迎不禁有些好笑。

“她家在哪儿？”

“福汀区。”那是这座城市最偏远的地界，离市中心有两个小时车程，坐地铁则近一个半小时。姜迎他们事务所地处繁华的老区，自然也不算近。

“这么远，你打算怎么上班？”

“早起挤地铁，”不知道他今天怎么这么啰唆，姜迎把东西一件件地装在袋子里，准备结束通话，“不说了，我收拾好了，该出门啦。”

“你别急，我半小时到你那儿。”

“啥？你回来了？”姜迎蒙了。

“嗯，先挂了，有电话进来。”

二十多分钟后，姜迎在游戏激战中听到了熟悉的开门声。都好多天了，那把钥匙开门的吧嗒声已经没那么刺耳，大概都已经被锁孔里的轨道磨平了些。

孟璟书进门扫了一圈，姜老师忙碌的手边是啃了一半的雪梨，跷得七扭八歪的二郎腿旁是行李包，鼓鼓地躺在地上。

“收拾好了？”

“嗯，等着孟总莅临指导呢。”

孟璟书靠着桌子坐，自然而然地拿起那个梨来吃。他盯着面前玩得头都不抬的人，慢吞吞地说：“不早了，你要怎么过去？打车？”

姜迎清完兵线，队友发信号让她一起去草丛蹲人，她的音量也不自觉地放低：“我开车。”

孟璟书倒是没想过这个答案，有些意外：“开车？”

“别瞧不起人啊，我只是买不起房，车子还是有的……好吧，其实是我爸妈送的……就在楼下停着，一个角落里。”她小声嘟囔，“不过路上堵，停车又麻烦，搬到这边之后，我都没开过，估计灰尘已经很厚了……”

他等她说完，才缓缓地说：“你以前晕车，我还以为你不会考驾照。”

“上大学之后渐渐就不晕了，也不知道为什么……毕业那年考的，全都一次过，哇，来人了！”

姜迎开到对方射手，队友们蜂拥而上。

“这几年，你变了不少。”

姜迎开完团，正要残血撤退，忽然因他这句话晃了神，闪现没按出来，一换五，壮烈祭天了。

胜局已定。

她再看向孟璟书，刚才他话语里一闪而过的落寞早已无影无踪。他吃完梨，把核扔垃圾桶里了，她才反应过来：“我的梨！”

“怎么，你的梨我不能吃？”

“不是……可是，我把它吃得很丑。”

还有很多口水。

“好吃。”他拿湿巾擦手，慢条斯理地说。

姜迎的头磕在他的腿上，不说话了。

这种细节里不经意间流露出的不嫌弃乃至喜爱，才最是拿捏人心。

孟璟书轻笑，揉着她微红的耳朵问：“真去黄彦菲那儿？”

还问？

姜迎故意说：“对啊，我该走了，去得太晚会打扰人休息的。”

“是啊。”他表示赞同。

姜迎扯开他的手。

他笑道：“别去打扰别人了，去我那儿。”

“我不，”姜迎挺直腰杆，“我都跟她说好了。”

“由不得你不答应。”

孟璟书弯腰把她抱到腿上，手臂固定住她的肩背，然后低头用下巴的胡楂去蹭她的脖子，惹得她又叫又笑。

“去不去？嗯？”

姜迎咬着嘴唇憋住不说。

他加大力度，一边用胡楂蹭她，一边伸手去捏她的后脖颈。

姜迎瞬间叽里呱啦，手忙脚乱，连鞋子都甩掉了。

“嗷嗷嗷——去！我去！哈哈，你别……别弄了！”

孟璟书冷峻的眉眼里染了笑意，抱着她认真地亲了一会儿。被分食的梨最终在他们的唇舌间重逢。

他把她凌乱的头发拨弄整齐，才放她下来：“穿好衣服。”

“哦。”

等她穿衣服的时候，孟璟书四周检查：“薄荷没装起来吗？一起带过去。”

“哦！差点忘了！”

到达东明嘉园时已有十点。

姜迎白天去看守所、检察院转了一天，到这会儿已经累了，跟在孟璟书后边不住地掩嘴打呵欠。

孟璟书把行李提到房间，姜迎忍住原地躺倒的欲望，强撑着精神准备找衣服洗澡。

不料男人过来由背后揽住她，脑袋搁在她的肩上，说：“有点饿。”

晚上的应酬，他主要是去露个脸，面子给了，便找了借口先走，对方也不会强留。于是，他没吃什么就赶去机场，为的是能早点回来见她。

他侧了侧头：“飞机上的东西不好吃。”

姜迎的耳根酥麻。

人也麻。

顶不住……

他撒起娇来，她真的顶不住。

她眨眨眼，瞬间不困了：“我看看厨房里有什么，给你做点。”

他挨着她的耳垂点头。

孟璟书有一段时间没回这边生活，家政只按时过来打扫，冰箱里自然空荡荡的，只剩几个鸡蛋。姜迎看标签上的日期，不到一个月，还能吃。

橱柜里有些米和面，她说：“只能煮个鸡蛋面了。”

孟璟书又点头。他估计也累了，靠着她懒洋洋的，一副不愿思考的样子。

姜迎自己说完都觉得单调得可怜。

她想到自己的行李里还有点水果，是她担心离开太久放坏了，干脆一起带来的。

"我还带了点小番茄，去了皮，调点醋和糖做汤底……"说起做吃的，她总愿意花点小心思，"然后鸡蛋不打进汤里，用煎的，好不好？"

孟璟书高频点头。

进门后，孟璟书就像块魔术贴似的粘在姜迎的背后。她下厨，他就站在后面圈住她细软的腰肢，下巴抵着她的头顶，高度刚好合适，还时不时地跟她进行无聊的对话，声带在她的头顶嗡嗡地振动。

"为什么要烧水？"

姜迎在小巧的圣女果上轻轻地画十字："烫它们，好去皮。"

经过开水的洗礼，划了刀口的果皮果然卷翘着外翻，一撕就脱落了。她把小小的果子切成两瓣，过油翻炒。

他又问："水果真的可以这样吃吗？"

姜迎沉吟："我也没试过，按道理是可以的。"

一两分钟后，熟透的小番茄开始向糊状进化，姜迎往锅里倒入开水熬煮。

"什么时候开始会做饭的？"

"大概是……小时候？"

"多小？"

姜迎无声地打了个呵欠："上小学吧，我爸妈说我很小就爱在厨房捣鼓。那时我们住的房子灶台很高，我还很矮，就去搬把椅子来，踩在上面炒菜。事后，爸妈跟我说，那口锅比我还大，他们真的很担心我崴了脚会摔进去。"

孟璟书低低地笑："可爱。"

他俯身从侧面凑过去，想亲她。

姜迎忍着笑避开，打他的手："别捣乱，你去把面条拿过来。"

锅里的汤"咕噜咕噜"冒着泡，小番茄已经煮开了，汤汁变成了诱人的颜色。她往汤里加了点调料，香味立马呈指数增长。

孟璟书真觉得胃开始叫嚣了。

姜迎接过他递过来的面条，抽了适量的一把下到锅里。等几十秒后，它们开始软化，她拿双筷子来搅拌。

孟璟书想起什么，去拿了自己的手机过来，在她的身后悄悄拍了几张照片，发给奶奶——

"女朋友给我做夜宵。"

老人家睡得早，孟璟书没想着奶奶能回复什么。

明明人就在身边，但他自己忍不住放大对话框的几张照片来看。细白光洁的手指，跟筷子和冒着热气的锅放在一起，怎么就这么好看？

光洁的手指。

他忽地一愣，转头去看姜迎的手，果然空无一物。

姜迎用另一个平底锅开火、下油，鸡蛋握在手里等待油温升高。

忽然，他在身后喊她："姜迎。"

他的声音莫名冷淡，姜迎微微皱眉："嗯？"

"戒指呢。"

"放包里了啊。"她把蛋壳磕开，"刺啦"一声下锅。

"为什么取下来？"

他语气里的不悦牵扯着姜迎的神经，她将煎蛋那边的火力调至最小，噼里啪啦的煎炸声也渐渐变得谨小慎微。

"当然是因为不方便了。"

"有多不方便？不方便让人看到？"他步步逼问。

"我今天去看守所会见当事人，这种场合，戴着钻戒，你觉得很方便？"她也冷淡下来，话里有了不耐烦。

本来不是什么严重的事，可对方糟糕的态度将矛盾激化了。

"你一整天都在看守所？结束后再戴回来很难吗？"

姜迎吸气，把煮面的火也关到最小，气泡的咕噜声几不可闻。

她转过身来，双臂交叉放在胸前："你这是什么意思？"

孟璟书也盯着她："你还记得当初在 The One，你对着洪总是怎么说的吗？"

那时候他刚跟付萱正式分了手，洪斌宇在酒吧跟姜迎搭讪被他搅乱，洪斌宇话里话外讽刺他不忠。

姜迎不爽自己遭到牵连，看到洪斌宇无名指上发白的戒指印便呛了回去。

早八百年的事了，那晚姜迎又喝得烂醉，哪里还记得，更不可能理解他这七弯八绕的意思。

她蹙眉："说了什么？你不就在旁边吗？我能跟他说什么？我倒是记得你跟一个第一次见面的辣妹聊得热火朝天，不是还交换了联系方式吗？"

她冷笑："那晚你怎么不跟她出去得了？"

孟璟书的神情像是结了冰："你知道自己在说什么吗？"

姜迎偏头，不看他。她知道自己不该拿这种无关紧要的烂账来说事，但这种时候她不可能道歉。

她深呼吸几下，放低声音，尽量冷静一点："所以，你这么忽冷忽热的，到底是什么意思？”

他喉结滚动，也试图平复，跟她解释：“那天，在我朋友的求婚仪式上，很多人都带了女伴，就我没有，有不少……”他想说独身赴宴容易遭人觊觎，疲于应付，所以那天才当机立断去买了戒指，为的就是让人知道自己是有主的，避免许多不必要的麻烦。他希望她同样能看重戒指的意义。

可姜迎有些激动地打断了他的话：“你是在怪我吗？怪我要工作，没有陪你出席朋友的重要场合？”

一颗心被石头压着往下沉。

“你觉得我是那样是非不分的人？”他哑了嗓音。

姜迎说：“我不知道。”

“不知道是什么意思！”

“字面意思。”

孟璟书彻底被激怒，他扯开她环抱在胸前的手臂，逼她放弃这个下意识的防卫姿态。

“你说我忽冷忽热，你呢？你又把我当成什么了？”他用力握住她的手，“家里住不了，宁愿大晚上赶去那么远的地方，也不能和我说一声？我要是回得再晚一点，是不是连你去哪儿都不知道了，是不是又要莫名其妙被踢出门外了？！”

姜迎想抽出自己的手，没成功，反而被握得更紧，生疼。

她也气极：“我怎么知道你提前回来了！你都不在，我跟你说又有什么用？我要是去了黄彦菲那儿，安顿好后肯定会告诉你啊，你怎么可能不知道！再说，钥匙也在你手上，谁能不让你进门？你讲点道理好不好！”

“你从来就没有跟我讲过道理。”

他的眼神刺痛了姜迎。

她忽然累极了：“行，不吵了。反正说了也没有道理，都是胡搅蛮缠。我很累了，早点休息，行吗？”

战场上有一方熄了火，另一方自然也就打不起来了。她先投了降，可他觉得自己才是败者。硝烟过境，满目疮痍。

灶上的东西也是一团乱麻。他们吵了这么久，没人去关注锅里，即使再小的火，也把东西煮坏了。

孟璟书松了手。

姜迎转身收拾残局。

鸡蛋焦了，面也糊了。

“你点外卖吧，吃不了了。”她低声说道，然后去拿垃圾桶过来清理。

孟璟书拦住她，倔强地说：“可以吃。”

姜迎显得不耐烦："很难吃。"

"我吃。"

姜迎闭了闭眼，把垃圾桶扔在地上。

"随便你。"

夜深人静。

太静了。

与姜迎租住的商用公寓楼不同，东明嘉园相对僻静。小区远离热闹的街市，园内的景观绿植过滤噪音。夜里把门窗关上，除了偶尔呼啸的北风，几乎落针可闻。

两米的大床上，两个人僵直地卧着。

谁也没能这么快修补好吵架所导致的情绪伤痕，暂时的疏离不可避免。不过是看哪一方先无法忍耐，他们都在等。

孟璟书多年来对待感情的散漫，在此刻带来了劣势。面对这种问题时，他相当生疏，不是头颅高贵不可低，纯粹是不知道做什么才是好的，只怕出了差错，会令事情恶化。

而姜迎则不同。她可以说出几百句道歉和解释的话，还可以说各种花样的情话和诺言。再不济，她也可以像上回一样，简单粗暴地去挑逗他的欲望。她有一万种方式讨好他。

但她不想。

时移世易，他们终究走到了一起。如果不只是及时行乐，如果不只是为了欲望，如果他想要更多，那她对他的要求也就不一样了。

一直开心就算了，但只要遇上一丁点不满，她就控制不住地变得刻薄。

孟璟书于她而言，不仅是一个"喜欢的男人"，他是甜蜜又惆怅的回忆，是漫长的岁月，也是她曾经咬着牙想要割舍的一部分。她没办法对过去视而不见。可说到底，过去也只是她自己顽固不化、随心所欲。一个人唱独角戏，即便受了伤，也是自己选的，跟他又有什么关系呢？

不应该这么小心眼的啊，她讨厌顾影自怜。

姜迎郁闷地吐气，低声道："晚安。"

她先破除了壁垒，孟璟书便立刻靠了过去，刻意的疏远实在难挨。

拥抱的感觉已经被身体铭记，姜迎难以抗拒。但心里藏了一根刺，她明白不必介怀，却又不愿就此罢休。

她的矛盾变成埋怨，沉默地砸向身边的人。

"不生气了，好不好？"

他从来只会说这个。

可她就是生气了。

她不说话，被搂进怀里，也仍旧保持背对着他的姿势，像是无声的控诉。

又安静了一会儿，孟璟书直接把她扳过来，急切地吻上她的嘴唇。

姜迎很快别过脸，浑身上下写满了不配合。

可人落在他怀里，又能躲到哪里去呢？他的身体压上来，令她不能动弹，手掌也固定住她的脑袋，再度亲下来。

姜迎双手抵着他的胸膛，想推开，却被吻得更狠。他掌握温柔与强硬的边界，她便没出息地沉沦了。

她无力地发现一个事实——这种粗暴的挑逗对她同样管用。

他的身体滚烫起来，一切都再自然不过。

她喘着气，发泄般地揪他的头发。细微的痛感加剧了他的放肆。

姜迎咬着嘴唇，不住地流泪。

清理过后，孟璟书又紧紧地抱住她。

好像是从第一次来他家那回开始，他每回事后都会抱着她，或亲吻或抚摸，从来没有冷落过。

姜迎抑制不住心里的酸胀感，他便不厌其烦地给她擦眼泪。

“别哭了……”他吻她沉重的眼皮，“我没有想对你不好……很想你，才提前回来的。不是故意要跟你吵架的，不生气了，嗯？”

姜迎缩进他怀里：“我也不想跟你吵架……戒指我是真的忘了戴，你不要老觉得我是故意的……”

她的声音哑成那样，孟璟书觉得心都要被揉烂了。

“对不起，对不起……”他摩挲着她细软的发，不住地亲她。

姜迎慢慢止住了眼泪，小声地说：“不用道歉，我也有错。我态度不好。”

“那也是我有错在先。”他懊恼于自己过分敏感。

姜迎愣住。

他又说：“以后戒指好好戴着，如果有需要摘下，事后也要记得戴回去，可以吗？”他稍稍停顿，认真地说道，“我很在意。”

姜迎抱住他说：“好。”

她的声音藏在他的胸口，细细的：“我总觉得，跟你在一起的时候，我会变得很不像我自己。”

有时鬼迷心窍，有时尖锐刻薄。

孟璟书低声说：“我也是啊。”

姜迎说：“我是变坏了，你不是。”

孟璟书摇头：“你很好。”

他又去吻她。

折腾到现在，姜迎已经困得不行，跟他亲了一会儿，便迷迷糊糊睡去。

[illegible]一下一下地抚着她的后背，嘴唇也贴着她的额头。

[illegible]在怀里还想念，融进身体还心动，他真的不知如何是好了。

他也累了，闭上眼，意识模糊了，还在想她，想抓紧她。

在某一刻，他低声喊出了她的名字。

她被惊醒。

眼前的人双眼闭起，眉头紧锁，不知是清醒，还是梦呓。

“我爱你，姜迎。”

是吗？有多爱？

“我爱你。”他又说了一遍，声音从胸口震颤而出。仿佛不需要得到回应，这是他自己虔诚地起誓。

她的眼睛起了雾。

这句话……等了太久了。

久到此刻突然得到，她已经难辨悲喜。

第十三章
专属

“Hi！”

“早上好！”

“早上好。”

电梯前，姜迎在跟几个同事打招呼。没隔多久，又有人陆续来到。

“Hi，小潘。”

“你们好。”

小潘微笑着，可眼神掠过姜迎时，明显是一阵怨恨。

姜迎……也只能默默受着。

自从郑一峰跟她把话说开，就一直是这样了。其实整件事情跟姜迎也没啥关系。

郑一峰本来就对小潘没意思。只是现在这样，小潘心里的最后一丝期望也破灭了，怨天怨地，都只能责怪到姜迎的头上。

好在她们两个人不用共事，也不是什么深仇大恨，小潘不过是每回碰面的时候狠狠地瞪几眼罢了。

姜迎只当看不见。

这就是为朋友两肋插刀吧。

她保持微笑，给黄彦菲发去几个扇巴掌的表情。

办公室里，小曼姗姗来迟。她家小男友找到了合心意的工作，手上就只有论文开题一件事，也是闲得很。

小曼手头的事情也不多，最近三天两头不来上班，小日子过得活色生香。

姜迎见到她就调侃：“稀罕啊！什么风把这位美女吹回我们办公室了呀？”

“去去去！”小曼嗔怪她，又定了定眼神，“这位美女的眼睛怎么肿了？”

姜迎摸摸脸：“昨天……半夜吃烧烤，喝了好多水，水肿。”

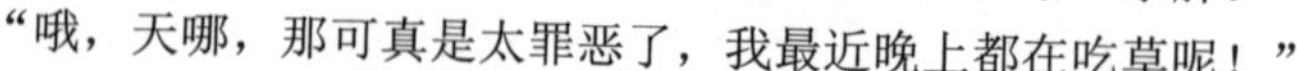

“哦，天哪，那可真是太罪恶了，我最近晚上都在吃草呢！”

“呵呵，难怪你下巴都尖了点。”

小曼手托住脸不停地点头：“就是！”

“看在你变美而我变丑的分上，”姜迎笑眯眯地拿出一小沓发票，“你帮我个拿这些去财务报账呗。”

小曼不想说话。

“中午请你喝奶茶啊。”

小曼手叉腰：“叫我帮你，你还要害我！”

姜迎笑：“那请你吃草。”

“哼，还是奶茶吧，三分糖就好。”

“啧啧。”

她们俩还在过嘴瘾，更迟的人到了。

小曼转头打趣：“郑一峰，你也这么晚，堕落了啊。”

郑一峰微微一愣，不好意思地笑笑。

他递给姜迎一个小袋子：“她让我给你的。”

姜迎接过：“谢谢啊。”

小曼凑过来：“什么呀？”

“粉底分装。”

上回姜迎觉得自己的粉底液有些氧化了，跟黄彦菲吐槽过几句，她便说自己新入了一款，分点给姜迎试试。

郑一峰山长水远地跑去福汀区陪黄彦菲吃早餐，再赶回来上班，顺理成章地担任了快递小哥的职责。

办公室的人对郑一峰的这段缘分略有耳闻，见状，不禁“啧啧”称奇。

姜迎跟黄彦菲确认收货，对方比了个“OK”的表情。

恰逢孟璟书发来一条信息，是一杯热咖啡的照片。

昨晚是睡得有点晚啊……姜迎发呆几秒，脑子空空的，也给他回了个“OK”。

她打开卷宗查阅，心里莫名有些郁闷。

她选择去骚扰朋友：牛 × 啊，黄彦菲！

对方：发什么神经？

姜迎噼里啪啦地打字：好好一个男孩，觉也不睡，大老远跑去就为了陪你吃早餐。和我半个月也见不上一次，和人家天没亮就要相会，哼！

黄彦菲：我求求你做个人，自己和别人从天黑睡到天亮，有脸说我？！

姜迎：哼！

黄彦菲：怎么，人家都送钻戒了，姜老师还不开心？

姜迎过了一会儿才说：不知道。

黄彦菲：开始了，孟同学又让姜老师神志不清了。

姜迎：我就是觉得心里很虚，好像下一步就要踏空，很讨厌这种感觉。

黄彦菲：不能理解……对了，你和付萱那事，跟他说了吗？

姜迎对此事异常坚持：我没有说的动机，告诉他又能怎么样呢？事情都过去了，于事无补，搞不好还会让他觉得我很蠢，又鲁莽又冲动。

黄彦菲：孟同学也算半个当事人吧，他就没有知道的权利？

姜迎：我说没有就没有！如果一件事说出来会让大家都不开心，那为什么还要说呢？而且昨晚刚吵了架，我现在觉得我们的关系不堪一击！

黄彦菲：不要跟爱情刚萌芽的人说这些，不吉利。

啥？

姜迎甩了几个扇巴掌的表情过去才解了气，之后总算能集中注意力，全身心地投入到几十册的文件中去。

下午下班时间，孟璟书打电话说过来接她回家吃饭，她应下了。

挂断电话，她才发现，几个小时前邓明科给她发了信息，说有人送了他两张浸入式话剧的票，问她有没有兴趣一起去看。

其实他们从上次送干草之后就再也没见过面，只在微信上联系过几次。那时和孟璟书的关系已定，她不好再表现出热情的样子，每回都以工作忙碌为理由搪塞疏远。这次他直接说要约她出去，算是下最后通牒了吧。

她怀着歉意拒绝了，终于一身轻松。

黄彦菲说得对，只要扯上孟璟书，她真的就是容易头脑发热。

姜迎还以为孟璟书他们公司这段时间忙得死去活来，现在终于有一天得以喘息。没想到他饭后马不停蹄地又要出门。

“怎么又出去？”

他洗了脸出来，姜迎把大衣递过去。

他说：“项目马上要送去审批了，有些应酬不得不去。”

他的气度从不含蓄，挺括的大衣将他身上的凌厉矜贵展露无遗，姜迎喜欢极了。她随手理了理他的领子，显得有些留恋。

孟璟书抓住她的手亲了亲：“最近事情多，没空陪你，年后会好一些。”

姜迎说：“其实，你忙的话，不用特地回来陪我吃饭，跑来跑去太辛苦了。”哪有应酬是不给饭吃的，他不过是趁着中间的时间差，赶回来陪她一阵罢了。

他立马说："不辛苦，也不远。"

姜迎捏着他的下巴说："我是三岁小孩吗？你不陪我，我就生活不能自理了？"

"我是，行不行？"孟璟书整个人靠到她身上，"你不陪我，我就生活不能自理。"

他又用下巴蹭她的脖子，麻麻的、发痒，姜迎"咯咯"地笑。两个人闹了几分钟。

"你别迟到了。"姜迎推他。

"嗯。"温热的薄唇又在她的鬓角流连了一会儿才离开。

"你别自己洗碗了，周姨待会儿走之前会收拾的。"他交代道。

他真是越来越像个家长了，出门前还要三番五次嘱咐。

姜迎皱眉笑道："知道啦！"

他出门后不久，周姨果然看着时间从她的休息室里出来收拾餐桌和厨房。

虽然知道是雇佣关系，但姜迎看着年纪大那么多的长辈在自己面前做家务，很难无动于衷，尤其屋檐下就她们两个人，她还是忍不住去帮忙。

周姨自然百般谢绝，看姜迎不尴不尬的，就和她闲聊了几句。

周姨爱说话，以往是孟璟书一副冷酷相，她才勉强控制自己。现在碰上这么个热心肠的小姑娘，那可是一发不可收拾。

从做菜聊到家长里短，周姨说到她儿子才上大学就交了个女朋友，整天不安生，就爱到处玩、乱花钱。幸好她儿子还算争气，拿到了奖学金，又趁着空闲做兼职，才足够他们出去花的。

"可是这些小姑娘哦，一天天就想着吃喝玩乐，老是花男孩的钱也是不行的。谁的钱都不是大风刮来的，对不对……也是怪我儿子眼光不好，怎么就找了这么个女朋友。不像孟先生啊，找了你这么一个好女孩，他家里人就不用操心啦！"

姜迎突然被点名，有点好笑："阿姨，您过奖了。"

"没有过奖！我看人眼光很准的，知道你这个姑娘很好的。所以孟先生很喜欢你，对你很好，跟对之前的女朋友完全不一样。"周姨麻利地擦着桌子，嘴里一刻不停，"孟先生心里很紧张你的，忙着工作，还要赶回来陪你吃饭！我给他家做了小半年了，见过他之前那个女朋友，长得是很漂亮，但天天化浓妆，不自然！我看孟先生也没有多喜欢，对她冷冷淡淡的，都不让她住家里的。"

姜迎抠了抠手指，面上在笑："周姨，您不是不在这儿过夜吗，你怎么知道她不住这儿？"

"哦哟，我怎么不知道啦，我白天来很早的！天天打扫，这家里有没有女人的东西，我还会不知道？哦，对啦，我就见过一次，早上过来，那个小姐就在了，我看是待了一夜的样子。孟先生到中午才回来，两个人在房里吵得好凶哟。那个小姐还砸了她的包包，后来孟先生叫我进去收拾，一地的化妆品，好浪费的，之后就再也没见过那个小姐了……”

那一次啊……就是他们那一夜的隔天吧，她算是那场事故的帮凶了。

姜迎勾起嘴角：“他们谈久了，自然就冷淡了。我们这才刚开始，当然还有点热情。”

本来以为再次听到他和付萱的事，她会愤怒、会怨恨。

可这一刻，她如此平静。

竖锋今晚出去跟总局的人吃饭，为的是游戏审批的事。搭线的人是吴副局，年纪比孟璟书的二伯要大一些，以前在南青是孟爷爷的部下。得到孟爷爷的提携，他才有机会走到今天。孟璟书问过奶奶，才借了爷爷的情面找他帮忙。

吴副局是长辈，又是领导，孟璟书和魏展风当然尽力作陪，绝无二话。

到后面，各人都有了些醉意。吴副局年纪大，醉得更重，拉着年轻人回顾当年，畅想未来。说到兴头上，他还给他们透露了一件事。

“上头政策收紧，都知道吧。这个啊，同类型的，只能给一个……之前洪乐网络那边也有人找我，我没让，就是记着你爷爷当年对我的恩情……小孟啊，你们年轻人，好好做……还有楼盘的事，好好想想，知不知道？”

孟璟书点头称是，又敬了他几杯。

夜深时分，他们总算把满面红光的吴副局送走。

魏展风嗤笑：“难怪洪斌宇一天天地讽刺我们呢，原来是被我们截和了。”

洪乐网络就是洪斌宇手下的公司，也是近年泽卞互联网的后起之秀，跟他们是货真价实的同行。

“各凭本事罢了。”孟璟书也笑，喝了点酒，神色更冷了。

“对了，吴副局说什么楼盘，什么情况啊？”魏展风问。

孟璟书解释了几句。

魏展风瞪大眼睛，不敢相信。想来想去，他还是告诫孟璟书：“你自己看准人啊，别又找个跟付萱似的作践你。”

孟璟书冷眼斜他：“你高看付萱了，就她那点破事，还作践不了我。”

“是，就你宽容。”魏展风吐槽，“宰相肚里能撑船，老孟头顶能戴帽……我说真的，正儿八经谈朋友的话，你可得盯紧点。别整天眼睛长在头顶上，女人都是要哄的，受不了冷落，不然容易变心，要出去偷……我 × ！”

一拳砸在了他的肩上。

“你这狗嘴！”

晚上，姜迎研究了几个同类型的案件，脑子有点乱，睡不着，干脆到大厅沙发上看着视频等孟璟书回来。

他打开门见她在等，满眼惊喜，二话没说，直接一个公主抱将她带回房里的大床上。

人也跟着压了下来。

可任这个男人再帅，也是从饭局上回来的，不堪一闻。

姜迎的脚丫踩在他的胸膛上，强行阻止。

“洗澡，去洗澡！”

他酒意上头，半醉不醉，冷厉的眉眼染了微红，看人时流出一抹艳色，抑或只是看她之时。

他忽地握住她纤细的脚踝，低头吻了她的脚背。

触感湿热软滑，姜迎抖了抖，觉得全身在被蚂蚁啃咬。他似笑非笑，抓着她的脚丫还要行不轨之事。

“哎呀，你……”姜迎蹬腿，小声地和他打商量，“你先洗澡，等下，等下我来……行不行？”

他得寸进尺：“还要用领带。”

姜迎无语。

他开始脱衣服了。

“就这么说定了！”

他笑得流里流气，在她的脚底挠了挠，总算是去浴室了。

姜迎欲哭无泪。

等他洗澡的过程中，她的脑子里闪过各种片段。

最近这日子过得有点魔幻啊……

高中时代是她频繁臆想孟璟书的阶段，但那个时候的想象都很纯洁。很长一段时间里，孟璟书在她心里都只是一个跩跩的帅气少年，可以接近，但不可亵玩。

所以，这一切究竟是怎么发生的呢？

过去数年间，他们交情泛泛，本以为不会再有交集，却莫名其妙在一夜之间开启了这样的关系，还越走越深。

姜迎沉迷其中，却又忍不住想，是不是只是命运在跟他们开玩笑。

还是她执念成魔，生造了一个幻境。

他竟然说……爱她。

浴室里的水流声乍停，姜迎接到来电。

看到手机屏幕上的备注，姜迎脑子里的糨糊一秒清空。她头皮发紧，想着横竖都是一死，咬着牙接通了。

“喂，怎么这么晚还不睡？”

孟璟书出来时，就正好听到她这柔声细语的一句，顿时眉头拧紧。

电话那头说：“晚个 ×！老子这里是上午十一点。”

孟璟书听不清电话里的内容，只听得出是个男人，然后见姜迎抿唇微笑：“哦，原来是这样呀……”

亲昵的语气词。

他眉目一沉，声音都冷了几分，问她：“谁啊？”

他故意没控制音量，确保电话那头的人能听到。

果然，那边的人问：“你那儿咋有人说话！”

姜迎气不打一处来，剜了孟璟书一眼，对着电话说：“是电视机的声音！”

孟璟书过来紧紧地拽住她的手腕，冷着脸低声又问了一遍：“谁？”

姜迎怒目，直接把通话页面给他看。

是许嘉宏。

他松了手。

姜迎忍受着许嘉宏枪林弹雨的埋怨，无奈地说：“你跟我说这些也没用啊……”

孟璟书还在她的旁边阴沉着脸，像一台监视器似的。

姜迎没好气地撞开他，踱去另一个房间拉扯去了。

许嘉宏自然是找她说黄彦菲的事。他这两个月明里暗里地示好，两个人保持不温不火的状态，他本想着等回国就全面发动总攻。谁知临到节骨眼上，事情生变。

黄彦菲冷淡了他好些日子，今天才终于摊了牌。

他不甘心，苦苦地追问，才知道姜迎竟然在其中牵桥搭线。他简直快要气死，没看时间就打过来一番责问。

被他骂了几句，姜迎心里的负罪感没了，气势汹汹地吼回去：“我是没给你帮忙，没给你说好话吗？你自己不争气，都两个月了也拿不下来！她没看上你，就是没看上你！天要下雨，娘要嫁人，我有什么办法！”

气势这种东西就是此消彼长的，被她这么一说，许嘉宏的怒火都变为颓唐。他蔫下来，也知怨不得谁，和她又说了几句，然后就挂了。

人生莫测，旁观者也只能唏嘘。

姜迎扯着嗓子跟许嘉宏喊了几句，这会儿有点渴了，于是出去找水喝。

屋子里的另一个人此刻正坐在沙发上抽烟。他弯着背，手肘随意地支在大腿上，半垂着眼吞云吐雾。

这大大咧咧的姿态，跟个街边流氓似的。

姜迎愤恨地瞪他一眼。

孟璟书听见她的脚步声，抬头就接收到她这幽怨的一眼，顿时微愣。

可她没再说什么，转身就去了餐厅倒水。

他心里有些不是滋味。

她现在……不再劝他戒烟了。

从前撞见他吸烟，好学生心里着急，一逮着时间就到他的跟前游说。他们的座位总是挨得很近，她方便得很。

似乎她有种神奇的魔力，关心他，从一开始就能做到坦然自如。好像天生就应该这样，从不因他人的眼光而羞赧退缩，也从不志在讨好他。

她很少拿学校纪律跟他说事，每回念叨都是从他自身出发，特别琐碎且恳切。

比如——

“你……哎呀，你不能因为抽烟看起来很酷，就学别人抽烟啊。你忘了健康教育课本上的那幅图了吗？那个吸烟者的肺，全黑的！我们现在年纪还小，你可能没感觉，可时间长了，不仅肺会变黑，人也会变丑的……你可不能变丑啊……”

说到这里，她自己先红了脸。

青春期的少年自由浪荡，有几个是爱听道理的？所有跟管束有关的，都是他要反抗的。可看她一脸着急认真的模样，他就是烦不起来，还有点好笑。所以，就算她多番啰唆，他这么一个不服管的，也从没甩过脸色。

那些年少散漫时丢在角落里的细枝末节，越来越如同受到磁场的吸引，一桩桩、一件件地跳出来拼接，渐渐还原了细碎温暖的时光。

那时候，她是喜欢他的吧。大概程度不深，所以才没有说出来的必要吧。

现在她对他的在意，似乎还不如以前。可他又有什么资格要求她永远不变呢？

他控制不住地反复对比，结果只是反复在落差中自我折磨。

烟灰缸里横着两截新鲜的烟蒂，孟璟书挑开烟盒，要取第三支。

“孟璟书，”姜迎的声音幽幽地传来，“我不说你，你就没点自觉了是吧？”

她靠坐在餐厅的椅子上，手握水杯，偏着头，遥遥地看过去。

她微抬下巴：“把烟放下。”

已经很少有人敢对他使用祈使句了。

孟璟书下意识地舔了舔牙，还真就放下了。

他起身，朝她走去。

他在姜迎的旁边坐下，问她：“生气？”

直男只会抓一个重点。

姜迎忍俊不禁：“没生气，但是太晚了，你不要再抽了。”

她把杯子举到他嘴边：“喝点水。”

孟璟书握住她的手腕，低下头去就着她的手，喝完了余下的小半杯水。

他看了她两秒，问：“许嘉宏找你说什么了？”

姜迎扬眉："就……吐槽工作和房子的事。"

他心一沉，直觉事实并非如此，只是她不愿说。

他又问："为什么说我是电视机的声音，不可以告诉他吗？"

"你又不是不知道他大嘴巴，他知道了，全班都会知道。"

"为什么不可以让全班知道？"

姜迎想也不想："反正现在就是不可以。"

"什么时候才可以？"

"过段时间再说。"

"为什么？"他有些固执地问。

"哪有为什么，很多事情都是没有为什么的。"

"有。"

"那你说，"她直视他的双眼，"你为什么要和我在一起？"

他长久地跟她对视，倔强而沉默，几乎要化为一尊严肃的雕像。

绕口令似的说了半天，姜迎想他大概有些上头了。她伸手摸他的脸，是有点烫。

"是不是醉了？回去睡觉吧。"

"不睡。"

孟璟书抓住她的手，用力一拉，姜迎摔进他的怀里，被他扣在腿上。

他说："你答应我的。"

姜迎装傻："什么呀？"

他从她的颈脖往下吻，声音渐渐哑了："你答应了。"

半醉不醉的，记得还挺清楚。

姜迎一笑，搂住他的脖子。

他的热情永远易燃，短暂的亲吻就是引子。

姜迎被凌空抱起，很快摔到柔软的地方，可是这也太快了吧。

"为什么在沙发上？"

他卖力地吻着，双手不停："没有为什么。"

就是想起上次生病时她过来找他，半夜给他量体温，陪他去医院，隔天累得睁不开眼了，还记得给他换被褥，然后丝毫不讲究地缩在这个沙发上午睡。

温暖的秋日，阳光透过窗纱洒进来，她披在背后的长发镀上一层朦胧的金光。

那一天的心情，他此生难忘。

姜迎只觉得热……

他家开了地暖，在床上还不觉得有什么，但沙发矮，离地近，她贴着厚实的沙发垫，再动一动，真的好热。

大概过了三五分钟，他把她抱起来。

姜迎刚想实现自己的承诺要把他推倒，就感觉自己的手被反剪到后背，并且还多了一样东西，越来越紧。

她微微冒汗：“这里怎么……有领带？”

孟璟书搂住她的上半身，越过她去看后面的情况。他也是第一次玩这个，没有技巧，怕勒疼了她，正刻苦钻研。

他也热，不过是因为急切。

“刚才，从阳台拿进来的。”他粗着气说。

姜迎：“……”

可水洗的领带，相当结实。

“你到底醉没醉？”

几句话的工夫，他打了个结，轻笑道：“试试就知道了。”

姜迎稀里糊涂被换了个方向，他在下方仰视她：“你来。”

原来前头他说“还要”的意思不是补集，而是并集。

他有意折腾她、难为她。

姜迎受不住，带着哭腔喊他：“孟璟书……”

他闻声，从她的胸前抬头。

一眼惊心。

她从没见过他这个样子，鬓发湿润，脸颊发红，薄唇是充血的艳色，双目幽深迷离，如同着了魔。

那个夜晚，他们纠缠到很晚。姜迎的身体累极，精神却很亢奋。

孟璟书偃旗息鼓，变得温柔纯良。他不愿睡去，一遍遍地轻抚她的头发和面颊。

他问：“姜迎，为什么离我这么远？”

她说：“我就在你怀里啊。”

他说：“还是很远。”

她低声：“我也不知道……”

深夜放纵的代价是，隔天姜迎头昏脑涨，咖啡也不顶用，太阳穴突突地跳，一整天工作效率低下。

困得不行的时候，是所里的八卦拯救了她。

据说新上位的美女功夫了得，胡主任被哄得晕头转向，竟然给她在某个不错的地段付首付买了个小户型。

泽卞房市天价，再小的户型也是笔大数目，于是惹怒了主任家中的“红旗”。那位主任夫人也不是个简单人物，手握所里不少股份，如果她有意与丈夫抗衡，所里高层或生变动。不过就算有变动，也不关他们这些小虾米的事，他们只管站着说话不腰疼。

姜迎头晕眼花，听完是清醒了一点，可她从这么个大新闻里提取出来的信息只有——男人真不是好东西！

于是，她愤怒地炸了孟璟书很多个表情包。

他看到后，立即来电，问她怎么了。

姜迎眯着眼道："反应这么快，很清醒嘛，一点都不困嘛。"

"是不……"他琢磨出她的语气，顿了一下，改口，"有一点。"

改口也没用，她已经很明白了。这个男人需要的睡眠时间比她短，常常她顶着黑眼圈爬起来的时候，他已经穿戴整齐、神采奕奕了。所以，每回激战后，都只是她一个人在品尝恶果罢了。

她气呼呼地说："我困得字都看不清，今晚该加班到半夜了，不跟你玩了，哼！"

一口气说完，她便挂断电话。

回头，小曼目瞪口呆："你这凶狠的样子前所未见，我得重新认识你了……"她摇头叹息，"我可从来不会这样跟我男朋友说话……"

姜迎甩给她一个白眼。

罪魁祸首，罪有应得。

晚上两个人都要加班，姜迎还真的弄得比孟璟书要晚些。结束时，他过来接她，说已经到楼下了。

姜迎借口还要打印资料再关灯锁门，又磨了一会儿，故意让他等着。

实际上，她靠着椅子在刷论坛，正看一个各大导演夫人的扒皮帖看得津津有味，忽闻一阵不疾不徐的脚步声渐近。

她转头看向门口，来人挺拔的身形出现在玻璃门外。

他看向她，从容地叩门。

"咚，咚。"

两下。

她的心便像QQ糖被人捏了两下。

她没反应，孟璟书自行推门而入。

姜迎几秒前点开的链接加载完毕，适时地开始播放——

"日前，第十三届××电影节圆满落幕。开幕式上，著名导演××携其妻子、著名演员×××共同观礼。只见两个人全程形影不离，恩爱有加，真是羡煞旁人……"

孟璟书见状，眉峰轻挑。

呃！

被抓了现行。

姜迎眨眨眼，把手机给他看，试图转移话题："你看，她是不是很美？是不是所有男人都会喜欢的端庄淑女？”

孟璟书现在偶尔也能猜出一点她的小心思了。

他扫了一眼说：“是漂亮。但我喜欢的是爱闹别扭的小朋友。”

姜迎的脸顿时红成烂番茄。

他笑笑，上手捏了捏，问：“还要不要打印，小朋友？”

“哼。”

姜迎已经收拾好了桌子，又起身关了空调和灯，很快关门走人。

走道的感应灯熄灭，又应声而亮。

孟璟书握住她的手，她抽出来，他再握，她再抽。

他停下，看她。

她回以挑衅的目光。

他突然低头在她的眼皮上亲了亲，趁她闭眼时不备，抓住她的手放进手心，十指扣紧，动弹不得。这下，她终于安分了。

来到电梯前，她忽然说：“我们走楼梯吧，就三层楼。”

孟璟书自然没意见。

打开消防门，姜迎跺了跺脚，原本漆黑的楼道豁然明亮。

两个人初时参差不齐的脚步声渐渐合为一体，在空荡的楼道里回响。

其实他们要走去负一层停车场，一共应该是四层楼。

他好像又懂了什么。

他看了看表，十点四十多。

他说：“姜迎，晚自习下课了。”

她微愣，看向他，抿着嘴唇笑了。

在学校时，每升一个年级，就要换一次教室。高二和高三，他们搬了教室，却换楼没换层，连着在四楼待了两年。

姜迎兼任副班长和纪律委员，晚上要把最后一节小测的试卷收齐，放到楼道边上的教师值班室去。有些同学写得慢，她就会等一等，所以经常是最后几个离开教室的人。

而孟璟书白天活动丰富，晚上也丝毫不松懈，常常提前写完小测试卷，留在教室里继续完成学习任务，直到教学楼断电。

因此，他们俩共享了很多个一起走下那四层楼的夜晚，虽然大多时候旁边还有少数几个其他人。

去年今日此门中。

他们拥有了那首诗词的上阕。

两个人都有心灵相通的愉悦之感。

这时，感应灯熄灭，一秒之内一片黑暗。

他们笑出声。

更像了。

那时他们常常走到一半就跳电闸，整栋楼乃至整个教学区一片漆黑，要靠手机暗淡的光线继续走。

不过现在他们只需跺跺脚。

灯又亮起。

“想吃夜宵了。”姜迎忽然说。

孟璟书不加思索：“烤鸡腿和小馄饨？”

那是他们母校的招牌夜宵，窗口的队伍永远能绕树三圈，需要提前冲出教室一路狂奔才有可能排得上号。

“走！”姜迎兴致勃勃。

有几次，她有幸能吃到这两样招牌菜，那是校运会或大晚会前夕，晚自习用于排练而非小测。

第一次的时候，姜迎和黄彦菲几个室友约好早早地冲过去排队，买到后，吃一口就被惊艳，冲动之下一个人又多买了几份。于是，几个女孩手里、嘴里塞满了食物，都顾不上走路，就在食堂边的空地上站着，埋头猛吃。

然后，来迟的许嘉宏看到了这个场景。他被女生的食量震撼到，又或许是嫉妒她们买到这么多稀有的美味，当下就拉着身边的几个男生说“快看快看，她们吃得好多”，甚至回了宿舍还将此事广为传播。

以至于第二天有好多男生跟姜迎打招呼，都是：“Hi，纪委，鸡腿好吃吗？”

姜迎想对许嘉宏使用古代的十大酷刑。

听到这里，孟璟书问：“我是其中之一吗？”

姜迎想了想：“应该不是，否则现在挨骂的人就是你，而不是许嘉宏了。”

一说到许嘉宏她就来气，继续骂：“长得人模人样的，嘴巴怎么就这么大！怪不得……怪不得到现在还是单身！”

他们来到车前，孟璟书面无表情地给她拉开了副驾驶座的车门，等人坐上去，他也跟着挤上去。

姜迎被挤压，费力地问：“你干吗？”

他说：“他单不单身，跟你一点关系也没有。”

姜迎故意说，“那有时候也要关心一下朋友的人生幸福啊。”

接着，她的胸口就有点发疼。

“哎呀！”

他狠狠地揉了几下才作罢，冷声警告道：“你还是先关心一下自己明天会不会困吧。”

对哦！她真是好了伤疤忘了疼！晚上才恢复了点精神，她就忘了他的恶行，对他和颜悦色了。

驾驶员先生从车前绕了半圈坐到驾驶座上，门才刚关好，就收到来自副驾驶座上的人恶狠狠的一声“哼”。

孟璟书摇摇头。

失策。

分明哄好了，他不该再提这件事的。

他们去了附近的小吃街。

毫无疑问，烧烤摊人满为患，姜迎抻着脖子喊了两声，感觉老板并不能在一片嘈杂中接收到他们的订单。

天空飘起了小雪，冰冷刺骨。

姜迎不想再吹冷风，他们退而求其次，去了一家还有几个空位的馄饨店，要了两碗鸡汁小馄饨，四舍五入当是吃过鸡腿了。

盲选的店，味道意外地好。

身上也不冷了，姜迎内心的怒火被温饱和舒适赶跑，尤其是在对面的人很快吃完，意犹未尽地看着她时。

“再要两碗？”他问。

他把汤都喝完了，浅淡的薄唇泛着红，冷峻的面容上也沾了几分烟火气。

姜迎不禁笑了：“我吃不了那么多，你再要一碗自己吃吧。”

他有点遗憾：“那不要了。”

姜迎想揉他的脑袋。

“那再要一碗，我们分着吃，我少吃一点。”

他很快点头。

分享第三碗小馄饨时，孟璟书的嘴角一直微微勾着，看得出心情很好。

他告诉姜迎，自己明天要出差，去 B 市参加一个研讨会。

姜迎的第一反应是：放假啦！终于可以好好睡觉了！

她立刻问：“去多久呀？”

惊喜之情溢于言表。

孟璟书的嘴角立马压了下来：“周末两天。”

“啊，也不久嘛。”

他放下餐具：“我不在你很开心？”

姜迎忍着笑：“也没有吧。”

“你就是很开心。”

可以哄，但没必要。

姜迎：“嘻嘻。”

孟璟书订的是明天晚上的机票。在公司忙完了他就直接过去，所以回家洗了个澡，他就开始收拾行装。

两天的衣物很轻便，他三两分钟挑好衣服，然后就一直在四处翻找着什么。他不吭声地满屋找，姜迎故意在他的面前走来走去，他都没搭理。从馄饨店出来就这样，他在跟她生闷气。

他跟无头苍蝇似的转了好一阵，姜迎实在看不下去了，问他：“找什么呢？”

他的视线挪过来，有些不情愿地说：“我是不是有个平板在你那儿？”

“啊，是啊。”她迷上了平板电脑里的几个小游戏，孟璟书也无所谓里面有什么资料，直接就丢给她玩了。这段时间她天天往外跑，怕路上犯困坐过站，就放包里带出去消遣提神。

“你早点问就不用找了。”她有点想笑，但脸上敷着面膜，没笑出来，声音也有些僵硬，“就在玄关那儿，那个大一点的黑色挎包里。”

“哦。”他转身去寻。

面膜时间结束，姜迎去浴室洗脸。洗完正要研究肌肤是否有什么奇妙的变化，她就听见孟璟书脚步沉沉，从外面回来了。

“姜迎。”他的声音像被霜雪浸泡过。

她蓦地一惊：“怎么了？”

他顺着声音来到浴室，神色是前所未有的冷淡，连嘴唇也失了血色。

“这个是什么？”

他手上抓着一样东西。

是被弃用的干草，包装的塑封袋上印着几个字：泽卞大学农学院。

姜迎心里“咯噔”一下，但表面还能保持镇定。她盯着那行字，脑子飞速运转。

“就是草啊，用来给薄荷保温的，”她说，“前些天一个学弟送的。”

泽大也是他们的母校，这个理由应该还可以吧。

可是，他的脸怎么越来越黑了？

她有点紧张，思索着继续编：“这个学弟以前是我的部委，后来转专业了……都在泽卞嘛，偶尔还是会联系。上次他听说……”

“你说谎。”他打断她。

姜迎一顿：“我没有啊……”

“你根本不敢看我。”他说。

姜迎抬头看他，分明没有表情，她却看见了黑不见底的深渊，看见了痛苦和挣扎。

不知怎么的，她忽然就不紧张了。

孟璟书注视着她逐渐平静的双眼，呼吸越发紧绷。

“是那个人，邓明科，对不对？”

姜迎这下真是大感惊讶：“你怎么知道？！”

“上次跟你去看房，他的荣誉书就摆在桌上！”

“哦……”

他闭了闭眼，尽力压抑着说：“你不觉得应该解释一下？”

姜迎想起那天对着黄彦菲说自己问心无愧，现在怎么反倒畏缩起来了？她把事情过了一遍，觉得实在没什么越界的，就说了实话。

“看房的第二天，我出外勤回来，跟他在地铁站偶遇。他说许嘉宏已经确定接手了，很感谢我，所以请我吃了一顿饭。”

“吃一顿饭……”他勾起嘴角，“吃一顿饭就知道你养薄荷，就知道要给你这个？”

“那……吃饭也不能不说话吧。你一言我一语的，他说了点他们专业的事，栽培了什么，我就说我也种了薄荷啊。”姜迎越说越觉得自己根本没有错，越发理直气壮起来，“他说薄荷过冬放点干草更好，学校里很多，能给我拿一点。然后隔天我出去，恰好路过农学院，他就给我了。”

“记得真清楚。”他自嘲地笑，“那你记不记得，薄荷我也有份的。”

姜迎说：“你要是不喜欢，把干草扔了就是了，不用也不会死。”

“扔了？那你跟别人怎么交代？”他言辞刻薄起来。

姜迎皱了皱眉：“我们之后就没怎么联系了，我不需要向他交代。孟璟书，我跟他什么也没有。”

他不笑了，冷冷地盯着她：“那你心虚什么？说谎做什么？”

姜迎也说不清他问起的一刻，自己心里在想什么。她囫囵说道：“你突然这么严肃地问我，我有点紧张。”

这句话却惹怒了他。

“我更严肃、更生气的时候也没见你怕过！你为什么紧张？是不是因为你觉得或许别人比我好，想去试一试？！所以听说我会不在两天，你这么高兴？！”

姜迎难以相信。

他竟是这样想的？

她的矛盾和困苦他都不知道，现在却还要来指责她三心二意！

怒火令她语气尖锐：“对，你说得对！比你好的男人那么多，我见一个爱一个！”

“我不允许！”他猛地攥紧她的手，力道大得似要把她捏碎。

他越是失控，她就越疯狂。她根本顾不了手上的疼痛，拽着他就往外走。手机被随手搁在落地窗前的单人沙发上，她拉着他到那儿，手上已经一片火辣辣。

但她笑起来，单手解锁了手机，打开聊天软件，递到他的眼前："你自己看，我是怎么爱他爱得要死的！还有其他人，你都可以看，看我是怎么不甘寂寞，一个一个试过去的！"她还在笑，"但你看了应该还是会怀疑，怀疑记录是不是被删除过了，怀疑我是不是还有别的你不知道的号码？因为你根本就不相信我！"

孟璟书没有看，他的心被她刺成了筛子。他疼痛难当，有一刻脱力放开了手，却在下一秒又颤抖着将她握紧。

"你别这样……"他低着头，拿开她的手机，"我不看，我信你。"

他的呼吸像是遭受凌迟，一下一下，无比艰难。

姜迎一瞬间觉得没意思极了，也无力。她松了手，手机沉闷地摔在地毯上。

"对不起，对不起……我不该怀疑你的……"

她不说话，任他挽留地握住自己的双手。

他抬起头看她，眼睛发红，声音嘶哑。

"姜迎，我爱你。"

这是他第二次说爱，比上一回悲戚更甚。他声嘶力竭，疲惫得她不知道还会不会有下一次。还是，这份爱的气数将尽。

"爱我……为什么要皱眉？"姜迎抽出手，去轻抚他眉间的皱褶。

孟璟书倔强而郑重地直视她的双眼，问她："我爱你，你呢？"

她的指尖拂过他冷冽的眉眼，来到他的脸侧摩挲。骨骼的棱角被她覆住，他眼中只剩下易碎的情绪。

"不告诉你。"

她仰头吻上他，藏好滑落鬓间的泪。

雪变大了，鹅毛似的纷纷落下。

他们靠着落地窗而站，那一片片白絮就像是直接落在了他们的皮肤上。姜迎觉得冷，但她已经很热了。

孟璟书将她的双手压在玻璃窗上，她上身不自觉地倾过去，腰部以下却受他摆布。

他将所有情绪施加于她，用欢爱换取心无芥蒂的相拥。她是专属于他的净土，他愿在此长眠。

姜迎看见窗中的镜像，他眉目如初，他沉迷如故。

她心里不禁钻出了恶魔。

她在喘息的间隙对他说："你只是想占有，你只是喜欢这样。"

这话如同恶毒的咒语。

他的胸膛剧烈地起伏着，完全贴紧她的身体，起落如厮杀。

她感受到他的愤怒和不安，快感却穿云破月。她眼里迸发出炽烈的光，她吸食他的痛苦，就像水蛭吸饱了血，快乐得颤抖起来。

“你敢说你不喜欢，你敢！”

他激动地掐住她的下巴，强硬地和她接吻。唇舌忘情地交缠，如同溺水之人抓紧浮木，只求一线生机。

无论再怎么压抑、忽视，她还是恨他。可到头来，恨与爱竟不相悖，恨也成了爱的一部分。她爱他，爱到除了他，无人可填满她的饥馑。

窗上起了雾，又被画出凌乱扭曲的模样。

有雪花触碰到温暖的窗，本能地受吸引而贴紧，却把自己给融化了。从边上开始，直到融成只剩晶体的一角，零星一点顺着雪水滑下，坠落高空。

第二日，风消雪霁。

夜里的一切就像晴空下逐渐消失的雪，恍然如梦。

他们默契地不提昨晚的事。

孟璟书是小心翼翼地想维护他们的关系，姜迎则是心狠又心软，不欲在他劳碌之际几度争执。她不知道是对还是错，只是不忍心。

昨晚他如往常一般抱着她，用爱语织成一张密网，引得她坠落，又将她包裹。频频见着他柔软的模样，她越发觉得自己才是坏人。

吸血鬼吸饱了血，也会有仁慈的时候。所以下车前他索吻，她并没有拒绝，一切都跟往日别无二致。也不是什么过不去的矛盾，她想，谈恋爱吵几次架，没什么大不了的。

又是在外跑腿的一天。

下午，姜迎在法院排着队，忽然收到胡若晨发来的信息。小姑娘说自己想喝酒了，订到了一家不错的酒吧，让她陪自己去。

姜迎觉得有点累，想拒绝她，可胡若晨发语音过来可怜地嘤嘤，她又想起自己也是好久没喝酒了，于是应下。

五点一刻，姜迎完成了今天的工作。

她跟孟璟书说了一声，他当即来电，说让她到公司楼下等他一起吃晚饭。

他是晚上八点多的航班，算起来时间刚好合适。

吃饭时，姜迎告诉他，自己晚一点要跟胡若晨去喝酒。

他的反应是：“怎么又是她？她怎么总能挑到我不在的时候找你？”

姜迎有些好笑：“难道不是因为你不在的时间比较多吗？”

孟璟书无言。

过了几分钟，他大概忍了一会儿，没忍住，又说："我不在，别喝酒。行不行？"

姜迎也知道对他而言，她喝酒可是有黑历史的。

她于是跟他打商量："就喝一点点，不会醉的。况且我们两个人会互相照看，没事的。"

他说："她跟你在一起，比你自己一个人还让人不放心。"

是的，胡若晨也是有黑历史的。

她仍挣扎："我有分寸的，就喝一杯。"

孟璟书不说话，只看着她。

她叹息："行吧，那我看着她喝，我吃果盘。"

"嗯。"

协议达成。

但姜迎想着，上有政策，下有对策，她偷偷喝一点，他又怎么会知道呢？就算知道了，他又能拿自己怎么样呢？

然后，她的侥幸心理就被他的一句话给打碎了。

"等会儿你就开我的车，晚上要安置她也比较安全。"

自从孟璟书知道她有驾照后，在上下班的路上总是撺掇她试试他的车。

哪个司机能拒绝开豪车呢？

姜迎搓搓手，开了几把，开始时觉得车型比她的大，有点把握不好，几次之后也就熟悉起来。而孟先生则在一旁淡淡地微笑，露出些许欣慰。

姜迎揣测，大概是类似于当家老爷看到自己的正房和爱妾相处融洽的心情？

这本来是件好事。

可是，开车的话……她就真的不能喝酒了。

这个人还真是考虑周全！

下楼时，姜迎低头跟胡若晨发信息，手莫名一阵疼痛——孟璟书又往死里捏她了。

她抬头正要对他发作，却见他的眼睛紧盯着前方某处，于是她跟着看过去。

邓明科和他的女伴就站在不远处，也朝他们看过来。

"Hi，姜迎。"对方先反应过来。

"Hi。"她笑得僵硬。

"我们待会儿去看话剧，就在附近。"他解释了一句。

"哦……"姜迎附和地点点头，说，"那我们先走了，祝你们看得愉快。"

"谢谢，再见。"

"再见。"

修罗场也不过如此，才几句话，姜迎已经尴尬得头皮发麻。

身边的人冷着一张脸，没说话，但不爽的气息已经满布周围。

孟璟书送姜迎去停车场，再等刘助理来接他去机场。

他将车子开了锁，却依然攥紧姜迎，不让她上车，甚至都不让她动。

“喂。”姜迎仰头看他，“这样也要生气？你都看见了，我们不怎么熟的。”

“那为什么还要再见？不许再见了。”

姜迎好气又好笑，只想把手抽出来。

孟璟书不让，看她还要挣扎，干脆低头重重地吻住她的嘴唇，好一会儿才松开。

姜迎立即气恼地踢了他一脚。

停车场车来车往的，他也太旁若无人了！

孟璟书像是没有感觉似的，只摸了摸她的头发，低声说：“自己在家乖一点。”

姜迎呛他：“说狗呢！”

他说：“狗都比你乖。”

姜迎又踹他：“看我不把你家给撕了。”

他笑着说：“随你。”

“哼。”

刘助理来电，孟璟书总算松了手。

“走了。”他把车钥匙丢给她，“保持联系，注意安全。”

“你也是。”

他离开前在她的额头上印下一吻。

姜迎皱了皱鼻子，轻轻地搂了他一下。

“下周我生日那天，奶奶说想和你视频。”

就这么一句，姜迎如过电般浑身一抖，紧接着像要飘起来。

酒香里飘荡着优雅轻快的蓝调，人人陷入慵懒的状态。

“姐姐，姐姐！”一只小肉手在姜迎的眼前晃，“你在想什么呢？”

姜迎回神，拇指和食指夹住那只手翻过来端详了一下：“话说，其实你挺瘦的，手怎么这么胖？”

胡若晨被戳到痛点，立马收回了手，挺在意地说：“我就是遗传了我妈妈的肉手，怎么也瘦不下来。”

姜迎叉了一块哈密瓜放在嘴里嚼：“缩起来干什么，又不丑。你下次换个淡点的粉色会更好看，粉嫩粉嫩的。”

胡若晨甜甜地一笑：“那下次一起去，你帮我挑啊。”

“我不喜欢做指甲，很麻烦。”

“一起去嘛，姐姐。我请你吃饭啊。”小姑娘喝了点酒，变本加厉地撒娇。

“再说吧。”

姜迎敷衍了几句，换了一只手托腮，又陷入沉思，脑子里围绕着“视频”“生日”“见家长”等关键词，每一个都让她的心脏热胀又冷缩。

唉。

既然他如此诚心诚意，不如就……对他好一点吧。

两分钟过去，胡若晨的脸蛋以肉眼可见的速度更红了，一点醉意让她终于能把忍了好一会儿的话给说出来：“我知道不该这样……可是，我真的好矛盾……他来找我了……”

姜迎的耳朵捕捉到敏感的词汇，顿时皱眉：“谁？！”

“天靖……”胡若晨有些瑟缩。

姜迎怒目圆睁：“你竟然还矛盾？！你有什么可矛盾的？！他跟你说什么了？”

“他……他说……之前是他看走眼了……其实我才是最适合他的人。他说……”她的声音在姜迎的逼视下越来越微弱，“说，会补偿我……”

姜迎冷笑：“于是你就动摇了？”

“没……没有动摇，就是……就是有一点点心软……觉得没那么讨厌他了。”

姜迎环抱手臂，冷哼道：“你忘了我当初给你听的录音了？你要想回头，以后就别来找我。”

“我不会——”胡若晨泫然欲泣，着急地说，“我就是……就是觉得……他怎么能这样！当初我们好好的，突然就翻脸了……他前几天和那女的也还好好的，现在又回来找我……我真是不懂他到底怎么想的……”

“人本身就是难以预测的，你不可能完全明白别人在想什么，你也不需要明白。你只要知道自己想要的是什么就行了。嗯……或许有时候也并不清楚自己到底想要什么……”她像是在说胡若晨，又像是在说自己。

“但你总该知道自己不想要什么吧。比如，不能要一个三番五次出轨，然后又想吃回头草的渣男。懂吗？”

“嗯……知道了。我绝对……绝对不会上当的。”胡若晨是有些优柔寡断，却也并不是真的蠢，只是需要有人给她一个明确的意见。

姜迎可有可无地点头，继续在果盘里挑挑拣拣。

“姐姐，你试试这杯，好喝！”胡若晨热心地递来一杯名为“修思朵浮”的鸡尾酒。

姜迎咬牙拒绝：“我不喝，不能酒后驾车。”

“喝吧！我在楼上酒店订了房间，我今晚要喝醉，要外宿！陪我嘛，姐夫又不在，你别回去啦。晚上开车好累的。”

姜迎觉得现在的胡若晨像极了当初极力向孟璟书推荐奶茶的自己。

她有些不坚定了……

胡若晨说得有点道理……天知道连着几天吵闹造作，她被压榨得有多累。现在，她清清静静地喝点小酒，再好好睡上一觉，岂不美哉。

那就这么愉快地决定了！

姜迎拿起那杯“修思朵浮”小啜一口，入口酸甜，层次渐生，后味有点刺激。

她开心起来，刚要招手呼叫服务生，手机就“嗡嗡”地振动起来。

姜迎低声警告胡若晨：“小心说话。”

小姑娘抿紧嘴唇猛地点头。

她接通，微笑道：“你到啦？”

“嗯，正要上车去酒店。”他那边有走路带起的风声。

“哦。”

他问：“没喝酒？”

“当然没有啦。”

“你们在哪家酒吧？”

“还是 The One。”姜迎轻笑一声，觉得很巧，胡若晨竟然订到了这里的位子。

“二楼？”

“对啊，一楼哪有这么安静。”

那边也笑了一下：“在二楼的哪个位置？”

“嗯……吧台左边的角落里。”

孟璟书略微思索：“旁边挂着鹿角装饰？”

姜迎感叹：“你可真是常客！”

他又笑了：“我知道了。现在要上车了，晚一点再打给你。”

“好。”

挂断电话，姜迎松了一口气。她感觉自己简直就是做坏事差点被家长抓包的小屁孩，谈个恋爱怎么还胆战心惊的。

她又端起另一杯酒喝了一口，压压惊。

她问胡若晨：“你是怎么订到这里的位子的？”

“不是我订的，是我上一个案子的当事人。嗯，是一个酷姐姐……她说自己临时有别的事情，就让我来了。”

姜迎哼笑：“你是姐姐收集器吗？”

“啊？”胡若晨开始有些晕了。

“我说，你还行不行啊？”

“可以！”她立即比了个“耶”。

“啧，手放下，别丢人。”

“其实……其实这家店，我听说……听说是以前认识的一个哥哥开的，好久没见了……也不知道会不会碰到他。”

姜迎敷衍地说：“嗯嗯。”

她招来服务员，拿了菜单要点酒。

“再要一杯‘黑刺梅菲斯’，还有，嗯……就‘植物学家’吧。”

服务生确认了一遍，微笑着说：“‘植物学家’要等久一点，大概要等十五到二十分钟。”

“好的。”

“请稍等。”

姜迎点完酒回头，胡若晨已经把其中一杯喝完了，这会儿眼神都有些迷茫了。

“喂，”姜迎戳她的脸，“我还没开始喝呢，你就醉了。”

胡若晨晃了晃脑袋：“我还没有醉。”

“呵。”

刚才给她们点单的服务生又走了过来，脸上带着歉意的微笑。

姜迎想，大概是刚点的酒没有了，过来让她换的。

结果服务小哥问：“请问，您是姜迎小姐吗？”

姜迎微微一惊，怎么还知道她的姓名了？

“对，什么事？”

“是这样的，孟总说，您不能喝酒。”

姜迎努力抑制住要暴漫化的面部肌肉。

胡若晨惊恐地插嘴：“啊？孟总，孟总也来了吗！我不是……”

姜迎适时地捂住她的嘴，假笑道：“这位帅哥，你也看到了，是她要喝，不是我喝。”

小哥显得有些为难：“是这样的，孟总说，鉴于您这边已经点了三杯酒，这位小姐也不可以再点了。除了酒，其他的您可以随便点，所有消费都算在孟总的账上。您看，我们菜单上还有很多软饮和小食，您再挑挑？或者您想要别的，我们也能尽量去做。”

她还能说什么。

“孟总也是你们的老板之一？”姜迎忍不住问。

小哥笑笑：“这个我也不清楚，只知道孟总是我们大老板的朋友。店里平时都是大老板来管理，刚才也是大老板下达的命令，望您谅解。”

姜迎的心情经由尴尬、气恼和不甘渐渐沦为忐忑和莫名的羞涩。

他都跟朋友说了些什么，怎么介绍她的呢？这还没正式见过面，就帮着拦截她喝酒，人家会不会觉得她不着调啊？

她心不在焉地翻着菜单，实在不知道还能点些什么。

这时，一个穿着休闲套装的年轻男人走来，向她们微鞠一躬。

“打扰了。我是 The One 的老板，也是孟璟书的朋友。二位有什么不满意的，可以直接跟我说。”他摆手示意服务生离开，换上轻松点的语气，笑道，“老孟跟我说女朋友在这儿，让我照看着点。姜小姐，初次见面，我是童浩。”

姜迎微微惊讶片刻，客气地回礼：“你好。其实也没什么事，打扰你了。”

刚才被强制噤声的胡若晨此时突然呜呜嗷嗷的，两个人向她看去，只见她下意识地拨了拨自己微乱的头发，一双下垂的眼却直直地盯着童浩。

“浩哥哥！”

姜迎：“啊？”

童浩微一挑眉，似在记忆中搜寻：“你是……晨晨？”

“浩哥哥，真的是你！”

童浩勾起嘴角，金丝边框眼镜下的笑容清俊又斯文：“是我，好久不见。”

两个人竟是旧识，真是无巧不成书。

姜迎也只能道：“真巧。”

胡若晨有些晕乎乎地凑到姜迎旁边：“姐姐，他就是……就是我刚才说的那个小时候认识的哥哥……”

她没说几句就身子发软地趴在姜迎的身上：“嗯……我好像真的醉了，有点渴……”

她毫无预兆地拿过那半杯“修思朵浮”，一口气喝完：“啊……好热啊……”

胡若晨红着脸蛋开始扯毛衣的领口。

余下的两人面面相觑。

这跟想象中的会见亲朋有点区别。

姜迎急忙止住小姑娘不雅的举动，抱歉地笑道：“抱歉，她喝醉了，我想我们该走了。”

童浩颔首：“我让人送你们吧？”

姜迎说：“不用了，我自己可以的，她也不是走不动了。”反正她们也就上个楼而已。

童浩还想再劝，又一个服务生过来，跟他低声报告了些什么。

趁着这个空当，姜迎拉胡若晨起来，对着童浩小声说：“我们先走了，下次再见。”

童浩只得说：“招待不周，下次再见。”

胡若晨一边被拉着，一边往后对着他挥了挥手：“浩哥哥，下次见！”

童浩看着，不自觉地摇头笑了笑。

办理完入住后，胡若晨的身体越发无力，姜迎拖着她慢悠悠地找房间。慢得第二趟电梯都“叮”地到达了，其他的住客也来到走廊，他们似乎比较急切，快步找到了他们的房间。

姜迎用余光瞥见两男一女，暗暗震惊之后，也十分体谅他们急切的心情。她自己悠哉，一只手抓着喝醉的人，扶住她摇摇晃晃的身子，另一只手则去刷卡。

胡若晨忽然惊叫：“啊！她……”

不远处传来不轻的关门声。

胡若晨却是发了狠一般要追过去：“是她！是那个女人！”

姜迎不知道她发什么疯，耗尽了吃奶的力气才把她拖回来，再关上门锁好了。

胡若晨再次扑过去，姜迎双手搂着她的腰，以海氏急救的姿势把她往房里拖：“回来！”

她叽里呱啦：“是她！那个经常和天靖玩的女人！她……她跟别的男的抱在一起了！我看到了！”

姜迎猛地一使劲，两个人一起摔到床上。

她都出汗了，喘着粗气，抬脚压住还想要爬起来的胡若晨。

“你别动了！我累死了！”

“我要……我要去打她！”

“就你这么菜，还想去打人家。”

“呜……我不管，我就是想打她！”

“你现在有力气打吗？再说了，人家还带着两个男的，你现在过去，他们正好三缺一呢！”

“啊？”胡若晨听蒙了。

“冷静点吧，你又打不过人家。想清楚了吗？陈天靖为什么又找你？就因为他被那个女的甩了，现在想起你好欺负，所以才想吃回头草。”

胡若晨的眼圈又红了：“为什么要这样对我……”

“因为他犯贱，你现在要是答应他，那就是你犯贱了。”姜迎冷声道。

“我是不会答应的，只是觉得有一点伤心。我是真心实意对他的……可为什么得不到相同的回报？”

“很多事情都是这样不公平的，不是你付出了就能有回报。而有些时候你什么都不做，也能得到。”

胡若晨止住了眼泪：“怎么可能什么都不做也能得到？”

姜迎哼笑：“你说你一个执业证都没有的实习小律师，怎么能眼都不眨地就订了黄金地段的江景酒店？你一个月的工钱够不够住三晚？”

“我……”

姜迎继续说：“你的父母对你好，他们有资本对你好，只要你活着，什么都不用做，他们也都会对你好，很多人并没有这样的好运。所以，有毫无缘由的得到，也可能会有注定无果的付出。”

胡若晨像是被她绕晕了，又像是在沉思，暂时没话说了。

躺了几分钟，姜迎的手机信息灯亮了。

孟璟书问她：“喝完酒了？”

姜迎嗤笑，他那个朋友是不是太负责了。

她看了一眼旁边还在两眼放空的小姑娘，随手拨了电话过去。

对面很快接通，姜迎“喂”了一声。

孟璟书还没说话，姜迎就听到那边有女人柔声细语地问：“这个力度可以吗？”

孟璟书声音低沉地“嗯”了一声，然后问姜迎：“没在开车？”

姜迎没答，凉凉地笑道：“孟先生的夜生活可真丰富。”

他一顿：“你别误会，这是……”

“我没误会啊，就是想告诉你一声，我已经到家了，去洗澡了，拜拜。”她说完，很快挂断电话。

胡若晨呆呆地看过来：“姐姐，你骗人啊……”

“对啊。”姜迎露出一个胜券在握的淡笑。

她起身去桌边拿水，一瓶丢给胡若晨，一瓶自己拧开盖子喝了一口。

前后不过一分钟。

手机疯狂地振动。

姜迎勾起嘴角，接起电话时，语气却干巴巴的：“干吗，我连洗澡都不可以吗？”

孟璟书大概酝酿了几秒，开口时相当认真：“我刚到酒店不久，碰到了一个与会的师兄，他跟几个同行叫我一起过来，都是前辈，我不好拒绝。我知道分寸，不可能做别的。你别生气。”

姜迎听得出来那边是在做足疗，不咸不淡地说：“知道了，我又没说什么。”

“你挂我电话了。”

“电话是我打的，说完了事，不能挂？”

孟璟书只得又说：“你别生气。”

姜迎刚刚本来就是故意发作，想惹他着急，此刻忍不住笑了：“真的没生气。”

他松了一口气，想起刚才没问出口的事：“你这么快就到家了？把胡若晨也送回去了？”

“嗯……她喝醉了，我们直接在楼上的酒店住下了，今晚外宿。”

他沉默半晌。

姜迎问：“不说话是什么意思？”

他说："待会儿我回房里跟你视频吧。"

姜迎笑了："我都没说要查你，你还想来查我？"

他说："就是要查。"

"查就查，谁怕你。"姜迎想了想说，"不是要应酬吗？在前辈面前溜出来打这么久的电话，不太好吧？"

"嗯，那你先去洗澡。待会儿见。"

"拜拜。"

甜蜜地通完电话，姜迎呈"大"字倒到床上。

胡若晨回过神来，默默地挪到她的身边，小声地说："姐姐，我好羡慕你哦。"

姜迎哼哼："羡慕什么，羡慕我连喝酒的自由都没有？"

"姐夫超紧张你的。"

"可任何事情都不会只有好的一面。"她轻声说。

胡若晨有点糊涂，没听清，只把目光投到姜迎的手指上。

"这枚戒指好好看。嗯……姐姐，你的中指怎么磕出了伤口？"

姜迎抬起手来看，纤细的手指，在戒指上方确实有一道伤痕。是昨天夜里，孟璟书将她的手压在玻璃窗上，太过忘情时，被他手上的戒指划伤的。

她笑了笑："戒指是好看，但有时不注意，也会刮伤人。"

可是，伤痛能消减虚空感。开始时觉得不可思议的事情，在心痛与甜蜜交织之后会变得具象。

她一次次故意作恶，却又止不住地……无限期待。

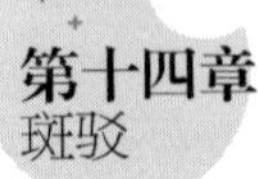

第十四章 斑驳

一觉睡醒，神清气爽。

昨晚明明被迫通话到了凌晨，现在才八点多，姜迎觉得自己已经精神饱满了。所以说，人还是不能过度纵欲，留着这点体力干啥不好。

胡若晨还在呼呼大睡。

姜迎摸到手机，看到孟璟书一个多小时前发的早餐照。

神仙作息。

她给他发了个系统自带的墨镜笑脸——

外宿的感觉真好。

他过了一阵才回复：偶尔尝鲜，当然好。

姜迎问：什么时候开会？

他回：九点半。

并不是秒回，估计他那边挺热闹的。研讨会的与会人员一般都是业界能人，见了面免不了一番交际。姜迎便未多打扰，翻了个身，自己刷微博。

她的大号是个小“黄V”，平日里除了发些日常生活琐碎，还会分享一些法律信息，偶尔也回复一些网友的提问，有时还会就某些热点事件进行点评。但由于她做的不是热门的内容，只有两千来个粉丝，也就权当消遣，说话没什么顾忌，倒也乐得自在。

她在人家热门微博下评论得正欢，冷不丁屏幕上方闪出几条消息。

其中一条是短信——

姜迎昨天预约了热水器的售后，师傅说会在两小时内上门，请确保家里有人。

另外几条都是许嘉宏发来的微信——

晚上出来，请夜宵啊。

该死的时差，昨晚一夜没睡，老子开始补觉了。

到时找你，别装死啊。

姜迎回：辣鸡才装死。

许嘉宏回复了一个微笑的表情。

姜迎爬起来叫醒胡若晨。小姑娘昨晚睡得早，酒醒了，也没怎么赖床。两个人挺麻利地洗漱，不一会儿就出门退房了。

她们去楼下星巴克吃东西，姜迎总感觉有人在看自己。但店子大，人又多，她一时没有头绪，或许是多心了。她得按时回到家，于是她们没有久留，吃完就走。

从停车场开车出去时，姜迎从后视镜中瞥见一抹纤长的身影，女人的白色大衣的衣摆随着她迈开的步子打了个旋儿。

不过是半个身子一闪而过，人都没看清，姜迎的心却莫名地紧张起来。她开车的动作丝毫没犹豫，踩油门上坡过了出口，一瞬间得见青天。

在车上，胡若晨还有些宿醉的迷茫。她问：“姐姐，昨晚我们是不是看到冯熙柔了？”

姜迎：“嗯。”

“她是不是……”她有点不敢相信，说话很慢，“跟两个男人……开房了？”

姜迎点头：“嗯。”

“啊……”胡若晨靠在座椅背上，两眼无神。

姜迎笑了：“被冲击到了？”

“嗯，”她沉痛地点头，“陈天靖竟然喜欢这样的？！”

“谁知道呢。”

世间数十亿人，各有各的过法，谁管得了那么多。

售后的师傅没拖拉，姜迎回到家没多久，人就到了。检查时很顺利，师傅第一遍排查就找出了问题，竟然十来分钟就修好了。

师傅走后，姜迎坐在椅子上发了好一阵呆。

桌面上空空如也，电脑和 Kindle 都搬去孟璟书家里了，她有些无所适从。

手机屏幕上显示着他九点二十几分发来的一条信息：开会了，可能注意不到手机。

从什么时候开始的呢？那么桀骜的一个人，愿意事事跟她解释，事事与她分享，她有意无意表现出一点不快，他便会不安。每一次发生争执，他越是小心翼翼，她就越满足。

她见过孟璟书目中无人的模样，才更确定自己得到了偏爱。没有人不喜欢被偏爱。

真心换真心，不亏。

只是，她不知道还要不要把东西给搬回来……

之前孟璟书提过几次要她搬去他家住，她都懒得搬。现在不得已去住了几天，她已经由奢入俭难了……

尤其是现在大冷天的，想到他那里开着地暖，她还真有点舍不得走。

姜迎给孟璟书发了个吐舌头的表情，然后起身拍拍衣服，用一根手指头钩起钥匙圈，金属碰上戒指，发出清脆的响声。

开别人的车，回别人的家。

路上，姜迎想到下周二就是孟璟书的生日，意味着再过三天就要跟他奶奶视频了。她整个人陷入难以名状的紧张和激动中，大概是跟高考出成绩前一天差不多的心情，知道自己考得不错，却又不知道具体是怎么个不错法。

她想着想着，在等红灯的时候笑了出来。

虽然说了不再送他礼物了，可手上的钻戒在那儿闪着，又马上要见家长，她不准备点什么，好像说不过去吧。

可是，男人的礼物真的太难选了……

姜迎乱糟糟地盘算着，手上打了个流畅的弯，车子转进了东明嘉园的地下车库。

她横在过道上，正准备倒车入库，后视镜里却缓缓走进了一个人。

长款的白色大衣，里面搭着黑色修身高领和深紫色丝绒长裙。这回她看清对方的脸了，美艳的脸上化了精致的妆。

女人也看向后视镜，跟姜迎的目光对上。

时间停了那么一会儿，车载语音“嘀嘀”地提醒司机倒车。

姜迎嗤笑出声。

生活可真够刺激的啊，她刚才还高兴得头脑发热，现在简直像被一桶冰水当头浇下。她头一次亲历这样可笑的戏剧性，算是知道了什么叫一会儿天上、一会儿地下。

好久不见啊，付萱。

姜迎把车停好，下了车，毫不迟疑地走到付萱的面前。人家都找上门来了，她可不会畏首畏尾。

“果然是你啊，姜迎。”付萱吊起双眸看她。

昨夜是冯熙柔组的局，付萱跟着去，没过多久，姐妹就坐进男人堆里喝酒了。付萱没这么放得开，可冯熙柔玩得乱，圈子也大。

付萱跟着去，时不时也能碰上比较合心意的男人，肉体上或是利益上的都有。她昨晚就遇上一个，过了一夜，感觉不好不坏，没有继续的必要，就早早地走了。没想到去楼下咖啡馆，竟然见到了旧相识。

姜迎还是那个样子，不化妆也气色好，长得虽没她漂亮，却那么神气，还那么招身边的朋友喜欢，让人不爽。

她到底是有什么笼络人心的本事？大学时明明她们两个人都是班干部，每次搞活动，支持她的人就是比自己的多，于是付萱明里暗里跟她对着干。

付萱当年在机缘巧合之下知道了姜迎有个暗恋多年都没得手的对象，打听之下才知道是那样一个瞩目的人，正好与她的要求匹配。不出所料，她得手了，成了孟璟书名副其实的女朋友。每回碰面时，姜迎看她的眼神都让她很得意。

谁知世事难料，她终究没能抓住孟璟书。更没有料到的是，今天她只是一时好奇，料想现在姜迎的生活必定没有自己如意，带着看笑话的心理才跟着去了停车场，结果却看到姜迎开着孟璟书的车。她多少次想开他都没让，宁愿另外送她一辆小一点的，也不让她碰。她当时只道是男人的爱车本性。可现在姜迎随便就可以开，她怎么能咽下这口气。

“过了这么多年，竟然还是你。”

姜迎看着她冷笑：“这什么破高档住宅啊，什么人都让进。”

付萱勾起嘴角：“门卫认得我。”

女人过招，都在拿捏对方的心思，专挑让对方难受的话来说。付萱有大把过去，可以说出来硌硬姜迎。

可经过几年的沉淀，姜迎也不再是当初那个一言不合就不顾后果地动手打人的小女孩了。这种亏，只吃一次就够了。

她神色不变，淡淡地说：“门卫认不认得你不重要，重要的是，孟璟书现在不认你了。否则，你又何必在车库吹风蹲我？你现在还上得了楼，还进得了屋吗？”

“你！”

再漂亮的脸蛋，一旦被愤怒支配，也不会好看到哪里去。姜迎说得没错，他们闹得不太好看，从正式分开后，孟璟书就把门禁卡和门锁都换了，她现在确实是靠着令人记忆深刻的脸蛋才进来的小区。

付萱深吸一口气，稳住心神，不愿意先被打乱阵脚。

“那个人就是你吧。勾得他不回家，勾得他出轨，和我分了手。你这算什么？为了报复就抢人家的男朋友？你那高高在上的道德感去哪儿了？！那时你跟别人说我举报你，让你丢了保研资格吧，可你确实打了我不是吗？你联合别人指责我、孤立我的时候，想过自己会做这么下贱的事吗？！”

姜迎被气笑：“你还有脸说。”

当年突然听说付萱和孟璟书在一起，姜迎的脑子就像被敲了一棍。她不仅嫉妒了，还有生气和失望。她自己的心思能渐渐随着时间淡去，是别人也就算了，她最多有点遗憾，可为什么偏偏是付萱？

那时，她和孟璟书没有好到需要分享“谁是我最讨厌的人”的地步，他自然不知道她和哪个女生关系糟糕，可他怎么会看上付萱这样的人！

时过境迁，现在姜迎经过了陈天靖这一出，也能明白谁都有眼瞎的时候。她自己也曾看错过人，且做错过事。

但是，那时年少气盛，看着自己一直欣赏爱慕的人竟然肤浅地被皮相迷惑而不顾她的品性如何，她怒其不争，愤怒地发了很多条信息质问他，到底为什么会是付萱。

付萱那时正得意，享受着孟璟书的朋友的赞美，也享受着潜在竞争者的嫉妒，跟他跟得很紧。有时出去玩，她趁机撒娇，要求要检查他的手机。他虽不喜，但当着那么多人的面也没反对。

姜迎恰巧就是在那时发来了信息，付萱把信息截图发给自己，再把纪录删掉。

隔天在寝室的楼道碰上，付萱忍不住拿截图跟姜迎耀武扬威，极力讽刺，想着这回总算大获全胜了。不料姜迎不仅没有因为被羞辱而崩溃痛哭，反倒咬牙狠狠地扇了她一巴掌。她惊怒之下，两个人扭打成一团。

恰逢国庆节，又是司考结束不久，寝室里没什么人，只有姜迎的一个室友听到声响，出来阻止她们。

付萱被拉开，还要再冲过去，却不慎自己滑倒，震得眩晕了一会儿。后来她去医院检查出轻微脑震荡，一时气不过，报了警。

最后警方调出寝室的监控，确认主要责任不在姜迎。由于没有产生严重的后果，叫来辅导员一番调解之后就让她们回去了。

本来也不是多大的事，学院的意思是低调处理，毕竟知道的人很少。可付萱怀恨在心，给校长办公室发了举报信，直指姜迎作为法学生知法犯法，根本没有保研的资格。她自己另有出路，并不专心于学业，拉姜迎下水对她一点坏处都没有。

而前不久其他学院有另外不好的新闻还未消除，学校不想在这个风口浪尖再惹来其他舆论，所以直接撤了姜迎的保研名额。

辅导员觉得很可惜，但姜迎确实有过错。她劝姜迎好好收拾心情，保研不成，还可以考研，以姜迎平时的成绩来看，考取本校的机会很大。

姜迎只说自己会好好考虑。

她回去想了很久，想过去，也想未来。她对自己有很多埋怨，无法排解。可人不能恨自己，一旦讨厌自己，那么做所有事都不会快乐了。所以她只能去恨别人。她将一切归咎于孟璟书，她对他失望透顶，决心把他从自己的生命中剔除，最好是再也不见。

从头到尾，再怎么算，付萱都绝对不是受害者。结果她现在却理直气壮地说自己是被出轨、被孤立的那一个。

“付萱，你要不要去看看心理医生，检查一下是不是有被害妄想症？说得你自己都要相信了。”

付萱瞪她：“你说什么？！”

姜迎神情冷漠：“我因为这种破事和你打架，还丢了保研资格，我嫌丢人，又怎么可能到处乱说？你说别人孤立你，你怎么不先反思一下自己做了什么？现在你的粉丝多了，他们隔着屏幕无脑地吹捧你，你就飘上天了是吧？没有人告诉过你吗？你真的很讨厌。”

“你胡说！”付萱的眼珠子都要瞪出来了，“明明是你自己追不到孟璟书，看我追到了，你就嫉妒！过了这么多年你还不死心，看他回国了就上赶着来钓他！你就是下贱！”

“谁下贱，你自己心里清楚！”姜迎被她气到，骂人的话也直白了许多。

“你还有脸卖白富美人设，你出名之前用的都是谁的钱？你隔三岔五换男朋友，还只找有钱的，这事有谁不知道。你惹得班里两个男生争风吃醋、反目成仇，经常晚归打扰人睡觉，在寝室里不打扫卫生，学校抽人去开会永远排不到你……”

付萱脸涨得通红，大吼道：“你闭嘴！”

姜迎才不管她，继续说：“对着男生就撒娇，让他们帮你写选修论文；对着女生就趾高气扬，当面一套，背面一套。你觉得我们班还会有人喜欢你，还用得着我说你坏话？以为自己长得漂亮就能为所欲为？我告诉你，你就是个披着人皮的垃圾！”

“你才是垃圾！”付萱尖叫着把包甩过来，要打姜迎。

姜迎下意识地抬手把甩过来的皮包拍开，付萱被冲得身形一歪，差点崴了脚。

姜迎的手臂也是一片火辣辣的，但因为鞋跟不高，还站得稳。

付萱愤恨地盯着她：“我爱做什么就做什么，关你什么事！轮不到你来做道德批判！你自己还不是一样，撬人墙脚做小三！”

姜迎跟她对视几秒，轻轻地笑了。

“他就是喜欢我，不喜欢你了，怎么样？”

不告诉付萱，他们早就知道她出轨，让她以为自己真的是受害者，对于她这样一向以自我为中心的人而言，才是最大的折磨。在这一点上，姜迎的想法与孟璟书出奇一致。

付萱被这个答案呛得说不出话来，她不可置信地瞪了姜迎许久。

地下车库虽然不刮风，但这种隆冬时节，实在是寒气四溢。她们站了这么久，其实都冷得很，但谁也不愿意退缩。

付萱僵硬地拨了拨头发，突然笑了出来。

姜迎眉心一紧，不知道她又发什么疯。

“喜欢？你以为他真的喜欢你？”她嘲讽地看着姜迎，“你认识他很久了吧，还不知道吗？他这个人是没有心的。我们在一起三年，他还不是说变心就变心？就算是没变心的时候，他也……”

付萱想起孟璟书冷冽的眉眼。他是一个很能招惹女人的男人，她从来没有这么死心塌地地想过要缠着一个人。可他四两拨千斤，对她不坏，甚至大方得令许多人艳羡，但她总觉得情意太淡。他从来不会像她以前的男人一样连目光也崇拜她的美貌与高贵。而她从小就是众星捧月，她应该被捧在掌心里。如果这个人没能给她足够的宠爱，那她自然要去别处获取了。是因为他不够在意她，是他的错，他又凭什么变心？！

分开以后，她的男人缘依旧很好。可是有钱的没有他大方，大方的没他有钱，有钱又大方的又往往其貌不扬。她挑来挑去，都没个定数。她已经开始后悔当初闹分手的时候太过骄傲，把话说得太绝。她甚至想着再碰不到合心意的对象，就主动低头去挽回他，哪怕放下身段，也要用这三年来打动他。

可竟然是姜迎！她记得和孟璟书初识那天，他看向姜迎的眼神。即便他从未表露什么，但女人的直觉告诉她，这次她没有胜算了。

凭什么？样貌、身材，姜迎哪一点都不如她，这让她嫉妒得要发疯！

“姜迎，你以为他现在跟你好，你就能一辈子留住他了？”付萱涌起一点泪意，眸子里像是淬了毒，“我也跟他好过！你知不知道？我们在一起不到一个月，他就带我回家啦，他奶奶也很喜欢我！你也知道我大学时没好好学习，绩点不高。可是我去跟他奶奶装了装可怜，她就让人帮我联系学校，送我跟孟璟书一起出国了！”

姜迎死死地盯着她，紧咬着唇。

付萱得意地笑起来：“难受了吧。哈哈！我还没说完呢！那时候……那时候他爷爷刚去世，你因为保研的事就拉黑了他，是我一直在他的身边安慰他……呵！他……他特别感谢我，他还说……说会永远只爱我……他说他特别爱我，你知不知道！可是结果呢？现在他还不是变心了！我告诉你，你也是一样的！你也跟我一样！”

有别的住户来停车，好奇地打量着这两个女人，一个歇斯底里，一个像尸体般冷硬。

姜迎张嘴时牙齿打了个寒战，下唇也被咬出一道齿痕。她将指甲掐进手掌心，拼命抑制着从心底冒上来的冷。

“可你还是嫉妒得要死。”她说。

“我没有！”付萱立刻说，“我凭什么嫉妒你！我比你漂亮，不缺钱，也不缺男人，我嫉妒你什么！我不过是看在老同学的分上来提醒你，别得意得太早！”

姜迎沉静得如一潭死水。

“那我也提醒你一句，别因为冯熙柔认识的男人多就跟着她混。”

付萱倏地瞪过来：“你怎么……关你什么事！”

姜迎勾了勾嘴角："没用的，你物色不到比孟璟书更好的。"

付萱脸都黑了，冲着她喊："你不过跟我一样！你总有一天也会被抛弃！你等着！"

姜迎不再理付萱，径自去按电梯。

付萱还在原地愤恨地盯着她。

电梯门渐渐关上，挡住了付萱，却遮不住往事斑驳。

门彻底关紧的那一刻，地面还是落下了水滴。

一场恶战，付萱也不知道谁输谁赢。

她一向爱惜形象，极少有这样疯狂的时候，现在也累极了。可是，如果她的话能让他们心生嫌隙，那就是值得的。她不好过，姜迎也别想好过。

她僵直地向外走去，门卫热情地跟她打招呼她也没理会。

她想起了那一天，她跟孟璟书第一次见面那天。计算机学院参加一个全国大赛获奖，队员出去庆功，恰好其中一个是她在社团的同事。她使尽浑身解数，让他带自己去参加。

他们是在图书馆门前集的合，见到孟璟书的第一眼，她就势在必得。她十分擅长在男生面前表现得惹人喜爱，所以即便陌生，他们也很热情。

孟璟书则是不冷不热，礼貌却略带疏离，更让她心痒。

忽然，她听他问："你认识姜迎吗？"

她一愣，说："认识，我们在一个班。"

他又问："她身边的是谁？"

她顺着他的目光看过去，远处，姜迎和一个戴眼镜的男生走在一起有说有笑。

她微笑着，将女孩的羞涩与好奇表现得恰到好处："也是我们班的同学，他们经常一起泡图书馆，应该……应该成了吧。"

他"哦"一声，没再说什么。

计算机学院的男生们都很耿直，把孟璟书身边的位子留给了她。他们说的话题她不是很懂，但总能掌握分寸，跟上他们的笑点。而身边的人不知道为什么，一直冷冷的，好像被隔离在热闹之外。

男生们不停地拼酒，她看着孟璟书喝了一瓶又一瓶。到后来，她忍不住，挡了挡他的手，小声说："哎呀，你不要再喝啦。"

他微眯着眼看过去，忽地笑了笑。

她的心一紧，满桌的人在起哄。

后来他们在一起了，她很多次撒娇耍赖，问孟璟书爱不爱自己。他只是淡淡地笑着说"嗯"。她知道他不爱说甜言蜜语，也从不开口说爱。但有时她也想打破砂锅问到底，问他到底喜欢自己什么。

他想了想，说："你性格好。"

性格好？

这是一个……她从未得到过的评价。

夜幕下的小吃街永远热闹非凡，多得是食客不畏天气的严寒，三五成群地赶往这个垃圾食品聚集区。厨师撒下的香料在炭火或是高汤里散发出迷人的味道，让心灵得到涤荡。

真是奇怪。

越是垃圾食品，就越是人间美味。

姜迎和许嘉宏坐在烧烤店的角落里，紧挨着橱窗。这家店是上次她跟孟璟书想来，但由于太过火爆未能成行的那家。

这次姜迎提前查看，发现可以在APP上取号排队，于是才拿下了珍贵的一席。

"还是祖国好啊，老子想死这个味道了。"

许嘉宏染上了资本主义的不良作风，铺张浪费地点了一大桌子，活像在美国没吃过一顿饱饭似的。

姜迎木着脸，有一搭没一搭地跟他瞎扯。

半罐酒下肚，许嘉宏终于憋不住了，皱着眉说她："喂，失恋的人是老子吧，你凭什么一脸丧气！"

姜迎也开了一罐啤酒喝，完全不把某人的警告当回事。他今晚有应酬，早一点的时候问她在做什么，她敷衍说加班，他也就没再多问。

气泡在喉咙里炸开，有种说不出的刺激。

"你管我什么脸色，请你吃就不错了。"

"啧，什么破脾气，你就不能那啥，温柔点？"

"呸。"

"哈哈，老子还就喜欢交你这样的朋友。"

"哼，算你识相！"

"不过话说回来，你脾气要是再软一点儿，当初别那么死撑着，说不定和孟哥早成了。对男人就得直接点，有啥说啥，都用不着那么麻烦找我给你搞黑幕了。"

姜迎瞥他一眼，拿了一串鸡翅狠狠地撕咬："菲菲也跟我说过类似的话。"

身边的人总说如果这样、如果那样，似乎他们有无数种可能会在一起。她却偏偏选了这一种。

"嘿，存心给我找不痛快是不是？"许嘉宏也是被戳了心窝子，"怎么，这么多年了，还放不下人家？"

姜迎冷哼："谁失恋，谁放不下。"

“行，老子说不过你，算了。来，走一个。”

……

他们的手边堆放了好几个空罐子，有些微醺。

多少人借醉意托出真心。

“你说，那个人好在哪里？我呢？我又比他差在哪里？”许嘉宏终究还是计较这件事。

姜迎懒散地说：“人家善良、老实、沉稳。你呢？油嘴滑舌，一看就不可靠。”

“什么油嘴滑舌，我这是……能言善道知道不？话多一点怎么了，要是不喜欢，谁乐意说那么多话。”

“那可能就是没有缘分了。菲菲没那么喜欢你，她不爱你。”姜迎半眯着眼笑了笑，举着食指在空中左右摆，“你不是她心里不可取代的唯一，勉强没有幸福。”

许嘉宏骂了一句脏话：“你到底是来安慰我还是来气我的！”

她也有些醉了，被吼还笑了起来，又喝了一口酒。

“我说真的，许嘉宏。如果，我说如果啊，如果菲菲听了我替你说的好话，觉得有那么一点点道理，应该再考虑考虑。你能接受吗？你能毫不介意、义无反顾……”

姜迎眨着眼睛，还想多用几个成语来形容，许嘉宏大手一挥给接上了。

“顾盼生辉，辉……挥洒自如！”

“接得好！”姜迎笑着拍拍手。

“哈哈哈！我都好久没说成语了，今天喝了酒，脑子好像更灵光了！”

“挥洒自如……如，啊……这不还是绕回来了吗？”

“啊。刚才你要说啥来着？”

“刚才？哦……我说，如果啊，如果菲菲现在又觉得喜欢你了，你愿意吗？你愿意做被选择、被比较的那一个吗？就像……”她在桌上随便拿了俩烤串来比画，“就像这两串肥羊，我都尝了一下，觉得这串比较辣，那串孜然味重。我觉得还是辣的更好吃，所以我选择把这串吃完……你愿意做这串肥羊吗？”

“啧……”许嘉宏无可奈何地勾了勾嘴角，“你真是……从小就会说鬼话劝人。”

“我什么都不会！”她连自己都劝不动。

“那我在她眼里还什么都不是！”说来说去还是烦闷难消，要用酒浇愁，罐子已经空了，许嘉宏叫来服务生，又要了一提。

“喂，你少喝点，你还要送我回家的！待会儿你在车上睡死了，万一遇到变态司机，把我们一起抛尸了可怎么办！”

“呸呸呸！”

走之前，姜迎去洗手间放了水，回来后发现许嘉宏竟然已经埋了单。

她拿着小票在他的眼前晃：“班长，你醉到神志不清啦？不是一直嚷嚷着让我请你吗？”

“跟你开个玩笑你也信。老子能让女人请客？！”

“呵呵。”

出租车先绕去东明嘉园，再回许嘉宏的住处。还没到地方呢，许嘉宏远远地瞧见华丽典雅的雕花石门，有些糊涂了。

“牛啊，姜迎，什么时候搬家搬到这边来了！”

姜迎没理他。

“还有谁来着……”他拍了拍脑袋，想了起来，“是孟哥！他好像也住这附近吧？！你有没有碰到过他？”

“傻子。”姜迎冷哼。

“啧！我跟你说什么来着。温柔，要温柔啊，姜迎！上回听说孟哥是单身吧，你不也跟你的前男友掰了，你们这是天大的缘分啊！就不来个近水楼台先得月？”许嘉宏不知道他们中间的弯弯绕绕，属于典型的闭眼做媒。

“上回聚餐，你这么明着给人家脸色看，人家不也没介意吗？你要不再试试？我这班长成不了班对，你这副班长成了也行啊，说出去多酷啊！”

“滚！”

再落寞也阻止不了他的喋喋不休，他说一句，姜迎就觉得后脑有根筋抽一下，难受得慌。

好在很快就到地方了。

下了车，整个世界都清静了，只余她的鞋跟敲击地面的声响，一下一下，突兀得刺耳。

她记起之前不愿意来这里住的原因——这里太大了，不开车，从门口走到孟璟书住的那栋楼，最快也要十多分钟。

夜色有重量，透骨的寒风吹一吹，就塌方似的全部朝她压下来。不过十余分钟，她已经筋疲力尽。

空荡荡的屋子太过寂静，连呼吸也像有回音。

姜迎疲倦极了，可怎么也睡不着。

室内温度适宜，她却在床上躺到双脚发凉。

她睁开眼睛看着昏暗的周围，忽然觉得很陌生。这是她第一次独自待在他家。早一点的时候他打电话过来，她没接，只发信息说加完班很累，要睡了。

不想跟他说话，也不想听到他的声音。

明明拥抱时那么暖，怎么现在想起来她会冷呢？

之前以为要去黄彦菲那里住，她把热水袋也收进行李袋里了，没想到现在有了用处。

姜迎抱着热水袋蹲下，一只手拿充电线去够插座，结果心不在焉地手滑，充电线掉在了地上。

她叹了口气，弯腰去捡，忽然见柜子底下横着一样金属制品，在反着光。

她下意识地去掏出来，手上触感冰冷，是一支金管口红。

上面有英文刻字——Larissa。

“呵……”姜迎宣泄般地笑了一声。

太可笑了。

怎么这么阴魂不散。

每一个字母都扎进她的眼睛里。

她连蹲下的力气都没有了，一下子委顿在地板上，毫无预兆地哭了出来。

好玩吗？刺激吗？以为自己能牵动他的思绪，得意扬扬了吧。结果到头来伤心的人还是自己。

这就是代价吧，心软的代价，相信被他爱着的代价。

是因为他示弱，因为他把自己最脆弱隐秘的一面给她看了，以为高傲的他只给她看了，她才相信自己是他的唯一偏爱。

她想要的感情是具有排他性的。她想要成为他的独一无二，他的软弱和害怕只能让她知道。他给了别人相似的待遇，哪怕只是一点点，她都恨之入骨。

她在意得要死。

她在意的不是付萱，不是其他任何人，她在意的只有孟璟书。

快十年了，他承载了多少她的心动和狂喜，就承载了多少她的失落与哀怨。

从一开始，她最喜欢的就只有他，即使后来负气要忘了他，也再没那么喜欢过别人。

他们都不知道。他们都说他们两个人早就有机会在一起，是她骄傲倔强，不愿踏出那一步，否则他不会拒绝，他们之间更不会生出这么多波折。

可是他们什么都不知道，她要的根本就不是那样的！

不是他的不拒绝，不是要成为他的一个女朋友，她要的是他的喜欢。她每天活蹦乱跳地出现在他面前，傻里傻气地找借口跟他说话，装乖扮蠢，只不过是想被他多在意一点，只不过是想告诉他……

我这么可爱，你要不要喜欢我啊？

可他没有。

喜欢是忍不住的，他如果喜欢，又怎么会舍得不告诉她。

她永远不会去乞求青睐。

他要是不喜欢，不够喜欢，不是最喜欢，不是喜欢到无法忍耐，那她就不要他了。

现在也一样。

哪怕他是真的喜欢了，也只是跟喜欢过别人一样的喜欢而已。

而她最喜欢的是他。

这是不对等、不公平的。

孟璟书不是最喜欢她，不是最爱她，那她就不要他了。

帅没有用，有钱没有用，会逗她开心没有用，会帮她暖脚没有用，会跟她一起挖薄荷取名字也没有用。

不要他，就是不要他了。

她就是不讲道理，只要是关于他的，一切都没有道理。

如果是别的男人，她或许能宽容一些，他们如此合拍，又何必要计较过去。

可是孟璟书不行，她对他苛刻、无理、锱铢必较。

就因为是他，才更不能让她委屈难过。

她的心被油烹火烧，因为他，一次又一次地伤筋动骨。

黄彦菲问过她，是否真的放得下，舍得离开他。

她那时说："事到临头，当断则断。"

或许就是今天了。

对于过去的事，她绝不后悔，但她不能放任自己执迷，去不停地猜忌，去歇斯底里地求证他的心意。那样太累，也太可怜了。自怜会让人枯萎。

她必须断尾求生了。

十二月中，全国笼罩在寒冬的阴冷之中，只有南部的这座海岛例外，仍是平均气温超过二十摄氏度的温暖。

昨晚她到达的时候就在下小雨，直到今天中午，才渐渐有了消停的趋势。

姜迎走上阳台，眼前是椰林、沙滩和碧蓝的海水。天还有些灰蒙蒙的，微风和潮湿的空气似在安抚她。

她竟然慌不择路地逃跑了，在他回来之前。

不过这也只是缓兵之计。

昨天她一直没回复孟璟书的信息。他回到泽卞时，她已经在来这里的飞机上。下飞机以后，她看到手机里有很多未接来电和信息，她没有逐条细看，一意孤行地给这段关系下了判决：分开吧，以后不要联系了。

然后，她再次拉黑了他全部的联系方式。这次她没有再如大学时那般愤恨，所有情绪像是被掏空，平静得如同行尸。

人是跑了，但始终不能无所挂碍，她还是得工作，所以手机不能关。

黄彦菲时不时给她直播——

“郑一峰说看到他去你们单位找你了。”

律师算是自由职业，只要把自己的业务安排好，事务所是不记考勤的，他自然无法得知她的去向。

“啊！我刚看到，昨晚他发的朋友圈！我的天，他上回发朋友圈还是上大学的时候吧！”

她发来一张截图，姜迎忍了忍，还是没管住手，点开了。

是薄荷，半绿半枯的，他也不顾光线和角度，随便拍了一张丑照。可文字让她的心酸涨：Where's mommy？

这条状态下面有很多高中同学表示惊讶。姜迎之前在朋友圈发过薄荷的照片，有人认了出来，评论道：这个咖啡杯……是姜迎的薄荷吧？

之后的评论震撼加倍。

但孟璟书都没有回复。

姜迎看了看发布的时间，是在她飞机落地，跟他说分开之前。大概是他刚回到家不久，发现她不在，行李也不见了，却怎么也联系不到人。

他应该也是会着急、会难过的吧。

可是，她因为他，真的已经太伤心了。

她发了一阵子呆，拍了拍脸，继续工作。

等将案件材料准备好，天空已是多云转晴。热带的阳光从厚重的云层中透出些许，净化了早前的阴沉。

没有人不向往明亮，厌倦了冬日的昏暗，所以才会来此躲避。

姜迎换上人字拖，打算去海滩走走。

酒店内有直达海滩的地下通道，十分方便。

现在还不是旺季，游客不算太多。她手里捧着一个椰子，吹着风散着步，原本挺惬意的一件事，她却没觉得有多开心。

倒是早上下过雨，沙子还没干透，沾在脚上就弄不干净了，有点烦人。

姜迎干脆找了张沙滩椅坐下不走了，努力跟脚丫上沾着的沙子进行斗争。

她低头搓脚，忽然听到有人叫她。

她无不惊讶地抬起头，那个人是标准的游人打扮，正从不远处走过来。

“邓明科？你也在这儿。”

邓明科微微笑起来，在旁边的椅子上坐下。

“我过来跟这边的学校做交流工作，中午刚到的，趁着空闲出来走走。”

“哦，”姜迎把鞋子穿上，说，“我是来玩的。”

她端正地坐好，不复刚才那么随意。

邓明科轻叹一口气说：“我之前以为，我们很有缘。”

姜迎一顿：“抱歉，我没有处理好自己的事，让你误会了。”

邓明科说：“其实第一次见面的时候，我就觉得那位先生对我有敌意。”

姜迎也记了起来，那时邓明科问过孟璟书是不是她男朋友，她否认了。

她勾了勾嘴角，并不想再提这件事。

邓明科也不追问，只说：“不知道以后还有没有机会见面。但是，认识你，我很高兴。”

姜迎感谢他的豁达和风度，真心说道：“谢谢。”

邓明科望着前方说：“这里的冬天真舒服，难怪这么多人来这儿过年。”

傍晚时分，热带的天还明晃晃地亮着，丝毫没有要入夜的样子。碧蓝的海水受到引力驱使，摇摆着向岸上涌来又落下去，沙滩的边际正在一点点地被侵袭。

“是啊，泽卞太冷了，所以我才跑来这儿晒太阳。”姜迎的笑跟风一样轻，“没想到这里却在下雨。”

“天气预报说，明天会是个大晴天。”

“可惜我明天就回去了。”

“泽卞也会是好天气。”

“但愿吧。”

第十五章 眼泪

“宝贝！刚才孟璟书给我打电话了！”

“啊？”

姜迎晚上刚回到小公寓，洗完澡，正对着镜子抹乳液，黄彦菲就打来电话。

“你放心，我没说你去哪儿了，也没说你回来了。”

“哦……那就好。”

“不过……他查行车记录仪，看到付萱了，所以来问我你和付萱的事，我就告诉他了……”

姜迎抹乳液的动作停了一下：“嗯，说了就说了吧。他就算知道了，也不会有什么改变。”

“哎，你真的决定了？”

“嗯，不想再庸人自扰了。”

“那你也得跟人家好好说说吧，这分得这么不明不白的。他的声音听起来挺累的，估计找你找得够呛。”

姜迎垂下眼睑说：“我会的。等我明天把东西搬去你那儿了，我就联系他。”

她这两天在网上火速发出了房屋转租的消息，有个人很有意向，已经联系好了明天来看房。

姜迎暂时没有找到合意的房子，所以打算先去黄彦菲那里住一段时间。

至于原因，当然是为了避开孟璟书，她不想让他找到。谈分手只能去公共场合谈，尤其当有一方不愿意的时候，在私密空间是绝对谈不成的。

“嗯，要不要明天我请半天假去帮你搬，还可以叫上郑一峰来做苦力？”

“不用了，我自己两趟就能搬完。而且我明天还得去法院和检察院，估计天黑才能到你那儿。你能给你失恋还要为生活奔波的朋友准备一顿丰盛的外卖吗？”

黄彦菲笑：“你也可以选择不失恋的。”

姜迎闷声道：“你答应过我，无论我做什么决定都会支持我的。”

“好好好，我当然支持你了，男人有什么了不起的！但是啊……”

“嗯？”

“但是，你们分开的话，那个姓付的岂不是要高兴死了？”

姜迎沉默了一会儿，说：“可是我自己轻松，不是要比让她难受更重要吗？”

黄彦菲问：“真的就轻松了？”

“我……”

她一下子顿住，思绪有些放空。

小公寓的夜晚跟寻常无异，楼下道路在施工，不时地传来钻地打桩的噪音；临近医院，救护车的紧急警示也不鲜见；邻居仍然把电视机的音量调得很大，正在播《晚间新闻》；屋子里的空调在制热，像个耄耋老人在喘着粗气……

姜迎还没“我”出个所以然来，就听见一阵急促的脚步声破开了混沌。她提着一颗心，几乎说不出话来。

接着是猛烈的拍门声，力气之大，她隔着整间屋子都能感觉到床在震动。

“姜迎，开门！”

连电话里的黄彦菲都听到了，她诧异地说：“找上门来了？我可真没告诉他你回来了啊！”

姜迎也震惊得很，她回来也就半个小时吧。

拍门声持续响着。

“我知道你在，开门！”

姜迎还没见他跟谁这么生气过，低沉轻佻的嗓音也变成炮火。她被轰得心乱如麻，她还没有做好应对的准备。

可她多犹豫一秒，他就多用一分力，像是要比拼他的手和门板哪个会先坏掉，“砰砰”的声音响彻走廊。

姜迎对着手机说：“我先挂了。”

黄彦菲赶紧朝她喊：“你悠着点啊！别把人气急了，到时打你可怎么办！”

她挂断电话，把衣服拉链拉高，才走去门边。

在他停顿的间隙，她曲起双指，不轻不重地敲了一下，发出“咚”的一声。

两个人的心都紧了一下。

孟璟书果然没有再拍门，他安静了好一会儿，好像才找回自己正常的声音，还是那句：“开门。”

走的那天，姜迎先回了一趟小公寓，把锁给换了，就是为了不让他进门，防止他守株待兔。哪想到他还是这么快就找上门来了。

姜迎说："你有话就这样说吧。不然也可以过两天我们再约到外面说。"

孟璟书并不退让："我现在就要见你。"

姜迎不吭声。

孟璟书也不多费口舌，直接再度捶门。

震天的噪音逼迫着姜迎，她不得不开了门。

他进门的下一秒就抱住了她，没有言语，但力度惊心。或许有一刻，他心里想着，就这样把她压死在怀里算了。

他身上裹着夜的凉，姜迎被这股凉意侵袭得抖了一下。

原来，他的拥抱也会冷。

姜迎咬着牙，被勒得发疼也一声不吭，在他怀里像一根僵直的木头。

孟璟书跟她一起沉默着，最后还是先开了口。每次总是他先沉不住气，是不是就因为这样，她才有恃无恐，越来越过分？

他松了点力气，有些赌气地说："我知道付萱来找你了，也知道她害你不能保研的事了。但我不会向你道歉。"

姜迎的声音比他的衣服更冷："都过去了，我也没有想让你道歉。我只是不想和你在一起了。"

姜迎感觉到他的胸膛在起伏，他脖颈间的青筋绷紧，手掌掐住她的肩膀，身体在尽力克制着被这句话激起的波浪。他终于解除了对她的禁锢，拉开一点距离，死死地盯着她的眼睛。

"理由呢？"

他的眼睛是幽暗的深潭，她触及之后本能地避开。

"我不喜欢你了。"她下意识地说。

"你撒谎。"

"随你信不信，结果都是一样的。"

她消极应对的模样让他感到挫败："付萱跟你说了什么？让你愿意信她，也不信我？我对你怎么样你不知道吗？"

姜迎垂着头，不说话。

孟璟书痛恨极了她无视自己的样子。她怎么能随心所欲地对他为所欲为，然后又毫不在意地说走就走呢？！

他说："你知道我为什么不会跟你道歉吗？因为你不信我，你从来就不信我，所以才会连丢了保研资格这样的事都不告诉我。我是不是跟你说过，让你不要被别人欺负，让你有事来找我？你以为我随便对谁都会说这样的话吗？何况这件事是因我而起，你竟然什么都不说，就给我判了刑！从头到尾，你有想过我吗？我有多无能、多可笑！我竟然什么都不知道！”

旧事重提，姜迎只觉得无趣透顶：“我说了又能怎样？你知道了又怎样？时间会倒退吗？名额会回来吗？还是你会跟你如花似玉的女朋友分手，毫不犹豫地站在我这边？”

“你怎么知道我不会！”

姜迎被他看得浑身都疼，她吸着气，轻声说：“可是时间不会倒退，你从现在回望过去，并不能代表当时的选择。当年是我自作自受，我自己种下的果我会自己承受。可是每次回想这些事情，我都觉得很累。还有你，你也让我很累。你不是要理由吗？这个理由行不行？”

孟璟书倔强地摇头，伸手去握她的手：“以后，以后我们都不再提了。觉得不开心就不要想了，忘掉它，好不好？”

“忘不掉的。”她倦极了。

“未来还有那么长，总会过去的。是你自己说的，都已经过去了，是你自己说的！”他固执得像个孩子。

姜迎安静了一会儿，又说了一遍：“我就是不想和你在一起了。”

他的双眼瞬间红了：“到底为什么！”

为什么？

因为我小心眼，我斤斤计较着自己在你心中的重量。我讨厌你像喜欢过别人一样地喜欢我，我讨厌你没有像我喜欢你一样早早地就最喜欢我。我讨厌你，讨厌得忍不住伤害你。因为我太讨厌因你而变得如此丑陋的自己了，丑陋得我都没有办法对你说出实话。

她一点一点把手从他的掌心抽出来：“我说过，很多事情都没有为什么。想在一起的时候就在一起，现在我不想了。”

她一字一句都是伤人的利刃：“所以，我不要你了。”

“那你要谁！”他的声音哑得像声带在滴血，“泽大那个讲师？还是每回出差都会送你回来的同事？！你还想要谁？！”

姜迎冷硬地说：“反正不要你。”

“你休想。”

他的声音霎时冷下来，下一刻却将她拦腰抱起。

“孟璟书！”

他不理会，几步走过去把她扔在床上，自己也跟着压了下去。他不顾她的反抗，不顾心头横亘的不平，执意索取亲密。

他走投无路了，急切地想用欲望来消除隔阂。

他像量身定做的工具，精确地取悦她的身体。

姜迎却只感到厌恨。

“每次都是这样……你只会这样，我们之间就只有这样。”

他闻言一僵，之后却更是卖力。

他的身体那么火热，她却只想起那天，在他家的地下车库，那种无声无息渗透的寒气，令人颤抖。

她想起付萱用尖利的嗓音朝她喊：“你也跟我一样，你不过跟我一样！”

跟她一样吗？

姜迎看着花白的天花板，忽然极淡地笑了笑。

“孟璟书，我和别人睡了。”

他猛地一顿，抬头看她。

“你没有。”就三个字，他像是用尽了力气。

姜迎静静地说：“是邓明科。我昨天碰到他了，就在我住的酒店附近。太巧了，不是吗？就像当初我在 KTV 门口碰到你一样，那一晚，真的太巧了。”

直到这个时候，姜迎才终于仔细地看他，看他因为休息不足而显得颓唐狠厉的面容，看他强撑的固执一瞬间化为绝望。她像个恶魔一样，讥诮地欣赏他的破碎，漆黑的瞳仁像是黑洞，四周的一切包括空气，都被她吸食殆尽。

他感觉自己被巨大的气压挤压，或许就要血肉成泥。

他果然走了。

房子里就只有她一个人了，她坐起来，心中一片空荡。

就是这样吗？这就是你想要的吗？

没有答案。

夜越深，越寂静，先前那些嘈杂早已听不见。姜迎甚至怀疑，是不是他把她的感知也带走了。

她长久地枯坐着，四肢麻木了，连倦意都没有，好像身体已经不属于自己。

不知过了多久，她在万籁俱寂中听到门锁扭动的声音。

心跳骤然急促起来，几乎要冲破胸腔。

她死死地盯着门口。

门开了。

楼道里的光投下一道长长的人影。

他用力地甩上门，整个房子都随之震了震。

她的心也是。

“你怎么……有钥匙？”她终究没忍住惊讶。

孟璟书说："你的钥匙永远挂在玄关那儿，傻子才会不知道。"

她的身体渐渐恢复了知觉，竟然开始战栗，连带着声音都有点颤抖："不是傻子，那你还回来做什么？听不懂我说的话吗？"

他定定地看着她，说："刚才在外面，我在想，如果今天我走了，我就再也不会回头了。"

"那就……不要回头啊。"她紧抓着被子，再难平静。

"可我就是回来了。"

她给足了他走的理由，每一条都能将他们的关系置于死地。可他出了门，却是一步都走不动。他舍不得……无论如何都舍不得。

他一步步朝她走过来，越近一步，就越能看见她眼中跃动的光。

"在外面的时候，我至少想明白了一件事。"

"什么？"

"你在折磨我。从重新见面开始，你就一直在折磨我。"

这话像突然触及她的逆鳞，戳破了她的屏障，她的反应激烈："我为什么要折磨你？我凭什么要折磨你！"

"我不知道，"他咬牙，"我从来就不知道你在想什么。"

她凄怆地笑起来："这样才公平不是吗？因为我也不知道你在想什么。"

"不知道你问啊！为什么不问？！你想知道什么，我都会告诉你。可是，你却什么都不说！"他的眼睛充血，红得吓人。

"为什么每次都是这样，你想怎么样就怎么样？你想抱我就抱我、想亲我就亲我，睡完就走人，你可真够潇洒的！为了躲开我，你竟然连班级的聚会都不去。你知不知道，每回聚会，有多少人问我我们之间究竟发生了什么？可我就像个傻子一样，我自己都不知道发生了什么！所有事情，你连知道的资格都不给我！我是一件玩物吗？想拉黑就拉黑、说不见就不见，你问过我一句吗！"

"为什么要我问？你想知道，你可以自己来问我，为什么还要等我问？！"

"好，好。"怨怒和愤恨直冲头顶，他无意识地点点头，"姜迎……"

胸膛几番起伏，那里似有千军万马在奔涌，将他所有的理智挤跑，催着他，赶着他。

说啊，快说。

他不能思考，脱口而出："我们去登记结婚，就明天。"

话一出口，姜迎呆若木鸡。

而他浑身发热，血液沸腾，整个人处在一种极端激动的状态，所有的痛苦一扫而空。

对，这就是他内心深处最真实的想法。他不要再猜来猜去，不要再患得患失，他要确认，他要她确确实实地属于自己。即使……即使她心里还有别人，也没有关系。至少她心里还是在意他的，否则见他回来，她眼中怎么会有欣喜？他确信自己没有看错。

只要他们永远在一起了，总有一天，别人都会成为过去，婚姻关系会将他们绑死，他们之间再也容不下任何人。

姜迎回过神来，用力地呼吸，开口骂他：“你脑子坏了吧！说什么疯话！”

疯了吗？或许吧。

可是，他再没有比现在更明朗、更欢喜的时候了。

他扑过去抱紧她：“结婚吧，姜迎。”说着，他竟然笑了起来，“我们结婚。”

姜迎被勒紧，脸涨得通红，双脚还拼命蹬他：“起开！架还没吵完，结什么结！”

他箍着她躺下，长腿一压，把她像被子一样夹紧了，任由她打骂。

“那你接着骂，一直骂到高兴为止。你高兴了，我们就结婚。”他照着她的额头猛地亲了一口，“老子就是想结婚。”

“不结，不结！”姜迎喘着粗气，跟他对着干，“老子不结！”

他拿下巴压着她的脑袋，双手把她往怀里按：“不答应就别想下床，我们就一起饿死在床上吧。”

姜迎埋着头，声音闷闷的。她气不过，手脚不能动，就发了狠地去咬他。男人的胸膛平滑结实，她没把他咬疼，倒是啃得一片湿漉漉的。

孟璟书按着她往自己身上贴：“别瞎咬啊，老子现在正亢奋，待会儿收不住手，遭罪的可是你。”

哪怕她真的背叛了他呢？他已经不清醒，也不需要清醒了。如果能得到她，朝闻夕死，不足惜。

“你会知道的，我比所有人都好，你不会再想其他任何人。”他的声音低沉到有些决绝。

他的胸口更湿了，温热的液体扑簌簌地滑落。她颤抖着，哽咽着，在大起大落的情绪里崩溃了，号啕大哭。

孟璟书说得没错，她就是在折磨他。

她就是故意的。

故意跟他睡，故意捉弄他，故意惹他不快，故意对他好，又故意一次一次地伤害他。到最后，她才是最卑劣的那一个。她假装不在意，对往事绝口不提，却利用了爱，利用了爱人，去填平自己的怨恨。

她手中大概有他情绪的开关，随便一拨，他的激动就戛然而止。他的心被她的眼泪泡得又酸又涩，痛觉回归了。

他卸了力气，不知该如何是好，只能轻抚她单薄的背，给她顺气。

他的声音也不知不觉地哑了："怎么了？真不想结婚？真的不喜欢我了？"

她卑劣到即使是现在，也无法向他承认自己的错。

她捶打他的胸口，嗓子哭哑了，声音也黏成一团，还在责怪他："凭什么，你想怎样……就要怎样……"

这分明是她自己的恶行啊。

可是，她贪婪地祈求着。

如果你爱我，可不可以多爱一点，爱到连坏的我也爱？

他听不见她的心声，但知道意志的指引。他一向清楚自己所需，对她，即便晚了许多年，即便中间有许多曲折和伤痕。但到现在，他无法回头，因为他早把她归为必须拥有。

孟璟书吻着她的眼泪，那眼泪像是流到他的心里去了。

他说："那你说了算，我都听你的，好不好？你想结，我们明天就结。你要是不想结，我就等着。你一辈子不想，那我就一辈子等着。反正我们一辈子都在一起，你想怎样都行。"

我永远感激你，在我一次次刻意伤害、推开你之后，还能如此坚定。

他将她搂紧，语气是前所未有的郑重："我会对你好，比全世界所有人都好。"

姜迎冲了一杯牛奶。孟璟书洗完澡出来，她正在料理台边上喝，也是在等他。

刚才她大哭了一场，声嘶力竭，孟璟书把毕生的软话都说尽了，才渐渐哄得她平静下来。

她皮肤白，直到现在，双眼和鼻尖还明显红肿着，看着特别可怜。

他忍不住走过去圈住她，轻轻吻她的头发。

姜迎捧着杯子送到他的嘴边："喝一点儿，安神。"

像是第一次去他家那晚，她也哭了。那时他就给她冲了一杯牛奶，像在安抚一个恐慌不安的新生儿。

孟璟书摇摇头，没说话。

姜迎的情绪大起大落，筋疲力尽，他又何尝不是。她在他的心上扎了一刀，他即使再克制强撑，也还是会痛。

姜迎沉默片刻，把杯子放下了。

她转过身跟他面对面，忍不住摸了摸他的脸。几天不见，胡楂长了好多，他也不刮，也没好好睡觉，看着颓废极了。

这些都是她的错。

热带的阳光驱散不了她心中的恶魔，但他在大悲大喜之后依然安静柔软的目光可以。

姜迎低声说：“刚才是骗你的，我没有和别人睡。我只喜欢你。”

在反应过来以前，她整个人被锁进了他怀里。他坚硬的下巴死死地抵在她的头顶。

然后，有温热的水滴从上方滴落，滑过她的额头，也浸湿了她的眼。

她惊慌地想抬头，却被他紧紧地压住，不让她看。

“孟璟书……”

他喉结滚动，艰难地说：“说你要我。”

每一个字都因为哽咽变了调，沙哑透了，却是姜迎听过的最好听的话了。

什么气数已尽，什么筋疲力尽，只要是他，爱会以一万种方式重生。

“说你要我，快点。”

他顾不得高傲了，用破碎的嗓音直白地催促她。

针锋相对时，他再痛，也只是红了眼。可当她软化了态度，他的防线就崩塌了。被人在意着，委屈才会像病毒疯长，更多的爱惜是唯一的良方。

“把刚才的记忆刷掉，不然，我难受。”

姜迎说不出话来，只是抱紧他。

“快点，快说……”

孟璟书不断地催促她，搂住她肩膀的手也着急地摇晃着她，像极了跟大人讨要玩具的小朋友。

姜迎忽然低了低头，从他的禁锢中逃脱，抬头看他。

他马上转过头去。

她双手去捧他的脸，强行扳了回来。

他有些难为情，却又不舍得拿开她的手，只好低下头盯着地面，不看她。

孟璟书比她强，情绪失控到难以自抑也只是几分钟的事，很快便止住了。但痕迹还在，他的眼角和脸颊都湿润着。

姜迎用手指抹了抹，心软得像棉花糖。

指尖抚过他眼下暗淡的乌青，她问：“没有睡觉吗？”

“找不到你，睡不着。”他仍垂眸避开她的视线，明明是英气冷峻的五官，此刻看起来却格外乖顺。

姜迎发出一声叹息。

她是疯了才会反复想去折磨他。

她踮起脚去亲吻他的嘴唇，触及之后，停顿了几秒，不轻不重，不深不浅。

孟璟书条件反射地紧闭双眼，又随着她的离开而睁开。

他终于看她了，说出来的话却有些泄气：“又是这样搪塞我，上次也是……我想听的，你都不会说。”

姜迎反应过来，他说的上次，是指他出差前，在他家大吵一架的那晚。他迫切地寻求安全感，问她："我爱你，你呢？"

她吻了他，却不告诉他。

这也成了他心里的一根刺。他们之间兜兜转转，究竟是谁伤了谁、谁亏欠谁，早已经算不清了。

她果然也不是无辜的。

但她仍有改过的勇气。

她自己想要公平，却忘了他也一样。有关他们的一切，他都有知情和申辩的权利。

姜迎凝视他片刻，低声问："你有没有和别的女人说过想结婚这种话？"

孟璟书盯着她，眉头皱得紧紧的："你竟然还问这种问题？付萱找你是说这个？然后你信了她的，就要和我分手？"

"我讨厌你曾经也这么喜欢过别人。"

"我没有！"

姜迎垂下眼睑："可是，你们在一起没多久，你就带她回家见奶奶了。"

"那是……爷爷突然去世，奶奶的精神状况很不好，我想让奶奶高兴点，所以才这样的。"

他仍皱着眉，对自己过去的所作所为感到厌弃。姜迎说得没错，从现在回望过去，早已不是相同的心境，他才发觉自己的荒唐。

姜迎搂紧他的腰，仰头问："那……那她有没有见过你哭？"

孟璟书默不作声，拿手掌遮住她的眼睛。

姜迎的视线黑了，但嘴角飞扬。她笑了起来，摇着他追问："有没有啊？"

他无奈极了："怎么可能？"

"那别人呢，别人有没有见过？"

他深吸一口气说："有啊，还不少。"

姜迎不笑了，扯开他的手，瞪他："谁啊？都是谁？上高一时那个11班的？还是大一那个历史学院的？还有哪个？"

"我想想啊……"他故作思考，看她气得像只河豚。

他慢条斯理地说："有……我爷爷、奶奶、大姑母、二伯、二伯母……嗯，二伯母存疑，我记不清她见没见过。还有翟姨，家里的阿姨……高三的时候来家里烧烤，你应该见过她。还有我哥，小时候我跟他打架，一打不过他我就装哭，去跟爷爷奶奶告状，然后他就挨罚了。对了，还有我小叔，应该就这些……"

姜迎听得心花怒放，接着说："还有幼儿园老师呢？"

"那没有。我又不是你，那么爱哭。"

"哼。"

他亲了亲她的嘴唇，叫她："姜迎。"

他的声音忽然低下来，让她的心跳莫名加速。

“嗯？”

“我从来没有想过和别人结婚，甚至都没有想过会结婚。”他坚定地说，“我说要和你结婚，也不是因为想结婚，我只是想要你。”

我只是想要你。

“所以，快把那句话收回去。”

我不要你了。

光是回想，都觉得可怕。

在他灼灼的目光中，姜迎浑身颤抖起来。她咬紧嘴唇，才稍稍平复了些许。

她轻声低语，向他应许，也向神祷告：“从现在开始，你就是我的了。”

孟璟书的双眼霎时又红了，他紧紧地抱住姜迎，身体完全紧贴。可他还觉不够，埋头在她的发间，让嗅觉摄取她的气息，用胸膛感知她的心跳。

姜迎用力搂紧他的后背，微微笑着，声音却在颤抖：“别哭啦，小朋友。我会接你回家的。”

他的嗓音比她的抖得更厉害，比她的更轻：“I love you,mommy.Don’t leave me,please.”

他接收了她的应许，信物是在她心上刻下这道咒语。

就这样吧。

再也不会有别人了。

这个夜晚，他们拥抱着彼此，漫无目的地说了许多话。明明折腾几天都累了，但精神丝毫不疲乏，像两个大考之后终于放假的中学生，势必要用玩乐去把精力榨干。爱与被爱令他们无比振奋。

孟璟书问她这几天到哪里去了。

姜迎说去了海边晒太阳：“椰汁真好喝。”

他问：“真碰到姓邓的了？”

“对呀。”

“说什么了？”

“打了个招呼。”

“哼。”

姜迎狐疑：“你真的不知道吗？你没找人跟我？”

孟璟书一顿：“正要找呢，你就回来了。”

她表示惊讶：“那你怎么知道我回来了，还来得这么快？完全打乱了我的计划。”

“你门口有个消防栓。”

“所以呢？”

“我在那儿装了监视器。”

“……”

“还有你单位门口也放了。”

姜迎无话可说，只能朝他竖起大拇指。

孟璟书笑着抓她的手，放到嘴边亲了亲。

他说：“你记不记得上回我跟你说过，我回南青的时候，找人帮忙调查了一件事。”

“啊？”她稀里糊涂地觉得有点印象，那时好像话还没说完就被什么事给打断了。因为他突然叫她一起去参加朋友的求婚仪式，搞得她很紧张，就没听清。

“什么事啊？”

“付萱的事。”

姜迎的眼皮一跳：“付萱的事，是指……”

孟璟书瞥她一眼，无比淡然地说：“就是她给我戴绿帽子的事。监控录像，我弄到手了。”

姜迎的心情十分复杂：“你不是挺无所谓的吗，怎么会突然去查这个？”

他奇怪地说：“不是你介意吗？怕别人说我背叛在先，说我们的关系不正当。”他不满地嘟囔，“在外面你连手都不让我牵。”

姜迎盯着他看了好一会儿，忽然“扑哧”笑出声：“难怪都说男人来自火星，女人来自金星呢。”

他一愣：“不是因为这个？那是为什么？”

“没什么，你继续说监控的事吧。”

孟璟书翻了个身压着她：“你先说为什么。”

姜迎要被他压扁了，使劲推他：“你先下去。”

他坚持道：“你先说。”

姜迎有些气急败坏：“我才不要和情人牵手逛街呢！”

孟璟书沉默地翻身下来，又用手去捏她的脸，阴着脸道：“你倒是很会自作主张地定义我们的关系啊。在你心里，我就没点好的。真心真意地喜欢你，你就这样看待我。遇上事自己生气，一声不吭地跑了，要分手，还拉黑我……我从小到大就没受过这样的气。”

姜迎扑过去搂住他的脖子，对着他的嘴唇、下巴颏一顿乱亲，一边吧唧吧唧，还一边给他洗脑说：“不气不气，你不气。孟璟书的脾气超好，孟璟书是不会跟姜迎发脾气的……”

孟璟书被她逗得想笑，还要装没好气：“手机拿来！”

“好的，孟总。”

这次孟璟书亲手把自己从黑名单里拉了出来，还仔细检查了一遍朋友圈权限，总算满意了。他拿来自己的手机，给姜迎录入指纹。

礼尚往来，姜迎也给他录了。

她笑着说：“以前我理想中的恋爱，应该是两个人互相信任，有彼此的独立空间，并且完全尊重对方的隐私。我以为看对方手机这种事不会在我身上发生。”

“我以前也是这样认为的。”孟璟书思索了一下后说，“只能说，绝对理想的状态是不存在的。我们选择了彼此，这是唯一的必然，跟之前所有的设想都无关。”

“我不希望我们之间有所保留。我这样做，你讨厌吗？”他问她。

热忱固执，也豁达冷静。

在她眼里一直都发着光的人，确实是唯一的必然吧。

她说：“我不会讨厌你的，孟璟书。我到死都不会讨厌你的。”

他看了她一眼，没说话，自己下床去找东西了。

姜迎看他拿起外套，在兜里掏着什么，没一会儿又爬上床来。然后，她只觉手指一凉，那枚被负气摘下丢在他家里的链节钻戒又回到了她的手指上。

她刚想为自己的任性妄为感到汗颜，就听到他一声叹息。

“怎么了？”

“想结婚。”

姜迎沉默。

“你高兴的时候，什么好话都说得出来，不高兴的时候还不是怎么折腾怎么来。结了婚，至少你就跑不掉了，我也能安心一点。”

“不行！”姜迎仍坚持，“你现在就是头脑发热，哪有这么快就结婚的。”

“快吗？我们已经认识很久了。”

“认识跟在一起又不一样，而且……”姜迎瞪他一眼，凉凉地说，“你以前都不喜欢我，只是我自己热脸贴了冷屁股罢了。”

孟璟书默然。

其实从前对于她的态度，他也是有些困惑的。

他把她搂紧，正儿八经地争辩：“可是你也没多喜欢我吧。你和你室友打赌，说要把我搞到手，赌注是十个鸡腿，我可都听见了。”

“啊？！”

她回想起来，还真有这档子事。那大概是很久很久以前的一个傍晚……

话说孟璟书在国旗下当众宣读检讨书，那叫一个不卑不亢、风采卓然。他自此“一战成名”，送情书的人几乎踏破他们班的门槛。

那时候姜迎似乎还真的没有太上心，某天下午放学后，和室友在教室里画板报，不知怎么的就说起了这件事。她们说什么“肥水不流外人田”，不如自己班的女生努力一把，把这个帅小伙收入囊中。那时她好像还跟朋友说：“你们怎么不上？”

她们说：“他好像有点凶，你是副班长，还是纪律委员，你不怕他。他要不从，你就记他迟到。”

“行，我上就我上，成了你们得给我买十个烤鸡腿，一天一个，双手奉上。”

她愣神……和室友吹个牛都能让他知道。

“可是，教室里没别人啊……”

“我的护腕落在教室里了，想回去拿，哪知竟然听到有人说我就值十个鸡腿。鸡腿就这么好，嗯？”

“你没吃过吗？真的很好吃，下次带你回去吃啊。”

“别转移话题，”孟璟书少有这么得势的时候，当然不会放过她，“说要和我去同一所学校，还趁机抱我占我的便宜。结果呢？出了成绩也没见你来问我。暑假都玩疯了吧，一句话都没跟我说过。”

说到这件事，姜迎又理直气壮起来：“明明是你不好！我问你想不想和我报同一所学校，你说什么来着——‘随便’！这么敷衍，不就是委婉拒绝的意思吗？我还找你干吗？！”

她神气地说：“我当时就决定放弃你了！”

“‘随便’怎么就是拒绝了？我什么时候拒绝过你？哪次你找我我没去？”

“你只是怕我记你的迟到！”

孟璟书被她呛得牙痒痒，手掐着她的腰，用下巴去蹭她的脖子。

他这几天没刮胡子，可不得了，姜迎瞬间要弹起来，又被他摁住，整个人翻来滚去，叽里呱啦。她滚开一点，就被他抓回来，长手长脚地缠紧，两个人闹成一团。

他们是彼此的魔盒，打开来，里面涌出来的是回忆无数，是年少轻狂，是岁月如歌，也是历久弥坚。

姜迎不需要再猜疑和试探。

她已经知道了，他从来都不是无动于衷。

闹得累了，他们也还抱着对方。

“结婚吧，姜迎。和你在一起我好开心。”孟璟书冷不防又说。

姜迎几乎听得产生了抗体：“可是，我们在一起，也有很多不开心的时候。”

“任何一件事情都不会只有让人开心的一面，你不能因为可能会不开心就拒绝一切。”他买菜似的讨价还价，“我一定会对你好，但没办法承诺只让你开心。不过，你有额外的福利。”

“什么呀？”

“你对我好，我也喜欢你；你对我不好，我也喜欢你。我会一直对你好。”

“你骗人。我像刚才那样闹你也喜欢？”

“刚才吵架的时候，我很难受。可是吵完，我觉得自己更喜欢你了。”

再私密放荡的事情都做过了，可是他一口一句喜欢……这么单一的词汇，却让她脸热得不行。

她问：“为什么？”

“因为……”他努力解释着自己的想法，“因为我们又多经历了一件事，可能就是因为难受，才更加深刻。开心也好，难过也罢，这些事情会把我们绑得越来越紧的。”

他从前活得高傲散漫，不屑倾谈。

每个人由生到死都是一个独立的个体，各寻其道，根本没必要，也不可能求得理解。

可姜迎是不一样的，他们是不可分割的，他的所有欲求都与她有关，向她表达和敞开自己渐渐成了本能。

他开始觉得生命有了重量，他不再是自己一个人。想到他们拥有这么多共同度过的岁月，她的记忆大部分有他的参与，他就感到无比熨帖，说不出的舒服。

她忽然亲了亲他的眼睛说：“你知道吗，我一点也不后悔我们没有早在一起。因为你那时候根本没这么好，所以你不应该得到我。”

“那现在呢？”

“你已经得到了呀。”

爱需要时机，也需要一点死心眼。没有从一开始就天造地设的一对，只有无论甜美或苦涩，欢愉或受伤，都不愿放手，都还有机会努力走近对方的两个人。

是所有共享的时光造就了彼此的独一无二。

他们有说不尽的话，长夜漫漫，到后来也不知道在说什么了。

迷迷糊糊中，姜迎想起今天是什么日子。

“孟璟书，我们没有跟奶奶视频啊……”

“嗯，没事的。”他揉了揉她的后脖颈以示安抚。

“你怎么跟她说的？说我们吵架了？”

“怎么可能。我说我加班，不过生日了。”

“对不起啊……”她小声地嗫嚅着，摸了摸他的手，“你的生日，我却给了你很多眼泪。”

他笑了笑，亲吻着她的额头说：“也很珍贵，别人都给不了。”

“可是，你上一次许的愿没有实现。”

上次他说，希望她不要再因为莫须有的罪名跟他发脾气，这个愿望实在是被她毁得很彻底。

姜迎甩锅：“你不应该说出来的，就是因为你说出来了，才不灵的。”

他说：“这本来就是说出来逗你的，我当时还在心里许了另一个愿。”

“是什么呀？”

“不能说。”

“哼。”

“姜迎，再送我一样礼物吧。”

“想要什么？”

“你家新锁的钥匙。”

“你都会自己拿了，还问。”

“就是要你给。”

“哼。”

半个多月前的那个生日的夜晚——

姜迎拿他的打火机点燃了烛芯，然后把灯熄了，房间里瞬间只剩下微弱昏黄的烛光，她扯了他过来。

人一动，光影摇曳。

“快点许愿，没时间啦！”

孟璟书深深地看她一眼。

他面朝寒酸的小蛋糕，合上眼帘的一刻，心中生出一分虔诚。

“我希望……”他低语，“姜迎不要再因为莫须有的罪名跟我发脾气。”

她闻言，愤恨地瞪他。

之后他停顿了片刻，心想：我愿，今后的每一个生日，她都在身边。

他还是得到眷顾了，不是吗？

第十六章 风景

泽卞的冬日，难得好几天连续放晴。

正值好天气，伟禾律师事务所迎来了新同事。前台换了个可爱又亲切的小姑娘，跟之前胡主任钦点的类型相去甚远。不过胡主任近来后院起火，他既忙着陪家里那位，又要安抚外面的人，也就没有多余的精力管所里的小花是否合心意了。

姜迎去财务那里报账的时候，意外地没被小潘使眼刀子。她回办公室跟小曼说起，小曼笑她几天没上班，已经跟不上时代了。

“她已经跟隔壁公司市场部的小哥好上了。”

姜迎表示震惊：“我这不是才四天没来吗？”

小曼说：“现代人追求高效生活嘛，爱情也一样，这个不行，就换另一个，条条大路通罗马。这样大家都开心。”

姜迎耸耸肩，无言以对，只是她无辜地遭受了许多白眼罢了。

前阵子忙得脚不沾地，连失恋逃跑都不敢关机。现在事情告一段落，姜迎又陷入了空闲期。她每天看看论文、打打游戏，上班摸鱼，微信秒回。

孟璟书见她精力富余，十分热衷于压榨她，天天榨，夜夜榨，榨得她周五直接不起床了。

姜迎怨念颇深，明明他自己也很忙，怎么就这么精力充沛呢？

出门前，孟璟书来床边亲她，低声问：“今天真不上班，嗯？”

她被清爽的剃须水和淡雅的男式香水熏得飘飘然，躺平了任他亲：“不上。”

“那晚上来接我下班。”

“不想出门，想一整天都赖在家里。”

“不行，你要来接我。小朋友是不会自己回家的。”

孟先生的撒娇技能日渐精湛。

姜迎拉上被子：“再说，再说。”

孟璟书隔着被子拍了拍她的屁股，她象征性地蹬蹬脚以示不满。她都已经裹成圆柱体了，不知道他是怎么一拍一个准的。

他轻笑，交代道：“别睡太久，记得起来吃东西。”

“嗯……”

姜迎卷着自己的小毛毯，再盖上他的大被子，鼻间覆着他的气息，睡得昏天黑地。

他们又回到这间小公寓来住了，虽说之前闹了一场，姜迎终于能放下心中的不平，向孟璟书敞开心怀了。可她还是有那么一点点，就一点点的小气。想到付萱在那个屋子里待过，她就觉得硌硬，不愿意再去了。

她没跟孟璟书提过这个，但他似乎也了然，自觉地又把自己的东西搬了过来，跟她挤在这间寒酸的小房子里倒也乐在其中。他这个人含着金钥匙出生，吃穿用度都讲究得很，但对她真的是百般迁就。

所以……她晚上还是得去接他啊……

她睡得不知时间，还是外卖员的电话把她叫醒的。

孟璟书怕她犯懒挨饿，在午高峰前给她叫了吃的——是鳗鱼饭和沙拉。

姜迎喜滋滋地问他：你怎么知道我想吃这个？

过了几分钟，他回复：有人昨晚吃饱了，路过日料店还盯着门口的菜谱看得目不转睛。

姜迎回复了一连串“龇牙”的表情。

此时，跟姜迎一样闲的还有许嘉宏，他这周刚去新单位报到，还没正式上班，不时地找她瞎聊。

其实刚开始看到孟璟书的朋友圈，知道他们俩已经在一起后，他是很有些牢骚的。他觉得自己被骗了，呵斥姜迎不厚道。

“Liar！亏我还好心好意地撮合你们，你还骂我傻×！”

热恋中的女人气势足，一点也不羞愧：“就是骗你怎么样，大不了回请你一顿就是了。”

说到后来，他也只是酸不溜秋地说：“罢了，罢了，我就是有点感慨。这么多年之后还能走到一起，挺不容易的，你们可要好好珍惜啊。也不枉我当初帮你搞过那么多黑幕了。”

姜迎知道他对黄彦菲还是有遗憾的，只是人与人之间自有缘分，强求不得。

“当然，饭还是要请的，还得是回南青请全班同学。”

这次他发微信过来，竟然是谈正经事。他说这几天去熟悉了新单位的业务，琢磨了一通，觉得自己在国外待久了，对国内的情况欠缺了解。他想着要不要读一个在职研究生，问姜迎泽大怎么样。

姜迎直言泽大在这一块做得很水，建议他考虑其他学校。

她直接发的语音："其实我也有这个计划，之前了解过，政法大学还不错。而且，他们开的专业多，应该符合你的需求。"

许嘉宏收到信息，自己去查了查，大概觉得也还不错，回复她说："我看行。过阵子就可以报名了，你要不要一起啊，咱们俩继续做研究生同学。"

姜迎："隔行如隔山，谁跟你同学。"

不过，说起研究生……

她心里还是有些硌得慌，即使当年的变故没怎么改变她对未来的计划，她也依旧凭借自己的努力进了不错的单位，到现在也还算顺利。但是，一想起来还是很不爽啊……

要是一直安安静静，不来惹她就算了，她也懒得在不重要的人身上耗费精力。可是，人家竟自己找上门来，害她和男朋友吵架，上网找人转租房子又厚着脸皮反悔，还白花了好几千，一个人跑去海岛看雨……

这笔账不算可不行了。

姜迎再度醒来，外面天已经黑了。

这回是孟璟书打来的电话把她吵醒的，他一听她迷迷糊糊的鼻音，就知道这个人还赖在床上。

他顿了一下，问："还真睡了一天？"

"嗯……"她睡得昏昏沉沉的，"打了一下游戏，看了一会儿视频，就又困了。"

他无奈："姜小姐，我十五分钟后下班。"

她挣扎："今天不加班吗？"

然后，她听见他叹了口气。

地铁站门口熙熙攘攘，行色匆匆低头赶路的人群中，有一个女孩站着不动。

她穿着简单的黑色卫衣和浅色牛仔裤，斜挎一个粉嫩的毛茸小兔子包。长发扎成丸子头，厚实的围巾圈起来遮住半张脸，只露出她一双黑亮的眼，怎么看都还是一个在校学生的模样。

姜迎刚出地铁站，准备上楼去竖锋接某人下班。可还没走出几步，她的电话就振动起来，于是她接起来。

孟璟书还没开口，就先笑了一下："穿的什么？"

"你又看得到我！"

“往后转。”因笑意而压低的嗓音让姜迎的耳朵发痒。

她一愣，向后看，果然见他长身而立，嘴角勾起一抹痞气的淡笑在等她。

比起青年才俊，说他是个浪荡公子更为合适。

啊……怎么能这么多年了还这么帅呢？

姜迎不自觉地笑了，小跑过去一扑，他稳稳地接住。

她今天穿的是平底小白鞋，站在他的身边显得更矮，看起来小小的一只。

孟璟书的鼻尖碰了碰她头顶的“丸子头”，说：“怎么跟小孩似的？”

姜迎拿手指戳他的胸膛：“不是你催我吗？我就抓到什么穿什么了。”

她微微仰头觑他，素着一张小脸。大概因为睡饱了，她白皙的皮肤透出自然的红，笑起来眼睛水亮亮的，连脸颊都泛着光泽。

她朝气蓬勃得像个小太阳，一直没变过。

他忽地想起高考后办谢师宴的那个晚上，她约自己到KTV外面说了一些话：“其实上学有时候挺无聊的，可是你好像总有很多东西可以玩，也有很多朋友……虽然经常偷跑出学校，半夜打游戏，被批评，但你学习很用功，成绩也很好，还拿了竞赛的奖。我特别佩服你这一点，想做什么都能做好。有时候看到你我就会觉得，念书其实也挺好玩的，这三年过得真不错……”

他当时就觉得好笑，这有什么可佩服的，他不过是想做什么就做什么，没什么了不起的。

反倒是她自己，平时看着挺呆的，当个吃力不讨好的纪律委员竟然还挺能服众。她积极又乐观，被老师宠、同学爱，琐事一大堆，考试也照样名列前茅。

她都不知道，在她还没有表现出对他的兴趣之前，有好几个男生对她跃跃欲试，在寝室夜聊的时候还说起过她……现在想起来，心里还真有点不是滋味。

你在桥上看风景，看风景的人在楼上看你。

他低头吻她，坦荡地说：“好看。”

同时他暗自反省，夜里是不是该节制一点？平时她睡不够，下午都无精打采的，还是这样活蹦乱跳的好。

然后，他就听到她得意地说：“我是不是显得特别小，特别年轻？相比之下，你有没有觉得自己老了？亲我的时候不觉得自己像个残害未成年的中年大叔吗？”

“姜迎，”他松开搂着她的手，声音冷淡地说，“知道我为什么在这儿等你吗？”

姜迎眨眼：“为什么？”

“因为你不知道停车场应该往哪边走。”

“哦……原来不在楼下啊……”

他又问：“你为什么不知道停车场在哪儿？”

“啊？”

“因为你从来就没有来接过我下班。”

这么说起来，姜迎还真有那么点羞愧。她讨好地抱住孟璟书的手臂，笑眯眯地说：“书书不生气，我请你吃饭呀。”

此时有人路过，神色复杂地看过来，尴尬却又不得不打招呼：“孟总……”

孟璟书倒是没什么，淡定地“嗯”了一声。

等人走了，姜迎才问：“你同事？”

“嗯。”

“唉……”就不应该在他公司楼下打情骂俏的。

晚饭他们是去David和他妻子的私房菜馆吃的，原因依然是——不用排队。

进门时，David一眼就看到他们牵着的手，笑着“哦”了一声：“好久不见！你们俩看起来跟之前有些不一样啊！”

孟璟书笑着说：“重新介绍一下，这位是姜迎，我的……”

他停顿两秒，用了“fiancee（未婚妻）”这个词。

姜迎猛地脸红，想要反驳，又觉得有些矫情，被憋得说不出话来。

而David欢快地振臂高呼：“Cool（太酷了）！”

今天是贵州菜的专场，他们点了酸汤鱼，橘红色的黏稠的汤汁“咕噜咕噜”地冒着泡，氤氲的雾气中弥漫着一股奇特的香味。

姜迎脸上的红晕长久未消，她也不说话，安静地握着手，似乎在等待鱼片煮够火候。

直到David端来饮品，给她上了一壶漂亮的花茶，又用磕磕巴巴的中文说：“腆（甜）、蜜的诧（茶），送给者（这）位陷如（入）……腆（甜）蜜的颗矮（可爱）女士。”

姜迎抿唇道谢。

然而他给孟璟书的竟然是……冰啤酒！

她质问：“你喝酒了，那谁开车？”

他说：“你啊。”

她现在严重怀疑孟璟书让自己熟悉他的车其实是为了开发她当司机的功能。

“那我也想喝怎么办？”

他很好说话：“叫代驾？”

可是，她今天莫名地有一种第一次约会的感觉，很不想被别人打扰。

“那还是我开吧……”

他笑着凝视她。

姜迎的脸又热了，问：“干吗突然想喝酒？”

他说："觉得很开心，你没有否认。"

姜迎不看他了，专心地捞鱼吃。她连吃了几片，有些被辣到，便喝了口花茶缓解。

喝完，她忍不住笑了——是真的甜。

他们牵着手走在幽静的小巷子里，石砖铺砌的地面被分成一格一格的。姜迎一步跨两格，把脚尖斜着，每一次都正好卡准砖块的宽度。

孟璟书放慢了脚步陪她，看她踩碎白的月光和黄的灯光，在无聊的小游戏里自得其乐。

有电视的声音从居民楼低矮的窗子里传出来，身边的女孩从他的掌心借力稳住东倒西歪的自己。他们踏着被她裁乱的一地光影，去往附近的影院看一场电影。

岁月生动，连冷风也变得轻柔。

而姜迎盯着脚下，一边蹦跶，一边絮叨，煞风景地说起她最近接的一桩……强奸案。

"我的当事人是个大哥，就是那种混帮派的，已经三十好几了。他前两年看上了手底下一个小弟带出来的小女孩，约人家出来，说喜欢她，每个月给她几万块，问她愿不愿意跟他。然后小女孩答应了，当事人走心了，对她可好了。

"去年的时候，当事人碰上点事，给不了钱了，那个小女孩就开始对他冷淡。有一天，他兄弟就看到小女孩跟别的男人从酒店里出来……"

说到这儿，姜迎突然乐了："你有没有觉得这个经历听着有些似曾相识？"

孟璟书冷冷地睨她。

这个人心怎么这么大，明明前几天还稀里哗啦哭着计较得要死，现在就能乐呵呵地嘲笑他了。

他抓着她的手狠狠地捏了一把。

"哎呀！"她蹙眉惊呼，可嘴角还挂着狡黠的笑。

他打不得也骂不得，只能宠着她。

他叹息，没好气地问："然后呢？"

"啊……然后啊，没过几天，小女孩上门来哭哭啼啼，说自己怀孕了，是大哥的。但大哥怎么知道是不是呢，就带她去把孩子给打了。虽然心知肚明她出轨了，但他还是好好地照顾她。结果她身体一恢复，又不见人了。过段时间再出现时，她就跟大哥说要分手，说她现在有了一个很爱她的男朋友，年纪也相当，不想再跟他了。我当事人怎么可能同意，就威胁说如果分手就把她的裸照、视频什么的发到网上去。小女孩也是狠，转头跟家里人说大哥强迫她发生关系好几年了。她家里人一听，就把我当事人告了……他们当初发生关系的时候，小女孩才十五岁，各种证据确凿，量刑不会低。"

孟璟书听完，没评价这件事，只问她：“打抱不平？”

“嗯……有一点。”姜迎不蹦了，有些泄气地说，“最初进这一行，傻乎乎地想着要惩奸除恶。但见得越多，就越发觉得看不清了，到底谁才是奸，又谁才是恶……”

他转过头，静静地瞧了她一会儿。她下意识地跟他对视，心中隐隐升起对得到认同的渴望，还有点好奇他会怎样鼓励自己……

然后，他什么都没说，而是把她拉到转角昏暗的一隅，低下头来亲她。

姜迎哭笑不得：“我是在很严肃地跟你表达我的看法！”

她羞恼地将脸偏过去，他的吻便落在了她的脸颊一侧。

温热的嘴唇碰着她细腻的肌肤，他轻声笑着说：“我也是啊。”

“你表达的什么！”她嗔道。

“很多事情并不是非黑即白，别人怎么样我管不着，可无论你是什么样，我都喜欢，也都会站在你这边。”

此时姜迎无端地想起刚才他跟David介绍时说的“fiancee（未婚妻）”，低沉的声音从他的胸腔发出，撼动了她的心。

她的脸又热了，整个人软趴趴地靠着他，还嘴硬道：“男人说的话都不可信……”

“那女人说的话就可信吗？”他笑。

“我怎么不可信了？”

他想了想，说：“比如，你其实并不困惑，你心中有自己的标杆，你跟我说这些，只是……”

“只是什么？”姜迎仰头看他，像是不服气，又有点期待。

孟璟书低头含住她微微鼓起的红唇，在亲吻的间隙含糊地说：“只是……在撒娇。”

淡淡的酒气包裹着呼吸，姜迎被他吻得快要融化了。他们倚着墙紧密相拥，过路行人的脚步声也仿佛远去。这个世界只有他们俩，清透皎洁的光兜头罩下，连冬夜的风也无法从他们之间穿过。

他的掌心火热，隔着衣服都让她升了温。

她知道他一向是个不正经的，但还是不免有些惊慌。

她扭了扭身子，没扭开，“呜”了一声。

他继续捏着，忽然轻笑了一下，在她的耳边声音低哑地道：“你说……在这里会有人看到吗？”

这片弄堂区做成半商业化，附近有不少店铺，即便是夜里，也不觉得荒凉。他说这话的时候，正好有两三拨人嬉笑着走过。

姜迎觉得当头砸下一个巨型感叹号。

她灵机一动，吸气提声："叔叔，你别这样！我年纪还小！"

路人闻声一惊，纷纷看了过来。一个衣冠楚楚的成熟男人，把一个学生模样的小女孩压在墙角……他们不约而同地朝孟璟书投去鄙夷的目光。

孟璟书僵住，颇有些难以置信地看着她。

姜迎趁机推开他，撒丫子跑了。

他反应过来，气急败坏地咬牙追上去。

电影院离得不远，姜迎逃难似的一路飞奔，没一会儿就到了。

当然，孟璟书也到了。可到处明晃晃、亮堂堂的，他即使再生气，也不可能对她做什么，只是黑着脸不说话，浑身散发"谁都别来惹我"的气息。

姜迎不敢笑得太张扬，抿着嘴唇，但眼睛弯弯地。

刚才推开他的时候干脆利落，现在他不搭理她了，她反倒讨好地靠过来，双手抱住他的胳膊。

"书书，要不要喝可乐？"

"书书，我给你买爆米花吧。"

"书书，你帮我拿一下呀，我只长了两只手。"

……

孟璟书一脸冷酷，手上被她塞了一桶爆米花，搭配起来居然有一丝可爱。

周五的晚上，约会的小情侣很多。排队检票的时候，姜迎就听到后面有个女生小声地说："前面那个穿深蓝色大衣的男生好帅哦。"

她的男朋友酸溜溜地说："帅有什么用，一看性格就不好。你看他连笑都不给一个，不知道他女朋友是怎么忍的，还是我对你好。"

女生大概捶了男朋友一下，又说："你就会自吹自擂！人家可能只是不苟言笑，他也很听话啊，那个女孩让他干什么就干什么。"

她男朋友又吐槽："你就会看脸……说不定是兄妹呢。那个女生看起来年纪还很小，大概就是宠妹妹吧。"

谈论别人的声音也太大了吧……但是……姜迎听得心里暗爽。

他们到得早，坐了一两分钟才开始放广告。

姜迎无所事事地吃了几颗爆米花，又自然而然地捏了一颗送到孟璟书的嘴边。

孟少爷为了表明自己还在生气，直接把头一扭，冷硬地拒绝了投喂。

姜迎一顿，收回了手，把爆米花扔进嘴里嚼得咔咔响。

她语气凉凉地说："刚才还说无论我怎样都喜欢呢，才过了几分钟呀，就跟我发脾气。哼，骗子。"

孟璟书终于有了点反应，转过头来看她。

莫名其妙的，这回轮到姜迎不搭理他了。

孟璟书的气消了大半，却也一时无话。

姜迎翻了个白眼就自己玩手机了。她选着APP，忽然想起今晚的几次误会……说起来她工作以后就很少扎丸子头了……

于是，她悄悄打开拍照软件，默默地找角度自拍。很快她就找到一处完美的光线，拨了拨碎发，正要调整表情，就见屏幕里有一张面无表情的帅脸在缓缓靠近。

“你在干吗？”她没好气地问。

“拍照啊，”他理所当然，“你不是要拍照吗？”

“我是要自拍，关你什么事？”

“反正我也要拍。”

有时候他们俩真的很幼稚。

他想起什么，又说：“拍了换头像，我和你一起换。”

姜迎不解：“为什么要换头像？”

“你已经有我了，为什么还要用跟别人的自拍照当头像？”

话说，她的微信头像从漫画人物换成猫，再换成狗，又换回猫，前段时间终于换成人类，跟黄彦菲一起用了上回万圣节的浓妆自拍照。

“一样的头像不是情侣之间才用的吗？”

不错啊，还知道“情头”。

他继续说：“黄彦菲也不是单身了，你们应该对自己的男朋友负责任一点。”

姜迎憋住笑，习惯性地和他拿乔：“你不是爱死了你那个冰天雪地的头像吗？这么多年没换过。”

“你跟我拍我就换。”

“那我还要发微博。”姜迎知道他不喜欢在网上曝光自己，故意这么说。

“哦。”他听了，一点反应也没有，继续凑近她，自己在镜头里找位置。

姜迎奇怪地道：“哦什么哦，你之前不是都不让付萱发你的照片吗？”

他觑她一眼，语气再淡然不过：“你是我老婆，别人不是。”

姜迎顷刻间愣怔地看着他。

他忽然将嘴唇贴过去，迅速抬手按下拍摄键。

姜迎又一愣，回头看照片，竟然抓拍得还挺自然，挺好看的。

孟璟书看她的脸红到耳根，心中泛起阵阵热潮无处发泄，只好去揉她热乎绵软的耳垂。

两个人心中各有澎湃，有一阵子没说话。直到广告终于结束，灯光瞬间暗下，墨绿的屏幕上飞来一条金龙。

好戏即将上演。

姜迎突然凑到他的耳边说：“孟璟书，我们钓鱼吧。”

他扬眉：“嗯？”

她粲然一笑。

回到床上的时候，孟璟书心里有些挣扎。

下午在地铁站见面，看到她精神满满的样子，他便暗自下决心，今晚休息。

可她今天实在是太招人了。在外面的时候他就动了好几次念头，更别说现在人正香香软软地窝在怀里。

他引以为傲的自制力已经到了失守的边缘。

他心不在焉地问：“我们明天做什么？”

姜迎盯着手机，有些三心二意：“睡到自然醒，吃早中餐，然后各玩各的。”

孟璟书蹙眉：“什么各玩各的？”

姜迎说：“你的朋友不是在群里说明天喝酒吗？你也去啊。我明天下午跟胡若晨出去。”

孟璟书埋头在她的脖颈间，沉沉地叹了一口气。

“怎么又要和她出去？”

“她快要面试拿执业证了，都快紧张死了，叫我去帮她温习功课呢。”

“我不想你去。”

姜迎失笑：“你不会连她的醋都吃吧。”

“她依赖你！”他修长的手和腿都压在了姜迎身上。

“可能有一点吧，但我不讨厌她。”

何止是有一点！

孟璟书烦闷地哼哼着。

这个人根本不知道自己总能在不经意间就给人一种被呵护的感觉，就像空气一样自然，无法割舍。

所以，那个乳臭未干的小丫头才三天两头来跟他抢人，偏偏姜迎还跟她玩得挺开心。

他郁闷地说：“你什么都不知道！”

“你很重。”他像只巨型宠物趴在她的身上。

“你气死我了。”

“你压死我了。”姜迎丢开手机，像一条咸鱼一样喘着粗气。

他在她的脖子上舔了舔，说：“那就一起死吧。”

姜迎扯他的耳朵：“不要。”

他不轻不重地咬了一口。

“哎呀！”

他不怀好意地笑了。

这是极度混乱与崩溃的一次体验。

他的目光像火一样烧着她，完全投入于真实的欲望之中，完全摘下了面具。

人类本身就是因食欲和性欲得以繁衍的。

他们如此赤裸，却也如此诚实。

姜迎只是被他看着，就已经开始颤抖。

她的所有拒绝都被驳回，他唯一的仁慈是让昏黄的台灯代替了明亮的灯管。

他记仇，压着她问：“叫我什么？”

“孟璟书……”

“不对。你在弄堂里喊我什么？”

“嗯……”

他坏心眼地折磨人。

“叔叔……啊——”

他跟随本能，占有她、凝视她，粗哑的声音嵌入她的骨血。

“姜迎，你爱我。”

之后他们就像丢了自己一样，灵魂走失了，或是已经向彼此皈依，如同江河入海。

结束后，他亲吻她身上的痕迹。她哭得不能自已，只想要他的拥抱。

孟璟书亦久久不能平静，忍不住一遍遍地问她：“爱我吗，宝宝？”

她安居于他的胸膛，就是不回答。

他反复地问，但不是为了得到她的答复，只是觉得自己得到的太多，胸臆之间是满溢的温情，才不得不以爱语发泄。

而她早已给了他答案。

如果不爱，又怎么会日复一日地对你毫无保留。

“我好爱你啊。”

“稀客啊，二位。”

孟璟书和魏展风前后脚来到，其他人已经坐在那儿了。童浩吸着一支烟，轻笑着调侃他们。

老苏搓搓手，笑道：“发牌，发牌，我看你们俩最近是商场也得意，情场也得意，现在马上要赌场失意了。”

魏展风挤开他坐下，用怪声说：“情场得意的只有孟公子，公司的微信群都传遍了，昨天看到孟总跟一个十几岁的小姑娘抱在一起……”

在众人不齿的“啧啧”声中，孟璟书慢悠悠地喝了一口酒，一派淡定地说：“你懂什么，那是我老婆有情趣。”

“哎哟，我去！”这是其他人。

“我呸！”这是魏展风。

“你这么牛，你老婆知道你由着姓付的那女的抹黑你，还到处惹事祸害人吗？！把证据收集齐了就赶紧趁早揭穿她，我看着不爽！”

有人不解：“被绿的又不是你，你咋这么激动？”

魏展风直哼哼。

阿庆这时问：“是不是因为展览的事？昨晚听嘉然跟我说了……”

泽下最近有个名为“华亭影画”的高端艺术作品展，因为展期只有两周，之前又做足了噱头，不少网红都趁热打卡。

付萱自然也不例外，不仅发了一张在门口的美照，到了场馆内还直播给粉丝看。

这个展的定位就是阳春白雪，加之有影像播放和不定时表演，在进门前已经有标语说明：可以留影，但不可拍摄视频。当然，直播更是不行。

因此，付萱的行为被负责人制止。好巧不巧，这位负责人就是魏展风好不容易追到手的宝贝女朋友柯念。

柯念不是什么娇软的性子，她皱着眉要求付萱终止直播的样子也被录进了直播内容里。

而付萱在镜头前绝对温柔得体，还自然地流露出一丝被吓到的柔弱……

并且，她还在事后发了一条长微博道歉，大意是说自己因为太激动了而没注意门口的说明。负责人突然过来这么严肃地说话，她脑子发蒙，一时间没反应过来。在知道不能摄影后，她实在很惭愧，表示以后一定多注意。

话是说得没什么错，可仔细一看就能分析出来，她觉得自己只是无心之失，而负责人过于强硬，有点吓到她了。

粉丝一向是盲目的，看着自己喜欢的仙女受委屈，当然要为她鸣不平了，纷纷在评论里责怪负责人的态度不好、太凶了。还有人借题发挥说她清高，觉得自己做艺术展的就了不起，看不上网红，更有甚者说她是嫉妒。

“萱萱这么美，又有这么多人喜欢，她光是看到在线观看的人数都要嫉妒死了吧！”

大抵如是。

当然，也有一小部分人很客观，说柯念作为负责人就应该尽到自己的责任，她严肃一点也是应该的，不过都被力挺付萱的热评给压到了下面。

这些议论很快传到柯念耳朵里，她十分恼怒。但她代表着这个展览的形象，不能正面回击。

她憋着火和魏展风说了这件事，魏展风就随口一提，说付萱是自己朋友的前任。这下倒好，无处发泄的愤怒全都算在了他的头上。

是以，魏某人现在对着兄弟说话夹枪带棒的。

童浩笑道：“付小姐也算是有本事，同时招惹了两位嫂子。”

魏展风一拍大腿：“那可不是！老孟，你还在等什么？还不赶紧公开她的真面目，让她的粉丝幻灭！一天天的就知道利用粉丝煽风点火！你老婆现在还被人当小三，这她都能忍？！”

孟璟书闲散地笑笑：“她说无所谓，这事急不得，要等一个好时机。我听她的。”

“瞎了，瞎了！这还是我们‘片叶不沾身’的孟公子吗？被人家姑娘收拾得服服帖帖！”

孟璟书春风得意，扬眉道：“你们这是嫉妒。”

笑闹了一阵，阿庆突然想起一件事，说：“对了，嘉然说洪乐网络最近有些动作，说不定要对竖锋下手。付萱又和洪斌宇他们走得很近，你们小心点。”

阿庆的准夫人嘉然是从事媒体工作的，业内消息传得快，她有所耳闻，便给他们提个醒。

孟璟书还没说话，魏展风先嗤之以鼻：“老子不怕他们，明的暗的尽管放马过来，看谁扛不住。”

其他人也冷笑道：“洪家早年根本不是什么正经生意起家，现在是看这一行发展得如火如荼，想来分一杯羹。”

“洪家老头儿还有点手腕，不过可惜儿子是个草包。”

圈子里也有互相看不上的情况，生意场上有的是不能见光的事。

而老苏摩拳擦掌，只想赢钱。他把骰子一丢：“废话少说，赶紧开桌！”

几轮过后，被众人断言情场得意必定赌场失意的孟璟书果然不负众望，承担了今夜乃至下两三回消遣的开销。

输钱的人心情丝毫不受影响，摇头笑道：“还挺玄。”

兄弟调侃他：“老孟，你还笑，看你回去嫂子不得削你。”

孟璟书十分坦然：“不可能，这事得怪她。要不是今天她和别人出去了，我说不定就不过来了。”

“还兄弟呢，瞧你那重色轻友的样！”

童浩闻言却问：“是和胡若晨出去的？”

孟璟书：“你认识她？”

“嗯，小时候邻居家的小姑娘，上次见到差点认不出来。”

孟璟书顿了两秒，嘴角勾起：“回头我把她的联系方式给你？”

童浩推了推眼镜："行啊。"

于是，有一个天真懵懂的小女孩，因为毫无眼力见地缠上别人的老婆，在不知不觉中就被人给卖了。

"阿嚏！"

胡若晨揉揉鼻子，奇怪地说："我不冷啊，怎么会打喷嚏？"

"是有人在打你的主意吧。"姜迎随意说道。

"谁啊？"

"陈天靖啊。"姜迎瞥她，眼神里明明白白地写着"你是白痴吗"。

"哦。"

姜迎翻着厚厚一沓资料，给她标记重点："比较大概率会问到的大概就是这些了吧，你回去好好记。"

胡若晨拿过去一看，头都大了："这么多！"

"没办法，八个面试官，谁知道他们会挑什么来问？自己办过的案子，你肯定要记得滚瓜烂熟。"

"哦……"胡若晨垂头丧气。

"好了，点餐吧。要华夫饼还是舒芙蕾？哦，还有限定的樱桃派……"

精美的甜点上桌，姜迎叫上胡若晨过来一起坐。

她吃了一口松软细腻的舒芙蕾，享受地眯了眯眼，命令道："手机拿来。"

胡若晨听话地解了锁，和陈天靖的对话框就明晃晃地出现在她们眼前。她有点期待地说："我们要跟他说什么呢？"

事实上，温习功课只是今天的小项目，是说给孟璟书听的。姜迎今天出来的最终目的，是要以胡若晨的身份跟陈天靖调情。

她琢磨着能不能从他那里套出一点消息。

估计陈天靖是被冯熙柔玩得心里有阴影了，深觉还是单纯的女孩最好把控，于是就回头执着地想跟胡若晨复合。

胡若晨虽然心里已经知道他不是什么好人，可就是心软，放不了狠话，导致他心中时常满怀希望，每天像打卡一样体贴地问候。

小姑娘跟姜迎诉苦，说自己忙着准备面试，还要应付他，容易分心。

姜迎最近比较有闲情逸致，一听就来了兴趣，趁着周末把人给约了出来。

"嘀嘀！"

新消息应时地弹了出来。

姜迎"嘿嘿"一笑，来得正好。

陈天靖说：小晨，在干吗？

姜迎拍了桌上甜点的照片，等了两分钟才发给他。

他很快回复：出去玩啦？女孩就是喜欢吃这些。

接着，他发了一个两百块的红包：请你吃。

啧，他还是这个肉麻油腻的暖男调调。

姜迎迅速收下，发了一个害羞的表情。

胡若晨在一旁被她的操作惊呆了，别扭地说："这……这不好吧……都分手了，还拿他的红包，会不会显得我很……很那个……他一定觉得我很没有骨气……"

姜迎教育她："他怎么想重要吗？当然是自己开心比较重要啊！你当初来倒贴被你绿过的我的时候，有考虑过我怎么想吗？我们现在只是想利用一下他，顺便小小地报复他一下，这是理所应当的。谁让他出轨伤了我们的心呢对不对？"

胡若晨吸了吸鼻子："好吧。那……那我们真的能问出姐夫前任的黑料吗？"

姜迎之前跟她简单地普及过他们之间的恩怨，把她听得一愣一愣的。

她现在看着姜迎拿她的手机用得那么顺当，一种敬佩之情油然而生。她更觉得当初贴着姜迎，让姜迎带自己走出失恋的阴影果然是一个正确的选择。

姜迎说："不知道，就随便问呗。就算问不出啥，也吃了一顿免费的下午茶不是？"

胡若晨点点头："对！"

姐姐就是厉害！

陈天靖看到那个害羞的表情，自以为接收到了许可的信号，更是热情地发起进攻的号角。

姜迎一边翻白眼，一边跟他积极互动。

等铺垫得差不多了，陈天靖适时地表达了自己的后悔与留恋："小晨，这段时间我想了很多，我真的知道错了。以前是我太不成熟，只想去追求新鲜感，却忘了眼前人才最值得珍惜……"

看着这些话，姜迎觉得眼睛都要起茧子了。她慢吞吞地吃完华夫饼才回复他——

天靖哥哥，这件事我不能很快给出答案，必须要很认真地考虑过才行。

陈天靖回：嗯！小晨，你要知道，无论多久我都会等你。

姜迎想了想，说：我可以考虑，但你要先告诉我，你为什么会和那个叫冯熙柔的女生分开，我要知道原因。

陈天靖诋毁起前任来不遗余力，说她表里不一、贪慕虚荣、私生活混乱，等等。

姜迎发了个噘嘴的表情：那你还经常跟她出去玩？还有那个很漂亮的叫付萱的博主，我见过你们贴得很近的照片，你们又是怎么一回事？

陈天靖：我跟她什么都没有，就是在一起玩过，别人随便拍的照。她就只是漂亮，其实很清高，性格差，没几个人爱跟她玩，我们不熟的。

姜迎嘲讽地一笑，心想：以你这个财力，人家可看不上，当然对你清高了。看来他这里是没什么料了。

但对面的人说到酣处，根本停不下来——

见过越多的人，我才越知道小晨才是最好的。天底下怎么会有这么好的姑娘？我实在不想放开你，我从今往后都不想再多看别的女人一眼。

胡若晨在一旁喝着饮料都咳了出来，姜迎抓了抓被腻到发麻的头皮。

她真心实意地问一句：冯熙柔究竟是有多不好？

竟然给了他这么大的阴影。

本来作为男人，我是不想说的。但是，我发誓我要对你坦诚。陈天靖顿了一会儿，继续打字：那个女人为了钱，到处滥交，什么都做得出来。洪乐网络的洪总，小晨应该不知道吧。他出了名的私生活混乱，明明是有家庭的人，那个女人还跟他保持不伦的关系……要不是我亲眼看到她手机里的视频，我都不敢相信……

胡若晨震惊地捂住了嘴巴。

而姜迎则陷入了深思……

洪总……就是在 The One 搭讪过她的飞机头。

嗯……好像孟璟书还提起过，他们不大对付。

这下全搅和在一起了。

上次和胡若晨住酒店的那个晚上，姜迎看到了洪斌宇。

那晚她们先是在入住时碰到冯熙柔和两个男人进了一个房间。后来夜深了，胡若晨已经睡成猪，姜迎跟孟璟书通完视频去厕所放水。走到门边的时候，她听到外面传来一阵动静，于是好奇地看猫眼，见到他们门外又来了一个眼熟的男人和另一个女人。房里走出来的三个人感觉神情恍惚。

姜迎听不清他们说的是什么，只知道好像是要换房间。估计是他们开的标间装不下五个人一起玩吧。

原来，门外那个的男人就是洪总啊。

而且看他们有点神志不清的样子，似乎不仅仅是喝醉了酒……

不过这个消息除了震惊，好像也没啥用了。

要搞付萱还是得靠自己啊……

“姐姐，姐姐……他问我为什么不说话了……”

姜迎醒过神来，怒道：“还说什么啊，跟私生活这么乱的女人混过，你让他赶紧去医院检查一下有没有得病吧！”

“啊？我不知道该怎么说……”

姜迎恨铁不成钢地白她一眼，直接把陈天靖拉黑了，简单粗暴，十分有用。

世界都清静了。

免费的下午茶也吃得七七八八了。

姜迎登上微博大号，检查战果。

昨晚他们的甜蜜自拍在姜迎的极力劝阻下并没有成为情侣头像，而是发了微博。才一个晚上，微博就涨了两百粉丝。

中午的时候，她好化妆，对着镜子整理。孟璟书过来贴着她黏糊了一会儿，他各种耍赖。

“你跟我约会，洗了把脸就出门，轮到跟别人出去就那么认真地打扮。到底谁更重要，你到底跟谁最好？”

幼稚鬼附身，姜迎笑得不行，直推他：“别闹啦，待会儿我的脸要花了！”

“那我还要拍照。”他拿起手机，显得兴致勃勃。

“又拍？”她都有点不适应了。

“拍！我要拍很多，要比别人都多。”非常好胜的男人如是说。

于是拍完照，她又挑了几张发微博。两个多小时过去，又涨了一百多粉丝……

可见在这个年头，貌美的男人是多么受欢迎。想来孟先生就算一无所有，仅凭这张脸也是可以发家致富的。

她的微博大号有一些现实的朋友，有高中同学和大学同学。知道他们多年纠葛的人，尤其是高中同学，都相当震惊，于是便有了不少评论，多是感慨和祝福。

还有很多热心网友的评论和转发，除了祝福外，更多的是“啊，别人家的男朋友也太帅了吧，呜呜呜——我好酸啊，但还是含泪祝福”。

暂时没出现什么不和谐的声音。

姜迎去搜了付萱的微博。

最新的一条是一个小时前发的，与平时美好活泼的风格完全不同：我从来没见过做小三还这么招摇的，你还要不要脸？！

她冷冷一笑，鱼儿好像要上钩了。

胡若晨不太理解，问她：“姐姐，为什么你要任由她这样说你？直接爆她的料不就行了吗？”

姜迎淡淡地说：“你别看她有两百多万粉丝，好像很红。可事实上，她也仅仅是一个不大不小的网红，并不像明星那么有讨论价值。我一个无名小卒，如果无缘无故突然爆料，就算放出证据，又有谁会搜索、会看到呢？并且看到的人也多是她的粉丝，他们只会骂我、举报我，说我造谣，给她泼脏水。用不了几个小时，她的广场就会被洗干净了。”

“只有等她自己先气急了，先发动舆论的力量，对作为小三的我群起而攻之，才有可能制造爆点。你知道吧，小三在网络上可是过街老鼠，谁见了都要踩上一脚。到了这种群情激奋的时候，我再将证据放出来，让这个正义的讨伐突然出现板上钉钉的反转。只有这样，才能将效果最大化。”

胡若晨惊得下巴都要掉在地上：“姐姐，你真的好可怕，还好惹你的人不是我……”

“嗯？给你机会再说一遍。”

“好……好聪明啊！”

“乖。”

小姑娘问：“那如果她自己心虚，就只是自己骂两句泄愤，不来攻击你呢？”

“那我就也不曝光，这样她就安全了。”姜迎凉薄地笑了笑，“但是，她怎么可能呢？她现在已经在视奸我了不是吗？”

心高气傲的你，尝到舆论甜头的你，惯于被人赞美拥护的你，又怎么可能善罢甘休呢？

如果你忍得住，我们将永远相安无事。

如果你先向我开枪，那将会是你坠落的开始。

这一回，我也不打算善罢甘休了。

第十七章 闹剧

随着年末的到来，各行各业活动频出，美妆业尤甚。各大品牌相继在圣诞、元旦前后推出今年的限定产品，趁着节日和新年的热潮刺激大众消费。每年到了这个时候，有些名气的网红都会收到品牌方的人民币问候，帮忙做各种推广。

付萱觉得有些不对劲，有两个大牌在今年春季和夏季都邀请了她，可如今却没了消息。她放下身段主动去联系了品牌方的人，可对方只说是公司的方案有变，以后有机会再合作。

什么方案有变，分明是她分手后没了狗粮博主的定位，数据没以前好了，才被几个换着花样做内容的新人给挤了下去。

凭什么？放眼整个圈子，论样貌，没有几个天然的能及得上她。她们只不过做了些花里胡哨的视频，也不是什么创新的干货，居然就这样轻而易举地踩到她的头上了？

她怎么能甘心？

不顺心的事情还不只这一件，付萱没想到，上次跟姜迎正面对质，她都把话说成那样了，他们的关系不仅没有被破坏，反而更好了。

更可恶的是，姜迎现在三天两头在微博上发恋爱日常，一口一个“孟同学”地叫。比如圣诞那晚，她就连发了好几条——

“大过节的，本来要约朋友去吃 ×× 路那家炒年糕的，结果孟同学非要让我去陪他加班，快无聊死了。”

“我坐在他办公室的沙发上打游戏，他路过我时就扯一下我的头发。我瞪他，他就笑……到底在嘚瑟什么？”

“破案了……这个人不知道去哪里搞来的礼物清单，全塞在一个大盒子里，打开后备厢的时候，真的有点惊喜……不过我的小公寓越来越挤了。”附图是盒子里的内容，是几个装着皮包的品牌纸袋、几副潮牌耳饰，还有大小不一的各种圣诞彩妆套装。其中就有刚踢了付萱下车的那两个牌子，里面有一个限定眼影盘是她想要却买不到的……

付萱简直怒火中烧。这些东西本来都应该是她的，现在却被姜迎给抢走了！

孟璟书现在纵容着姜迎，什么都让她发，连自己的隐私都无所谓了。

为什么这么不公平？！兜兜转转，竟然还是姜迎。她得到过的和未曾得到的，如今他毫无保留地全给了姜迎。那她又算什么呢？

曾经她满心欢喜，以为自己得了个年轻有为的阔绰子弟，以后的路就有了倚仗。人人都说他待她优厚，但她觉得自己始终走不进他的心。于是她变本加厉地索要物质上的满足，得不到的宠爱，她便从别人那里获取。她生来就是上天的宠儿，所有的好都应该属于她。

可是，姜迎破坏了这一切！他们两个人竟然这样不把她放在眼里，她要让他们付出代价！

正在她心浮气躁之际，冯熙柔打来电话，开口就说：“萱儿，我最近手头紧，再借我三万呗。”

付萱精致的细眉拧紧：“又借？你上回借的还没……”

“唉，你又不是不知道，老胡家里那个现在正闹着呢。等老胡把她哄好了，我自然就能还你了。”

付萱冷声道：“我现在也不是财大气粗，刚莫名其妙丢了两个广告，哪有闲钱接济你？你和洪总不是挺好吗？他怎么会对你这么小气？”

“啧，我和你说不清楚这个。”每回提起和洪斌宇的关系，冯熙柔都是一副不愿多说的样子，“这样吧，钱你先借给我，过段时间有个聚会，我给你介绍介绍。到时来的人保准你看得上，怎么样？”

“我……”付萱有点犹豫。

冯熙柔又说：“对了，上回你不是说你前男友的现任整天对你耀武扬威吗？”

说到这个付萱就来气：“那个贱人分明就是做给我看的。”

冯熙柔心知踩对点了，笑着问：“教训教训他们怎么样？”

竖锋科技。

CTO办公室里，待客沙发上长期坐着一个人。

这几天都是这样，姜迎准时下班后，又勤勤恳恳地来这里陪男朋友加班。

第一次过来的时候，姜迎如临大敌。为洗清自己在男友同事眼中的形象，一番收拾自是不必说。她还提前动手准备了很多雪花酥，分装在打包盒里，带来送给加班的同事们。埋头苦干的技术宅们受宠若惊地道谢后，迫不及待地吃了几块，眼中冒出惊艳的光。

于是，第一次亮相，她就成功地俘获人心。

当时魏展风刚从外面办完事回来，见大家的桌上都摆着一盒零食，便随手拿着吃了一块，才问某程序员："这是什么？你们点的外卖？还挺好吃的。"

程序员边吃边敲击键盘，口齿不清地说："老板娘给的，说是叫雪花酥。"

"啥？什么老板娘？"

程序员指了指孟璟书的办公室。

魏展风大感好奇，大步走过去，见孟璟书正搂着一个清丽纤细的女人说话。不知听到了什么，那个家伙笑得春风拂面，平时端着的劲儿全扔海里去喂鱼了。

他敲了两下门，笑呵呵地走进去。

"老孟啊……"

腻歪被人撞见，孟璟书也没什么不自在，悠悠地道："正好，来跟我老婆打个招呼。"

魏展风从善如流："嫂子好，我是魏展风，老孟应该跟你提过吧，以后估计我们会经常见面。都是自己人，我也就不跟你客套了。"

女人笑得灿烂："你好。"

魏展风心想：老孟这回找的这个姑娘是有些不同啊，没什么架子，人也挺漂亮的，还清纯……就是感觉有点眼熟。

然后，他就听到她说："真不记得我了？我是姜迎，大学时见过的。"

魏展风一愣，恍然大悟。

"啊！你是那个……高中同学啊！"

姜迎笑道："是我。"

"啧，我说呢！"魏展风往兄弟的肩头拍了一巴掌，"我说为什么老孟总把你藏着掖着呢，八成是怕我笑话他！"

孟璟书咳嗽了两声。

姜迎好奇地问："笑话他什么？"

"我以前就见嫂子挺好，让他追你。结果老孟这人死鸭子嘴硬，还讽刺我多管闲事来着。这不才弄得你们俩好事多磨吗，都得怪他。他这个人哦，傲得很，完全不会追女孩。嫂子，你一定多多包涵……"

孟璟书一脸无可奈何地打断他："魏总，我记得我们今晚还有个会要开。"

竖锋的游戏项目正在进行内测，各项问题亟待修复，加班加点是常事。

几天过后，姜迎已经在这里混到脸熟，出入自如了。

孟璟书大多数时间不在办公室里工作，只偶尔回来处理文件或是打电话，弄完后过来捏捏她的脸或是亲两口，就又去机房了。

姜迎则留在他的办公室做自己的事，写稿、追剧、玩手机，大致跟在家里无异。

其实两个人根本没怎么待在一起，但他说知道她在离自己很近的地方，走几步就能见到，就会觉得很舒心。

只要没什么紧急事件，公司都会强制要求大家在晚上十点前下班。孟璟书光明正大地牵着她一起离开，惹来众人艳羡的目光。

魏展风放话说，等柯念什么时候不忙了，也要让她来陪着自己加班，谁还没有女朋友了！

孟璟书懒得理他。

私下里，姜迎问孟璟书，他们这样会不会影响不好。

他说："我老婆来我的公司有什么不好的？而且我们又没做什么。"

"哦。"你是老板，你说了算。

隔了几秒，他又说："要不下回做点什么？在办公室？"

这个男人就没一天正行！

孟璟书被捶得直笑。

回家后，姜迎想趁他洗澡的空当做一组天鹅臂，谁知那个人几分钟剃须完毕，就开始喊她："Mommy。"

姜迎憋着笑，不理他。

他提声又喊："Mommy，mommy！"

姜迎哭笑不得，这究竟是什么男朋友啊……

"What？！"

他坦坦荡荡："来陪我洗澡。"

他说洗澡，就真的只是洗澡，受制于场地因素，多余的运动是无法完成的。

可即便不做别的，光是一起洗澡，也是比较浪费时间的。为了显出互动性，总要你帮我挤洗发水，我帮你涂沐浴露，弄着弄着就莫名其妙地笑起来，然后便接吻。两个人这样抱在一起的时候，从头发丝到脚趾，全身的每一根神经都是愉悦的。

孟璟书越发黏着她，也越发觉得她成了自己的一部分。他们在一起做任何事情都天经地义，一起度过的所有时间都不是浪费。

而姜迎不喜欢浪费时间，单纯地喜欢他黏着自己。

喜欢他冷峻凌厉的外表之下，对她抱有纯粹的爱和热忱；喜欢他对她包容，极度地关注与爱护。

自上次知道她生理期前不能吃凉的东西，他已经记住了时间，严格执行。

她想吃K记新出的榴梿甜筒，他坚决不让。等生理期过了，她家附近的K记却已经停售了。他默默地查了本市的其他店铺，下了班，大老远带她过去，就为了买一个冰激凌。

也喜欢他在她的面前卸下一切，完全真实。他会生气、会心烦，也开心、爱撒娇，时不时因为一些很琐碎的事情跟她拌嘴吵架，回过头来看幼稚得不行。可下一次，他还是会继续幼稚。

甚至喜欢他每次云雨之后都全然放松，前一秒还说着话，下一秒就能抱着她沉沉地睡去。

每到这时，姜迎都无药可救地觉得他好可爱。

今夜姜迎有点失眠，可能是因为……过程比较温柔，没有过分消耗她的体能，反而让她兴奋导致思维活跃。

她在他均匀的呼吸声中睁开眼，漫无目的地看着黑暗的上方，似在思考，又似在发呆。

过了好一阵子，眼睛有点酸涩，她转身埋头到他怀里，企图用他的体温掩盖纷乱的思绪。

十分钟或是更久以后，事实证明，他的体温只会让她呼吸不畅。

姜迎又翻了个身背对孟璟书，无聊地叹息。

孟璟书却转醒，声音沙哑地问她："怎么了？"

姜迎有些抱歉："我吵醒你了？"

他贴着她摇摇头，亲吻她的耳朵，低喃："宝宝怎么了？不高兴？"

姜迎又转回来平躺着，问他："我究竟是宝宝，还是 mommy ？"

他居然还认真地想了想："姜姜是 mommy，迎迎是宝宝。"

姜迎笑了笑，掐着他紧实有弹性的手臂玩。

孟璟书半眯着眼任她掐，一会儿亲亲她的脸颊，一会儿又揉揉她的头发。

姜迎的脑袋被他揉得舒服极了，直哼哼。

他又问："宝宝不想告诉我？我不可以知道吗？"

姜迎被他问得心都软了。他之前说不希望他们之间有所保留，他就真的做到了。他明明不是多么敏感细腻的人，却越来越能察觉她的小情绪。

他带给她的感受远大于甜蜜，是所有柔软的总和。

她的烦闷得到了安抚。

"也没什么事，就是有点厌倦整天在微博上发那些东西。感觉为了报复别人，反而把自己弄得很浮夸，有点烦。"

孟璟书轻捏她的后脖颈："烦就别弄了，让我来处理。"

姜迎立马说："不行！这是女人之间的战争。"

他给了她一个含笑的吻："放宽心，我永远站在你这边。"

姜迎叹气："你说她怎么那么能忍啊？她什么时候才会动手呢？"

"或许，她也在等一个时机。"

"什么时机？"

"应该就快了。"他说。

一场小雪让时间翻了篇，新的一年已至。

孟璟书依然忙碌，姜迎也不再那么清闲。元旦过了，但春节前还有很多事情要完成。

竖锋的游戏内测接近尾声，宣传事宜已提上日程。

魏总对这个项目视若亲生儿，誓要给它请最红的代言人，买最多的推广位。

孟璟书扫了扫策划案，看到预算那一栏，直接否定了。

一刀切的强硬态度让魏展风大为窝火，他表示自己才是CEO，并且他自有办法："这件事不用你管！"

孟璟书十分冷静："宣传投入大于目前的研发成本，已经走偏了。而且这几位人选的粉丝构成如何，你确定他们能成为长线玩家？"

"哪有能百分之百确保的事？这几个，这一年都红翻天了。你看这些数据，这代表什么？人气！这就是我们最缺的东西！粉丝构成如何并不影响他们为自己的偶像卖力宣传。你想想，花这笔钱，就等于拥有了数百万个免费水军……"

魏展风说到口干舌燥，孟璟书丝毫不为所动。

他恨得牙痒痒，大掌一拍："好，省钱是吧，我们走plan B！"

一月中旬，互联网新贵竖锋科技倾情打造的一款恋爱游戏《星为你转》发布了宣传片。

两天之内，这条由原本关注人数只有两位数的官方微博发布的视频，得到了几万的评论转发，点击阅读量已过百万。

姜迎上着班，收到黄彦菲的微信，转了一条微博："哈哈哈——你看你男人被好多人觊觎了！"

姜迎满脸问号地点开视频，"扑哧"一声笑出来。

这是先导宣传片，以纪录片的形式拍下了游戏开发的始末。孟璟书被作为头号卖点，占据了百分之八十以上的人物镜头。

虽然是很帅啦，但毕竟有拍摄剧本，看得出他有一点不自然。然而就是这点不自然，与他冷酷英俊的面容形成巨大的反差，在无形中戳到了女孩们的萌点。

热评第一是："我可以！"

难怪他最近总有点欲言又止，一脸被蹂躏过的疲倦。有一次，他还突然说想和魏展风绝交，害得姜迎白担心一场。

她笑着转发了微博："孟同学真棒。"

没想到隔天一大早，她的微博就炸了，转发评论点赞数全都是"9999+"。

姜迎最近通过贩卖男朋友的美貌和狗粮，粉丝已经较原先翻了三番，也接近一万了。但这个水平的数据前所未有。

她点开的时候，已经有了预感。

果然，她在评论区看到付萱的名字频繁地被提起。

事情的起因是有位叫"chili 和火锅更配哦"的网友发了一条微博："这两天火出圈的竖锋孟总，疑似白富美网红付萱的劈腿前男友，然后孟总最近还和新女友疯狂地秀恩爱。付萱前些天还删了一条说某人不要脸的微博……我给大家看对比图哦。"

这网友的配图做得非常专业，找出了付萱早期秀恩爱微博里的照片，有男方模糊的侧脸、背影照，还有几张手部照片。

将它们拿来跟姜迎微博里相似角度的照片一一作比对，其中最有说服力的就是手部细节照和同款手表了。

最重要的是，这条微博被付萱点了赞。

事件持续发酵——

大多数网友认为："当事人点了赞，实锤了吧"。

有人联系起几个月前付萱发的几条伤情微博，不禁生出了疼惜美人的正义之感。

于是许多粉丝和好事的网友纷纷涌去当事人的微博下留言，其中姜迎的账号"姜辩 speaker"首当其冲，热评一片骂声——

"围观群众表示看来男方是真的有钱啊……以前付萱没分手的时候就很喜欢炫耀，现在轮到新人了，哈哈。"

……

"姜辩 speaker"在这狂风骤雨的抨击中依然沉默。

中午，另一个当事人付萱 Larissa V 发了一条新微博："不想再提这件事，过去受到的伤害，我就当被狗咬了一口。既然不能咬回去，渐渐淡忘也就好了。事实上，他们认识的时间要比我长很多，我并不清楚欺瞒是从什么时候开始的，也无心过问了。坚持善良、真诚，做好自己比什么都重要。"

这番话中有楚楚动人的柔软与坚强，正好戳中了粉丝和好感路人的心窝子，他们怎么能容忍自己的仙女被欺辱至如此，骂得更是难听了。

连竖锋荒凉的官博也遭了殃。而游戏宣传片下面的热评，也从最初的"我可以”“啊，喜欢这个画风，想玩”，变成了“这样你们都可以？出轨渣男还做恋爱游戏是依据自己的情感经历写的剧本吧”……

姜迎那里是绝对的重灾区。这种事情向来是女方会遭受更多的诘难，甚至还有人翻出她之前在其他热门微博下面的评论来鞭尸。

那是一条正牌女友刀砍小三致残的新闻，下面很多评论都在说“这是小三的报应”之类的。

姜迎当时忍不住发了一条评论，说：“原来现在政治正确已经大于法律了，故意伤害竟也有人拍手叫好，真是魔幻世界。”

这条留言当时得到了不少人的点赞，被顶到了比较高的位置，没想到现在却被人拿来攻击——难怪那么帮着小三说话呢，原来自己就是个小三。

然而网友的狂热还远不止如此，到了下午，竟然有一个名为“JRSM917”的账号扒出了姜迎的真实姓名和工作信息，发了她那张在伟禾律师事务所官网的正装照，并且将事务所的电话号码一并发了出来，鼓动大家打电话去投诉她：做小三的人，连基本的道德底线都没有，怎么配做律师？

不过“JRSM917”发的是评论，原来只是收获了很多点赞和留言。后来不知道为什么，突然多了六百多条转发。

到这时，姜迎才终于发了事件发酵后的第一条微博：“无中生有，清者自清。”

这种冷处理的态度让付萱彻底放下心来，基本确定了他们手中没有自己的把柄，否则她怎么可能说这种无力的话。既然如此，这场战争便是由她主宰了。

很快，付萱跟着发：“施害者有什么资格说清者自清？！本来不想拿感情的事情说太多，觉得过去的就该让它过去，可他们一而再再而三地挑战我的底线！姜迎，你做过什么你心里没有数吗？你暗恋孟璟书多年，大四时我和他在一起，你嫉妒地质问他缘由，侮辱我的人格，还在寝室发了疯似的打到我脑震荡。这些你都忘了吗？

“去年年中，我们回国，从那时起你就蠢蠢欲动了吧。我感受得到他对我日渐冷淡，却不知缘由，还以为是自己不好，拼命想要挽回。直到九月十七日那晚，我整夜联系不到他，他到第二天中午才回来，之后我们大吵了一架，他决绝地要分开。可笑的我前不久才知道你们的关系。你敢说那天晚上自己在哪儿，又和谁做了什么吗？你还敢说自己清者自清吗？你敢吗？ @姜辩 speaker ”

长文下附带了收藏已久的微信截图，是姜迎满腔怒火下的质问以及对付萱品性的批判，还有一张付萱检查出轻微脑震荡的病历，时间与描述吻合。

铁一般的证据，印证了姜迎的种种恶行。

一时间，付萱得到了无数人的声援，有粉丝、路人，有很多圈子里的博主，如冯熙柔他们，还有一些合作过的、做活动时认识的朋友，连洪斌宇都帮着转发——

“和小萱认识的时间不短了，她是一个好女孩。先恭喜她脱离渣男的魔爪，祝愿她以后再也不用受这样的委屈。再向她的粉丝和广大网友说一声，惩罚渣男，只有责骂是毫无作用的，不如以实际行动来抵制他公司的产品。”

不少人抱着键盘跑去《星为你转》的官微下再骂一轮。

这件事在微博上挂了大半天，热度越来越高，相关的几个话题甚至已经挺进热搜榜前十名。

当事人的微博来了更多正义的路人，当然也有一些不一样的声音，其中以一位名叫“把手机还给哥哥”的网友为代表。

“把手机还给哥哥”在付萱的微博下留言：“还以为是什么事呢，闹了一天，竟然都热搜第五了。又不是什么名人，只是一个 nbcs（nobody cares 的缩写）的网红而已，一个个群情激奋的。呵呵，不知道的还以为姓姜的那女人绿了好几万人呢。”

他的言论惹怒了骂红眼的网友，于是在他的评论楼里又是一场恶战。

支持付萱的人说——

“你算哪根葱？！不爱看就别看。不懂美妆圈就滚，萱萱还是 nbcs ？我看你死了都 nbcs ！”

不过这位“把手机还给哥哥”可不是个好惹的，大概是被这些粉丝的偏激给激怒了，要算到付萱的头上。他去网红扒皮帖和各个论坛找来付萱的黑料，分成好多条喷射式发出，楼里更是吵成了一锅粥。本来只有百来个赞的评论，被火速增加的回复越顶越高。

最夸张时，付萱的名字升到了热搜榜第二，她微博的被关注人数几个小时内上涨了几十万。

晚上七点多，已经过了饭点，大家都以为渣男贱女已经被捶死在地上，再也不敢说话，顿时觉得骂出去的话都打在了棉花上，有那么一点空虚。

夜晚八点，正是黄金时段。这时，被骂了一整天的“姜辩 speaker”突然发了一段视频——

“@付萱 Larissa 是你一直在挑战我的底线。既然你把那么久远的事情都拿出来说了，那我们不如把一切都说清楚。

“为了满足大家的好奇心，我这儿也有一些情况要说明。

“这是第一条。大四时，我确实因一时激愤跟她厮打，但她的脑震荡的确不是我打出来的，有宿舍楼的监控视频为证。我若真的打得她脑震荡，只要她想，我很可能会留下案底，那么就没资格从事本行。这是常识，望周知。”

从视频中可以清楚地看到，她们两个人在几句对话后，因姜迎的一个巴掌引起厮打。不久后，有另一个女孩从寝室冲出来将她们拉开。此时，她们隔着两三个人的距离，看得出一边喘气还在一边争吵。

付萱情绪激动地想再冲过去，却不慎自己滑倒，后脑在地上重重地磕了一下。很显然，这一下，就是病历本上说的“头部撞击”。

警局的记录是不可以私自保存的，而且那么小的一件事，现在再想翻查，难度堪比大海捞针。

所以付萱才以为几句话就可以给她定罪，却不知她早在当年刚从警局调解回来，就去求宿管阿姨拿到了这段监控录像。她经历了这么一场诬陷，心中后怕，也明白了很多事情多说无益，只有证据才是有用的。

网友也不是无脑的，除了付萱的粉丝，其他人看了这个视频，语气都不像最初那么激烈了。不过大部分的人的反应还是：“就算没有打到脑震荡，也是你先动手的吧，不就证明了你对人家男友早有意思？”

付萱还没反应过来，“姜辩speaker”又发布了下一条微博，言辞十分犀利：“答上条微博评——就算我对已婚已育的某人有意思，只要我没做任何实质性的插足行为，那就是我的自由，谁都管不着。

“@付萱Larissa 你给我把每一张图、每一个字都看清楚。你和我男朋友，究竟谁才是出轨的那一个。”

这条微博的文字不多，却是正正经经的九张图文解说。也正是这条微博，把付萱的名字直接送上热搜榜第一名，短暂地爆了几十分钟。

前两张图是另一段监控视频的截图。穿着鹅黄色吊带裙的付萱正挽着一个高壮男子的手臂，两个人一起从酒店大厅走去坐电梯上楼。

男子的脸打了马赛克，让人分辨不清长相，但看身形和厚实的手，显然不是孟璟书。而视频时间显示，是去年的六月份。为了避免网友对于时间真实性的猜测，第三张图还贴心地附赠了付萱微博的比对图，同一天，同样的衣服和背包的照片。讽刺的是，那条微博的配文是：跟M先生回家乡看望他奶奶，结果第二天他跟兄弟喝酒去了，都不陪我，自己逛街真郁闷。

后面几张图则换了个男主角，是常年定位在美国的一个叫Celio的意大利小伙。ins资料显示他比付萱还要小几岁，有着一头棕色鬈发和蓝色的眼睛，笑起来漂亮极了。只是他的情感生活并不像笑容这般纯净，他的ins里有许多和不同肤色、不同类型的女人的亲密合照，拥抱或亲吻的都有。

其中有一位用红唇当头像的叫San的女人，长期跟他说话语气亲热。从前年开始，他们有过不少出行的约会，却偏偏没有任何一张露脸的合照。唯一一张最亲密的合照，是Celio拍摄的自己从后面亲吻San黑发的照片，露出了他的半张脸和San的半边耳朵及耳环。长图里截下的最后一条ins是Celio靠坐在一辆红色玛莎拉蒂的车头的照片，时间是去年五月底，写着：Lovely angel San's gift. Thank you and miss u every second, baby.（谢谢可爱天使San的礼物，想你每一秒，宝贝。）

最后是付萱微博里同款耳环的照片，以及前年生日获赠同款车的微博：M 先生送的生日礼物，太开心了！Thank you so much（非常感谢）！

……

看到这里，付萱的心全凉了。竟然……他们竟然全都知道了，却一直假装不知道！去年回南青时，她因为孟璟书冷落自己，一时寂寞，约了那个男人……后来知道他已婚，他们就再也没有来往过了。

还有 Celio，他们是在一次聚会上认识的。自己在国外真的太孤单了，加上孟璟书又总是很忙，根本没空陪她，所以才……

Celio 是个阳光帅气的男孩，比她要小四岁，可他们在一起是那么甜蜜。他从来对她百般赞美与呵护，她根本放不下他。为了瞒住所有人，她在 ins 上开了小号，外国人不会发“萱”的音，她就取了个发音相近的 San 作为名字。那段时间是她最快乐的时光了。

所以去年回国前，她谎称车子被偷了，其实是偷偷将它送给 Celio 当临别礼物了。

姜迎竟然全都知道……是孟璟书……是孟璟书告诉她的，他早就知道了，所以才那么冷落她！

付萱在工作室，所有人都乱套了……怎么办？！

她原本就有些担忧，不确定他们是否真的什么都不知道。她原本只是想骂一骂就算了，不想把事情弄得这么大的。

都是冯熙柔，是她建议自己这样做的，说正好借势把流失的人气给拉回来，还可以打压那对狗男女。

冯熙柔说洪斌宇会是后盾，所以她才无所顾忌地这样做了！

冯熙柔，对，快找她，说不定她有办法！

付萱打她的电话，却一直是忙音。她又打给洪斌宇，对方也一直不接。这两个人到底在搞什么？！六点多的时候他们就说要去庆祝打压了竖锋，出了一口恶气。这都两个多小时过去，干什么都应该干完了吧！

这时，助理小肖接了个电话，跑回来慌慌张张地说：“怎么办！欧 ×× 的人说后天的新唇膏试色不拍了！”

付萱眼前一黑，全完了！

微博上的情势陡然反转。

铁证面前，付萱从之前“被辜负”的受害人形象，瞬间变成了倒打一耙的负心女。

她口口声声说三年的感情，是男方先对不起她，结果真相竟然是她自己一年多以前早已不甘寂寞地出轨了！现在见男方有了点话题，她就紧跟着蹭热度，污蔑对方，还拿网友的真情实感当刀子使，这不是玩弄大众吗？！

正义会迟到，但永远不会缺席。尤其在互联网上，正义取之不尽、用之不竭。

除了付萱的粉丝目瞪口呆外，其他很多骂了姜迎的网友都开始道歉

“这个锤太硬了。对不起，小姐姐，我不该骂你。”

“对不起，姜律师，我错了，我给您道歉。”

“付萱这么早就出轨了，是她自己先不忠。那么她对男方和这位小姐姐的指控也就不成立了吧。她根本只是想利用男方这两天的热度来炒作而已，律师姐姐太无辜了。”

姜迎原有的少数粉丝终于敢站出来说话了：“呜呜呜——小姐姐被骂了一天，一定气死了吧，还好手上有证据，不然就真的被坏人给陷害了。小姐姐加油，我们支持你！以后也要继续发狗粮哦，和孟同学要好好的，你们真的很配，呜呜。”

而付萱那边瞬间变成一片骂声——

“我的天，贼喊抓贼，真是戏精啊！”

“路人粉，平时很喜欢看你的视频，这次真是对你太失望了！”

由于这个话题爆了，很快又来了一批新的网友，形势已经往一边倒，付萱疯狂地掉粉。

姜迎波澜不惊，不紧不慢地接着发微博——

“第三条。

“@付萱Larissa 在你刚才发的聊天截图里，我说你品行恶劣并不是侮辱你，而是事实。这段录音你还记得吧？我说了你这么多，你可一句都没有否认呢。”

上次她们在停车场争吵时，姜迎也录了音，她将音频掐头去尾，放出了中间的一段。

音频中，付萱声音尖利地骂：“你就是下贱！”

“谁才下贱，你自己心里清楚！”另一个声音显然是姜迎的，她说，“你还有脸卖白富美人设，你出名之前都是用的谁的钱？你隔三岔五地换男朋友，还只找有钱的，这事还有谁不知道！你惹得班上两个男生争风吃醋、反目成仇，经常晚归打扰人睡觉，在寝室不打扫卫生，学校抽人去开会永远排不到你……”

付萱吼她：“你闭嘴！”

而姜迎继续说：“对着男生就撒娇让他们帮你写选修论文，对着女生就趾高气扬，当面一套、背面一套，你觉得我们班还会有人喜欢你？还用得着我说你坏话吗？以为自己长得漂亮就能为所欲为？我告诉你，你就是个披着人皮的垃圾！”

“你才是垃圾！”付萱一声尖叫，接着有几下拍打的声音，听得出是两个人差点打起来。

过了几秒，付萱喘着气愤恨地说：“我爱做什么就做什么，关你什么事！”

她们的对话到此为止，内容不多，但已经足够了。付萱在学校里的那些行为，虽然不算大奸大恶，但确实为人所不齿，谁都不愿遇上这样的糟心同学。

不少网友有了共鸣："天哪，是不是每个班都有这样的人啊！我室友就这样，经常逃课出去玩，很晚才回宿舍，大晚上洗澡真的很吵，说了她好多次也不改。然后平时要做小组作业就找男生搭顺风车……我们班女生都超讨厌她……跟付萱不同的是，她一点都不漂亮。"

其他人的评论则是各式各样——

"哇，做人做到这个份上，也太贱了吧！好美的一张脸，好丑的一颗心！"

"我还以为付萱至少是家里有钱，只是被娇养惯了，比较不甘寂寞罢了……没想到……照这么说，她早年说自己买得起贵妇产品，是因为父母给的生活费足够……她从一开始就是骗人的吧。"

"我早就看不惯付萱的嘴脸了。她之前去参加那个美妆盛典，没她红的小博主跟她合照，她全程黑脸哦！那个时候就知道她人品差了，没想到比我想象中还差。"

"这么说来，其实男的才是冤大头吧，不仅被绿了，还损失了好多钱，好好的一辆玛莎拉蒂就被渣女拿去讨好小狼狗了，看得我好心疼！不过大概人家也不在乎那点钱吧，我酸了。"

"她那时还太年轻，不知所有命运赠送的礼物早已在暗中标好了价格。"

"看了好久才补完课，只能说律师姐姐牛 ×，哈哈哈！有理有据！"

"哈哈，付萱的粉丝在圈内一向很嚣张，到处嘲讽别人丑，说别人整容怪，觉得自己主子高贵得不得了。现在说不出话了吧，估计都要崩溃了吧，你们的纯天然仙女就这种货色。"

几个小时前，那位发出不同声音的叫"把手机还给哥哥"的网友，终于在此时沉冤得雪，在付萱的微博下那条评论被顶至最高。他在回复里搬运的黑料被网友一一品评。

早几年就有自称付萱前男友和初中同学的人在扒皮帖里留言，说付萱根本不是什么白富美，他们的家乡就是一个小县城，她妈妈全县出了名的爱炫耀，全家都很势利眼。

之前付萱考上泽大，就已经把尾巴翘上天了。后来听说她攀上了高枝，男方家里出钱送她一起出国留学。她妈更是变本加厉，出去打麻将都装腔作势，从不拿正眼看人。

网友简直疾恶如仇，又怜爱起孟璟书和姜迎来了。

姜迎大概扫了扫不停刷新的评论，心里已经麻木了。从被疯狂地谩骂，到人人帮她说话，这番大起大落，让她亲身体会到网络的虚伪和可笑。

"姜辩 speaker"发出了今天的最后一条微博——

"第四条。

"@chili 和火锅更配哦 @JRSM917 二位请注意。"

她直接转发了伟禾律师事务所刚刚发出的一封律师函，指明上述两位微博用户发布虚假信息，恶意曝光她的身份信息，编造侮辱性内容，致使姜迎女士及伟禾律师事务所名誉受损。并且转发超过五百次，已构成诽谤罪，他们将通过法律途径追究所有侵权行为人的全部法律责任。

对于姜迎这样干脆强硬的态度，众人纷纷点赞。

事情到了这里，已经没有回转的余地，付萱大概也怕了，直接关闭了评论以图清净。但这样做也只是掩耳盗铃，这场闹剧热度太高，媒体人最清楚舆论的厉害。她今天名誉扫地，之前签好的几个工作已经被告知终止合作，她的大多数粉丝更是失望透顶。因丑闻失去人气，网络博主的生命或许也就到头了。她恃美行凶、骄纵无度，最终只得自食恶果。

有人围观完全程，忽然回过味来，猜测道：“为什么感觉虽然姜小姐被骂了很久，节奏却一直在她的手上，就像是她设计好的一样？”

回复有赞同的，认为这位律师小姐姐心机深沉，早就做好了准备伺机而动。更多的是反对的，说“付萱不想点赞、不想发微博，难道别人还能逼她不成”。

总之，又是一场争论。不过当事人都不予理会。

只有一条评论得到了姜迎小姐的回复。

“为什么从头到尾男主角都没出来说过一句话呢？这么没有担当吗？”

“因为我小心眼，不想让他跟前任对话，连隔空都不行。”

她的回复下方是这样的反应：“这个小姐姐冷静睿智，还这么有意思，粉了，粉了！”

还有另一个流派横空出世：“刚开始被骂渣男的孟先生其实是个神仙男朋友吧，送礼可真豪气。刷刷姜辩的微博吧，男主不要太宠！”

其下又是另一番狂欢了。

而突然从渣男变成神仙男朋友的男主本人，此时正在挨打。

“你这个败家子！呜呜呜！”被赞扬冷静睿智的姜小姐正跳上孟璟书的背，对着他拳打脚踢。

“呜呜，臭猪头！你到底给了她多少东西？呜呜呜！你气死我了！”

姜迎哭得一把鼻涕一把泪，捶他几下就哭哭啼啼的，不得不消停一会儿，埋头在他的背上擦干净，再直起腰来继续打，也凶狠地拿脚丫子踹他。虽然没什么力度，但态度要做足了。

“我的男朋友怎么这么笨啊……呜呜呜——要是童浩没有看到那辆车，没有多心去查一下，你还要被她骗到什么时候！呜呜……你还笑！我都要被气死了，你还笑，呜呜呜！”

孟璟书知道她是今天心理压力大，这会儿正拿自己发泄呢。他微弯着腰，忍受捶肩掐脸，还觉得她发脾气也可爱死了。

“是奶奶，奶奶让买的。老人家，耳根子软。”他果断地甩锅。

姜迎抽噎了两下。

他哄道：“没事的。”

这下就没法骂了，姜迎把头磕在他的脖子上，一抽一抽的。

他又说：“你知不知道南青的阳光广场有一栋鑫龙大厦？那车也就只有那栋楼半个月的租金而已。”

姜迎蔫蔫地道：“那又怎么样。”

“鑫龙大厦的业主是我奶奶。”

姜迎“扑哧”笑出来，扯了扯他的耳朵：“烦死了，孟璟书，你烦死了！”

孟璟书笑着扯了一张纸巾给她。

她擦干净脸，觉得心里没那么堵了，就从他的背上跳了下来。

孟璟书立即亲了亲她泛红的眼角：“心里舒坦了？”

“不！”姜迎瞪他，“我还是觉得我丢了一个亿！”

他搂过她的腰说：“那结婚吧。”

“啊？”

“结了婚，钱都给你管。”

“我可是‘富贵不能淫’的哦，我告诉你。”

第二天，泽卞警方发布消息：昨天夜里接到举报，把聚众吸毒淫乱的洪某和冯某等人抓捕归案。

很快有人得到消息，洪某和冯某就是洪乐网络的总裁洪斌宇和另一个美妆博主冯熙柔。他们昨夜在某别墅内“溜冰”，警方赶到的时候，他们正到酣处，场面不堪入目，当下被抓了个现行。

而付萱不知为何也被牵连其中，被叫去警察局问话。据知情人透露，是因为付萱最近跟冯熙柔来往过密，而且冯熙柔神志不清的时候，不知为何多次大喊付萱的名字。究竟事实是否如此，大众也就不得而知了。

付萱虽然做完笔录就没事了，可这么两件事叠加起来，她的名声算是彻底完了。

其实冯熙柔和洪斌宇这件事，孟璟书和姜迎也在其中动了点手脚。上次姜迎从陈天靖那里知道了冯、洪两个人的事，结合上次他们在酒店的情形，她就猜到了他们在吸毒。

她回来献宝似的告诉孟璟书，他却表现得很淡定：“略有耳闻。”

姜迎神气地说：“胡主任跟冯熙柔也有一腿，胡主任还给她首付了一套房子，就在上次我给许嘉宏看房的那个小区。现在胡主任夫人知道了，正闹呢。这你就不知道了吧？”

孟璟书挑眉轻笑："厉害啊，姜迎。"

洪斌宇一直明里暗里给竖锋使绊子，礼尚往来，也是该回敬他一下了。

后来不知孟璟书是怎么做的，神不知鬼不觉地让主任夫人知晓了这件事。

胡夫人正愁没办法踢开这个狐狸精，得到这个消息，简直如获至宝。她动用了自己的关系，就一直盯着冯熙柔，没想到这么快就被抓了现行。

即使只是不正当的关系，也没有一个男人能忍受女人的欺骗和不忠。胡主任得知真相后，竟激动得当场中风。之后他便暂停一切事务在家休养，让事务所的女同志们高兴了好一阵子。

第十八章 简单

离春节还有十天的时候，姜迎完成了现阶段的工作，大手一挥，给自己放了假。她不顾孟璟书幽怨的眼神，撒丫子回南青感受父母的关爱去了。

这天，小雨转多云，天气有些阴冷。

孟璟书在公司忙完工作，便戴上女友送的羊绒围巾出去了。

到停车场，正好碰上魏展风回来。他叫住孟璟书："去哪儿呢？"

"谈新房装修。"

"行，"魏展风跟着上车，"边走边说。"

自上次微博一役，歪打正着，竖锋反倒多了些名气。游戏公布公测时间后，得到了热烈的反响。这段时间有不少人联系魏展风表明合作意向，想来公司要将扩大规模提上日程了。

魏展风乐呵呵地说："当初你们没知会我一声就乱搞，我都差点被吓傻了。没想到还能有这种效果，姜同学这个操作倒是比你这张脸还要好使啊。"

孟璟书一派淡然："当然，也不看看是谁老婆。"

"呵，人答应你了吗？自己孤单寂寞冷，就会嘴上说说。"

"呵，我至少住她家。你呢？有柯念家的钥匙？"

"这是观念问题，懂吗？别自己没人陪就攻击兄弟啊。我跟你说，我们今晚已经约好要去……嗯？不是，你这是往哪儿开？"

"京熙路。"

那是一片有名的别墅区。

"啥？吴副局那套急着套现的房子不是江边的跃层吗？"

孟璟书淡定地说："嗯，不知道她喜欢哪种，就两处都买下了。"

魏展风惊呆了："都过户给她了？"

"嗯。"

"哥……这可不是两辆车，你真舍得啊。"

风吹云动，前方厚重的云团缓缓散开，露出一方小小的蓝天，沉闷的冬日多了几分明朗。

"老魏，"孟璟书开着车，忽然问，"你家里都有些谁？"

魏展风不明所以地答："我家里有谁你不知道？不就我爸、我妈、我妹。"

孟璟书说："我觉得，我家里有她就够了。"

其实姜迎也不是故意那么狠心撇下孟璟书一个人的，只是家里跟舅舅家约定好了，今年要一块儿出去旅行过年。长辈们不太会弄这些，姜迎又是几个小辈中最年长的，所以她早早地被母亲大人召唤回来共商大计。

这么非传统地过年本来是很轻松愉快的一件事，不过对于热恋中的情侣来说，就比较难熬了。姜迎早早地回了南青，等到孟璟书放年假回来，她又已经跟着家里人去了泰国。

天天黏在一起的两个人突然分开这么久，简直相思愁断肠。

住在一起时，微信聊天每天也就十几二十条消息，现在一天的量几乎都要超过前面几个月的总和了。

不过仍是一如既往地没有营养，甚至都不甜蜜。

刚回家的时候，姜迎：OMG，每天在家里做个废人的感觉也太好了吧！

孟璟书：哦。今天魏展风的老婆来接他下班了，他嘲讽我了。

姜迎简直快笑死，男人之间的攀比心超出她了的想象。

姜迎：对了，你看看我穿着睡觉的那件白色T恤在不在床上？就是你说很香很软的那件，我好像没带回来。

过了一会儿，他回：没有。

三天后，姜迎从最初的享受变成了——

姜迎：啊，受不了了。我妈现在疯狂养生，每天吃芹菜、木耳，我不想吃，点了几回外卖，然后就挨骂了。

然后，孟璟书给她发了他们公司的年会大餐。

姜迎回复一个尴尬而不失礼貌的微笑表情。

姜迎：刚才我妈旁敲侧击地问我情感生活有没有新的进展，我说没有，我单身。

孟璟书：啊？

姜迎正想编点什么逗逗他，电话却很快响了起来。

“你什么意思？你还想干吗？还要把我藏到什么时候？信不信我跟奶奶告状，她明天就会上门去给我讨回公道。”他疾风骤雨般的一通质问与威胁，憋屈感简直要冲破屏幕。

姜迎“咯咯”地笑，不慌不忙地解释：“你冷静一点，我没有要藏你呀。就是说起这件事的时候好多亲戚都在，我要说有，还是同乡，那可就麻烦了。”

“有什么麻烦？”

姜迎都能想象出他在那边皱着眉头的模样了。

她安抚道：“我家亲戚比较爱管闲事，现在过年了，他们更是有闲情。要是知道我有男朋友了，肯定是各种追问，说不定还要撺掇你来家里。我们才刚在一起多久啊，我可不想这么快就被催婚。等年后再告诉我爸妈好不好？”

他仍不满，闷声：“你的理由总比我重要，我想的你都不放在心上。”

姜迎静了静，原本只是日常斗嘴，不想却踩了雷。

她有些困惑，短暂地审视自己。她理解他渴望永恒的心情，但她更想多给彼此一点相处的时间。是因为这样，才让他感到不被重视了吗？

见她久久无言，他自己下了台阶，不情不愿地说：“就年后，上班的第一天。你自己说的，到时别想抵赖。”

姜迎瞬间觉得心脏被温暖的绒毛抚过，不自觉地放柔了声音：“知道啦。”

“那你……”他的语气拖拉，音量突然降低，“跟我说那三个字，你从来没有说过的。”

“嗯？你说什么？”

“我……”

那边有人喊：“孟总，该上台抽奖啦！”

孟璟书顿了一下，警告她道：“先挂了。你给我老实点，出去玩别随便跟人搭话知不知道。”

再过几天，姜迎在温暖宜人的泰国被蚊子给咬了。

她愤怒地给孟璟书发消息：我 × ！

下一句话刚点下发送，对面已经先跳出了回复：我不在，你要 × 谁？

姜迎：胸口给蚊子咬出两个包！

孟璟书像没说过刚才那流氓话似的，一本正经地问：涂药了吗？

姜迎：嗯。

孟璟书：拍给我看看。

姜迎：……

她懂了，这个人已经因为不能开荤而黑化了。

除夕，姜迎的“家庭乐”去了清迈，他们订的住所是一个小庭院。几天以来，姜迎终于拥有了自己独享的房间。

年夜饭后，两家人一起聊天守岁。到零点过后，大家才各自回房睡觉。

孟璟书那边也才结束不久，姜迎呈“大”字趴在床上，他刚好打来电话。

“宝宝。”

姜迎问：“喝醉了？”

“有一点。”他低声抱怨，“二伯家的床不香。”

姜迎觉得好笑：“难道你自己的床很香？”

“嗯，”他认真地道，“很香。”

她轻笑，真是个醉鬼。

他哑声喊：“姜迎……”

姜迎停下翻滚，听那头有细微的声响，狐疑地道：“你在干吗？”

“嗯……”

她的脸有些发烫，已经确定：“你在做坏事。”

他没否认，低沉的呼吸声更重了。

她的耳朵几乎都被他的气息感染着热起来。

姜迎有些入迷地听着，许久，她的声音也不自觉地带了点妩媚：“想你了……”

他低叹：“你什么时候才回来啊？”

“后天啊，你已经问了十几遍啦！”

大年初三，姜迎起了个大早，说要跟同学出去爬山。姜爸姜妈听到女儿要进行这么健康的活动，非常欣慰，连哪个同学都没问就让她出门了，只是嘱咐她别玩太晚，家里今晚上要吃开年宴。

她扎了个高马尾，在运动套装外罩了一件白色面包服，就欢快地跑出了门。

小区路口已经有人在等。

孟璟书站在车边，穿着同款一身黑，运动服使得他更加挺拔英俊，身姿飒然，少年时的蓬勃和锐气没有被时间磨损一丝一毫。

姜迎远远见着就开始脸红，好像被带回了十年前，偷偷望向他就已经怦然心动，喜不自胜。

而现在确实已不是十年前了，他见着她，欣喜更胜她。

他大步向她走去，在她还因突如其来的羞赧而踟蹰时，毫不犹豫地抱住了她。晨光熹微中，他给了她深深的一吻。

他们去了市郊的霖山，南青市少有的国家重点风景区。霖山少经开发，保留着旧时的大部分痕迹。山上古树参天，庵庙掩映其中。

他们在山门口吃了斋面，而后慢悠悠地沿着石块砌成的小路往上走。他们走走停停，看到景点就逗留一会儿，意不在于观赏，只是享受悠闲愉快的时光。

一路上有不少本地居民拎着几个空的大矿泉水瓶晨练。他们大概已经适应了山路的崎岖，也已经看腻了所谓的风景，快步走到半山腰，感觉运动量已达标，就可以折返，绕去树林另一侧的不竭泉，投功德币一两角，便可将甘泉灌满水瓶，然后尽兴而归。

姜迎笑着说："我们穿得这么正儿八经，反倒像外地来的游客。"

孟璟书抹了抹她额头上的汗："也差不多了，我上次来，估计还没认识你。"

姜迎说："那我可不是，我前年还来过一次……不对，是大前年。嗯，就是三年前，大四的寒假。"

"哦，"孟璟书淡淡地说，"就是你刚拉黑我不久。"

姜迎眯眼觑他："是你刚跟前任恋爱不久。"

孟璟书盯着她："是你刚跟眼镜男暧昧不久。"

"啊？"

姜迎把手从他的手中抽出来："什么眼镜男？！"

孟璟书的脸偏过一旁去："你们班的某人，你们经常一起去食堂、图书馆，我都见过好多次了，还不是暧昧？"

姜迎记得，那个男生是他们班的学霸，那段时间刚好要复习司考，他们就组队学习相互监督："明明是纯纯的战友情！"

他冷哼："看不出来。"

此时，他们已近山顶，高处狂傲的风一阵一阵地刮来，吹得树木哗哗响。带着草木清香的烈风将身上的汗和疲惫吹走，甚至灌进胸腔，姜迎觉得心神有些激荡。

孟璟书忍不住转过头来看她："你笑什么？"

她像是发现了新大陆一样惊奇："孟璟书，其实你是不是……感情系统发育得有点迟缓？"

孟璟书一愣，眼神飘了飘，棱角分明的俊脸上忽地起了淡淡的红晕。

这个表情像是受了惊的小动物，跟谢师宴那晚在KTV外的花圃被强行拥抱之后的反应一模一样。

那晚姜迎自己已经羞涩到爆炸了，匆匆看他一眼，见他一脸呆愣，以为是自己吓到了他，就只顾着逃跑了。

但其实，他也是……在害羞吧。

片刻后，孟璟书整理好情绪，掩饰性地说："胡说八道些什么！"

姜迎挨过去搂紧他的腰，笑得开怀。

他没好气地道："再笑，很快会让你知道我发育得迟不迟缓！"

姜迎感觉臀部被狠狠地捏了一把，惊叫着跳开。刚才停下休息了一会儿，这下她又精力充沛，"噔噔"地往上跑。

孟璟书无奈极了，喊她："你小心一点。"

马上就要登上顶峰的平台，姜迎转身朝他招手："你快点呀！"

她倒着上了最后一级台阶，下一秒不小心碰到了别人，踩了对方一脚。

她连忙转过身去道歉："对不起，对不起，没伤到吧？"

对方却是熟悉的浑厚的嗓音："哟！姜迎、孟璟书！哈哈，你们俩啊！"

孟璟书已经赶上来牵住姜迎，对着那个人笑道："杨老师好。"

姜迎马上笑意盈盈："老师新年好！"

那个人正是他们的高中班主任，他跟妻儿来烧香爬山，这么巧就遇上了。

杨老师说："哈哈，新年好！昨天许嘉宏打电话给我拜年，刚说了准备组织初六的班级聚会，还神神秘秘地说班里突然成了班对，有人请客呢。我看，就是你们俩吧？"

姜迎抿着嘴唇笑："应该……是吧……"

"真好啊，老师祝福你们！"他们这帮人关系好，几乎每年都会叫上老师一起聚会。即使毕业这么久了，感情也没怎么淡去。

"谢谢老师。"

杨老师感叹："都这么多年了，你们俩看起来一点都没变，还是清清爽爽、漂漂亮亮的，一看好像还是两个中学生。"

姜迎说："老师，您还那么年轻，我们又怎么敢老啊。"

"哈哈……以前你们读书时关系就挺好吧。前两年怎么又听人说闹得不愉快了？是不是他们胡说的？"

孟璟书跟姜迎对视一眼，勾了勾嘴角："说来话长。老师，你以前打压同学们恋爱还少吗？现在就别这么八卦了。"

"臭小子！"杨老师在孟璟书的肩上结结实实地拍了一掌，"多大的人了，一点也不正经！是得让我们副班长好好管管你！说来你们也是有缘啊，五个实验班，你小子偏偏选了我们班。好眼光，哈哈！"

孟璟书说："那是看您英明神武。"

"现在知道说好话了，那时怎么就那么不服管呢……"

他们寒暄了好一阵后，杨老师先跟着家人一起下山了。

姜迎好奇地问："为什么杨老师说我们班是你选的？不是学校随机分配的吗？"

此时，孟璟书刚把她求来的一张同心符挂上高枝，闻言，高深地道："说来话长。"

"你现在是在故意隐瞒我吗？"

他扬眉："等结婚了我就告诉你。"

"哇，你是在威胁我吗？不说就不说，谁稀罕啊，哼！"

下山后，他们去附近的山庄吃了一顿食材新鲜的午餐。

回到市区，他又在姜迎的鼓动下看了一场电影。今天出来得早，电影散场了还不到下午两点。

还有一整个下午的时间呢。

姜迎抱着他的手臂问："接下来去哪儿？"

孟璟书一双漆黑的眼睛望着她："去我那儿？家里没人。"

姜迎咬着嘴唇，点了点头。

隔了好长一段时间，两个人都有些心急，进了屋关上门就纠缠到了一块。

姜迎觉得自己要融化在他的亲吻和抚摸里，他身体的热度惊动了她的心跳。实木的门板散发出淡淡的清香，而那香味里越发掺杂了一股隐秘的甜腻。

他的汗水落在她的胸口，他问："姜迎……想过这样吗？"

"嗯？"她音色有些不稳。

"上次来这里的时候，有想过和我这样吗？"

"呜……"她的脸爆红。

上次来他家，是高三秋游那次。出于安全考量，学校不支持班集体外出活动，而老班主任想给刚上高三的同学们放松一下，于是在商议过后，就来借孟家的花园做场地，组织了一次烧烤。

那时……她才十七岁啊！

她羞愤地咬紧牙关，身体越发紧绷。

他轻佻沙哑的声音却还在继续——

"我后来梦到过，就在这里……隔着一堵墙，外面全是同学……你很害怕，却又忍不住发出声音，就像这样……"

他强硬地捏她的下巴，逼她张开嘴，然后同他一起失控。

……

男人松垮地披着睡袍，打着赤脚从客厅走回房间，忽然觉得脚底湿润滑腻。他低头，发现浅灰色的地毯不知在何时染上了泼墨桃花。

是有些忘情了……

他低低地笑。

姜迎缩在床上，孟璟书扶了她起来，喂了小半杯温水，然后她又疲惫地钻回被窝里。

孟璟书把剩下的一点水喝完，也扯开睡袍跟着躺了进去。

他把人圈进怀里，一下下地亲吻她红润的脸颊，逗她：“这么想我，嗯？”

姜迎蔫蔫地说：“我不想跟你讨论这个问题。”

她的声音全哑了。

可是，男人流氓起来哪会管她这无力的抗拒，他抱着钻研的精神说：“地毯湿了好多，好像感觉比之前都要强烈，是不是？”

姜迎羞愤欲死，捞到一块布，反手捂住他的脸：“闭嘴，闭嘴！”

孟璟书被这块布闷住，本能地用力嗅了嗅。

而姜迎忽然觉着这个质地很熟悉，猛地睁开眼。刚好孟璟书动了动脑袋，漆黑冷峻的双眼从白布后露了出来。

两人对视一眼，时间短暂地停了几秒。

姜迎拧眉忍笑，显得十分嫌弃：“孟璟书，你好变态！”

那块软绵绵的布正是姜迎之前落下的睡衣。孟璟书口口声声说没看到，却偷偷带回了自己床上。

他有点被戳破后的尴尬，抢走睡衣塞到另一个枕头底下，假装看不见。

姜迎觉得自己又找回了场子：“难怪你说自己床上香呢……是不是拿我的睡衣做坏事了？”

“我没有！”他这时又纯情起来，“就只是放在枕头边……闻一闻。”

姜迎无语：“什么怪癖？”

孟璟书凑到她的脖子边吸气：“你自己闻不到吗？真的很香。”

姜迎有些疑惑，也靠过去闻他，然后眼睛发亮地宣布：“你也香啊！”

两个人都被这种傻里傻气的行为逗笑了。

姜迎枕着他的手臂，眼前是他锁骨下方那个漂亮的文身——My world(我的世界)。

这两个单词让她想起了他之前的微信头像，一个人立于昏暗的冰天雪地间。他自己一个人，站在斯奈菲尔火山边，站在通往地心的入口。

多么孤傲的少年。

她的指尖抚上墨黑的花体，这么多年过去，已经很难察觉到凸出的痕迹了，只是还能摸出不同于皮肤的触感。

亲密时，他最爱让她的膝盖抵在这里。

他的微信头像终于换了，变成跟她同款的两个并排情侣马克杯的照片。这是某天他们坐在桌边各自工作时，她随手拍下的。一张是从他的角度，另一张是从她的角度。就为了这么一件小事，那天他们开心了好久。

“纹的时候痛吗？”她问。

“已经记不清了，所以应该不是很痛。”

“怎么那时候突然弄了这个？没挨家里人的念叨？”

他笑着哼出声：“挨爷爷的打了，老头子脾气一上来就特别暴躁，下手真狠。”

“是你那会儿太讨人厌了。”

“你不是不讨厌吗？”

“所以我没打你啊。”她举一反三，“你是不是经常被你二哥打哭啊？”

孟璟书捏她的脸：“怎么可能！我都是战略性装哭。他比我大，我当然知道自己打不过他，怎么可能还去挨揍？后来等我打得过他了，我们也已经过了打架的年纪……不过前两天我把他喝趴下了，二伯还说我了来着。”

姜迎笑起来：“你得意什么？让人家的儿子受罪了，这下被赶出来了吧。”

孟璟书说：“是我自己要回来住的。二伯就是有点好为人师，其实对我挺好的，他们都很好。不过那里毕竟是别人的家。”

姜迎不说话了，静静地看了他一会儿，然后亲了亲他的文身。

他看到她眼中的情意。

他问：“可怜我？”

姜迎摇头，轻声说：“是喜欢你，笨蛋。”

后来，他们说话说累了，姜迎便昏昏沉沉地睡了过去。

迷糊中，她听到他接了一个电话，然后起身说有事要出去一下。

“有个聚会，我得去一下，最多两个小时就回来。你再睡一会儿，等我回来再送你回家。”

他的声音那么温柔，她闻着被子里他的气息就这么安心地睡了过去。

又过了一阵子，朦胧中她听见说话的声音，却总觉得是在做梦，怎么也醒不过来，直到一阵缓慢的脚步声越来越近。有人推开了房门，伴随着一声慈爱的——

“小书啊……”

姜迎猛然惊醒，迅速坐起，惊恐地看向门口的人：“奶、奶奶……”

“哟，是迎迎啊。”

姜迎前段时间跟孟奶奶通过视频，是以老人家惊讶过后很快便高兴起来：“快躺下，快躺下，天气冷，别感冒了。”

姜迎这才反应过来，她现在是……光着的！

她绝望地躺好，孟奶奶甚至关怀备至地过来帮她掖了掖被子：“那个臭家伙怎么不在家陪你，自己溜哪里去了？”

“他说有事出去一下，很快就回来……”

“那不管他了，你继续睡吧，啊。今天起这么早出去玩，一定很累了。小书带你去吃东西没有？饿不饿？”

“已经吃过了，不饿的。”

“要是待会儿饿就告诉奶奶啊，我们二伯和大姑今天回来给老房子开年，有很多好吃的。”

“啊？”

二伯……和大姑？那不就是……全家人吗？！

“是不是吵到你睡觉了？我等会儿跟他们说小声点……没事的，你好好休息哦，奶奶就不打扰你了。”

说完，不等她反应，老人家就起了身。

孟奶奶往外走了两步，才看见地上一片凌乱。她捡起地上的东西叠了叠，整齐地放在床尾的榻子上。

姜迎眼角一瞥，太阳穴就抽了抽。

她今天特意穿的黑色蕾丝内衣，端端正正地摆在最上方。

一分钟后，孟璟书收到来自女友的信息：我死了！

半小时后，他赶回家里，就见姜迎端坐在餐桌旁，一边给二伯家的小堂妹切新鲜出炉的雪花酥，还一边跟大姑就企业所得税法的新修细节谈论得风生水起。除了她的笑容过于标准外，基本看不出异常。

“书哥哥，”小堂妹举着被咬得湿漉漉的一块给他，“很好吃！”

姜迎朝他露出八齿笑：“书哥哥，你回来了。”

孟璟书终于没忍住，笑了。

等回到房里，姜迎平静的表象全部碎成玻璃碴。她一下坐到地上，崩溃地哀号。

“孟璟书，孟璟书，你害死我了！

“都怪你都怪你！我一点妆都没化！我就这么蓬头垢面地出去了，呜呜呜！

“你是不是故意骗我来的，呜呜呜！好丢人啊，怎么办！”

孟璟书安慰她——

“没事的，已经很漂亮了。

“看不出来吗，他们都很喜欢你。

“我是真不知道，这些事情我们小辈都不管的。不丢人，哪儿丢人了，我们宝宝这么可爱。”

可惜他笑得太过愉悦，话里的安慰作用大打折扣。

姜迎陷入抓狂的地步，耍赖地坐在他的脚上，下巴搁在他的膝盖上，眼神幽幽怨怨，怎么拉都不起来。

孟璟书逗她："不起？真不起？那这个角度正好。"

说着，他便开始解皮带。

姜迎现在哪里经得起刺激，尖叫出声，直接跳到他的腰上，把他扑倒在床上，双手恶狠狠地压上去，完全是辣手摧花的姿势。

"你正经一点啦！"

这时，他们掩住的房门被人推开，二伯母催道："璟书、迎迎，下楼吃……哟，年轻人别这么过度，先吃饭才能有体力啊。"

姜迎如同电量耗尽，"啪"的一声倒下了。

孟璟书笑得胸腔一震一震的："这回可真不能怪我。"

这一年的大年初三，是非常刺激的一天。

姜迎在草率地见完孟璟书的全家人后，又被推着草率地带着孟璟书去见她的全家人。

如孟璟书所言，他的家人都很好，热情得超出想象。

刚结束了其乐融融的晚饭，姜迎正要告辞，就听二伯母一拍手，指挥道："孟居礼，去把你的那些烟酒和茶拿出来，让璟书带去迎迎家里。"

姜迎哪里见过这阵仗，连连摆手："不用了，不用了……"

二伯母在家务事上是说一不二的："要的！这些都是礼数，本来应该让璟书先去你们家拜访的。这孩子也是糊涂，带你回家玩也不跟我们说一声，我们都没准备什么……"说着，她就从手腕上取下一个玉镯套在姜迎的手上，"迎迎啊，这算我们孟家给你的见面礼，少了点，可别嫌弃，以后会补上的。下回啊，咱们两家人再约个时间，好在是同乡，也方便……"

姜迎听得脑袋发蒙。

十分钟后，孟璟书被二伯母赶去换了一身"精神点"的衣服。再过十分钟，他们俩手上提了一堆礼盒，在全家人的注目下，就这么被推出了门，如同两只无措的呆头鹅。

奶奶对着孟璟书嘱咐道："去到岳父岳母面前给我收起你那些臭脾气，别给我们家丢人，知不知道？"

奶奶又对姜迎说："迎迎，你可照看着点啊。"

两个人齐齐点头。

然后老人家便干脆利落地把门关上了。

小情侣对视一眼，都在对方眼里看出了不可思议。

姜迎霎时觉得公平了，也不纠结了。

再麻烦、尴尬，她反正已经走过来了，现在该轮到孟璟书去历劫啦。

不过孟总似乎比她淡定得多："走吧。"

路上，姜迎打电话知会了家里，一家人在震惊过后，也基本是孟家二伯母那种反应，喜滋滋地怪她怎么不早点说，什么都没准备。

她跟孟璟书吐槽："他们到底要准备什么啊？"

"嗯。"他一脸深沉。

嗯？

姜迎更不解了。

"嗯"是什么意思？

这个时间点，大家都在吃饭，路上畅通无阻。不到半个小时，两个人就到了姜迎家所在的小区。

孟璟书下了车，把东西一提，平静地点点头："走吧。"

他走出几步，没见姜迎跟上，便回头问她："怎么了？"

姜迎说："孟璟书，别紧张啊。"

孟璟书说："我没紧张啊。"

姜迎眨眨眼："可是，钥匙还在车里啊。"

孟璟书："……"

天已经黑了，月亮悄悄冒出了头，打量着这两个普通的男女。

一切究竟是怎么发生的呢？

她并非一开始就有这样的企图，他也不是一开始就有这么可爱。

只是日升月落，斗转星移，全世界数万万人，他们竟就成了彼此的唯一。

道是说来话长，其实也简单。

"孟璟书！"

她几步跑到他的面前，双手捧住他的脸，踮起脚在他的唇上用力地亲了一口。

他手提重物，迁就弯腰的样子显得有些笨拙。

可她笑起来时，眼睛亮晶晶的。

"我爱你呀！"

——正文完——

番外
永以为好也

将近晚上十一点，混乱的一天终于结束了。

送走客人之后，姜爸爸洗碗，姜迎吸尘拖地，姜妈妈把各种礼品分类整理好，一家人各司其职。

刚才叔伯姑婶都在，姜爸姜妈才勉强克制住，现在没了顾忌，一刻不停地碎碎念："原来是他啊，妈妈有印象的。每次开家长会的时候，你们班主任表扬的名单里都有他。孟璟书嘛，班主任对他又爱又恨的，说他学习上做好了，但纪律性还要加强。"

姜迎："你怎么记得这么清楚啊。"

"还不是你经常回来说他长得帅！"

"……"

姜妈妈开始执着于深究各种细节——

"你们是不是高中时候就偷偷早恋了？要不怎么现在突然就谈了？"

"没有啦，以前缘分未到嘛。"姜迎半真半假地说。

"也是，缘分这东西说不准的……不过，你们也算是有缘啦。同一个高中、同一个大学，现在又在一个地方工作，挺好的。你们谈了四个多月？那是……去年十月，还是十一月？他什么时候回国的？"

荒唐的开头，姜迎哪敢说实话。

"差不多就那个时候吧。"

"帅是帅，可就怕这样的男人看不住。刚才看着还算稳重，可是十几岁的时候也不是乖乖仔，不然怎么会经常被老师批评呢……"说着说着，姜妈妈又担忧起来，“毕竟是从小跟着爷爷奶奶长大的，没有父母的管教，会不会不太好？我有点担心……平时性格还好吧？”

姜迎可听不得这些：“妈！你这是歧视！有爸妈教的就一定好吗？老人家带大的就一定坏了？！你去年说的那个老家表舅的儿子，被抓去劳改的那个，不就是表舅和表舅妈带大的吗？全村人都知道他殴打自己的父母呀。”

“哎哟，这么宝贝你男朋友啊，我还不能说了？”

“那你不能胡说嘛！”

“就是，”姜爸帮腔，“我看那孩子挺好的，说话做事都得体，人也精神。男孩小时候都是淘气的，有几个能安安分分听话的。”

“行行行，你们父女俩统一战线，就我是恶人行了吧。那他家里人怎么样？你今天不打招呼就去人家家里，这么唐突，人家没有不高兴吧？”

“应该没有吧……他们挺热情的，一点也没有为难我。”

“行吧，家里人好相处就好。他们长辈给你红包了吗？给了多少啊？”

“还没拆呢……”姜迎拖完地，把拖把递过去给操心的老妈，跑回房间把塞到包里的几个红包拿了出来。

姜妈妈看着她拆开，点了点数，还算满意：“还好我们也没给少。”

姜迎嗤笑：“这么看重面子的吗？”

“那肯定啊，大过年的，你去人家家里打扰，人家还好好地招待了你，又让小孟专门登门拜访，我们肯定不能失礼了。”

“哦，对了，他伯母还给了我一个手镯，说是见面礼。”

姜迎又跑回去拿，献宝一样递过去。姜妈妈在看到镯子的那一刻，眼神都变了。

“这是高冰种……”

“啥？”

“这镯子说不定抵得上你那个房间了。”

“啊？！”姜迎对珠宝首饰真是没什么研究，尤其是这些没有品牌标志的玉器。她看二伯母就那么随随便便地取下来套在自己的手上，还以为顶多一两万呢……不得不说，在某些方面，他们一家的行事风格相当一致。

“你了解他们家是做什么的吗？不是说他姑母才是开公司的，伯父只是公务员吗？”姜爸发问。

“不太了解……但是，他二伯是孟居礼。”

“啊……”姜爸恍然大悟，“原来是这个孟家！”

姜妈妈迷茫地看着两个人。

直至姜爸给她科普了孟二伯的职位，两个人在短暂的震撼和激动过后，陷入了沉思之中。

姜迎问："怎么了？"

姜妈妈说："姜迎啊，你还是再考虑考虑，真怕你嫁过去会受欺负！"

"……"

"所以……我会被欺负吗？"姜迎窝在被子里悄悄和男朋友通话。

孟璟书沉吟了一下："看来我今晚表现得很糟糕。"

姜迎小声地笑："没有啊，我爸一直夸你来着，但我妈就比较爱操心，所以我才不想这么快跟她说啊……她也是看你们家高门大院的，所以才担心这个、担心那个的。"

在妈妈面前帮男朋友说话，在男朋友面前也要帮妈妈说话。姜迎当然不会说自家妈妈对他品性的瞎猜，只挑了这个其实无关痛痒，却又很现实的话题给他打报告。

"你也担心吗？"

"本来有点怕的……不过今天这么稀里糊涂地走一遭，反倒觉得还好了。"

"我保证，没有人会欺负你。"

"好的。"

孟璟书笑着说："其实你跟我在一起很轻松的，家里也没有别人，什么事都可以自己做主。"

"嗯……"她轻轻地应了一声，却突然有些难过。

他稍停顿，也放低了声音："我很意外，你的家人没有问及我的父母。"

姜迎揪着棉被："不问不好吗？"

孟璟书说："我没有这么脆弱，交代这些是应该的。"

很容易就被他想到了。

傍晚他们还在路上的时候，姜迎给家里打完电话，又悄无声息地给姜妈妈发信息说了孟璟书家里的情况，并且让她跟家中的亲戚都知会一声。

姜迎翻了个身，又说："不好吗？"

他没答，反问："困了吗？"

"嗯……你要挂电话了吗？"她有些委屈。

他低声笑了："不困的话，要不要下来见个面？"

"啊？！"

姜迎直接在睡衣外面裹上棉衣就溜出了门。

已经快凌晨一点钟，夜深人静，家里的爸妈早睡着了，姜迎关门的时候极度小心。

进了电梯，她的心仍"怦怦"跳快。

怎么能这样啊……明明一整天都在一起，却还觉得不够。

单元门外，修长的人影携风独立。

他什么时候过来的？又在楼下等了多久？

姜迎推开门，他已几步走过来将她拥住。

她便像岸上的鱼又重回水里，得救了。

所有的多愁善感都有了依托。

她就着刚才的问题不依不饶，又问了一遍："不好吗？"

孟璟书把她完全搂在怀里，低声说："好。"

他感知到前所未有的爱惜，一颗心被烘得滚烫，回了家根本待不住，就想着再来见她、抱她。

哪怕明天就又可以见面了，热切的想念却是怎么也等不得的。

她搂紧他的脖子，眼睛渐渐湿润了。

她怎么舍得让别人问他那些问题呢？

你的父母是做什么的？年纪多大了？

去世了？太可惜了。是什么时候？什么原因呢？

"我不要你跟别人交代这些。"

他安慰道："我真的还好，没事的。"

可是，她快心疼死了。

"我就是不要。"

"谢谢。"良久，他说。

姜迎哭得更厉害，她猛地摇头："也不要你谢！"

"那要什么？我人是你的，心也是你的，还能给你什么？我想想……十个鸡腿？"

姜迎破涕为笑。

孟璟书找出纸巾给她擦脸，瞧着她通红的眼圈和鼻子，笑着说："变成爱哭鬼了。"

"还不都是因为你。"她鼓着嘴小声嘟囔。

他擦干净她脸上斑驳的泪痕，吻她温软的眼皮，吻她光洁的额头，一遍一遍，珍而重之。

是爱让人无限柔软，柔软到舍不得让对方受一点点委屈。爱也让人无比强大，强大到想为彼此遮挡所有的风雨。

但生活的神奇之处就在于，所有事情不会一成不变。再怎么甜蜜腻歪的两个人，也总会有磕磕绊绊。

"孟璟书。"姜迎双臂环抱，居高临下地看着在工作间隙啜饮咖啡的男人。

"你烧水的时候是不是又超出了最高水位？水又溢出来了，咖啡粉也撒了，弄得灶台上到处都是。”

她出去和黄彦菲吃了早茶，又看了一场电影，一回来，开门就见料理台上几摊污渍，完全戳中了她的强迫症。

“是吗？”他专注于电脑屏幕，键盘被敲出清脆的响声。

姜迎咬牙强调：“这已经是本周的第三次了。”

“嗯……我下次会注意的。”他完全沉浸于代码之中。

说了也白说。

姜迎吐出一口郁气，干脆搬来瑜伽垫和电脑去阳台运动了。

直到晚餐吃草，连个鸡蛋也没有，孟璟书才真正察觉到女友的低气压。

他迅速吃完，自觉承担了洗碗的任务，姜迎也没给个好脸色。

一个多小时后，孟璟书结束了周末的加班任务，但随之而来的是精力消耗之后的饥饿感。

他下意识地去看姜迎，她刚洗完澡，正在擦护肤品。

他喊她：“姜迎。”

人看都没看他，非常冷漠：“说。”

他本来想问她要不要点外卖的，这下可是问不出来了。

但毕竟饥饿战胜了压迫，他想了想，还是说：“冰箱里是不是还有牛排？”

“嗯。”她惜字如金。

他问：“你要不要吃？”

“不。”

“那我煎一块。”

姜迎上床看书，不理他了。

大概十分钟后，姜迎往厨房那边偷偷看了一眼。某人正在给牛排翻面，那手势，稳如磐石。她忍了忍，没说话。

又过了十分钟，孟少爷咬了一口喷香的牛排，然后一顿，下意识地往床上瞟了一眼，发现女友正心无旁骛地看书，瞬间松了一口气，转身背对她释放自己的表情。

太老了。

平时她炒个荤菜不也是用差不多的时间？为什么结果差了这么多？

而姜迎的余光早就捕捉到了他的动静，此时趁着他背过身去，无声地笑了。

还是技术流呢，也不知道上网查一查时间。

于是，他们就这么一个略尴尬、一个装冷漠，僵持到了睡觉时间。

在一起后，孟少爷被娇惯坏了，必须得抱着睡，至少要有一只手一条腿黏在姜迎的身上，怎么像八爪鱼就怎么来，不然就别想睡。

所以，当姜迎第二次逃离魔爪时，孟少爷不干了，谨慎消失，气焰全回来了。

他霍然坐起，横着身子去把姜迎那一侧的台灯给打开。

姜迎被灯光晃了眼，毫不示弱地转身横眉。

“怎样？”

他直奔主题：“为什么不让抱？”

“你说呢？”

“就因为我把厨房弄脏了点，你生这么久的气？”

姜迎也撑着手坐起来：“不是弄不弄脏的问题。”

“那是什么问题？”

她抛出那句经典的话：“是你的态度问题！”

“我跟你说过好多次了，装水的时候看着点水位，很简单的一件事，可你总不记得。你不把我的话放在心上，自己却不觉得有问题，这才是最大的问题！”

女人争论起来逻辑分明。

可孟璟书也立场坚定，在生活的锤炼中越发口齿伶俐：“每个人都会犯一些小错误，就像误差永远不可能消除一样。而且我说了下次会注意，你可以发脾气，但不能不让我抱。睡觉不让人抱，就等同于吃饭不给筷子，姜律师，你这叫量刑过重！”

姜迎给这咄咄逼人的一串话激得头皮发麻，去他的逻辑，她直接跳到他身上，疯狂地蹂躏那张俊脸。

“孟璟书，长本事了啊，现在还学会狡辩了！”

他被揉得龇牙咧嘴，却忽地笑起来，得意地搂紧她的腰：“还是忍不住要抱我吧。”

“放！”她怒。

“不放！”

然后一个翻身，把人稳稳当当地压回被窝里。

“孟璟书，你浑蛋！”她被挤得声音嗡嗡的。

而他笑意盈盈：“亲一下。”

“不——嗯！”

他在她的嘴唇上啃了一通之后，又在左右脸颊分别用力地印了两下。

“对称了。”他说。

姜迎终于绷不住笑了一下。

她把头转开，他又追了上来。

她咬唇：“不是不听我说的话吗？还碰我干什么。”

孟璟书如愿以偿，成为粘在她身上的一块牛皮糖，心里美滋滋，脸皮厚比城墙。

“我没有不听，是壶里长了水垢，都看不清那条线了。”

姜迎瞥他：“为什么我就看得清呢？”

他马上说："明天我把它们洗掉，以后就都不会超了。"

姜迎哼哼了两声。

这还差不多。

他动了动，终于找到一个合适的姿势，闭着眼在她的发间蹭了几下，低声喟叹。

"我很听话的，现在这包烟抽了一周还没抽完，你也不表扬我一下……今天也不在家陪我加班，跑出去跟别人玩，我都没说什么。你还要……跟我发脾气，还不让抱……"他的语速渐渐变慢。

"为什么一定要抱啊？"

"嗯……抱着舒服，光是睡觉也舒服。"

她轻哂："油嘴滑舌。"

他却没再回答，呼吸拉得绵长，已然入眠。

姜迎轻轻拿手指点了点他的眉心，他睡得安稳，一根眉毛都没动。纤细的手指一路下游，轻滑过他高挺的鼻梁，最后停在他的薄唇上。她玩心乍起，用了点力去挤压，闭合的嘴唇开出一道缝隙。他在梦中感应到她，本能地含住指尖，吮了吮。

她笑眼弯弯。

冷天最好赖床，冬末走向开春尤甚，这还没走出冬眠状态，又开始春困了。

姜迎把起床的重任交给孟璟书，让他早上一定快速地把她弄起来。结果经常是他早醒了，好声好气地哄她半天，她却还贪恋被窝，翻身不理人。

看她窝在被子里那么舒服，他心底一团柔软，把她团在被子里一起抱起来，一个大包捧在怀里。他凑过去亲她，她勉强睁开眼睛，又搂住他的脖子撒娇。

他轻咬她圆润的耳垂，问她："姜老师是不是变懒了？以前最早到教室的勤奋劲都丢哪里去了？"

她刚睡醒有些鼻音，趴在他的肩上迷糊地说："都丢了……勤奋都转移给孟璟书了。"

他被这话弄得有些热，手伸进被子里，与她温热的身体相贴。

他哑声问："怎么转移的？从哪里转？"

他意有所指。

她呜咽一声，身子缩了缩，没用，他已经轻车熟路，轻易就得逞了。

他问："是这里吗？"

姜迎咬唇不答，他便用拇指拨她的唇瓣，一切的防御都不存在了。他吻了她，被窝开始抖动。

他又问："姜迎，是不是这里，嗯？"

姜迎微微颤抖，猫咪一样轻声叫着，他把千回百转的娇声当答案。

缠在她身上的被子逐渐落下，堆在一旁，她躺在上面，手脚全曲着。他在喘息中吻她的嘴唇、脸颊和鬓边的绒发，在她红透的耳边低声说：“转回去给你，以后再起不来，就每天早上都转一回。”

《星为你转》在公测成功之后顺利上线，竖锋科技红红火火。孟总因为之前的舆论热度骑虎难下，被魏展风赶去接受了几次采访，结果热度持续高涨，连带着姜迎的微博粉丝也每天“噌噌”地往上涨。

而“姜辩 speaker”却渐渐低调了，不再喜欢秀恩爱，即使几万群众日日求口粮，她也只是很偶尔才发一两段文字日常，比起之前高调的贴脸照及奢侈品，可谓南辕北辙。

一来是因为姜迎之前只是设局罢了，她本就不想将自己的生活过度曝光。恋人间的事只要两个人知道就好，要是沉迷于他人的艳羡，反倒容易变得不纯粹了。

二来嘛，姜迎最近实在忙得很。工作上还是跟以往差不多，主要是沉迷于游戏，根本无暇顾及其他。

如魏展风所预料，恋爱游戏是很容易收服女孩们蠢蠢欲动的心的。姜迎是个推塔游戏爱好者，本来纯粹是看在男友的面子上才去下载的，结果一天下来被迷得不要不要的。

这也就罢了。可三月中旬这个时间，她钟爱的推塔游戏开始了春季赛。她每天忙完工作上的事，根本无心约会，只想赶快回家，打开投影仪看比赛，握着拳头大喊：“哥哥加油！”

等到了比赛间隙，她又低头刷《星为你转》。

她的所有时间和注意力被安排得满满当当，而正牌男友完全成了摆在一旁的装饰品。

于是，孟璟书这段时间在家里说得最多的话变成——

“游戏好玩我好玩？比赛好看我好看？”

姜迎往往敷衍地亲他一口，说“你好，你好，你最好”，然后盯着屏幕目不转睛。

是以孟少爷只能每天醒得更早，更奋力地完成当天的“传输”工作。

不久，竖锋开了一场庆功宴，姜迎跟着孟璟书一块去的，魏展风自然不甘示弱地带着柯念来了。她们两个人早前因为付萱的事有了些惺惺相惜之情，这下见了面果然一见如故，相谈甚欢。

平时一向老实的同事们，见老板春风得意地携夫人出席，胆子也大了起来，疯狂地劝酒。这么喜庆的氛围，孟璟书无从推托，本来还想让姜迎给他打打掩护的，谁知一转眼，她已经和柯念远远地坐到一个角落里，不知在聊什么了。

再好的酒量也顶不住大家的轮番上场，回到家，他洗完澡倒头就睡。

恰好是周五，姜迎忙着新赛季冲段，靠在床头打游戏打到半夜，却不幸遭遇连跪。

她愤恨之际，听到旁边的人动了动，然后哑着声音喊她："宝宝……"

她不太爽地应了一声："嗯。"

孟璟书一顿，再喊："Mommy！"

听起来快要委屈死了。

姜迎一下就笑了，分心问："怎么了？"

他幽幽地说："你知不知道哈洛的恒河猴实验？"

"嗯哼。"

"实验证实，婴儿的成长，需要触摸、运动和玩耍这三个变量。你天天不理我、不爱亲我，也不陪我玩，这样长期孤立我，会导致我心理伤残，我会变得不健康的。"

姜迎被他这半醉不醉的话给说得心生惭愧，又忍俊不禁。她抽空揉了揉他的脑袋，他半眯着眼凑过来挨紧她的腿。

姜迎心里麻麻的，更是无法专注了。

神奇的是，几分钟后，她莫名其妙地翻了盘。随着对方的水晶爆炸，她甩开手机，拱到他的身上给他顺毛。

她趴在他的身上，狠了狠心说："我明天就把魏展风那个游戏删掉，周末我们出去玩。"

权衡之下，推塔游戏还是要比剧情游戏重要。

孟璟书垂着眼睑定定地看了她一会儿，看到姜迎都以为他又要睡过去了。

然后，她听他说："还有附加条件，你不能管那些电竞选手叫哥哥。"

姜迎"咯咯"笑。

喝醉了，脑子还挺灵光的。

"答应你，行了吧？"

他也笑起来，冷峻的脸看起来傻乎乎的："我又健康了。"

姜迎笑着关了灯，钻到被窝里去了。

某天，姜迎从晚饭过后就一直看着手机紧张兮兮的，孟璟书到阳台打完几通越洋电话，回来见她握拳又跺脚，坐立不安。

他不由得好笑，摸摸她的脑袋："干什么呢？"

姜迎言简意赅："秒杀。"

"什么？"

她把手机屏幕给他看："这个羊毛毡猪崽玩偶，超可爱对不对？只做六十六套，不知道抢不抢得到。"

手艺人手工精湛，小猪或卧或坐，形态各异，憨态可掬，确实可爱。

他问："什么时候开始？"

"八点。"

"还有十四分钟……不难。"

"啊？"

姜迎一脸茫然地看着他打开电脑，点出几个窗口，然后开始敲键盘。

过了十分钟左右，她的微信收到了一个程序。

"这难道是……"

孟璟书自然而然地拿起她的手机操作，云淡风轻地点头："挂。"

只剩两分钟了。

姜迎凑过去，下巴搭在他的肩膀。

她颇感神奇："真的可以吗？现在等着就行了是吗？打开购买页面就行了吗？不用动它了吗？"

孟璟书扬眉："不信我？"

她像只雀跃的小鸟："那……那待会儿它会自己买吗？零点零一秒就能买到吗？啊，五十九分了，好紧张，好紧张……"

就在她叽叽喳喳的胡言乱语中，页面突然转跳到付款界面。

姜迎抓着孟璟书的衣服，狠狠地吸气。

他轻笑，行云流水般地输入了支付密码。

购买成功，等待发货。

"啊！ You made it（你做到了）！"

姜迎双手捧着他的脸猛力地亲了一口："结婚吧，孟璟书！"

他倏地收了笑，淡声道："你现在只是头脑发热。"

每回他说想结婚，她都是用这句话搪塞他的。而他被敷衍了也毫不气馁，总要赖到底。尽管没让她点头，也讨到一顿结实的亲热。现在，总算风水轮流转了。

他好整以暇地将冷酷进行到底。

不料姜迎在这事上纳谏如流，飞快地点头："嗯，也对。再说吧。"

就这样？

她也就是在兴头上随口一提，转身就给黄彦菲发语音："菲菲，菲菲！我抢到啦！"

孟璟书："……"

结婚啊……

他们从来没有回避过这个问题。姜迎一向是坦然的，每当他提起，她都会直白地跟他讨论。他们谈过各自心中婚姻的意义，对婚后生活的期待和对婚礼的想法，甚至连生孩子的事都谈过。

谈话的结果让姜迎比较放心。

她之前有点抗拒结婚，是因为婚姻说到底只是一份契约，并不浪漫神圣，也不会对他们的爱情有所加成，更不能保证人心永恒。她反倒担心社会对婚姻约定俗成的观念会使得自己不堪重负。她自私而清醒，自认为至少在现阶段内，她并不能在工作之外，还能兼任优秀的“妻子”和“母亲”的角色。

好在孟璟书对于婚姻实在是没什么期待。

“除了让我们不能随便分开，还会有什么样的变化？”

“我哪知道啊，很多男人婚后就变了，我现在手上有一起离婚案，就是因为女方完全忍受不了男方婚后的巨变，整天对她百般指责。到时候你会不会也埋怨我加班不回来给你煮饭，或者斥责我出去玩不伺候你……又或者看到家里脏了，就骂我‘姜迎，你连地都扫不好，怎么做老婆的’。”

孟璟书无语极了：“你说的这是保姆。我加班的概率比你大得多，怎么可能埋怨你？你就算不出去玩，也不用伺候我。而且姜迎，你自己想想，你有多久没有碰过家里的吸尘器了？”

“……”

说得也是。孟少爷在她的驯化之下，已经不知不觉会自觉承担部分家务了。

姜迎爬去他的怀里窝着：“那你为什么想结婚呢？”

他亲她的头发，认真地想了一会儿说：“排面？别人都能结，我们当然也要结。”

姜迎笑。

他问：“那你呢？你有什么期待？对婚姻，对我。”

“期待啊……我希望无论是什么状态，我们都能自在地做自己，然后，都要努力。”

“努力？”

“对啊。两个人在一起很简单，但要一直在一起，还是得很努力。”

两个人在一起，从来都不是一个人向另一个人献祭自己，谁都想要平等和体谅，风浪磕绊在所难免。而长路漫漫，若要向永恒开战，我便是你的军旗，但愿你紧握手中。

“好。”他说。

五一假期的前几天，姜迎被父母召唤回家，孟璟书正好赶上空闲期，索性也翘班跟她一块儿回去了。

她这次回家，主要是为了买房的事。

姜妈妈对着女儿一通长篇大论，可惜姜迎没听两分钟就开始走神。

之前孟璟书的二伯母雷厉风行地约姜家出去正式见过面了，两边谈得还算满意。主要是孟家伯母和老太太比较热情，这让姜家夫妇放心不少。

所以尽管两位当事人并不着急，可两家长辈已经把事情基本定下来了。正好这几天有个合适的楼盘开盘，姜爸和姜妈就合计着给女儿买下来。

“到时你们领证了，再去添上小孟的名字。人家见面礼出手就那么大方，我们家也不能失了排面。”姜妈妈如是说道。

姜迎当下就笑了出来。

又是排面。她的亲妈和男友倒是都很爱面子嘛。

“和你说正经的，笑什么呢？自己的事情心里也没点儿谱。你和人家小孟谈过没有啊？以后本子上加不加你的名字？”

“妈妈！”姜迎脑门一紧，“那是人家自己赚的钱买的房，婚前财产，为什么一定要写我的名字啊。现在是要用来交换吗？家里的房价跟那边的差多少？你怎么好意思！要我说，咱们就各算各的，我的就是我的，他的就是他的，谁也别加名字。”

“唉，你这臭妞，我还不是为你好，还不是怕你以后没有倚仗会被人看轻啊？”

姜迎知道自家母亲正经历更年期，各种阴晴不定。于是她也不争了，直接靠过去抱着母上大人肉乎乎的手臂撒娇道：“妈妈，你就别操心这个了，有你和老爸做我的后盾，我有什么可担心的呢。”

姜妈妈没好气：“你哦……就是整天稀里糊涂的，也不知道是怎么当的律师。”

“哇，你不要胡说哦，我去年可是拿了所里‘十佳’的！”

姜爸爸骄傲地一笑：“就是，姜迎不是在群里发了照片吗？我们的女儿这么棒，你就相信她，别瞎操心，让他们年轻人自己安排。”

姜迎点头如捣蒜。

“行行行，你棒。”姜妈妈被父女联盟说得没了脾气，“那你们怎么打算的？就一直住在你那小破出租屋里，只谈恋爱，不谈婚姻啊？”

“不急嘛……住处的话，之后应该会搬，毕竟我的租约还剩小半年才到期呢。”

“搬哪儿去？”

“还不知道，反正他有房子，我就去蹭住。”

前段时间，孟璟书时不时地拿窗帘、茶几、灯饰的样式来问她参考意见。她问他是不是要买房，他没否认，只问她喜欢高层还是小洋房。她脱口而出喜欢高层，他随口问原因，她脑子一抽，说那什么的时候对着高处落地窗特别有感觉，于是话题就自然而然地走偏了……

“啧，出息。”姜妈妈嗤笑道。

“嘿嘿。”

假期前一天，姜迎在睡梦中就被亲妈拍门叫醒。她打开手机一看，才八点多啊。

她刚想扯着嗓子抱怨，就听母上大人说："别睡了，璟书都来了。"

"……"

姜迎眯着眼爬起来，开门后果然见男友正恭恭敬敬地跟她父母说着话。他穿着简单的衬衫长裤，清爽又英俊。

她嘴角弯弯，过去拉他的手："怎么来得这么早？不是说十一点吗？"

酷爱全球逍遥的孟家四叔最近回国，刚好趁着人比较齐，约着家人出去聚一聚。姜迎作为预备役，自然而然也在受邀之列。

孟璟书回握住她的手："起早了没事干，就过来等你了。"

姜迎凑上去噘嘴亲了亲他，一点也没避讳父母在一旁。

孟璟书笑了一下，姜妈妈反倒为他鸣不平："姜迎，你不要这么邋遢行不行？你又没洗脸又没刷牙的，也不怕熏到璟书！"

孟璟书当即表示："没关系。"

姜迎故意又亲了他一口，然后幼稚地朝自家母亲耍横："他都习惯了！"

姜妈妈狠狠地拍了她的屁股一巴掌："少欺负人家，快去洗漱！"

等她洗漱出来，姜妈又催着她吃早餐："好了没，我给你晾粥了哦。"

姜迎哀号："我不想吃粥……昨晚在表姐家吃到那么晚，我现在都有点水肿了。"

"那你想吃什么，给你煮面条？"

"好啊。你先别急着做，我先做一会儿消水肿的运动。"

"你还要做到什么时候，人家璟书该等着急了。"

姜迎朝男友喊："孟璟书，你着急吗？"

他莞尔："不急的，伯母。时间还早，让她慢慢来。"

姜妈妈无奈地笑了："唉，你这孩子，可不能太惯着她，看她现在像个小霸王似的。"

姜迎"嘿嘿"一笑，在姜妈妈看不到的角度朝男友眨了眨眼。

一眼就看穿他早早地过来是想努力刷好感，她就大发慈悲地助攻一下吧。

果然，她越霸道，孟璟书的微笑越是低调纯良，姜妈妈就对他越是亲切。

没两分钟，姜迎在房间铺着瑜伽垫拉伸自己，母上大人又叫她："对了，姜迎，喝点蜂蜜水啊。"

"哎呀，不喝！"她忙着做运动，扯着嗓子喊。

姜妈又在外面喊："怎么不喝呢，是你爸去蜂场直接买的，是天然的好东西啊！"

"那……那你帮我泡，我就喝。"

"哎哟，真是懒死了！"

抱怨归抱怨，姜妈妈还是利索地冲好蜂蜜水，送到女儿的房间。

姜家夫妇约了人下午办事，也不急着出门。姜爸跟孟璟书坐在沙发上泡茶闲谈，此时忽然笑着叹道：“我们姜迎有点娇气，是不是？都是她妈妈给惯的，以后你还得多多包容。”

“会的，”孟璟书真心实意道，“她很好，也很包容我。”

姜妈盯着女儿喝完了无添加的健康饮品，满意地拿着空杯子去洗了。

姜爸有感而发，低声对孟璟书说：“这么多年，你自己一个人也挺不容易的。你和姜迎都是好孩子，你们俩要好好的。”

不知道这句话触发了什么开关，孟璟书瞬间感到喉头发热，似乎什么语言都是苍白的，他只能郑重地点头。

没过一会儿，姜妈妈又端了两杯蜂蜜水朝着两个男人走来：“你们两个抽烟的也该喝点，润润肺。”

姜迎在房间里听到了，大声道：“孟璟书现在基本上戒掉了。爸，你怎么戒了十年还没成功，你得向他学习！”

姜爸“呵呵”笑。

孟璟书的喉结滚了滚，接过水杯，低声说：“谢谢伯母。”

姜迎也不清楚她爸和她男友在聊什么，反正看起来相谈甚欢，她也就放心地让孟璟书自己玩。她吃完早餐，还得忙着化妆做造型呢。

她挑了一身黑色的复古连衣裙，珍珠扣作为装饰，袖口和裙摆是白色的风琴褶，配以微鬈的长发和一顶低调的小礼帽，整个人十分秀丽端庄。

谨守规矩一直待在客厅的孟璟书忽然收到姜迎的传唤：“孟璟书，进来帮我拿个东西。”

姜爸挥手放行：“去吧。”

孟璟书淡定地走进女友的闺房，刚转到外面看不见的角度，就被端庄优雅的姜小姐扑了个满怀。

她仰着头：“还没涂口红，先亲一会儿。”

他欣然同意，搂着她唇齿缠绵。

毕竟是在长辈眼皮子底下偷摸，也不敢太忘形，三两分钟便够了。

姜迎靠在他怀里，有些敏感地察觉到什么：“想什么呢？有心事？”

孟璟书望着她的眼睛，轻轻地摇头，说：“你这样穿，好像一个修女。”

“是吗？”

孟璟书笑了。

孟家四叔孟居言喜欢亲近自然，今天的小聚请了大伙去他朋友的庄子钓鱼。

他自己自由自在惯了，约了这么个时间，醉心工作的孟居娴和孟居礼自然是懒得凑热闹，来的都是亲近的小辈，二伯母也带着小妹妹一块儿出来了。

姜迎第一次见孟璟书已出阁的表姐，表姐不像孟居娴那么严肃正经，反倒很是随意热情，见面就夸姜迎的帽子好看。姜迎与她款款笑谈，心里默默记住等回了泽下要去这家店给孟表姐买一顶类似款。

庄子里有水库和果园，几个青年人从小跟着年龄差不大的四叔到处玩，倒是个个都被带出了逸趣，端坐入定如老翁。

二伯母带着小妹妹去摘桑葚，没多久就弄得满手满嘴的酱紫色，哭闹着要去洗花脸。

与此同时，孟居言的浮标跳跃，他轻巧地起竿，钓上一条巴掌长的鲤鱼。

他微微笑道："今天的第一竿啊，可惜还是个小家伙。"

之后，他便取了钩子，把小鱼抛回水里去了。

姜迎的眼睛不自觉地往那边多看了一会儿，然后便听见身边的人低声说："收起你那花痴的眼神，我四叔在国外有稳定的女朋友。"

姜迎笑了，故意说："我觉得你四叔年轻的时候一定比你帅。"

孟璟书眉梢吊高："是吗？可惜他现在已经不年轻了。"

"四十岁左右的大叔很吃香的。"

孟璟书盯着她，冷酷地说："今早你爸还夸你是好孩子，如果你敢花心，我就去告状。"

姜迎笑得花枝乱颤。

半个多小时过去。

其他人各有一些收获，只有孟璟书他们这边迟迟没有开张。姜迎无聊地打了个呵欠。

孟璟书觉得有些没面子："钓鱼很无聊，对不对？"

姜迎点头。

"要不要捞虾？"

"怎么捞？"

"那边有条小水沟，跟水库连着的，没堵严实，有些鱼苗和虾会游过去，拿网一兜就上来了。我以前来这里的时候经常玩。"

姜迎听出了些兴趣，频频点头。

孟璟书勾了勾嘴角："那我去跟四叔拿抄网。"

"你就待在这里等着，不用跟过来了。"他补充一句。

姜迎无语极了。这个人怎么这么能吃醋啊？

孟璟书去跟孟居言找工具说要捞虾，孟居言笑着说："这都是小孩子才玩的了。"

孟璟书丝毫不害臊："迎迎本来就是小朋友啊。"

此言引起兄姐一阵嘲笑。

姜迎为此偷偷掐了他好多下。

好在他们的小桶很快就收获了活泼好动的小虾，姜迎转移了注意力，兴致勃勃地抢过抄网，跟着他的指导和小鱼小虾作斗争。

不过她还没玩多久，她的手机铃声就响了，差点就被兜进网里的小虾仓皇逃窜。

姜迎可惜地低呼一声，把抄网递给孟璟书，自己起身接电话去了。

是姜妈妈的来电，姜迎刚接起，就被那边的语气震撼到："姜迎！你怎么回事啊！"

她迷茫："什么怎么回事……"

"你怎么在泽卞有两套房子？！"

"两……两套？"姜迎差点吓得摔倒。

姜爸爸在那边解释说，他们今天约了管理局的熟人，拿了姜迎的证件出去，打算一次性把手续办好。登记的时候，随便一查，就查出了从天而降的两处房产。

姜迎一听那两个地点，脑袋晕乎乎地想……这不就是江边的高层和小洋房吗？

姜妈妈已经由最初的震惊转为大喜："哎呀，小孟也真是的，怎么不声不响就办了这么大的事，哈哈，也不告诉你一声。我就说你稀里糊涂吧，真的是。哎哟，你对人家好一点，别一天天耍横啊，哈哈哈——"

姜迎心情复杂地挂断电话。

下午两点多，晨雾阴云早已散尽，正是日头最好的时候，一切都明晃晃的。

孟璟书半蹲在清澈的水沟边上，一脸肃容，游刃有余地操作着手里的抄网，生猛透明的小虾一茬一茬地灌进水桶里。

他出了些汗，鬓角闪着细微的光。见她打完电话，他招手喊她："过来啊。"

姜迎长长地叹了一口气："什么呀……"

五一假期的最后一天，孟璟书原本说要带姜迎出去跟朋友聚会的，孟奶奶却说自己好不容易回老宅住一段时间，还约了朋友到家里小聚，让姜迎过来，要把她介绍给自己的老姐妹。

"迎迎，这是王奶奶、周奶奶、冯奶奶，尤其是冯奶奶难得一见，最近身体好了些，才刚出院呢……哦，对了，王奶奶的孙女也是你的同行，比你大一些，在泽卞高级法院工作。你们可以认识一下，以后也可以互相照顾。"

姜迎心中肃然，乖巧地跟长辈们一一打招呼。

她烤了些无糖小饼干，正好给几位老人家做茶点。

奶奶笑呵呵地夸赞道："我们小书的媳妇可以吧。"

其他奶奶也很是慈祥——

“是个好孩子，又贴心，手艺又好。”

“小姑娘眼珠子又黑又大，看着好乖哟！我就喜欢这样面善的，可惜我那孙子不争气哟！”

“儿孙自有儿孙福，你也别太操心，他们自己高兴就好了。你最重要的是把身体养好，再多陪我们几年。”

“哎呀！这事儿呀，就连皇帝也不能自己做主，全看天意。”

“可不就是！跟你们多打几轮牌，也就没什么好遗憾的喽！”

“说这些干吗，别吓着小女孩了。”

姜迎在旁边听着，一边感慨伤怀，一边又被她们的洒脱感染。人生匆匆几十年，她希望自己到老也能有这样的从容气度。

几位奶奶住得近，聚了几个小时，就慢悠悠地散步回家了。

姜迎和翟姨很快收拾好桌子，她捧了杯茶去沙发上坐着，时光也像慢了下来。

孟璟书说一会儿就回来跟她们一块吃饭。

奶奶从洗手间出来，姜迎笑意盈盈地对她说：“奶奶，你现在身体是不是好多了？我瞧着觉得你比过年的时候更年轻了。”

奶奶笑着说：“是吗？可能人老了，就像跟四季长在了一块儿，春荣秋枯，就跟那树似的，奶奶现在正抽新枝呢！”

姜迎乐得东倒西歪。

奶奶说：“是了，年轻人就应该这样开开心心的，刚才怎么一副心事重重的样子啊？”

姜迎噎住：“也……没有啊。”

老人家的目光却是清明的：“是不是因为房子的事？小书说你有点被吓到了？”

姜迎缓缓坐直：“奶奶，你知道了啊。”

“知道的，我也是同意的。我们家很开明的，他自己有能力，那他就去做。迎迎不用觉得有压力。”

姜迎更羞愧了：“就是觉得……很不好意思，觉得无以为报……”

奶奶看着她，忽然说：“迎迎喜欢我们小书很久了吧。是不是读书的时候就喜欢了？以前来我们家烧烤的时候，那个戴眼镜的小姑娘就是你吧。”

姜迎微微愣怔：“奶奶，你还记得啊……”

“也是最近才想起来的。老人啊，很容易回想以前，我都还记得那天，你总待在小书身边，跑前跑后，不停地跟他说话。说实话，小书小时候的脾气是真不好，我都有点担心他会跟你发脾气。可谁知他看着不耐烦，却还是问一句答一句，我跟他爷爷都有点惊讶了。”

听他人说起从前那段岁月，姜迎就像泡进了温温的酸梅汤里，既甜又酸，还有数不尽的温柔波浪。

“是吗？为什么会惊讶？他跟别人不这样吗？”问出这话时，她的眼圈已经在发热。

“反正我是没见过的。你是不知道他有多不服管，三天两头跟他爷爷怄气。你骂他，他左耳朵进右耳朵出；你打他吧，又心疼……整天吊儿郎当的，还好总算没长歪。

“有时我都在想，是不是因为我不好。他很小的时候，有一回问我，为什么别人的爸爸妈妈都在，就只有他的爸爸妈妈不在……我当时心酸得要命，不停地流眼泪，可能吓到他了，他之后就再也没有问过这些。

“他一天天长大，我却觉得他越来越封闭自己，也不是不懂事，就是不把别人当回事。你看他跟你笑着，好像挺高兴，却又什么都不跟你说，也不听你说的话。他想要怎样就怎样，我真怕他的心就一直这样，像颗石头一样冷冰冰的。

“可是跟你在一起之后，他变了，动不动就跟我报备，说女朋友送他什么生日礼物、女朋友做了什么好吃的、女朋友又陪他怎么怎么了……我就知道，他心里有你，献宝似的捧给我看呢。”

姜迎静静地听着，此刻已经不能言语。

“奶奶不知道你们之前发生过什么，但人与人之间自有缘法，缘分到了，自然就能走到一处。你说觉得无以为报，那奶奶问你一句，你以前喜欢小书，对他好的时候，想过要得到什么回报吗？”

她咬着唇摇头。

怎么会想着回报呢？看见他，她就会开心。喜欢他的时候，对他好的时候，追着他跑的时候，她一直都是快乐的呀。

她本来就是为了自己快乐才喜欢他的。

奶奶温厚的手掌握住她的手：“小书现在也是一样。他有能力给你点什么，他就高兴。感情的事，一个萝卜一个坑。他一定是在你这里得到了他最想要的东西，所以其他的所有，他都心甘情愿。”

老人家微微笑起来：“迎迎也一定是同样爱着他的，是不是？不然怎么哭得这么厉害呢，傻姑娘。”

姜迎低头擦了擦脸，抬头却见奶奶的眼眶也有些湿润。

她望着窗外的远处，轻声低喃：“夫妻间的恩情……大抵如是。”

六月十号这天，像一个不曾说破的纪念日。

一行人聚在 The One，也是恰好。姜迎左手被孟璟书牵着搭在他的腿上，右边的衣袖时不时被胡若晨紧张的小手一揪一揪，这让她产生了自己一只手牵了一只宠物出来的错觉。

童浩好像对胡若晨有点意思，却不知为什么半年过去还是这副不进不退的样子。有一次，姜迎忍不住问胡若晨到底是怎么想的，小姑娘脸蛋爆红，嘟着嘴说不知道。

姜迎白眼一翻，也懒得再管，让他们自己折腾。

孟璟书和朋友们闲聊着杂七杂八的内容，偶尔笑闹一番。气氛正好，音乐正好，一杯酒也正好。姜迎产生了那么点冲动，站起来。一直牵着她的手的男人看过来，她靠近他的耳边说："我去补妆。"

她也确实是去补了妆，不过她没有回他们的位子，反而去了大厅中央的小舞台。

五六分钟后，话筒里传出一道清澈的女声——

"大家晚上好。今天是六月十号，高考后的第三天，一个很普通的日子。虽然很普通，但是今天，我想唱一首歌送给我的男朋友。"

台下的观众纷纷鼓掌欢呼。

孟璟书更是从听到第一个字开始，就诧然地抬眼，直起身子望过去。

魏展风等一众损友大感有趣，起哄道："嫂子这是要干吗？不会是要求婚吧？老孟，你行不行啊，让女人给你求婚啊？"

"我和他认识了有十年，但在一起还不到一年。"姜迎笑了一下，话锋一转，"不知道他还记不记得，这首歌我在很多年前就给他唱过。"

"那个时候……"

观众仔细聆听，等待着她接下来的深情表白。然而她又笑了一下，稍作停顿，便不再多言。她朝舞台旁边比了个手势，轻柔低缓的旋律便幽幽地响起。

"愿意合上眼，才能美梦无边……

别让悔熏乌了从前……"

她穿着简单的衬衫和修身牛仔裤，随意地坐着，闭上眼轻唱。她的声音并不娇俏，因为职业需要，显得沉稳可靠，平日里甚至会习惯性地压低一些。此时和着音乐，却别有一番妩媚动人。

孟璟书怎么可能不记得呢？

六月十号，是高考后谢师宴那天。她无视所有人的起哄，看着他唱完了这首歌。

她下来的时候，声音四平八稳，神色泰然自若，只有他知道，她心里紧张得不得了，发消息都错了好几回。

"出去做作？"

"……"

"坐坐。"

"我是说，要不要出去坐一会儿，吹吹风？"

那时候的QQ尚未开发撤回功能，他被几个男生拉着摇了一把骰子后，才看手机，仍可一眼扫完全程。不用想他都知道她的样子有多呆，才几步路，都不敢当面问。

许嘉宏问他在笑什么。

他微愣："我在笑？"

许嘉宏贼兮兮的表情已是答案。

他扬眉，开了一罐啤酒："考完试心情好，你不好？"

"啊？什么？"

几秒钟的时间，许嘉宏的眼神已经不知飘到哪里去，再转回来时，神情明显与刚才大相径庭。男生们都直接，管这种表情叫发骚。

孟璟书也懒得理他，径自出去了。

"思念如燕，它飞舞舌尖，

若是真爱，配尝几分苦甜，

意念婆娑时间里推磨，

追随到何处才结果……"

那天夜里，她在盛夏的星空底下问他想不想和自己去同一所学校。

那是在告白，而他态度轻慢。

她湿着眼，短暂地拥抱了他，便是告别了。

他如今知她固执，也知她骄傲，更知她对自己锱铢必较，但凡有一丝怠慢，一切就到此为止，势必不会多走一步。

他的手指抖了抖，几乎是立刻就做了决定。

魏展风他们还在调侃——

"嫂子可以啊！"

"台风唱功俱佳，为今夜增色不少。"

只见孟璟书猛然起身，大步流星地离去。

"喂，你脑子抽了？你老婆还在台上，你要去哪里？！"

他充耳不闻，身影瞬间消失在门口。

一曲完毕，台下掌声热烈，众人大声起哄："亲一个！亲一个！亲一个！"

而姜迎站起身，完全迷茫……

人呢？

就算他没有被感动哭，至少也应该在台下等着，向她张开双臂吧。

现在是什么意思？

就在她不尴不尬地走下台时，台下人群突然爆发出更为高亢的惊叹，然后起哄的声音从"亲一个"变成"嫁给他"。

姜迎震惊地站定。

孟璟书捧着一大束鲜艳的玫瑰，缓缓地朝她走来。因为刚才楼上楼下地赶路，他还喘着粗气，大汗淋漓，发型也乱了些。

一切并不完美。

他其实是准备在今天求婚的，但不是此情此景。

之前他问过她想要什么样的求婚，她绞尽脑汁想了半天，说：“普普通通的就好，不要有太多人。”

上个月，他请国外设计师定做的戒托完成，新房也装修好了，他就琢磨起求婚的事来。他们两个人的生日都还在后头，而他想快一点定下来，便灵机一动选了今天。他计划着让她喝到微醺，回去的路上拉着她去江滩，给她点蜡烛，有气球，也有玫瑰，把这些普普通通的事情都做一遍，趁着她头脑发热一举拿下。

可谁知她头脑发热，竟然福至心灵，上台唱了这首歌——唱得他杯弓蛇影、百爪挠心，就怕她生气。他几个小时都等不了了，就这么慌慌张张地把自己捧到了她的面前。

他亦动容，眼中只见她一个。他去到她的面前，单膝跪下，仰视她，却一直说不出话来。

姜迎不知该如何反应，今晚实在是超出预料，兴奋有之，紧张有之，羞怯有之，她的脑子已经成了一团糨糊。

有越来越多的人走近，拍照、录像，朋友们好像也过来了，叽叽喳喳不知在说些什么。

可是，这些都不重要了。

重要的是，他想告诉她，想告诉她……

结婚吧？嫁给我？这些话，他已经缠着她说过无数遍。

“姜迎……”

爱把他们的时光镌刻在心上。

他说：“我想的。”

别人都不知道这句话的意义。

可她湿着眼笑了。

你想吗？和我一个学校。

我想的。

迟到的回答，来得刚刚好。

“我知道啊！”

她没再拿乔，也没再犹豫，把手递给了他。

匪报也，永以为好也。

番外 年年岁岁

今天周一，是小罗到竖锋科技上班的第一天。

竖锋科技成立两年有余，发展势头很猛，从应用系统到终端研发均有涉及，已成为年轻企业中的标杆。

小罗经历了层层选拔才竞争到CTO二助一职，说白了就是CTO助理的助理，那位清秀沉稳的刘助理是她的直接领导。

上午有一个传感器生产线的收购策划案在谈，小罗初来乍到，自是没有参与资格，只能按照刘助理的吩咐，默默地等待工作安排。

她不敢玩手机，看着企业资料，渐渐有些出神。望向透明的会议室，她顿时觉得赏心悦目。不枉她这么努力地挤进这家公司，两个大老板也太帅了吧！尤其是她领导的领导，那剑眉星目，真是绝了，简直是会发光的美貌。

会议中场休息，刘助理让她进去添茶送水。她走近偷偷瞄了几眼，更觉得十分惊艳。魏总和孟总是不同的风格，孟总是英俊不羁，魏总则是偏粗犷随性。企业资料上说，二位是多年的至交好友，连留学都是一起去的MIT。而且仔细一想，“竖锋”分明就是“书风”的谐音啊！小罗回到工位上回味了一下，腐女之魂熊熊燃起。

正当她脑海中噼里啪啦响的时候，从会议室里走出一位肤白貌美、穿着职业装的小姐姐。小罗知道，那是竖锋的法律顾问。她出门时不甚明显地顿了一下，微皱眉头往下看了一眼，而后很快恢复淡然的神情，向着洗手间走去。

紧接着孟总也出来了，他跟刘助理说了些什么，只见刘助理点了点头，然后就朝着她走过来。

小罗紧张地站起来。

刘助理问：“有创可贴吗？”

小罗立马点头：“有的！”

她很快从抽屉里找出来递给刘助理。

刘助理微微一笑：“谢谢。”

小罗忽然有点愣神。

不等刘助理回去，孟总已经几步过来，将创可贴接了过去。

小罗望着高大的身影朝着洗手间走去，突然想找些话题。

“呃，孟总受伤了？”

刘助理习惯性地保持着温文尔雅的淡笑：“没事的，不用紧张。”

小罗感觉春风拂面，放松了些，忍不住问：“那创可贴是要……”

话音未落，小罗就见孟总停在转角处，之前的顾问小姐姐刚好出来了。两个人冷淡地对视一眼，一句话都没说，孟总径自蹲了下来，握着小姐姐右脚的脚踝，小心地脱了她的鞋，给她泛红的脚跟贴上创可贴，再给她穿回去。

整个过程行云流水，估计不到半分钟就完成了。之后孟总也没跟她说话，一脸冷酷地转身回了会议室。小姐姐对着他的背影愤恨地瞪了几秒钟，忽然绷不住，笑了。

小罗讶异地看向刘助理，圆圆的眼睛里有大大的疑惑。

刘助理失笑道：“姜律师是孟总的太太。”

“啊……”

小罗这一刻觉得比孟总的美貌更发光的，是刘助理的微笑。

因为，孟总实在是太凶了。

当然，平日里孟总再凶，也是不可能对老婆凶的。

今天这个样子，完全是因为两个人昨晚吵架了，并且吵得还挺凶。

事情是这样的——

昨天姜迎出去和大学同学吃了一顿饭，牵头的那个同学正是当初经常和姜迎一起泡图书馆的“学霸眼镜男”徐卓函。孟璟书暗暗对他介怀已久。

徐卓函从帝都读博归来，在泽卞开了自己的律师事务所，得空了便邀几位老同学出去聚一聚。

孟璟书对他有成见，私心里是不想姜迎去的。但毕竟是同行，今后都在一个圈子里，而且也不是两个人单独出去，他只能强忍不爽，大度地放行了。

昨天他也是有应酬的，出门比姜迎还早，走之前拐着弯问姜迎晚上要不要去接。

姜迎并不理解他想要去宣告主权的深意，只说看情况。

晚上九点多，孟璟书结束了应酬便发信息给她，她没回复。过了一会儿，他打电话过去，她才温声软语地应了。

到了姜迎说的茶楼，孟璟书见到她正和几个男人有说有笑地走出来。

他眯了眯眼，觉得自己的大度就是个错误。

姜迎的塑料微笑将垮未垮之际，忽然感应到一道冷飕飕的视线。她看过去，果然见到某人关上车门，一脸寒霜地走了过来。

那模样，真是令人头皮发麻。

她赶紧跟几位男士道别："我先生来接我了，我就先走了。"

徐卓函淡笑着点头："静候佳音。"

姜迎只是一笑："各位，再会。"

然后，她快步迎上走近的男人，握紧他的手，拉着他就往回走，颇有些落荒而逃的意味。

两位男同学见状，面面相觑。

"这就走了？可惜，还以为可以和她老公认识一下呢。"

"姜迎的老公是竖锋的老总吧？"

"听说是的。"男同学又是一声叹息，"走得这么着急，可惜了。"

徐卓函笑道："以后总有机会的。"

只有一个人一言未发，定定地看着远去的男女。他也觉得可惜，不过是因为姜迎。

有一种女人，经历的年岁越长，就越是馥郁美丽，如酒越酿越纯。姜迎就是这一种人。

他们分开得不好看，是他错了。几年不见，偶然再见面时，她早已没有当年的愤恨，也能当着他的面谈笑风生，就像对着一个全然陌生的人。以前他总觉得自己总能找到比前一个更好的，但现在他发现自己错了。

真的可惜了。

不过，那个男人看起来对她很好。

也罢。

"今晚是个意外，我并不知道徐卓函和陈天靖有交情，只是凑巧碰上他也在这里。因为还有别的同学在，我也不好扫兴。"

孟璟书开着车，目视前方，对她的解释不置可否。

姜迎偷偷瞥他，感觉他的神态冷淡得像是下一秒就能升仙封神。

看来他是真的很生气啊。

姜迎搓了搓手，也觉得有点心虚。毕竟将心比心，没人乐意看到自己的恋人和前任一起吃饭。

气氛太冷，她一刻不停地说着话。

“嗯……因为徐卓函现在是自己在干，他就想说拉着我们过去。他给的条件还不错，比我们单位要好，所以就聊得比较久。”

“哦，对了。”她搜肠刮肚地思索孟先生可能介意的点，“本来除了我还有两个女生的，但有一个临时有事来不了，另一个老公不在家，只能提前回家陪孩子睡觉，所以就只剩我和他们几个男的了。”

“有个同学明明去年去法院办事的时候还见过一两次的，今年突然发福了，胖了好多……女生还好，男生出来工作几年真的垮得好快，还好你有在进行身材管理，还是跟以前一样帅。”

……

车子在路上疾驰，今晚的路况出乎意料地顺畅。

虽然到家的时间比预想中要快一点，但姜迎一路上说个不停，难免口干舌燥。

然而孟璟书还是顶着那张臭脸，一声不吭。

平时他们小打小闹，只要某一方撒个娇、服个软，很快就能和好，姜迎哪里需要这么绞尽脑汁地示好。

她都这么努力了，也这么诚恳了，但他还是不理会。

她要有小脾气了。

她靠着玄关闷声嘟囔：“有必要这么生气吗？我都解释了，这就是个意外，我也不想的啊……”

孟璟书看过去的时候，她正弯腰换鞋。

她今天穿了一条烟粉色的无袖连衣裙，裙子款式简洁，质地轻柔。虽说远谈不上性感暴露，但这条裙子太衬她的肤色，纤瘦的肩臂和小腿白得晃眼，更别提小V领刚好展示了精致的锁骨，以及微微弯腰之时，在长鬈发之中若隐若现的……

他只看一眼就火大，她还觉得自己没有必要生气？

“谁让你穿这条裙子去的？”

姜迎刚要拿杯子喝水，这句刻薄的话硬生生地打断了她行进的脚步。

吃醋归吃醋，不爽归不爽，拿她的裙子来做什么文章？她的漂亮裙子可不受这种委屈。

她也不高兴了，冷冷地看着他：“我的裙子怎么了？”

他气得冷笑：“怎么了？你当男人都是正人君子？你那位前男友一直都在盯着你，难道你不知道？”

姜迎蹙眉：“都说了是意外碰到的，我已经尽量避免和他交流了。就算他真的一直盯着我，难道我还要盯回去，或者把他的眼睛挖出来吗？”

“再说了，我的裙子没毛病，怎么就不能穿出去了？”男人和女人的侧重点显然不同。

孟璟书简直被她振振有词的话气得上头：“只是见几个大学同学，随便挑一件有领子、有袖子的不行吗？穿这么漂亮给谁看。”

姜迎笑出声来：“你这跟受害者有罪论有什么区别？你干脆给我弄一块黑色头巾，以后我出门把脸都给遮上好不好？”

他咬牙：“姜迎，你不要借题发挥。”

“是你先扯到裙子的。”

“你就是不准穿成这样去见别的男人。”

“我要穿什么是我的自由。”

争吵的议题就这样越扯越大，最后姜迎气得够呛，直接跑去客房睡了。

这就触及孟少爷的底线了，平时睡在一块，离得远一点他都是不肯的。这下她直接分房睡，他也就完全没有了求和的心思。

于是，两个人的冷战破天荒地持续了将近二十四个小时。除去早上在竖锋开会时公事公办的对答，他们一整天都没说过话。结婚一年多以来，这种情况从未有过。

晚上姜迎回到家，刚进门便闻到了久违的二手烟的味道。

多走几步，她果然见他靠在沙发上吞云吐雾，烟缸里已经积了好几个烟头。

见她回来，他也只是冷淡地一瞥，丝毫没有被抓现行的心虚。

啧，什么德行。

他分明做了欠揍的事，怎么就能浑身上下都散发着“快哄我”的气息呢？

姜迎盯着他那流里流气的姿态看了一会儿，无声地笑了。

今天，她之前的一个当事人终于拿到了赔款，设宴感谢她。她心情还不错，而且……

她看了一眼自己的脚后跟。

哼，她也就不跟他计较了。

姜迎高跟鞋都没换，把包和外套随便挂起，便踩着鞋，径直走到孟璟书的边上坐下。

“哥哥。”她轻声喊他。

孟璟书一顿，不知道她又要怎么造作，干脆别过脸去。

姜迎像没看见似的，自顾自地说着：“哥哥抽烟的样子好帅。”

孟璟书的手抖了抖。

“其实，高中时第一次看到哥哥抽烟的时候，我激动得想尖叫。因为哥哥痞气的样子真的太好看了，像是从漫画里走出来的一样。但我转念一想，虽然哥哥抽烟的样子很帅，但帅的是哥哥，而不是烟。为了这么帅的哥哥可以一直健健康康的，我应该努力地规劝哥哥，让哥哥改掉坏习惯。”

孟璟书抽不下去了，利落地掐灭了烟头。

他终于看向姜迎，低沉的声音里带着些许无奈：“想说什么？”

姜迎直接抬起右脚，把小腿搭在他的腿上。

藏青色的绒面尖头高跟鞋端庄又妩媚，穿在她白皙的脚上便是蛊惑人心的武器。

他扬眉。

姜迎噘嘴：“哥哥，脚疼，好像还是被磨破了。”

“……”

孟璟书认命，去拿医药箱来给她消毒上药。

他下手很轻，嘴上却不留情：“明知道今天要在外面跑，非要穿这双不合脚的鞋出去，自作自受。”

姜迎侧靠在沙发上，懒懒地望向他：“因为想起今天要跟哥哥开会，所以才穿了新买的衣服和鞋子，想漂亮给哥哥看。”

“……”

“我刚才已经回绝了徐卓函。”

孟璟书淡淡地说：“不是说条件好吗？怎么不去了？”

“条件越好，风险越高啊。而且，我不想让哥哥不开心。”

孟璟书慢悠悠地给她消完毒，再贴上新的创可贴，才再次跟她对视。

“姜迎，你到底有几个哥哥？”

演电视的叫哥哥，唱歌的叫哥哥，搞电竞的也叫哥哥。可想而知，他这个哥哥的称号也没多珍贵。

姜迎还真的做出一副思考的样子：“没数过哎。”

孟璟书眯了眯眼，把她不知好歹的脚丫子直接从他的腿上推开。

谁知她的腿离开了，手臂却缠了过来，钩着他的颈脖。

“可是，喜欢到一起睡的哥哥只有一个人。”她仰着头笑眯眯的。

“谁啊？”染了香烟的气息在她的鼻尖吞吐。

她吸了吸鼻子，笑道：“我老公啊。”

孟璟书总算笑了一下，低声戏谑：“狗女人。”

她整个人缩进他怀里，对着他的耳朵轻声喊：“汪！”

他的手掌扣住她的后脑勺，狠狠地吻了下去。

姜迎今天穿的是剪裁合体的衬衫和西装裙，曲线玲珑，腰臀比例极佳。当她穿着高跟鞋的腿缠上他时，他不得不承认，这种严肃和挑逗的反差，性感程度比昨天的温婉不知要高到哪里去。

他既满足，又不满足，掐着她酡红的脸蛋一遍遍地说：“你是我的……是我的。”

沙哑的嗓音渐渐低了下去，取而代之的是明显的喘息。

姜迎颤抖着声音回应他：“我是啊。”

热潮汹涌。

等到彼此都无法忍受的时候，孟璟书用狠劲在她的脖子上亲了几下，便想离开。

“别走……”她却抱紧了他。

她的挽留不只因为动情到极致，更是因为做好了准备，今后与他一同承担更多的责任，一生相系的责任。

所以，最后他重重地投入她柔软的怀抱中，浑身的神经都似麻痹了一瞬。

以为对她的爱早已到达顶点，这一刻竟发现还能再升温。

每次吵架和好之后，他总是极度依恋她。而他的依恋程度与拥抱的紧密程度成正比。

于是这晚，姜迎又被抱得紧紧的，本来都要睡着了，他的手臂无意识地收了收，她就被弄醒了，真是又爱又恨。

她试图掰开他的手，他睡得迷迷糊糊，不满地哼了一声。

“放松点……我要被勒死了……”

“嗯……”他的手是松了点，可脑袋更紧地埋在她的发间，像只黏人的大猫。

他也清醒了点，抱怨道：“你昨晚都不跟我睡……”

“昨晚太生气了，一起睡能吵到天亮。”

“你要跟我睡，我肯定就不和你吵了。”

“啧。”男人究竟是什么样的生物？

“但是宝宝下次还是不可以穿漂亮的衣服去见别的男人。”他再次强调。

姜迎无语。

“真的，宝宝怎么会越长越漂亮呢？”

“你这张嘴怎么越来越甜呢？”她轻声嗤笑。

“是吗，你尝尝？”

喁喁爱语中，姜迎的手机铃声响了。

孟璟书长臂一伸，看到来电显示，直接又把手机给扣了回去。

“是胡若晨，别接了。就知道打扰别人。”

姜迎掐他：“万一人家有急事呢？快拿过来。”

孟璟书闷闷地叹了一口气，还是给她拿过来接通了。

“喂，干吗？”

小姑娘在那边抽抽搭搭。

“什么？怀孕？！”姜迎猛地坐起来，“谁干的？！”

孟璟书也跟着坐起来，悄无声息地拿出自己的手机发信息。

是的，胡若晨意外怀孕了。

童浩的。

也不怪姜迎惊讶，是胡若晨以前信誓旦旦地说她和童浩之间绝对不可能。

说起来，他们俩纠缠一年多了，一直没在一起，是因为上一辈有些旧怨。

早年两家是邻居，有些交情之后，生意上自然而然便有了往来。可有合作势必会有竞争，后来在一次机遇中，童家抢得先机，之后一路水涨船高。利益当头，胡家自然心有不平，愤然指责对方不厚道，童家亦反唇相讥，两家自此生了嫌隙，谁也看不上谁。

乖乖女胡若晨得知后，自然和自家爸妈同仇敌忾。

和童浩重逢之后，两个人莫名其妙地看对了眼。童浩是有些浪荡的性子，对家里的恩怨没什么共情。但小姑娘心思细腻，两家的事在那儿摆着，又有陈天靖给过的伤害在前，这次即使动了心，她想着自己吃不准童浩这个人，也迟迟不愿走出那一步。

起初童浩也没想太深，但男人大概有些劣根性，小姑娘越是退缩，他就越是上心。知道她心中纠结，他竟然耐着性子陪她耽误了这么长时间。

胡若晨虽然有心拒绝，但扛不住心上人润物无声的撩拨，明明想着不可以，却又被他以各种各样的理由约出去。

童浩也是有耐心得很，从来不逼她，说出去玩就真的只是出去玩，从不逾矩。他越是这样，小姑娘就越是动摇。

终于，在前段时间，胡家父母偶然发现他们两个人走得很近，免不了一顿强硬的训斥。小姑娘从小到大被捧在手心里，哪里受得了这样的委屈，于是当天跑去找童浩好一顿发泄，哭得稀里哗啦地跟他说要断绝联系。

童浩被她气得不轻，两个人就这么擦枪走火了。

但之后胡若晨坚持认为得不到父母祝福的爱情是不会有好结果的。童浩大概也有些寒心，便冷了她一两个月。

“呜呜——怎么办啊，姐姐。我要……把孩子打掉吗？呜呜呜——我爸妈肯定不喜欢他，他爸爸也不喜欢我……呜呜呜——”

姜迎感觉脑壳疼。

“等一下……深呼吸，深呼吸，你先平复一下情绪……”

早些时候胡若晨心意坚定，不愿和姜迎说太多。但时间一长，小姑娘自己也憋不住了，时不时就支支吾吾地问她意见。

虽然孟璟书时常拐弯抹角地想让姜迎帮着兄弟说点好话，但姜迎懒得理他，只说这种事只能让小姑娘自己去决定，感情的事剪不断、理还乱，谁都帮不了。

可这下事关一条性命，姜迎谨慎地给出建议："你自己先别胡思乱想，你爸妈和童浩现在都不知情，你不要乱猜测他们的想法，自己吓自己。这样，你先告诉童浩，他有责任知道这件事……"她停了停，又说，"其实如果你还放不下他，不如试着勇敢一点，未必是坏事。"

"可是……可是我爸妈的态度很坚决，不让我们来往，呜呜呜——这样下去不会有幸福的……"

姜迎叹了口气："是你和童浩过日子，又不是你爸妈跟他爸妈过日子。"

"可是……"

"那你明天就去预约做手术！"

"呜……"

"不舍得吧？那就争取一次吧。"

"可是……可是我伤了他的心，他肯定已经讨厌我了……呜呜呜——"

"嗯……可能他不讨厌呢？你们还是得谈谈。"姜迎零零碎碎地听自家老公说起，平时最云淡风轻的童浩最近脾气特别火暴，整天跟门神似的黑着脸。

她心想：放不下的人又何止一个呢？

胡若晨抽噎着："可是……可是……"

她的"可是"没有结果，因为突然响起了一阵急促的门铃声。

小姑娘一愣，擦了擦鼻涕："是我哭得太大声，邻居有意见了吗……"

姜迎听着她几步走出去，然后又是"呜"的一声："姐姐，他来了！我先挂了！"

通话戛然而止。

姜迎翻了个白眼。

有男人在前，姐妹又算什么？姜迎就不该为她操心。既然童浩到了，她也就用不着姜迎充当军师了。

等等，童浩的消息怎么这么灵通？

她狐疑地看向孟璟书，对方朝她投来一个坦荡的笑容。

他扑过来抱住她："别管别人了，我们睡觉吧，宝宝。"

童浩是个有担当的人，在这之后的几天，他雷厉风行地说服了两家人。上一辈的事情各有各的理，早已经掰扯不清。可两家父母看着小辈如此情真意切，最终还是松了口。

两个人没过多久便领了证，两个月后，赶在胡若晨显怀之前，他们在巴厘岛把婚礼给办了。

之前结婚的时候，姜迎怕麻烦，加之孟二伯和她父母都在体制内，不便大办酒席，所以他们的婚礼一切从简，只在家人和几位亲近朋友的见证之下，按习俗走了个流程，便算完成了。两个人乐得轻松，第二天直接飞欧洲度蜜月去了，连婚纱照都是旅行途中拍的。

这次是别人的婚礼，不用自己麻烦，姜迎从头到尾参与其中，还闹得挺欢腾。

不过她的欢腾并没有持续太久，因为她在席上吃到一半，突感一阵反胃，匆忙跑到洗手间去吐了。

孟璟书立马带她去了医院。

检查出来的结果让他如临大敌，姜迎也有点发蒙……还真的中招了，算算时间，就是上回吵架之后的那次。

真的是……猝不及防的惊喜啊。

本来还计划着在巴厘岛多玩几天的，结果突然来了这么一出，孟璟书连忙改签了机票。婚礼的隔天，两个人就回国了。

虽然全面检查的结果一切都正常，但孟璟书的精神依旧紧绷。姜迎的早孕反应激烈，不得不早早地就停了工作。

姜妈妈干脆提前办了退休手续过来照顾，孟奶奶也请了熟识的营养师来照料姜迎的日常饮食。尽管如此，严重的孕吐还是让姜迎有些食不下咽，日渐消瘦。

孟璟书看在眼里，心疼得要命，清减得比她还快。

姜迎笑他："不知道的还以为怀孕的人是你呢。"

这才过了一个月，她的脸蛋已经小了一圈，真的只剩巴掌大了。

他看得心抽抽："早知道这么辛苦，我们就不生了。"

"啧，"姜迎伸手捏他的下巴，"开弓没有回头箭啊，孟同学，你给我打起精神来。吃得比我还少，过段时间你还抱得动我吗？"

"看你难受，我吃不下。"他闷闷地说。

姜迎有些无奈："你太紧张了。看着你这样，我只会更难受。"

孟璟书一顿，低头大口吃饭。

姜迎轻拍胸口，反胃的感觉又上来了，她赶紧吃了一小片柠檬压了压。

孟璟书见了，目光又是一暗，神色有些可怜。

姜迎笑了："别老用这么惨的眼神看我，我们只是在经历一个小副本，我们会成功的，OK？"

孟璟书深吸一口气，收起沮丧，用力地点头。

姜迎也点点头，拿起勺子，准备对着她五颜六色的营养餐发起进攻。

她给自己打气："加油，小姜！"

眼前突然一暗，是孟璟书俯身过来亲了亲她的额头。

她抬眼，见他眼中满是温柔的波浪。

姜迎下意识地搂紧他的腰，脸颊在他的胸口磨蹭：“好想睡你哦，但是不可以睡，呜呜呜——”

此时姜妈妈路过，轻咳了两下，冷酷地提醒：“谨遵医嘱。”

小两口有些哭笑不得。

孕期十四周以后，姜迎的孕吐症状渐渐消失，食量也好了些，整个人的状态肉眼可见地变好，连带着孟璟书也恢复了往日的神采。

姜妈妈笑话他们是夫妻一体。

姜迎摸了摸自己日渐饱满的脸蛋，悲伤地说：“要真是一体就好了，真希望多余的肥肉都长在他的身上。”

营养师尚在厨房忙碌，闻言笑道：“你身体底子好，按着我的食谱，加上适量运动，不会胖的。”

她还真是说对了。

五个月后，儿子呱呱落地。没日没夜地喂了两个月的母乳，姜迎某日终于鼓起勇气上秤，发现体重不知不觉已经下了三位数，只比怀孕前重了几斤而已。

这真的是悲惨生活里唯一值得欣慰的事了。

不过她还没开心多久，小娃娃就忽然转醒，在爸爸的怀里“哇哇”大哭。

小娃娃大名孟知恒，“知”来自孟家的辈分册，“恒”则是外公取的，寓意持之以恒。

别的姜迎不知道，但知恒小朋友对于夜哭这件事是挺持之以恒的。他每天半夜一定会哭闹，闹起来一定要妈妈喂奶才会暂停，一旦让他的嘴得了空，就会继续哭闹。

姜迎已经很久很久没有睡过一个完整的觉了。

不是没有想过办法，他们试过用吸奶器提前把母乳装进奶瓶里，半夜由孟璟书或者姜妈妈喂他。但知恒小朋友是很聪明的，不是妈妈就坚决不要，还会哭得更用力，哭到满脸通红，大人们才不得不作罢。

这种情况直到百日宴后才有所好转。知恒小朋友总的来说像爸爸多一点，但眼睛倒跟妈妈学了个十成十。他才三个月出头，便已经有了英俊的模样，少了爸爸的冷峻，眼睛圆溜溜的像葡萄，不知多惹人喜爱。

百日宴那天，知恒小朋友接受了许多亲朋好友的参观和抚摸，之后就像忽然成熟了，整个人宽容平和了不少，夜里哭得也没那么频繁了。即使哭了，他也能接受奶粉和奶嘴了。

姜迎简直是喜极而泣，晚上把儿子哄睡了以后，小心翼翼地把肉团子递给孟璟书，让他抱去楼下给姜妈妈。他一步一步走得极为轻缓，就像手里抱着的是一颗定时炸弹。

那晚，他们终于拥着对方睡了个安稳觉。

姜妈妈也知道他们俩被折腾了个够，第二天没叫他们起床，两个人直接睡到日上三竿。

姜迎醒来的时候，整个人都有点蒙，感觉像睡了一个世纪。愣了几分钟，她才感觉到胸口有某种熟悉的触感，身后也是，许久没有交流的老朋友正热情地跟她打招呼，烫得很。

“嗯……”她几乎瞬间就酥了。

孟璟书轻咬她的耳朵，嘴里喷着热气，声音异常沙哑：“都多久了……快想疯了……”

是啊，他们真的太久没亲热过了。虽然天天睡在一张床上，但姜迎的身体之前一直处在恢复期，他都不敢多碰，就怕刹不住车，现在终于没了顾忌。

她现在比以前丰腴了些，肌肤更加软滑，他手上的力道越发失控，迷恋地喃喃着：“Mommy，长大了。”

姜迎被他撩拨得受不了，转过身去吻他。

大汗淋漓过后，空气里的奶香味又重了些。

久违的酣畅让两个人都有点回不过神。姜迎哼哼唧唧的，不多时又热切起来。

他们再度吻得忘情之际，门外传来一阵极具穿透力的啼哭声。

一级警报——妈妈再不出现，本恒今天就哭死在这。

然后是姜妈妈急促的敲门声：“姜迎！睡够了就起来喂儿子了！”

姜迎长长地叹了口气：“真是个坏儿子。”

孟璟书趴在她的身上闷笑：“真是个困难的副本。加油啊，小姜。”

在这之后，由于坏儿子常常干扰爸爸妈妈的夫妻生活，姜迎对他积累了些许怨气。

某天，四个月大的知恒小朋友流着口水“哇哇”乱叫，全家人轮了个遍都哄不好。

姜迎只好试着给刚吃过不久的儿子喂母乳，谁知他“嗯嗯”几声，小手乱摆，小脚乱踢，竟然发了狠地咬下去。

姜迎当下眼泪都飙出来了。

孟璟书立刻把儿子抱走，交给保姆，自己过来抱着老婆心肝宝贝地哄着。她的胸上被咬出一圈深深的印子，颜色都变了，痛得让人怀疑人生。

姜妈妈过来给她吹了吹，安慰道：“还好，还好，没出血，休息一下就好了……恒崽估计快长牙了，口水流得多，正爱咬人呢……像你，长牙长得早……”

姜妈妈正欲追溯往昔，姜迎慢慢地缓过劲来，斩钉截铁地做出一个决定。

“从今天开始，我不喂母乳了。”

“什么？！”姜妈妈十分震惊，“这才几个月啊！只是被咬了一下，都没破皮，不要紧的！以前你还把我咬出血好几次，我还不是喂你喂到快一岁！”

姜迎抱紧老公，坚决和老一辈的势力对抗：“那是你的选择，我不想这样。我就是不喂了，他喝奶粉都已经习惯了。”

“哎哟！可这断得也太早了，孩子喝母乳才更好啊！这么着，再喂两个多月，喂到满七个月再停……”姜妈妈疯狂地用眼神示意女婿，让他跟着一起劝。

可孟璟书向来是老婆第一，违抗丈母娘的旨意什么的完全不在话下：“妈……姜迎不想那就不喂了吧。而且早就有实验证明，喝奶粉长大的婴儿和喝母乳的一样健康。再者都已经喂了四个多月，就别再让她受苦了。”

姜迎点头如捣蒜。

“你这孩子，怎么跟她一样任性，就知道惯着她！”姜妈妈有些恨铁不成钢，“你心疼你老婆，谁来心疼我的宝贝乖孙哦！”

姜迎得到支持者的拥护，特别理直气壮：“不是还有你这个全能外婆吗！”

姜妈妈骂她：“臭妞！”

姜妈妈懒得再理这没心没肺的小两口，转身去哄宝贝乖孙去：“哦……恒宝不哭哦，爸爸妈妈坏坏，我们不理他们了……”

姜迎、孟璟书：“……”

其实那啥被打扰、喂奶被咬都只是其次，姜迎之所以这么坚决，主要是因为她觉得自己太久没工作了，割裂了与社会的联系，会让她产生极大的不安全感。她不想再这样下去了。

她早在结婚之前就想过，即使以后有了孩子，也不可能完全以孩子为主。她需要有自己的工作、爱好、交际，所有的因素加起来才足够给她的人生供给养分。她绝不可能让自己的人生只剩下“母亲”这个身份，否则对她自己、对孩子都不公平。

在这件事上，孟璟书完全同意她的看法。或者说，对于大多数事情，孟璟书都是无脑赞同她的，这无形之中给了她很多勇气和信心。

断奶之后，姜迎把孟璟书赶回公司上班，自己也开始找教练做一些塑形训练，同时接一些轻松的业务。待儿子七个月的时候，她正式恢复了工作。

孟知恒小朋友在爸爸妈妈这种观念的教育之下，长成了一个风一般自由快乐的小男孩。

孟知恒放暑假这天，姜迎作为合伙人开办的律师事务所正在为新来的实习律师举办欢迎仪式，是孟璟书去接的儿子。

父子俩去吃了一顿孟知恒心心念念，但因为妈妈不喜欢而很少吃的意大利面，之后还看了一部动画电影，小朋友心满意足。车子驶进别墅区，小朋友见妈妈正走在路上，当下便要停车，迈开小短腿一阵风似的冲到妈妈跟前。

“妈妈！”孟知恒双手抱住妈妈的腿。

姜迎弯下腰捏他的小圆脸：“电影好看吗？”

“好看呀！妈妈，你怎么走路，你的车呢！”

“我回过家了呀，现在是换了双鞋出来散步消食呢。”

“那我也要散步消食！”

孟璟书降下车窗，坐在驾驶位上瞧着母子俩笑：“我回去停了车再来找你们。”

姜迎：“嗯。”

知恒小朋友牵着妈妈的一根手指，跟她说自己今天考试拿了满分，得了老师的表扬，还拿了两张奖状。

“这么棒呀。”姜迎很捧场。

“对啊。”小朋友转动亮晶晶的眼珠子看着妈妈，小脸上满是期待。

姜迎笑了：“想要什么？说来听听。”

未满五岁的知恒小朋友相当朴素，招招手让妈妈弯腰凑近。他把小手围成喇叭状，放在她耳边小声地说：“想要，吃，双黄蛋雪糕。”

妈妈露出不赞同的眼神：“可是你看电影的时候已经喝了可乐哦，吃太多甜食会长蛀牙的。”

“可是……可是……”他着急地跺了跺脚，“我今天中午没有忘记刷牙！还有，今天早上的两块巧克力，安安哭了，我就给了她一块！我没有吃很多！”安安是他的小同桌。

“啊，这样啊……”

孟知恒紧张兮兮地盯着妈妈。

“那好吧。”

“耶！”

“不过这是今天的小奖励哦，不可以每天都吃。”

“好！”小朋友已经高兴得笑眼眯眯。

母子俩去便利店买了两支雪糕，小朋友吃了一口，开心得抖了抖。

他仰头转向妈妈，奶声奶气地说：“I love you,mommy!”

姜迎被他逗乐了：“跟爸爸好像。”

谁料小朋友忽然变了脸：“No！不要！不要跟爸爸像，我讨厌爸爸！”

姜迎憋着笑：“爸爸又怎么了？”

孟知恒嘟嘴：“他说……他说我马上就读大班了，让我去自己的房间睡……我不要，我不要自己睡一间房，我还很小，我要跟妈妈睡！”

“嗯……爸爸太坏了。”

“就是！”

“不过，”姜迎像突然想起什么似的，“妈妈昨天看到一张好漂亮的小床，是海军蓝的颜色，还是双层的，有楼梯，还有柜子，你可以放你的机器人……”

孟知恒被妈妈说得有些心动，忍不住问：“你在哪里看到的？”

“手机上有照片，妈妈给你看哦。”

小朋友看了照片，果然很喜欢。

姜迎又加了一把火：“呀，仔细一看，这个尺寸刚好可以放在我们房间的空位呢。你要是喜欢，妈妈明天就可以给你买哦。”

孟知恒想了想，谨慎地问：“放在你们房间哦，我一睁眼就能看到你们的地方哦。”

“对啊。不过你要是想跟妈妈一起睡那就算了，这张床就不买了。”

小朋友马上说：“买吧，妈妈！我可以自己睡一张床！”

“真的？”

“嗯！”

姜迎笑着揉了揉孟知恒的小脑袋：“宝贝真棒！”

孟璟书在小区里走了半圈，找到母子俩的时候，他们正说起薄荷。孟知恒一岁的时候，他们搬到了现在住的别墅区，猪崽和熊猫已经长得相当茂盛，早分不清谁是谁了。于是，他们干脆把薄荷移植到花园里，现在已经长成了一小片薄荷丛。

孟知恒喜欢薄荷的香味，时不时去扯几片叶子，也算是培养出了一些感情。

“妈妈，你吃完雪糕了不要丢掉雪糕棍，我要收集起来，到时候给薄荷建篱笆。”

“好主意。你现在收集了多少根了？”

“十五根！加上今天的两根，十七根了！”

“哦。”姜迎好整以暇，“你什么时候吃了这么多雪糕，我怎么不知道呀？”

啊！说漏嘴了！

孟知恒的小手往嘴上一捂。

恰好孟璟书此时走了过来，知恒小朋友就像看到了救世主，热情地喊他：“爸爸！这里！”

他全然不记得刚才愤慨地说着讨厌爸爸的人是谁了。

一大一小都看过来，孟璟书瞧见妻子朝他眨了眨眼，意思是：事已办妥。

儿子可爱是可爱，但长大了还跟爸妈睡一块实在有些碍事。于是夫妻俩一合计，一个唱白脸，一个唱红脸，总算把小祖宗从床上给请了出去。

孟璟书眉梢一挑，好笑地瞥了小家伙一眼。

“不是说消食吗，怎么又吃起来了？”

姜迎说："因为你家有只小馋猫呀。"
孟知恒心虚，不敢说话。
孟璟书牵过姜迎的手，凑近她，低声说："我看是两只。"
姜迎瞪他一眼，他只是笑。
道旁绿树成荫，头顶漫天繁星，路灯昏黄，微风温柔，又是一个夏天。
偶尔他们也会忘记，这是相识的第几个夏天。
眼里看着对方的时候，时间好像无限绵长，又好像只有须臾短暂。
爱历经年年岁岁不改，我与你岁岁年年如一。

番外
最初的最初

高考完那天，男生寝室进行了轰轰烈烈的撕书运动。仿佛随着纸张清脆的撕裂声，所有的沉闷和压抑，从此就能像那些破烂的书一样离开他们的生活。

孟璟书没有太疯狂，只是把书拨到地上，好方便收拾其他行李。

散落的书堆里，有一角小狗的画像堪堪滑出，在众多教科书和练习资料中显得格格不入。他皱着眉抽出来看。

《一只流浪狗的心事》？

他翻开内页，一张卡片掉了出来，上面是女孩清秀的字迹——

孟同学，生日快乐呀！

恭喜你成年了。

最好的祝福，相信你已经听过很多遍了，我就不再赘言。

送这本书给你，是想跟你分享书里我最喜欢的一句话：我们都在寻找理想，为此，灵魂总在季节里流浪。

希望即使到很多年以后，我们仍然能记得最初的理想。

许嘉宏撕完一趟从走廊回来，路过他时好奇地多看了两眼。

“哟，是我们副班长的字吧？”

孟璟书淡淡地“嗯”了一声，把卡片夹回书里，然后把书丢进了行李箱。

“很多年以后”？

她话那么多，又很能记住细枝末节，万一扔掉，以后被她问起，他实在不好交代。

高二。

下周又是期末体能测试，又到了跑八百米的时候。可姜迎觉得以自己的状态只能跑两百米，再散步到终点……

于是，在黄彦菲的鼓舞下，下午放学后，她不情不愿地去操场练习了。

可惜姜老师一身懒骨，花五分钟跑完四百米后，实在累得不行，干脆拿出古诗词小册边走边背，美其名曰：逐步提升体能。

三天后，毫无进展。

黄彦菲硬着头皮继续把好友拖去操场，还要忍受她的小抱怨。

“不及格就不及格，能把我怎么样呢？还能不让我毕业吗？”

“我觉得根本没有用，我就是跑不了。我就是没有跑步的天赋。”

黄彦菲戳她：“你就是懒，不想动！”

姜迎感觉委屈又憋闷。

此时孟璟书正好是踢球的中场休息时间，跑去买冰水，快步路过塑胶跑道。

姜迎一个冲动叫住他，破罐子破摔道：“孟璟书，你是不是天生就跑步比较快？但一个天生就跑得很慢的人，怎么练习都不会跑得很快的对不对？因为上限就在那儿。”

他停下，扫了她一眼。

“不一定。但是，首先，”他冷静地从她手里抽走了小册子，“不要看书散步，要跑起来。”

男孩宽大温热的手掌拂过她的手，姜迎的耳根瞬间发烫。

高一。

彼时，一个名为“切水果”的手机游戏兴起，以迅雷不及掩耳之势火遍高中生群体。全触屏智能机刚上市不久，还算稀有物件。每个班总有一群人饥渴地等候着弄潮儿的手机，等着什么时候能轮到自己拿在手上。作为一个有理想的高中生，谁不想切水果破纪录呢？

好不容易班里的男生打球赛，许嘉宏手里的手机轮了空，姜迎美滋滋地接手，一切就是一个多小时。

到后来人渐渐散了，她仍然如老僧入定般坐在球场边的石阶上。

有人来到她的身边，问她：“好玩吗？”

姜迎掀起眼皮瞧了一眼，哦，是狂跩酷炫的孟帅哥啊。

她矜持道：“还行。”

两分钟后，孟帅哥还在监视她的战况。

她有点不好意思地问：“你也要玩？”

“不是。”

“那你怎么……还不走？”

他淡淡地道：“等着用我的手机。”

姜迎一愣。

Game over（游戏结束）。

中考后的暑假。

他们高中公布新生分班名单，正是在二十一世纪最长日全食的那一天。

孟璟书中考期间，因为某些不值一提的小事和爷爷起了争执，怒而弃考了最后一科。于是他的最后成绩达不到重点高中的分数线，还挨了结结实实的一顿打。

孟爷爷气得吹胡子瞪眼，却也只能拉下老脸，动用关系，把不争气的孙儿塞进了重点高中地的重点班。

校领导对着爷爷阿谀奉承，孟璟书听得耳朵起茧，借口说要逛逛校园，便自己走开了。

他踱步来到林荫校道，再往前就是教学区，等待名单的人群拥挤，他懒得过去。

一旁是老旧的凉亭，有些掉漆的柱子边站着一个女孩。她在自己的近视眼镜上方套了一副丑不堪言的卡通镜，正透过两副眼镜，直直地望着树荫外的天空，样子要多傻有多傻。

他莫名地受到牵引，顺着她的视线望过去，眼前瞬间发黑。

他迅速闭眼，发出一声咒骂。

这个动静引起了那个女孩的注意，她摘下丑眼镜看过来，便了解发生了什么。

“同学，”她好意地说，“观测日食不能用肉眼直视，你没有日食眼镜吗？”

他的视线还在恢复中，只见她镜框后的眼珠子黑得令人惊心。

她了然：“没事，我还有多余的一副，给你啊。”

她从书包里掏出另一副奇丑无比的眼镜递给他。

孟璟书拧眉，不肯接。

她说：“没关系，才五块钱，也是别人给我的。你就拿着吧。”

她执着地举着那副眼镜，孟璟书也不知是怎么想的，竟然真的收下了。

这时，另一个女孩远远地喊她：“姜迎！名单出来了，快过来呀！”

“来啦！”她把自己那副眼镜往书包里一丢，快步朝着女孩跑去。

孟璟书无所事事，便也跟过去看。

很多同龄人挤在公告栏前，像一窝刚出生的小鸟。孟璟书被挤得难受，一想这里又没有他的名字，真不知道自己过来干吗的，脑子抽了。

转身，他又看见刚才那个傻里傻气的女孩，这会儿正跟她的朋友哀号呢。

“为什么我们的成绩那么接近，你在八班，我却在十班，是不是上天故意要拆散我们！”

上天谁想搭理你？真是想太多了。

孟璟书没逗留多久，因为爷爷给他打来电话，让他去年级主任办公室。

到了办公室，爷爷果然正被人哄得红光满面的。

五张 4A 纸摆在他的面前。

年级主任笑眯眯地说：“八、九、十、十一、十二班，五个实验班，你看看喜欢哪个班？”

爷爷指点江山：“我帮你看过了，九班有你初中班里的三个同学，十一班的语文老师是你二伯母的同学，你看挑哪个吧。”

孟璟书垂眼扫视密密麻麻的名单，只几秒钟就做出决定。

“那就……十班。”

孟老爷子拐杖一撑，厉色怒视。而他挠挠后脖颈，嘴角轻扬。

他经历了近十年的青春期大逃亡。

懵懵懂懂少年时，一往无前孑然梦。

若你肯回看，最初的最初，也只是心湖落了一滴水。